W0464962

Die 21-jährige Arlyn Dorell ist die beste Diebin New Yorks. Dass sie ein Irrlicht ist und unsichtbar werden kann, macht sie geradezu unfassbar. Doch als bei ihrem neusten Coup ein Drachenwandler außer Rand und Band gerät, kann sie nur knapp dem dämonischen – und sehr attraktiven – Special Agent Marlon Heaton entkommen, der es schon lange auf sie abgesehen hat. Und ihr Pech hält an. Ein Unbekannter, der hinter das Geheimnis ihrer Identität gekommen ist, beginnt sie zu erpressen. Um nicht aufzufliegen, muss sie ein wertvolles Artefakt aus dem Magical Bureau of Investigation stehlen. Dafür gibt sie sich selbst als Agentin aus und wird so zur neuen Partnerin ... ihres Erzfeinds Marlon Heaton.

LILY S. MORGAN

HOW TO CATCH A MAGICAL LIGHT

CARLSEN

VORBEMERKUNG FÜR DIE LESER*INNEN:

Liebe*r Leser*in,

dieser Roman enthält potenziell triggernde Inhalte. Aus diesem Grund befindet sich hier eine Triggerwarnung. Am Romanende findest du eine Themenübersicht, die demzufolge Spoiler für den Roman enthält.

Entscheide bitte für dich selbst, ob du diese Warnung liest. Gehe während des Lesens achtsam mit dir um. Falls du während des Lesens auf Probleme stößt und/oder betroffen bist, bleib damit nicht allein. Wende dich an deine Familie, Freunde oder auch professionelle Hilfestellen.

Wir wünschen dir alles Gute und das bestmögliche Erlebnis beim Lesen dieser besonderen Geschichte.

Lily und das Carlsen-Team

FÜR BIBI, JENNY UND OLGA.
OHNE EUCH HÄTTE ICH MEINEN
LAPTOP AUS DEM FENSTER
GEWORFEN.

1. KAPITEL

Unsichtbarkeit hat einen großen Vorteil: Wenn ich mir Zutritt zu gesicherten Gebäuden verschaffen will, brauche ich weder Charme noch gute Verkleidungen oder plausible Geschichten.

Nein, ich spaziere einfach seelenruhig durch den Vordereingang, ohne einen müden Gedanken an Überwachungskameras oder den Sicherheitsdienst zu verschwenden.

Und heute mache ich mir nicht einmal die Mühe, selbst die Tür zu öffnen. Stattdessen folge ich einem Mann mit Aktentasche, der zielstrebig an finster dreinblickenden Drachenstatuen vorbeigeht, die den Eingang des Ashford Towers auf hohen Sockeln flankieren.

Ehe sich die Tür hinter dem Mann schließt, husche ich von einem lauen Herbstwind begleitet in das rote Sandsteingebäude, das im Herzen New Yorks wie ein Riese in den Himmel aufragt. Vorbei an zwei Wachposten, die unübersehbar eine Waffe unter ihren schwarzen Anzügen tragen und die Besucher im Auge behalten.

Alle, außer mich.

Wie von selbst wandern meine Mundwinkel nach oben, während ich einen Moment das Foyer der Bank betrachte, die ich gleich bestehlen werde.

»Spar dir das selbstgefällige Grinsen und beeil dich lieber.« Tadelnd dringt die Stimme meiner besten Freundin und Komplizin durch den winzigen Kopfhörer, der in meiner linken Ohrmuschel steckt.

»Spielverderberin«, murmle ich und lege einen Zahn zu, denn bedauerlicherweise haben meine besonderen Kräfte einen klitzekleinen Haken: Ich kann sie nur eine begrenzte Zeit aufrechterhalten. Deshalb habe ich die letzten zwei Wochen akribisch auf meine Work-Life-Balance geachtet, die unerlässlich ist, wenn – wie heute – ausreichend Magie durch meine Adern fließen soll.

»Tja, Arlyn, so ist das. Eine von uns muss eben die Zeitpolizei spielen«, sagt Bo. »Dir bleiben nämlich nur noch neunundzwanzig Minuten und vierzehn Sekunden.«

Zugegeben, das Zeitfenster ist verdammt knapp bemessen, um die Sicherheitsvorkehrungen zu überwinden, den Schließfächern im Tresor einen erleichternden Besuch abzustatten und das Gebäude wieder zu verlassen. Aber ich bin auch kein dahergelaufener Langfinger, sondern das Phantom von New York. Eine Meisterdiebin, die seit Jahren erfolgreich die schwierigsten Coups ausführt. Mit einem Lächeln auf den Lippen und ohne schlechtes Gewissen, denn ich bestehle ausschließlich zwielichtige Gestalten, die ihren Besitz durch fragwürdige Machenschaften angehäuft haben. Und der dubiose Kunstexperte, den ich im Visier habe, hat mindestens genauso viel auf dem Kerbholz wie ein waschechter Gangsterboss.

Schnell durchquere ich die riesige Eingangshalle, in deren Zentrum eine marmorne und mit goldenen Ornamenten verzierte Empfangstheke auf einem Sockel thront. Direkt darüber hängt ein gewaltiger Kronleuchter, dessen Licht sich in funkelnden Kristallen bricht und Schimmer auf die Wände wirft, an denen wertvolle Gemälde angebracht sind. Diese werden täglich von Hunderten Touristen bestaunt und von einem der besten Sicherheitssysteme überwacht, die derzeit auf dem Markt existieren.

Mich schreckt das allerdings genauso wenig ab wie die Tatsache, dass die Bank in den Klauen eines mächtigen Drachenclans liegt.

Im Gegenteil.

Ich mag die Herausforderung und das aufgeregte Kribbeln im Nacken, wenn ich mich an verbotene Orte schleiche und anderen beispielsweise dabei helfe, alte Familienerbstücke zurückzubekommen, um die sie betrogen wurden. Dass ich dabei beträchtliche Summen verdiene, ist ein willkommener Nebeneffekt, auf den wir dringend angewiesen sind, um …

»Hast du die Rauchbomben mitgenommen?«, reißt Bo mich aus meinen Gedanken und entlockt mir ein leises Stöhnen, das von den Stimmen mehrerer Schüler verschluckt wird, die hinter einem Exkursionsführer herlaufen.

»Ich brauche keine Rauchbom…«, beginne ich, doch Bo fällt mir unwirsch ins Wort.

»O doch, Arlyn! Sie sind dein Ablenkungsmanöver, falls etwas schiefgeht oder plötzlich Mr Übereifrig auftaucht. Du weißt schon, der Agent, der dich liebend gern verhaften würde.«

Ich unterdrücke ein Seufzen, denn natürlich bin ich mir im Klaren darüber, wen sie meint. Schließlich haben wir Special Agent Marlon Heaton diesen Spitznamen gegeben, weil er bekannt dafür ist, sich an seinen Fällen festzubeißen, bis sie restlos aufgeklärt sind.

Doch obwohl er die kriminelle Unterwelt New Yorks in Atem hält und seit fast zwei Jahren gegen mich ermittelt, bereiten mir seine Bemühungen noch lange kein Kopfzerbrechen.

»Du machst dir zu viele Sorgen. Er hat keinen blassen Schimmer, wer hinter dem Phantom steckt. Deshalb wird er mir auch nie auf die Schliche kommen«, sage ich, um sie zu beruhigen. Dabei schlängle ich mich an mehreren Leuten vorbei, die Fotos von den Kunstwerken machen und dabei vortrefflich im Weg herumstehen.

»Jaja. Bestimmt hat Diamond Jack das auch immer gedacht und du siehst ja, wohin ihn das gebracht hat«, erinnert Bo mich. Doch nur weil Heaton den bekannten Juwelendieb letzte Woche auf frischer Tat ertappt hat, bedeutet das nicht, dass es mir genauso ergehen wird.

»Außerdem möchtest du die nächsten zwanzig Jahre sicherlich nicht im Knast verbringen, Gefängnisfraß essen und orangefarbene Overalls tragen, die sich furchtbar mit deinen roten Haaren beißen, nur weil du die Rauchbomben zu Hause vergessen hast.« Wie immer, wenn Bo aufgebracht ist, hämmert sie so laut auf ihrer Tastatur herum, dass es bis zu mir dringt. »Sollte das der Fall sein, blasen wir die Aktion ab. Und zwar sofort.«

»Ist ja gut, ich habs verstanden. Und natürlich habe ich sie eingepackt«, sage ich rasch, bevor sie ihre Drohung wahr macht, denn im Gegensatz zu mir ist Bo die Übervorsichtigkeit in Person, die jeden Evakuierungsplan auswendig kennt und alle Fluchtwege im Auge behält. Egal, ob sie in der Kommandozentrale vor ihren Bildschirmen sitzt und meine Missionen überwacht oder sich auf der nächsten Straßenseite nur schnell eines ihrer zuckrigen Lieblingsgetränke holt. Darum besteht sie auch vehement darauf, dass ich immer Rauchbomben dabeihabe. Natürlich nur, falls der überaus unwahrscheinliche

Fall eintritt, dass etwas schiefgeht und ich tatsächlich ein Ablenkungsmanöver brauche. Eines, das ein wenig Verwirrung stiftet, aber niemanden verletzt, denn das ist das oberste Gebot unseres Diebescodex, an den wir uns strikt halten.

Da bisher alles ruhig ist, lasse ich die Empfangstheke hinter mir und biege in einen Säulengang, an dessen Ende sich die Zugänge zu den anderen Etagen befinden.

Bevor Mitarbeitende und angemeldete Gäste dorthin vorgelassen werden, müssen sie die Sicherheitsschleuse passieren. Ein lästiges Hindernis, das aus einem Metalldetektor, schrankhohem Wachpersonal und einem Magiebarometer besteht. Vor allem Letzteres soll Personen wie mich davon abhalten, mit magischer Unterstützung die Herzstücke der Bank zu betreten, und macht unbemerktes Weiterkommen für gewöhnlich unmöglich.

Außer, man hat eine Geheimwaffe.

In meinem Fall heißt sie Bo.

Bin da, teile ich ihr über Morsezeichen mit, indem ich mit der Fingerspitze gegen den In-Ear-Kopfhörer tippe. Hier ist es wesentlich leiser als im Eingangsbereich und ich will nicht riskieren, dass jemand eine scheinbar körperlose Stimme hört.

»Alles klar. Wenn ich die Stromzufuhr abschalte, hast du zwanzig Sekunden«, sagt Bo. »Bist du bereit?«

Ich tippe eine Bestätigung und lasse den Blick über das uhrähnliche Gebilde fliegen, das zu meiner Rechten an der Wand hängt. Ein goldener Zeiger erzittert kaum merklich, als eine Frau vor mir die in den Boden eingelassenen Sensoren übertritt. Sie können Magie messen und werden wahrscheinlich sofort einen ohrenbetäubenden Alarm auslösen, sobald eine meiner Haarsträhnen oder eine Zehenspitze in ihren Wirkungskreis gelangt.

»Okay. Mission Deaktivierung beginnt in drei, zwei, eins. Los.«

Sofort betrete ich den gefährlichen Bereich, der unser komplettes Vorhaben umgehend beenden und mich zur Flucht zwingen könnte. Doch wie erwartet bleibt der heulende Alarm aus und der Zeiger steht still.

Geschickt weiche ich zwei Sicherheitsleuten aus, die die Frau in Empfang nehmen, um sie auf gefährliche Gegenstände zu überprüfen, schlüpfe durch eine Lücke zwischen Metalldetektor und Wand und übertrete den letzten Magiesensor.

»Geh an den Fahrstühlen rechts und folge dem Gang zwanzig Meter geradeaus«, gibt Bo mir postwendend die nächste Anweisung, damit ich gar nicht erst in Versuchung komme, mich auf meinen miserablen Orientierungssinn zu verlassen, der mich meistens mit übertriebener Präzision aufs Glatteis führt. Deshalb behält Bo mich an Tagen wie heute immer mit einem Tracker im Auge.

Ich biege gerade um eine Ecke, als ein blonder Mann aus einer der angrenzenden Räumlichkeiten taumelt.

»Red? Alles in Ordnung?«, fragt ein weiterer, der scheinbar Tomaten auf den Augen hat, denn Blondie sieht alles andere als fit aus. Seine Haut ist gerötet und Schweiß rinnt in den Kragen seines todschicken Anzugs, der später dringend in die Reinigung sollte.

Hektisch huscht sein Blick aus blutunterlaufenen Augen umher, deren vertikale Pupillen eindeutig zeigen, dass Drachenblut durch seine Adern fließt und er, genau wie ich, zu den Magics, dem magischen Bevölkerungsanteil von New York, gehört.

Schweigend hält er sich den Bauch und rülpst, als wäre er ein Vulkan, der kurz vor dem Ausbruch steht.

Igitt.

Naserümpfend schiebe mich an ihm vorbei, bevor er sich womöglich übergibt und Drachenkotze auf meinem schwarzen Lieblingshoodie landet.

Bo gibt mir weitere Anweisungen, öffnet aus der Ferne eine Sicherheitstür und leitet mich weiter, bis ich den Fahrstuhl erreiche, der mich zum Tresorraum im Keller bringen soll.

»Wenn wir noch ein paarmal hier einbrechen, findest du den Weg vielleicht allein«, stichelt sie gut gelaunt.

»Sehr witzig.« Ich drücke einen goldenen Knopf an der Wand, um den Aufzug zu rufen.

Bo gluckst und ich kann mir nur zu gut vorstellen, wie sie breit grinsend vor ihren Bildschirmen sitzt.

»Das werde ich dir heute Abend heimzahlen. Und zwar mit gesalzenem Popcorn.«

Von der anderen Seite der Leitung ist ein ungläubiges Schnauben zu hören. »Das wagst du nicht.«

»Warts ab.« Meine Mundwinkel zucken nach oben und die Fahrstuhltür öffnet sich einladend.

»Pass auf dich auf«, sagt Bo nun wesentlich ernster.

»Natürlich, du kennst mich doch.« Ich trete in den fahrbaren Untersatz, wohl wissend, dass ich gleich auf mich allein gestellt sein werde, da der Tresorraum vor jeglichem Empfang abgeschirmt ist.

»Genau das ist das Problem.« Sie seufzt theatralisch.

»Ich hab dich auch lieb.« Augenverdrehend tippe ich auf das Bedienfeld und wenige Sekunden später setzt sich der Aufzug sanft in Bewegung.

Bo brummt etwas Unverständliches, dann ertönt ein leises *Bling* in meinem Ohr, das mir sagt, dass die Verbindung weg ist.

Die Hände in der Bauchtasche meines Hoodies vergraben, betrachte ich edles Holz, filigrane Zierleisten und eine schwarze Glasscheibe, in der sich der Ausgang spiegelt. Von meiner nicht allzu großen Gestalt und den kupferroten Locken, die ich zu einem eng anliegenden Haarkranz geflochten habe, fehlt allerdings jede Spur. So, als wäre ich überhaupt nicht hier.

Perfekt.

Ein Gong ertönt und der Aufzug kommt zum Stehen.

Sofort richte ich meine Aufmerksamkeit auf die Tür, die beinahe geräuschlos aufgleitet. Dahinter liegt ein marmorgetäfelter Bereich, den rote Lichtstrahlen wie ein wirres Netz durchziehen und den gegenüberliegenden Tresor zu einem der sichersten Aufbewahrungsorte New Yorks machen. Vielleicht mit Ausnahme der Asservatenkammern, aber nicht einmal ich bin vermessen genug dort freiwillig einen Fuß hineinzusetzen.

Ich trete aus dem Aufzug und betrachte aufmerksam die Sicherheitsmaßnahme, die auf Bewegungen reagiert und mich leider auch unsichtbar erkennt, da ich nicht geistergleich durch Wände gehen kann. Und zu allem Überfluss ist es selbst Bo unmöglich, sie abzuschalten, da dazu nur ausgewählte Mitarbeitende mithilfe eines Iris-Scanners in der Lage sind.

Deshalb musste Rose, die Dritte im Bunde, sich als potenzielle Neukundin tarnen und die Positionen der Strahlen heimlich filmen, damit wir das Konstrukt zu Hause nachbauen konnten. Schließlich wäre ich nicht das Phantom, wenn ich mich von Bewegungsmeldern aufhalten lassen würde.

Ich lasse meine Fingerknöchel knacken, die Schultern kreisen und fokussiere den ersten Lichtstrahl, hinter dem Dutzende weitere liegen. Allzeit bereit, einen schrillen Alarm auszulösen und die Fahrstuhltür zu verriegeln, bis die Polizei eintrifft.

Dann atme ich ein letztes Mal tief durch und übertrete die erste Linie.

Leichtfüßig wie eine Tänzerin gleite ich nach rechts, strecke den linken Arm aus und ducke mich unter der nächsten hindurch.

Dabei folge ich der Choreografie, die ich in den letzten Tagen unermüdlich geübt habe, bis sie mich vergangene Nacht sogar in meinen Träumen heimgesucht hat.

Gerade als ich unter einem weiteren Lichtstrahl hindurchtauchen will, erfasst plötzlich eine erdbebengleiche Erschütterung meine Umgebung.

Ich erstarre in der Bewegung, strauchle auf der Zehenspitze und schaffe es nur um Haaresbreite, das Gleichgewicht zu halten.

Mit verengten Augen sehe ich mich um, nachdem das Phänomen verklungen ist, doch ich kann nichts Ungewöhnliches entdecken.

Seltsam.

Im Bruchteil einer Sekunde entscheide ich, mich später damit zu befassen. Jetzt habe ich Wichtigeres zu tun.

Hölzern ducke ich mich unter weiteren Lichtstrahlen hindurch und versuche den Rhythmus wiederzufinden.

Doch obwohl es mir misslingt, erreiche ich nach einer gefühlten Ewigkeit, bei der es sich in Wahrheit nur um wenige Minuten gehandelt hat, den Tresor. Mit bebender Brust wende ich meine Aufmerksamkeit der armdicken Tür zu. Dem letzten Hindernis, das mich von den Schließfächern trennt.

Wie der Rest des Tresors ist sie aus golden schimmerndem Drachenstahl gefertigt, den selbst Lava nicht zum Schmelzen bringen könnte, was unbefugtes Eindringen übers Erdreich unmöglich macht. Dazu durchziehen unzählige Schutzrunen das glänzende Metall und bündeln sich um eine kleine Öffnung, über der ein steuerradähnliches Gebilde herausragt.

Routiniert schiebe ich den linken Ärmel meines Hoodies nach oben, unter dem sich ein fingerloser Lederhandschuh verbirgt, der mir beinahe bis zum Ellenbogen reicht. Genau wie das Rosa meiner Haut ist er ergraut, seit ich mich unsichtbar gemacht habe, und wirkt wie eine ausgeblichene Erinnerung, die ausschließlich für meine Irrlichtaugen erkennbar ist. An kleinen Schlaufen sind verschiedene Phiolen und Werkzeuge befestigt, bei deren Anblick sich James Bond sicher vor Neid an seinem geschüttelten Martini verschlucken würde.

Zwar ist der Handschuh, dessen Fächer mit Löchern versehen sind, damit ich meine Magie in die Hilfsmittel leiten kann, nicht gerade bequem, aber er hat sich bei zahlreichen Einsätzen bewährt.

Flink löse ich einen verschnörkelten Schlüssel aus seiner Halterung und schiebe ihn in die Öffnung.

Ein paar Sekunden vergehen, dann beginnt das magische Werkzeug, das Rose extra für heute angefertigt hat, sachte zu vibrieren. Ein leises Summen erfüllt den Raum, während sich die Bartzacken am unteren Ende ihrem Gegenstück anpassen, bis sie sich perfekt in den Zylinder des Schlosses schmiegen.

Vorsichtig versuche ich den Schlüssel zu drehen, doch ich kann ihn nicht bewegen. Stattdessen wird er glühend heiß. Hastig lasse ich los.

In dem Moment, in dem die Verbindung zu meiner Magie abbricht, wird er sichtbar und wechselt seine Farbe von schemenhaftem Grau in Gold.

Rose hat mich vorgewarnt, dass sich der Schlüssel erst gegen die Schutzzauber behaupten muss, bevor er das Schloss öffnen kann. Ich habe nie verstanden, wie genau das funktioniert, aber sie kennt sich bestens damit aus. Als Magierin hat sie die Runenmagie im Blut und knackt seit mehr als einem halben Jahrhundert Tresore aller Art.

Das Summen wird lauter. Intensiver. Als würden sich immer mehr Bienen zu einem gewaltigen Schwarm zusammenschließen.

Wieder erzittert das Gebäude.

Was zur Hölle geht da oben vor? Ich schaue zur Decke und tippe den Kopfhörer an, doch er bleibt deaktiviert.

Ich verlagere das Gewicht von einem Bein auf das andere und nehme mir fest vor, Bo später nach dem Beben zu fragen.

Jetzt leuchten die Runen vor mir rot auf und erlöschen schlagartig.

Ein Klicken, gefolgt von leisem Zischen, ist zu hören, dann öffnet sich die schwere Tresortür einen Spalt.

Schnell ziehe ich sie auf, bis ich mich durch die Öffnung quetschen kann, und husche ins Innere des Tresors.

Hunderte kleine Türen verkleiden jeden Zentimeter des Innenraums, reichen vom Boden bis zur Decke und unterscheiden sich lediglich durch die Zahlen auf den goldenen Nummernschildern.

Es juckt mir in den Fingern, die Schließfächer genauer in Augenschein zu nehmen, aber dafür fehlt mir leider die Zeit.

Zwar wird meine Magie nach Ablauf von Bos Timer nicht auf einen Schlag erlöschen und mich enthüllen, aber ich verzichte auch liebend gern auf schrittweise Enttarnung. Es ist nämlich minimal auffällig, wenn plötzlich ein einzelnes Bein durch die Gegend stolpert.

Darum eile ich zielstrebig die linke Wand entlang, bis ich vor der Dreihunderteinundachtzig stehen bleibe.

Rasch ziehe ich mein Einbruchswerkzeug aus dem Handschuh, schiebe es in das Schließfachschloss und stochere mit geübten Bewegungen darin herum, bis es nach wenigen Sekunden nachgibt und aufspringt.

Hinter der Tür kommt eine rote Metallbox zum Vorschein. Sie ist schmucklos und in etwa so groß wie ein Schuhkarton, aber so schwer, dass ich sie kaum tragen kann.

Ächzend wuchte ich sie auf den Tisch, der mitten im Raum steht, bevor ich den Deckel aufklappe.

Neben mehreren Geldbündeln und Pässen liegt eine wachteleigroße Brosche, deren rote Diamanten blütenförmig um ein goldenes Zentrum angeordnet sind.

Mit fliegenden Fingern nehme ich die kleine Kostbarkeit an mich und lasse meine Magie hineingleiten, bis sie ebenfalls unsichtbar ist. Dann verstaue ich sie sicher in einem Fach meines Handschuhs. Die Versuchung ist groß, auch das Geld einzustecken, aber das ist eine Grenze, die ich nicht überschreiten will. Obwohl der sogenannte Kunstexperte es sicher genauso illegal erworben hat wie die Brosche, die er einer alten Fae gestohlen hat, nachdem sie über tausend Jahre im Familienbesitz war.

Jetzt muss ich die Bank nur noch unbeschadet verlassen, damit die Frau ihr Eigentum wieder in Händen halten kann, bevor ihre Seele zu den Sternen aufsteigt.

Ich bringe die Metallbox zurück und verstaue das Einbruchswerkzeug, bevor ich zum Ausgang renne.

So schnell wie möglich klettere ich aus dem Tresor und lasse die Tür hinter mir ins Schloss fallen. Dann ziehe ich den abgekühlten Schlüssel ab und schlängle mich durch die Lichtstrahlen zurück zum Fahrstuhl. Nachdem er schätzungsweise zwei Drittel der Strecke zurückgelegt hat, drücke ich auf den Kopfhörer.

Es vergehen einige Momente, bis ein Piepen verrät, dass die Verbindung hergestellt ist.

»Ich habs geschafft«, verkünde ich gut gelaunt und ernte ein: »Fuck!«

Okay … Ich habe mit einem winzigen Jubelschrei gerechnet. Vielleicht auch mit einem kurzen Freudentanz, aber sicher nicht mit dieser Reaktion.

»Alles in Ordnung?« Ein Knoten bildet sich in meinem Bauch.

Wieder erzittert das Gebäude.

Die Aufzugtür öffnet sich.

Und dann höre ich es.

Das durchdringende Heulen einer Sirene.

2. KAPITEL

Mir schießen unzählige Szenarien durch den Kopf, die hätten schieflaufen können, aber in keinem habe ich versehentlich einen Alarm ausgelöst. Da bin ich mir absolut sicher.

Ein heißes Kribbeln fährt durch meine Fingerspitzen, erinnert mich daran, dass ich schnell verschwinden muss.

Sofort setze ich mich in Bewegung, folge dem Gang, ohne auf Bos Anweisung zu warten, denn geradeaus laufen ist selbst für mich nicht allzu schwer.

Auf der anderen Seite atmet meine beste Freundin tief durch. Wie immer, wenn sie versucht ihre Nervosität zu kontrollieren, die sie bei Außeneinsätzen schon aus einem Kilometer Entfernung als Diebin enttarnen würde.

»Jetzt links«, sagt sie endlich mit bebender Stimme und eilig biege ich ab.

Hier ist die Sirene noch deutlicher zu hören und Bankangestellte strömen unter der Aufsicht einer Securityfrau aus ihren Büros.

»Was ist passiert?«, wispere ich und folge ihnen in einigem Abstand.

»Was passiert ist? Während du dich gefühlt hundert Stunden im Tresorraum amüsiert hast und ich hier tausend Tode gestorben bin, ist ein Unglück passiert. Ein Desaster. Ein Fiasko galaktischen Ausmaßes, mit dem …«

»Bo«, ermahne ich sie sanft, bevor sie sich weiter in Rage redet.

»Tut mir leid. Es ist nur … Ein Magic hat die Kontrolle über seine Magie verloren.«

»Heilige Scheiße.«

»Das kannst du laut sagen. Aber es kommt noch schlimmer, denn es ist kein Gnom oder ein drittklassiger Magier, der versehentlich seinen eigenen Hintern in Brand gesteckt hat. Nein. Es ist ein Drachenwandler. Ein gottverdammter Drachenwandler, Arlyn!«

»Meinst du …« Das Bild des schwitzenden Anzugträgers schießt mir durch den Kopf.

»… den von vorhin«, bestätigt sie meine Vermutung. »Und er nimmt gerade die Bank auseinander.«

Ich schlucke schwer.

Dieses Mal übertreibt Bo nicht. Es ist eine Katastrophe. Sowohl für alle, die sich in der Bank aufhalten, als auch für die gesamte magische Gemeinschaft, der viele Menschen mit Furcht und Misstrauen begegnen. Und Vorfälle dieser Art tragen nicht dazu bei, dass sie uns mit Gratisschokolade beschenken oder als Götter verehren. Das war vielleicht vor zweitausend Jahren der Fall, aber dieser Zug ist längst abgefahren.

Darüber, wie es so weit kommen konnte, muss ich mir allerdings später Gedanken machen. Bei Kontrollverlusten jeglicher Art rückt nämlich nicht nur das Notfallteam des Ministeriums für Magische Sicherheit an, sondern auch alle verfügbaren Cops, die die Anwesenden evakuieren. Und das ausgerechnet jetzt, kurz bevor meine Magie aufgebraucht ist!

»Als du im Tresor warst, bin ich alle Fluchtrouten durchgegangen«, sagt Bo eine Spur gefasster. »Solange du noch unsichtbar bist, solltest du umgehend durch den Haupteingang abhauen, denn die Notausgänge sind komplett verstopft.«

»Geht klar.« Eilig folge ich den ängstlichen Leuten, bis ich die Sicherheitsschleusen erreiche, wo das Schlamassel wahrscheinlich begonnen hat.

Der Metalldetektor liegt umgeworfen auf dem Boden, ein Loch klafft in der Wand und das Magiebaromter ist zersplittert. Dafür dreht sich der goldene Zeiger so schnell im Kreis, als wollte er dem Propeller eines Hubschraubers Konkurrenz machen.

Schnell husche ich hinter drei Cops vorbei, die versuchen die panischen Menschen und Magics zu koordinieren, die aufgebracht die Treppe herunterströmen. Ich kann es ihnen nicht verübeln, denn der Alarm durchdringt Mark und Bein. Hallt in jeder Zelle meines Körpers wider und lässt mich nervöser werden, als ich mir selbst eingestehen will.

Das Chaos nutzend stehle ich mich weiter Richtung Ausgang, bis ich die Eingangshalle erreiche und …

… geschockt nach Luft schnappe.

Der Raum gleicht einem Schlachtfeld. Steine sind aus der Decke gebrochen, Ruß bedeckt den Marmor und Risse durchziehen die dicken Außenwände, als hätte eine Abrissbirne Pingpong gespielt. An einigen Gemälden züngeln Flammen entlang und von einer riesigen Zimmerpflanze, an der ich vorhin vorbeigegangen bin, ist nur noch der steinerne Topf übrig.

Im Zentrum der Zerstörung steht der Verursacher. Ein gigantischer, glutroter Drache, aus dessen Nasenflügel Rauchschwaden aufsteigen.

Ihm gegenüber plustert sich ein kleinerer Drache auf, beschützt mit ausgebreiteten Flügeln eine Gruppe Menschen, die panisch versuchen sich in Sicherheit zu bringen. Dabei senkt er den Kopf und schwenkt ihn hin und her, als wollte er den Roten besänftigen. Ihn wie mit einem Pendel hypnotisieren und zur Ruhe bringen.

Ohne Erfolg.

Der Rote faucht, peitscht mit seinem Schwanz durch den Raum und trifft den eisblauen Drachen in die Seite. Dieser wird durch die Luft geschleudert und kracht mit einem hässlichen Knirschen gegen die Wand.

Blauer Glanz steigt von den Schuppen auf und der Eisblaue verwandelt sich zurück in seine menschliche Gestalt, die splitterfasernackt auf dem Boden zusammensackt. Den Körper seltsam verdreht.

Der Rote brüllt triumphierend. Schaum tropft ihm aus dem Maul und seine goldenen Iriden glühen fiebrig.

Mehrere Schüler pressen sich hinter ihm an die Wand, da ihnen der Drache den Weg zum Ausgang versperrt.

In unmittelbarer Nähe liegen zwei andere Gestalten unbekleidet auf dem Boden. Vermutlich weitere Drachenwandler, die die Flammen ersticken wollten, denn eine Wand sieht aus, als wäre sie mit Eiskristallen überzogen worden.

Lauf weiter, ermahne ich mich selbst, als hinter mir ein lautes »Jetzt« ertönt. Mehrere Personen mit gelben Helmen und Schutzwesten tauchen von einer Sekunde auf die andere in der Halle auf. Die Hände von sich gestreckt gehen sie im Halbkreis auf den Drachen zu.

»Betäubungspfeil vorwärts«, schallt auch schon der nächste Befehl durch den Raum, während die Spezialeinheit den Drachen mit Beschwörungen in Schach hält.

Eine Frau, die ebenfalls Schutzausrüstung trägt, löst sich

aus der Gruppe und rennt mit einer Armbrust auf den Roten zu. Wenige Meter vor ihm lässt sie sich auf die Knie fallen und zielt auf seinen Bauch.

Bevor sie abdrücken kann, schüttelt er die Beschwörungen wie lästige Fliegen ab und stürzt sich mit weit aufgerissenem Maul auf die Frau.

Sie kreischt. Bo keucht und ich bin versucht die Augen zu schließen, damit ich nicht mit ansehen muss, wie er sie in Stücke reißt.

Unfähig, auch nur einen Finger zu rühren, beobachte ich, wie der Drache vorwärtsschnellt.

Die unterarmlangen Zähne sind nur noch Zentimeter davon entfernt, sich in das Fleisch der Frau zu schlagen, als urplötzlich Schatten aus dem Boden schießen. Sich wie Seile um das riesige Maul winden und die Kiefer des Ungetüms zusammenpressen.

Was …? Woher …?

Der Drache bäumt sich auf. Zerrt an den Fesseln.

Doch immer mehr Schattenschnüre wachsen aus dem Boden, winden sich um den Körper des Monsters und zwingen es mit gewaltiger Kraft in die Knie.

Irritiert blinzelnd sehe ich mich um und dann entdecke ich ihn. Den Schattendämon, der zwischen Marmortrümmern hinter dem Drachen aufgetaucht ist.

Er bewegt die Arme wie ein Marionettenspieler. Kontrolliert mit eleganten, fließenden Bewegungen die Dunkelheit, die aus allen Ecken der Bank zu ihm strömt und den Drachen samt Klauen und Flügeln am Boden festpinnt.

Nein … Das kann nicht sein. Das ist …

»Mr Übereifrig!«, stößt Bo voller Entsetzen aus.

Entgeistert starre ich den Dämon im dunklen Anzug an,

der weniger als zehn Meter von mir entfernt steht. Groß und breitschultrig wie ein Fels in der Brandung aufragt. Die Augen fest auf das Monster gerichtet.

Was macht er hier? Magieregulierung gehört nicht zu den Aufgaben des MBI, des Magical Bureau of Investigation. Die Sondereinheit des FBI ist ausschließlich für magische Verbrechensbekämpfung zuständig und …

Ich schüttle den Kopf, vertreibe die aufsteigenden Gedanken. Die ungewohnte Nervosität, die meine Wirbelsäule heraufkriecht und mir ein eisiges Frösteln über den Rücken jagt.

Heatons Auftauchen muss ein Zufall sein. Bestimmt wollte er nur Geld abheben, ein Bankkonto eröffnen oder eine neue Kreditkarte beantragen, weil er seine alte verloren hat. Wegen mir ist er auf keinen Fall gekommen. Immerhin kann er gar nicht wissen, dass ich hier bin und …

Ein markerschütterndes Brüllen reißt mich aus meiner Starre. Erinnert mich daran, dass ich endlich hier wegmuss. Jetzt, im Tumult, der beste Zeitpunkt ist, um unbemerkt das Weite zu suchen.

Der Drache schüttelt wild den Kopf und für einen Moment verschwindet der hitzige Ausdruck in seinen Augen, stattdessen wirkt er menschlich.

Erschrocken.

Verwirrt.

Dann kehrt schlagartig die Bestie zurück.

Der Rote bäumt sich auf, zerreißt die Fesseln im Sekundenbruchteil und schnappt nach einem anderen Magier mit einer Armbrust, der ihm ebenfalls zu nahe gekommen ist. Beinahe im selben Moment fegt er Mr Übereifrig mit einem Flügel von den Füßen und lässt seinen stachelbewehrten Schwanz mit so viel Wucht gegen die Wand krachen, dass das Gebäude erzittert. Der Kronleuchter klirrt gefährlich. Ein Riss teilt die massive Wand entzwei. Weitere Steine brechen aus der Decke, prasseln wie überdimensionale Hagelkörner auf den Boden.

Reflexartig reiße ich die Arme nach oben, um meinen Kopf zu schützen.

Jemand schreit und meine Aufmerksamkeit huscht zu den Schülern, über denen sich große Brocken aus der Wand gelöst haben.

Wenn der Drache nicht bald gestoppt wird, bringt er womöglich den Wolkenkratzer zum Einsturz.

Die Tür ist in Reichweite. Ich muss nur hinausgehen.

Trotzdem bleibe ich wie festgewachsen stehen.

In der Kürze der Zeit konnten sicher noch nicht alle Stockwerke evakuiert werden. Dort sind Väter. Mütter. Geschwister und Freunde, die unbeschadet nach Hause wollen. Genau wie die Kinder.

Aber das ist vielleicht nicht mehr möglich, wenn der Rote weiter wütet und jeden, der ihm zu nahe kommt, fast in Stücke reißt.

Ich beiße mir auf die Unterlippe. Weiß, dass ich nur noch ein schwaches Rinnsal Magie übrig haben kann und Heaton bloß wenig Meter von mir entfernt ist.

Aber ich bin die Einzige, der es möglich ist, sich mit ihren Kräften ungesehen an den Drachen heranzupirschen.

»Bo, wir müssen etwas tun«, stoße ich hervor.

»Und was?«

»Helfen, ihn unschädlich zu machen.«

»Bist du von allen guten Geistern verlassen?« Bos Stimme schnellt zwei Oktaven höher. »Er hätte fast ein Mitglied der Spezialeinheit gefressen und selbst mehrere Magier können ihn nicht im Zaum halten. Wir können nur hoffen, dass seine

Magie bald aufgebraucht ist und er sich in seine menschliche Gestalt zurückverwandelt.«

Im nächsten Moment schnellt der Drache mit aufgerissenem Maul vorwärts. Heißer Atem fegt über mich hinweg und ich sehe deutlich den Feuerball, der sich in seinem Schlund bildet.

Hastig springe ich aus der Schussrichtung. »Ich kenne mich zwar nicht sonderlich gut mit Drachen aus, aber auf mich wirkt er noch ziemlich fit«, sage ich, während sich ein Schattenseil von Heaton um seine Schnauze windet und gerade so verhindert, dass ein Mitglied der Spezialeinheit geröstet wird.

»Und was willst du dagegen machen?«

Nervös vergrabe ich die Fingernägel in den Handflächen und lasse meinen Blick über die Trümmer schweifen, bis ich in der Nähe eine geladene Armbrust entdecke, die irgendjemandem aus den Händen gefallen sein muss.

Dabei nimmt ein Plan in meinem Kopf Gestalt an. Einer, für den ich mich in spätestens fünf Minuten todsicher verfluchen werde.

»Was Irrlichter am besten können. Ihn austricksen.«

»Das ist der miserabelste Einfall aller miserablen Einfälle.«

»Ich weiß.« Bevor ich es mir anders überlegen kann, renne ich los. Direkt auf die Armbrust am Boden zu.

Hektisch greife ich danach. Schicke über die Fingerspitzen Magie in die Waffe, damit ich sie unsichtbar bei mir tragen kann. Dann hebe ich sie auf und haste in Richtung des Drachen.

»Eines Tages bringst du dich mit deinen Spontanaktionen noch ins Grab. Und mich gleich mit, weil mir vor Sorge das Herz stehen bleibt.«

»Beschwer dich später und hilf mir lieber! Ich habe keine

Ahnung, wie man einen Drachen umhaut.« Aus dem Augenwinkel sehe ich, wie der Dämon wieder auf die Beine kommt und erneut seine Schatten auf den Roten hetzt.

»Weißt du überhaupt, wie man schießt?«

»Ich improvisiere.«

»Wunderbar. Ganz wunderbar«, sagt Bo, während hinter mir eine tiefe Stimme »Greift ihn von rechts an« ruft.

Ich hechte auf die andere Seite, bevor ich womöglich von einem Fluch getroffen werde.

Die Waffe fest an die Brust gepresst, weiche ich einem ledrigen Flügel aus, der mit einem gefährlichen Widerhaken ausgestattet ist.

»Du musst eine der goldenen Bauchschuppen treffen. Sie sind seine Schwachstelle«, sagt Bo hektisch.

Ich murmle ein »Danke« und tauche in letzter Sekunde unter der Schwanzspitze weg, während der Drache vorwärtsschnellt und sich auf die Spezialeinheit stürzt.

Doch er kommt nicht weit, denn ein Schatten bringt ihn ins Stolpern und windet sich um einen Hinterfuß.

Damit habe ich freie Sicht auf den Bauch, den glutrote Schuppen wie eine Rüstung bedecken. Und unter dem Ansatz des linken Vorderbeins befinden sich gut sichtbar drei goldene.

Ich hebe die Armbrust an meine Wange, wie ich es in Filmen beobachtet habe.

Tief durchatmend blende ich das Chaos um mich herum so gut wie möglich aus. Dabei fokussiere ich durch das Zielfernrohr, betätige den Abzug und … schieße daneben. Nicht knapp, sondern einen gefühlten Meter.

Verdammt.

Ich weiche den mächtigen Beinen aus, um nicht platt getrampelt zu werden, und husche direkt unter den Bauch des Drachen.

Ein weiteres Mal lege ich die doppelläufige Waffe an, in der sich noch ein zweiter Betäubungspfeil befindet, und ziele mit angehaltenem Atem.

Bitte, bitte, triff, beschwöre ich das Geschoss und drücke erneut den Abzug.

Sirrend schnellt es durch die Luft, direkt auf die gewünschte Stelle zu und … prallt mit einem *Klong* an den roten Schuppen ab.

Das darf doch nicht wahr sein.

Fluchend werfe ich die nutzlos gewordene Armbrust beiseite, deren plötzliches Auftauchen im Tumult hoffentlich genauso wenig auffällt wie die abgeschossenen Pfeile. Dabei übersehe ich beinahe einen Flügel, der auf mich zurast. Ich springe zur Seite, um mich außer Reichweite zu bringen. Allerdings zu spät, denn er trifft mich an der Brust und reißt mich von den Beinen.

Mit voller Wucht knalle ich auf den Rücken. Die Luft wird mir aus der Lunge gepresst. Schmerz schießt meine Wirbelsäule entlang und schwarze Flecken tanzen vor meinen Augen. Werden immer größer. Trüben mein Sichtfeld.

»Arlyn?«, ruft jemand wie aus weiter Ferne.

»Arlyn, lebst du noch? Sag irgendwas.« Bo. Es ist Bos panische Stimme.

Ich reiße die Lider auf, sehe in letzter Sekunde ein krallenbewehrtes Hinterbein, das direkt auf mich zurast. Reflexartig werfe ich mich herum. Ein schmerzhaftes Stöhnen auf den Lippen.

»Arlyn?«

»Alles bestens«, presse ich hervor, obwohl ich mich fühle,

als hätte mich ein Laster überfahren. Doch glücklicherweise scheine ich mir keine ernsthaften Verletzungen zugezogen zu haben.

Bo schnaubt. »Ja, natürlich. Und ich bin der Osterhase. Wenn du öfter auf mich hören würdest, wärst du nicht ständig in Schwierigkeiten.«

Über mir brechen noch mehr Steine aus der Decke.

Der Drache muss endlich weg.

Ich rapple mich hoch. Vor mir liegt eine weitere Armbrust neben einer Frau, die hoffentlich nur bewusstlos ist.

Irgendwo hinter mir brüllt jemand und ein Schatten schwingt wie eine Peitsche durch die Luft. Hält den Drachen erneut in Schach, sodass die goldenen Schuppen in meiner Nähe bleiben.

Obwohl ich weiß, dass ich nicht mehr genug Magie habe, um die Waffe unsichtbar zu machen, bücke ich mich nach ihr, doch beide Pfeile sind bereits abgeschossen.

Himmel noch mal, wie viel Pech kann man haben?

Einen Moment verharre ich in der Bewegung, dann bemerke ich weitere Pfeile, die im Köcher der bewegungslosen Frau stecken.

Ich ziehe einen heraus und richte mich auf, obwohl ich keinen blassen Schimmer habe, wie man eine Armbrust lädt.

Möglicherweise muss ich das aber auch gar nicht, denn die empfindliche Stelle des Drachen befindet sich über den kläglichen Überresten der Empfangstheke. Wenn ich es hinaufschaffe, dann könnte ich vielleicht …

»Hau endlich ab, bevor du noch draufgehst«, unterbricht Bo meine Überlegungen.

Wieder bebt das Gebäude und Steine fallen auf mich herunter.

Obwohl ich weiß, dass meine beste Freundin recht hat und die Gefahr, entdeckt zu werden, mit jeder Sekunde wächst, ignoriere ich sie. Blende alle Alarmsignale in meinem Kopf aus, die mich beschwören, endlich vernünftig zu sein und nicht länger die Heldin zu spielen.

Die ängstlichen Schreie der Anwesenden in den Ohren, haste ich von einem Steinhagel begleitet auf die Marmorbrocken zu. Mehr schlecht als recht springe ich darauf, um näher an die Schuppen zu kommen, und halte mühsam das Gleichgewicht.

Die Waffe fest umklammernd, hoffe ich mit jeder Faser meines Körpers, dass ich genug Kraft habe, die Drachenhaut zu durchdringen, und hole aus. Ramme das dünne Metall mit aller Kraft ins Herz der goldenen Schuppen. Nicht annährend so tief, wie es die Armbrust gekonnt hätte, aber wenigstens ein Stück.

Zuerst passiert nichts und beinahe glaube ich, erneut versagt zu haben, dann erstarrt das Ungetüm mitten in der Bewegung. Ein Zittern durchläuft seinen Körper und es schwankt, als hätte es zu tief ins Glas geschaut.

Innerlich jubelnd springe ich von den Überresten der Theke, um nicht unter dem Drachen begraben zu werden, und schlittere zur gegenüberliegenden Wand. Dabei entgehe ich nur knapp dem wild schlingernden Schwanz, bevor der Drache mit einem ohrenbetäubenden *Rums* auf den Boden kracht.

»Du hast es geschafft«, wispert Bo ungläubig.

»Hast du etwa an mir gezweifelt?« Schwer atmend stemme ich mir einen Arm in die Seite und betrachte einen Moment das riesige Maul mit seinen gigantischen Zähnen, aus dem eine pinke Zunge hängt.

Die Mitglieder der Spezialeinheit, die noch auf den Beinen sind, starren mit großen Augen auf das gefällte Ungetüm.

Alle, bis auf Mr Übereifrig, der nur wenige Meter von mir entfernt steht.

Prompt beschleunigt mein Herz auf die dreifache Geschwindigkeit. Nicht, weil der Dämon verboten gut aussieht, sondern weil seine dunklen Augen auf mich gerichtet sind.

Shit.

Das ist gar nicht gut.

Erschrocken schaue ich an mir hinunter.

Mein rechter Arm ist bis zur Schulter sichtbar und mein linkes Bein flackert, als hätte es einen Wackelkontakt.

Sofort reiße ich den Kopf nach oben und sehe, wie sich Heaton in Bewegung setzt. Mit festen Schritten direkt auf mich zukommt.

»Bei den Sternen, du musst weg, bevor dein Gesicht sichtbar wird«, ruft Bo hektisch, die meinen Zustand durch die Überwachungskameras mitbekommen haben muss.

Das braucht sie mir nicht zweimal zu sagen.

Ich weiche zurück und ziehe blitzschnell eine Rauchbombe aus meinem Handschuh.

Mit aller Kraft werfe ich sie auf den Boden. Das Glas zerbricht und ich renne los.

»MBI, bleiben Sie stehen und nehmen Sie die Hände hoch«, höre ich eine tiefe, raue Stimme hinter mir, die zu Mr Übereifrig gehören muss.

Darauf kann er lange warten.

Ich jage an dem dünnen Rauchfaden vorbei, der vor mir von den Scherben aufsteigt, und passiere das Notfallteam, das zu meinem Glück damit beschäftigt ist, den bewusstlosen Drachen zu fesseln. Dafür wachsen Schatten aus dem Boden, greifen mit ihren Fingern nach mir und versuchen mich festzuhalten.

Nur knapp entgehe ich ihnen, rutsche auf etwas Nassem aus, das verdächtig nach glibberigem Drachensabber aussieht, und rudere hektisch mit den Armen, um das Gleichgewicht zu halten. Gleichzeitig füllt sich der Raum mit Nebel.

Gerade so einen Sturz verhindernd, verlasse ich die Bank.

Vor dem Gebäude stehen mehrere Streifenwagen. Weiter hinten werden Leute aus einem Notausgang geleitet und Cops sperren die Straße ab, um Schaulustige fernzuhalten.

»Du musst rechts die Straße abwärts«, sagt Bo, die sofort das Ruder übernimmt.

So schnell mich meine Beine tragen, hechte ich über den Asphalt, springe mit der Eleganz eines altersschwachen Elefanten über ein gelbes Absperrband und renne zwischen zwei parkenden Polizeiautos hindurch, bevor ich die Sixth Avenue entlangpresche.

Dabei sehe ich kurz über die Schulter und muss feststellen, dass der Rauch Heaton nicht lange aufhalten konnte. Er hat mit zwei Cops die Verfolgung aufgenommen und kommt mit gefährlich großen Schritten näher.

Verflixt. Warum muss er auch so lange Beine haben?

Vor mir schießt erneut ein Schatten aus dem Boden, wird jedoch von einem Sonnenstrahl verschluckt, ehe er mich zu Fall bringen kann.

Ein Hauch Schadenfreude steigt in mir auf. Bestimmt ist auch er nach dem Kampf geschwächt. Leider ist sie nur von kurzer Dauer, denn ich spüre deutlich, wie meine Beine sichtbar werden.

Passanten schreien bei meinem Anblick erschrocken auf. Wahrscheinlich sehe ich aus, als wäre ich einem schlechten

Horrorfilm entsprungen. Darauf kann ich jetzt allerdings keine Rücksicht nehmen und stülpe mir stattdessen die Kapuze über den Kopf.

»Bieg links ab«, sagt Bo.

Ich beiße die Zähne fest zusammen, folge ihrer Anweisung und …

»Nein, nicht da, das andere Links!«, brüllt sie mir ins Ohr, aber es ist zu spät.

Und Umdrehen ist keine Option, dafür ist der Dämon viel zu nah.

Shit! Shit! Shit!

Warum muss mir das immer in den unpassendsten Momenten passieren?

»Wohin jetzt?«, keuche ich und sporne mich selbst an schneller zu laufen, obwohl meine Muskeln wie Feuer brennen. Ich könnte mich dafür ohrfeigen, mein Fitnesstraining in den letzten Monaten vernachlässigt zu haben. Nur, weil ich mich bei den heißen Temperaturen nicht mehr als unbedingt notwendig bewegen wollte. Und auch nicht mit einer halsbrecherischen Verfolgungsjagd gerechnet habe. Eine Nachlässigkeit, die mir jetzt vielleicht zum Verhängnis wird.

»Keine Ahnung, dein Manöver hat gerade alle Pläne zerstört«, hallt Bos aufgebrachte Stimme durch den Kopfhörer.

»Stehen bleiben«, ruft jemand direkt hinter mir. Statt der Aufforderung zu folgen, sprinte ich an einem FBI-Rekrutierungsstand und mehreren Souvenirverkäufern vorbei, die allerlei Krimskrams auf langen Tischen ausgebreitet haben, bevor ich mich mit rasselndem Atem auf dem Times Square wiederfinde.

Aber Heaton lässt sich nicht abhängen.

Im Gegenteil.

Er holt immer weiter auf.

Ich weiche einem Mann mit Kamera aus, bemerke aus dem Augenwinkel, wie eine große Hand nach mir greift. Starke Finger streifen meine Haut und packen mich am Arm.

Ich keuche, reiße mich los und springe reflexartig nach links. Direkt in eine Menschentraube hinein.

Grob drängle ich mich durch die Leute, um Abstand zwischen den nervtötenden MBI-Agent und mich zu bekommen. Dabei spüre ich, wie das Kribbeln meinen Hals heraufwandert.

Ich muss mich irgendwo verstecken.

Verfolgt von entsetzten Rufen renne ich weiter und stülpe dabei einer Frau, die gerade ihre Schnürsenkel bindet, eine Schildmütze vom Kopf. Hastig setze ich sie auf die Kapuze und ziehe mir den Schild tief ins Gesicht. So bin ich im Ernstfall hoffentlich vor den Überwachungskameras geschützt, die an jeder Straßenecke und in allen Geschäften verbaut sind. Ganz zu schweigen von den Tausenden Touristen, die mit ihren Smartphones im Sekundentakt Bilder und Videos von den riesigen Werbetafeln machen, die an den Fassaden der Gebäude angebracht sind und in den buntesten Farben leuchten.

Hektisch schaue ich mich um. Lasse meinen Blick über Menschen, Magics, riesige Bildschirme und Neonlichter flitzen. Die Cops sind nirgendwo zu finden und gerade, als ich glaube, auch den Dämon abgehängt zu haben, taucht sein viel zu hübsches Gesicht wieder in der Menge auf.

Das darf doch nicht wahr sein. Hat er etwa einen Röntgenblick?

»Wir müssen ihn endlich loswerden«, beschwöre ich Bo und obwohl sich alles in mir nach Erholung sehnt, renne ich weiter.

»Ich arbeite ja schon daran.« Sie malträtiert lautstark ihre Tastatur. Bestimmt muss ich ihr nachher eine neue kaufen, aber das ist meine kleinste Sorge, denn der mühsam ausgebaute Vorsprung verringert sich bereits.

»Ich habe einen Fluchtweg gefunden«, sprudelt endlich die erlösende Nachricht aus Bo heraus. »Du musst nur auf die andere Straßenseite und ein klein wenig mehr Abstand zwischen euch bringen.«

Abstand? Meine Lungenflügel stehen in Flammen. Wenn ich in der nächsten Minute nicht kollabiere oder vor Anstrengung einen Herzinfarkt bekomme, habe ich einen Orden verdient.

Keuchend eile ich im Zickzack an unzähligen Touristen vorbei, stets darauf bedacht, ein paar Leute zwischen Heaton und mir zu haben. Dabei überlege ich fieberhaft, wie ich ihn abhängen kann, aber mein Gehirn ist wie leer gefegt.

»Folge der Straße, bis du Joe's Diner erreichst. Dort sollte es einen Hinterhof geben«, sagt Bo hektisch.

Ich presse die Zähne zusammen. Quetsche von irgendwo einen Minirest Energie heraus und dränge mich erneut durch eine dichte Menschenansammlung, die sich vor einer Videowand versammelt hat, auf der eine pinke Flasche beworben wird.

Kurz wage ich es, mich umzublicken, und würde am liebsten laut jubeln, weil ich meinen Verfolger dieses Mal weiter zurückgelassen habe.

Stattdessen tauche ich hinter kostümierten Straßenkünstlern ab und baue den Vorsprung aus, bis ich das besagte Schild entdecke.

Dort presche ich in einen verdreckten Hinterhof.

»Verdammt, Bo, das ist eine Sackgasse.«

»Nein. Ist es nicht. Siehst du den Müllcontainer?«

Heftig keuchend huscht mein Blick über eine löchrige Matratze, achtlos liegen gelassenen Schrott und zu einem grünen Container in der hintersten Ecke.

»Ja.«

»Du musst hineinklettern.«

»Hat dir der Zucker das Gehirn verklebt? Darin wimmelt es bestimmt nur so von Ratten.« Mit erhobenen Brauen beäuge ich im Laufen den verrosteten Abfallbehälter, in dem sich Müllberge auftürmen.

»Ungezieferfreie Schmugglertunnel sind heute leider nicht im Angebot. Und wenn ich dich hier rausbringen soll, dann kletter in den verdammten Container. Mr Übereifrig wird sicher bald auftauchen.«

Da hat sie leider recht. Ich habe die Wahl zwischen Pest und Cholera.

Mit Todesverachtung eile ich auf den Container zu, der bestialisch nach vergammelten Essensresten und alten Windeln stinkt, die zu lange in der Sonne gelegen haben.

Würgend halte ich mir die Nase zu und kämpfe gegen den Brechreiz an.

»Es ist nur eine Illusion, nur ein Ablenkungsmanöver, um ungebetene Gäste abzuschrecken«, redet Bo auf mich ein.

Obwohl sich alles in mir sträubt, umgreife ich den Container mit beiden Händen, schwinge das rechte Bein über den Rand und hieve mich hinauf.

Mit brennendem Brustkorb stoße ich die Beine in den Abfall, die den Müll durchdringen, als bestünde er aus Luft. Dabei lösen sich die Säcke vor meinen Augen auf und ich entdecke ein Loch im Boden des Behälters, das auf seiner linken Seite in die Tiefe führt. Ich lasse mich neben dem Loch auf den Containerboden fallen. Dann ducke ich mich schnell, damit ich von außen nicht zu erkennen bin.

»Und jetzt?« Ich linse ins Innere des Lochs und kicke dabei versehentlich einen Stein hinein.

»Du musst rutschen.«

Irritiert mustere ich die Öffnung, die sich als Rohr entpuppt, das wie eine Rutsche nach unten führt.

Solange ich nicht mehr rennen muss, ist mir fast alles recht. Deshalb setze ich mich auf den Boden und schiebe die Beine in die Rutsche.

Irgendwo hinter mir klappert etwas.

Ist der Dämon schon da? Ich wage es nicht, noch einmal über den Rand zu schauen.

»Wir sehen uns auf der anderen Seite«, flüstere ich. Obwohl ich den Stein nicht habe aufschlagen hören, stoße ich mich schwungvoll ab. Direkt in den Schlund des Abgrundes.

3. KAPITEL

Die Hände an die Brust gedrückt und den Oberkörper weit nach hinten gelehnt, rase ich mit wild klopfendem Herzen in die Tiefe.

Wind pfeift mir um die Ohren und das Metall ächzt besorgniserregend unter meinem Gewicht, doch schon nach ein paar Sekunden verringert sich die Geschwindigkeit und ich komme zum Stillstand.

Dunkelheit umgibt mich und abgestandene Luft schlägt mir ins Gesicht. Erinnert mich an den modrigen Keller des Waisenhauses, den ich oft zur Strafe aufräumen musste, wenn ich Streit mit den anderen Kindern gehabt hatte. Dabei waren sie es, die immer zuerst auf Bo herumgehackt haben.

Allein bei dem Gedanken an die Spinnweben und Krabbeltiere läuft mir ein kalter Schauer über den Rücken, aber ich nehme die unliebsame Erinnerung gern in Kauf, wenn ich dafür Mr Übereifrig entkomme.

Erst jetzt, da ich halbwegs durchatmen kann, wird mir bewusst, wie knapp das eben war. Dass ich tatsächlich fast geschnappt wurde. Und das nur, weil ich eine gute Tat begangen und anderen geholfen habe.

»Bist du heil angekommen?«, fragt Bo nervös.

Ich setze gerade zu einer Antwort an, als ich neben mir ein Geräusch höre. Stocksteif lausche ich in die Finsternis und spüre, wie sich die feinen Härchen auf meinen Armen alarmiert aufrichten.

»Ja, aber irgendetwas ist da.« Eilig nestle ich eine winzige Taschenlampe aus meinem Handschuh, während das Geräusch näher kommt und klingt, als würden Krallen an Steinen gewetzt werden.

»Du solltest so schnell wie möglich dort weg. Wer weiß, wie lange Heaton braucht, um den Zugang zu finden«, erwidert Bo beunruhigt.

»Ich habe nicht vor ein Kaffeekränzchen zu halten.« Schnell drehe ich am Lampenkopf und sofort flammt ein schwacher Lichtschein auf.

Blinzelnd betrachte ich das rostige Metall. Es hat sich auf meinem Weg nach unten irgendwo von einem Rohr in eine halbmondförmige Rutsche verwandelt, die nach oben hin offen ist und in einem Tunnel endet. Moos wächst an dessen Backsteinwänden, Wasser tropft von der Decke und ein gruseliger Schatten huscht vor mir über die Wand.

War das eine Ratte?

Hastig springe ich aus der Rutsche, die knapp über dem Boden endet.

»Wie komme ich am schnellsten hier raus?« Ich leuchte in den Tunnel vor mir.

»Du musst nur etwa dreihundert Meter dem Gang folgen.« Bo schlürft lautstark an irgendeinem Getränk, um das ich sie von ganzem Herzen beneide. Mein Mund ist staubtrocken, die Zunge klebt mir am Gaumen und meine Kehle fühlt sich an, als hätte ich rostige Nägel verschluckt. Außerdem bin ich so nass geschwitzt, dass ich fröstle.

Ich komme an zwei Leitern vorbei, die nach oben führen, ehe Bo die richtige ankündigt. Wachsam schaue ich mich um, kann allerdings niemanden in dem Tunnel entdecken.

Ich klemme mir die Taschenlampe zwischen die Zähne, greife nach der ersten Sprosse und beginne mit Wackelpuddingbeinen den Aufstieg. So lange, bis mein Kopf beinahe die Decke streift und ich gegen die Luke über mir drücken kann.

Sie bewegt sich kein bisschen.

Das war so klar.

Ich sammle den jämmerlichen Rest meiner verbliebenen Kräfte und stemme mich ächzend gegen die Platte, bis sie endlich nachgibt und Stück für Stück zur Seite gleitet.

»Du müsstest im Hof eines weiteren Restaurants herauskommen«, sagt Bo, während ich vorsichtig den Kopf durch das Loch stecke. Tintenschwarze Wolken, die schwer über Manhattan hängen, haben die Sonne in den letzten Minuten verschluckt. Aber wenigstens wirkt es hier wesentlich freundlicher als bei Joe's Diner. Es liegt weder Schrott noch sonstiger Abfall herum und die Mülltonnen in der Nähe stinken nur halb so schlimm. Das ist definitiv eine Verbesserung.

Da ich nur eine Taube entdecke, die gurrend an etwas herumpickt, schiebe ich die ausgeschaltete Taschenlampe in die Bauchtasche meines Hoodies, klettere aus der Luke und verschließe den verräterischen Durchgang.

»Gleich hast du es geschafft«, sagt Bo. Wieder tippt sie. »Du kannst dich direkt unter die Passanten mischen. Der Gassenausgang liegt praktischerweise im toten Winkel der umliegenden Kameras.«

»Habe ich dir schon mal gesagt, wie genial du bist?« Im Laufen ziehe ich Schildmütze und Kapuze vom Kopf und stopfe Ersteres zu der Taschenlampe, um keine Spuren zurückzulassen.

»Nicht oft genug.«

»Das hole ich dann hiermit offiziell nach.« Ich klopfe meinen Hoodie und die schwarze Jeans ab, bis die gröbsten Staubreste entfernt sind und ich hoffentlich wieder halbwegs vorzeigbar aussehe.

Dann verlasse ich, begleitet vom typischen Hupen und Sirenengeheul der Stadt, das Versteck und trete auf die Straße. Hinein ins geschäftige Treiben von New York.

Kurz überlege ich, ob ich mich zur U-Bahn schleppen soll, aber dann winke ich einem der gelben Taxis.

Nach dem ganzen Schlamassel habe ich mir ein wenig Komfort redlich verdient.

+ + +

Wenig später fährt das Taxi, in dem ich sitze, durch einen gemauerten Bogen, dessen Scheitel ein verschnörkeltes W ziert. Steinerne Sterne umkreisen den Buchstaben, der für Wondervale steht. Einen der Stadtteile New Yorks, der östlich von Brooklyn zu finden ist. Hier haben sich im Laufe der Jahrhunderte viele Hexen und Magier angesiedelt, deren Häuser Spitzbögen, Erker und steinerne Verzierungen besitzen.

Für gewöhnlich herrscht reges Treiben auf den Straßen und es sind sowohl Magics als auch Menschen unterwegs, die in den umliegenden Läden praktische Haushaltszauber, Heilsalben und diverse Schönheitstinkturen erwerben. Jetzt ist jedoch kaum jemand zu sehen, denn es schüttet in Strömen.

Nach drei weiteren Straßen fährt der Fahrer auf ein majestätisches Gebäude zu. Mit seinen kleinen Türmen, den spitz zulaufenden Fenstern und den steinernen Gargoyles wirkt es beinahe wie eine Kathedrale, über deren Eingang der Schriftzug *Magic Library* hängt.

Gerade, als wir vor der Bibliothek zum Stehen kommen, fliegen die schweren Holztüren schwungvoll auf.

Ein junger Mann rennt heraus, verfolgt von einem Reisigbesen, der wie durch Zauberhand geführt hinter ihm herjagt. Ihn unsanft anrempelt und vor sich hertreibt.

Hektisch eilt er die Stufen herunter, rutscht auf der letzten aus und landet auf dem Hintern. Inmitten einer gewaltigen Pfütze.

Sofort rappelt sich der Mann auf und schwingt die Faust in Richtung des Besens, der auf dem Plateau vor dem Eingang zurückgeblieben ist. Als wäre er ein Baseballschläger, schwingt der Besen durch die Luft, trifft zielsicher den Hut, den der Mann unterwegs verloren hat, und schleudert ihm die Kopfbedeckung ins Gesicht. Dann macht er kehrt und zieht sich ins Innere des Gebäudes zurück, während hinter ihm die Tür krachend ins Schloss fällt.

Wild mit den Armen fuchtelnd zieht der Mann von dannen und ich kann mir das Grinsen kaum verkneifen.

Wie der Name über dem Eingang schon verrät, ist Libby keine gewöhnliche Bibliothek, sondern eine verzauberte. Wenn jemand die Frechheit besitzt, sich an ihren Schätzen zu vergreifen, indem er Eselsohren in Buchseiten knickt oder sich wie die Axt im Wald aufführt, ist sie allzeit bereit, sich zu wehren. Zwar hat sie schon einige Gäste vergrault, aber dafür auch viele ihrer seltenen Werke vor Schaden bewahrt. Und der Mann hatte es todsicher verdient, hinausgeworfen zu werden, wenn die Bibliothek zu drastischen Maßnahmen greift.

Ich bezahle den Fahrer, ziehe mir die Kapuze über den Kopf und sprinte über die Straße. Eiskalte Tropfen prasseln auf mich herunter. Durchnässen meinen Hoodie innerhalb von Sekunden, während ich die Stufen der Magic Library hinaufrenne.

»Hey Libby, bin wieder da«, sage ich atemlos.

Noch ehe ich die Hand ausstrecken und die gusseiserne Klinke berühren kann, schwingt die Tür mit einem freudigen Knarzen auf.

Sorgfältig reibe ich meine Schuhe auf dem Fußabstreifer sauber, bevor ich in den gemütlichen Eingangsbereich trete, der von altmodischen Leuchtern erhellt wird. Tropfnass folge ich einem grünen Teppich, der an Sitzgelegenheiten und Informationstafeln vorbeiführt.

Währenddessen lässt die Bibliothek zuvorkommend ein Handtuch auf mich zuschweben und ich pflücke es aus der Luft. Dankbar wische ich mir übers Gesicht und wickle mich in den weichen Stoff, bevor ich tief durchatme und den vertrauten Geruch von Tinte, Druckerschwärze und Buchseiten aufsauge. Den Duft der Bücher, die sich in deckenhohen Nussbaumregalen hinter der Ausleihtheke aufreihen.

Ein warmes Gefühl breitet sich in meiner Brust aus. Als würden mich die Geschichten sanft umarmen. Wie Mum früher, als sie noch lebte. Als die Welt noch in Ordnung war. Sie regelmäßig mit mir hierherkam, um für ihre Forschungen zu recherchieren, während ich mich mit einer Decke auf einen Sessel gekuschelt und die Nase in niedergeschriebene Abenteuer gesteckt habe.

Schnell blinzle ich gegen das verräterische Brennen in meinen Augen an.

Dabei streiche ich mit den Fingerspitzen liebevoll über das

glatte Holz der Theke und ein goldenes Schimmern breitet sich als Antwort unter der Berührung aus, als wollte mir Libby Trost spenden.

»Wo stecken Bo und Rose?«, frage ich leise, um die wenigen Lesenden nicht zu stören, die es sich in den alten Polstermöbeln gemütlich gemacht haben. Trotzdem sieht ein Mann kurz auf und mustert mit verkniffenem Gesicht meine nasse Gestalt.

Ich wende mich ab und bemerke ein winziges Buch, das vor mir aus einem Regal gleitet. Als würden es unsichtbare Fäden halten, hüpft es einen Moment in der Luft herum. Dann saust es den Teppich entlang ins Innere der Bibliothek.

Eilig folge ich ihm und komme an unzähligen Regalen vorbei, in denen Tausende Bücher stehen. Sie sind nach Themen sortiert und in den verschiedensten Sprachen verfasst. Doch egal wie alt sie sind und aus welchem Winkel der Welt sie stammen: Sie alle beschäftigen sich in irgendeiner Weise mit Magie.

Unterwegs kreuzen dicke Wälzer meinen Weg, die Libby einsortiert oder mit fliegenden Staubwedeln reinigt. So sorgfältig, wie es ein Bibliothekar niemals könnte.

Ich lasse mehrere geschwungene Wendeltreppen hinter mir, bis ich die oberste Etage erreiche. Statt von meinen Freundinnen begrüßt zu werden, platscht mir etwas Nasses auf die Nase.

Ich schaue nach oben und kann nur knapp einem weiteren Tropfen entgehen, der von einem Holzbalken an der Decke fällt. Ihm folgen weitere, die wahrscheinlich durch eines der vielen Löcher im Dach dringen, das schon seit einigen Jahren baufällig ist und dringend erneuert werden sollte. Trotz meiner nicht ganz legalen Aktivitäten fehlt uns dafür jedoch das nötige Kleingeld. Ein Umstand, den wir dringend ändern müssen, denn so kann es nicht weitergehen. Auch wenn sich hier oben zum Glück kaum Bücher befinden, die beschädigt werden können, sondern eine Wohnung, in der Bo, Rose und ich leben.

Zähneklappernd und das Handtuch noch immer fest um mich geschlungen, gehe ich auf die Tür zu, die Libby aufschwingen lässt.

Gerade noch rechtzeitig weiche ich einem Topf aus, der mir wie ein Geschoss entgegenrast, um sich unter der tropfenden Stelle zu positionieren. Dabei laufe ich direkt in Bos schlanke Gestalt, die viel zu schnell um die Ecke gebogen ist.

»Den Sternen sei Dank, du bist wieder da«, haucht sie und boxt mir mit voller Wucht gegen den Oberarm.

»Au!« Ich reibe mir unter dem Handtuch über die schmerzende Stelle. »Wofür war das denn?«

»Dafür, dass du mir so einen Schreck eingejagt hast.« Sie funkelt mich mit ihren dunkelbraunen Augen wütend an, bevor sie mich in eine feste Umarmung zieht. »Ich dachte schon, ich muss heute Abend allein *Verhext und Zugenäht* schauen«, flüstert sie und ihr vertrauter Geruch nach Orangenblüten und Jasmin kitzelt in meiner Nase.

»So leicht erwischt man mich nicht.«

Bo stößt einen Ton aus, der wie eine Mischung aus Schnauben und Lachen klingt. »Da habe ich aber etwas anderes gesehen.«

»Kann gar nicht sein«, krächze ich, wohl wissend, wie brenzlig das heute war. »Aber wenn du mich weiter festhältst, ersticke ich.«

Hastig lässt sie von mir ab und ich pumpe frischen Atem in meine zerquetschten Lungenflügel, während Bo mich ungeduldig ins Wohnzimmer bugsiert.

Wie der Rest des Apartments ist es klein, aber mit der dunkelgrünen Couch, dem Kamin und den Kerzenständern sehr gemütlich. Zumindest, wenn man von dem Dutzend Gefäßen absieht, die überall im Raum stehen, um Wasser aufzufangen, das von der hohen Decke tropft.

»Schau mal, wer wieder da ist«, ruft Bo Rose zu. Letztere steht neben einer geblümten Schüssel und vollführt mit ihren Armen eine komplizierte Bewegungsabfolge in Richtung der Decke, bis der unliebsame Strom dort versiegt.

»Sorry, wenn ich die Freudensprünge auf später verschiebe, aber ich habe alle Hände voll zu tun«, sagt Rose und wendet sich trotz ihrer einundsiebzig Jahre flink dem nächsten Leck im Dach zu.

Ich kann es ihr nicht verübeln, denn die Gefäße sind alle kurz vorm Überlaufen und die damit einhergehende Sauerei will niemand aufwischen. Deshalb lege ich das Handtuch beiseite, greife nach einem leeren Bottich, den Libby in meine Richtung fliegen lässt, und tausche ihn gegen einen vollen aus.

Die Bibliothek hat zwar viele Talente, aber ihre Präzision leidet bei schweren Gegenständen und ihre Kräfte reichen auch nicht aus, um sich selbst zu reparieren. Daher schleppen Bo und ich die vollen Gefäße in die angrenzende Küche und leeren sie, während Rose mit ihrer Runenmagie vorübergehend die schlimmsten Schäden beseitigt.

Nachdem das Gröbste beseitigt ist, lehne ich mich schwer atmend an eine Kommode, neben der nur vereinzelt Tropfen in eine Tasse platschen.

Rose, die vom vielen Magiegebrauch fix und fertig aussieht, rückt ihre goldumrandete Brille zurecht.

Ich würde ihr gern helfen die Löcher zu stopfen, aber meine Irrlichtkräfte sind dafür ungeeignet und Bo trägt als Mensch keinen Funken Magie in sich. Und mit Höhenangst ist es für uns beide leider auch nicht so einfach, auf einem Dach herumzuklettern.

»Du solltest dringend aus den nassen Sachen heraus und unter die heiße Dusche, bevor du noch erfrierst«, sagt Rose und mustert mich kritisch. Tatsächlich klappern meine Zähne inzwischen vor Kälte und ich habe das Gefühl, mich in einen Eisblock zu verwandeln.

»Soll ich euch nicht noch helf...«

»Niemand hat etwas davon, wenn du dir eine Erkältung einfängst«, unterbricht Rose mich unwirsch und wischt sich die nassen Hände an ihrem weinroten Hosenanzug ab. »Und den Rest schaffen wir bestimmt allein.«

»Richtig.« Wassertropfen perlen aus Bos dunkelbraunem Zopf und versickern in ihrem gelben Pulli. »Außerdem kannst du die Brosche gleich dalassen. Ich bringe sie später zur Post.«

»Bist du sicher?« Zögerlich hole ich das Schmuckstück aus meinem Handschuh und reiche es ihr. Da sie nur ungern das Haus verlässt und sich der Abgabeort am anderen Ende von Wondervale befindet, übernehme diese Aufgabe meistens ich. Es gibt zwar viele andere Postfilialen, die näher liegen, aber wir nutzen eine ganz spezielle, die es uns ermöglicht, anonym Kontakt mit unserer Kundschaft aufzunehmen.

»Ja.« Entschlossen betrachtet sie die roten Diamanten. »Wärm dich auf, schlaf eine Runde und dann überlegen wir, wie wir wegen Heaton vorgehen.«

Ich runzle die Stirn. »Was gibt es da zu überlegen?«

»Zum Beispiel, wie wir damit umgehen, dass er ausgerechnet heute in der Bank aufgetaucht ist. Kurz nachdem du ein Schließfach ausgeräumt hast.«

»Ach.« Ich wische ihre Bedenken mit einer Handbewegung beiseite. »Das war ein unglücklicher Zufall. Nichts weiter.«

»Genau.« Bo verdreht die Augen. »Der Mann, der seit über einem Jahr die kriminelle Unterwelt New Yorks nach dem Phantom absucht und überall unbequeme Fragen stellt, um herauszufinden, wer dahintersteckt, hat sich heute in dieselbe Bank teleportiert, die du aufgesucht hast. Einfach so. Durch eine unglückliche Fügung des Schicksals.«

»Das ist der falsche Moment für Diskussionen«, wirft Rose ein, doch ich übergehe sie. Obwohl ich Bo wie eine Schwester liebe, kann ich die endlosen Gespräche über den Dämon nicht mehr hören.

»Richtig.« Ich verschränke die Arme vor der Brust. »Schließlich konnte er nicht wissen, dass ich dort sein würde.«

»Trotzdem hätte er dich fast geschnappt.«

»Und wennschon. Das bringt seine Ermittlung auch nicht weiter. Schließlich kennt niemand außer uns dreien die wahre Identität des Phantoms.«

»Nun ja«, ertönt plötzlich eine schnarrende Stimme hinter mir. »Ich fürchte, das ist so nicht ganz richtig.«

4. KAPITEL

Eine Sekunde bin ich wie erstarrt. Dann wirble ich herum und suche mit wild hämmerndem Herzen den Raum ab, bis mein Blick auf den Esstisch fällt, auf dem eine braune Maus mit ausgefranstem Ohr sitzt.

»Verdammt, Igor! Willst du mich zu Tode erschrecken?«, frage ich.

Scheinbar sind die Ereignisse der vergangenen Stunde doch nicht so spurlos an mir abgeperlt, wie ich es mir einzureden versuche, denn sonst bringt mich nichts so schnell aus der Fassung.

»Es ist schwer, auf sich aufmerksam zu machen, wenn man so klein ist.« Die Maus rückt das silberne Amulett um ihren Hals zurecht, das ihre Stimme verstärkt.

»Trotzdem hätten wir fast einen Herzinfarkt bekommen.« Bo ist ein paar Schritte zurückgewichen und hat sich eine Hand an die Brust gelegt.

»Außerdem zählst du nicht wirklich als Mitwisser. Immerhin kannst du niemandem von uns berichten«, fügt Rose hinzu.

Alle Mäuse, die einen Funken Magie in sich tragen und ihren Lebensunterhalt mit Postzustellung verdienen, schwören einen magischen Eid, der es ihnen verbietet, Informationen über ihre Kundschaft preiszugeben. Deshalb ist ihr Dienst von unschätzbarem Wert für alle Ganoven und nicht einmal das MBI kann etwas dagegen unternehmen.

»Das stimmt … aber …« Igor, der inzwischen seit fast drei Jahren ein wichtiger Eckpfeiler unserer verbotenen Aktivitäten ist, nimmt seinen schwarzen Rucksack ab, auf dem in Grün ein großes *P* aufgestickt ist. Unruhig nestelt er an der Schnalle herum und zieht einen winzigen Umschlag heraus.

Bo, die ihm am nächsten steht, nimmt ihn entgegen. Prompt wächst der Brief in ihren Händen, bis er eine lesbare Größe erreicht. Während sie ihm dabei zusieht, wird sie aschfahl.

»Unmöglich …«, haucht sie entsetzt.

Schnell durchquere ich den Raum und schaue ihr über die Schulter. Wo sonst *Für das Phantom* steht, damit die Mäuse die Nachricht überbringen können, steht heute: An *Arlyn Dorell, das Phantom von NY, Magic Library.*

»Das kann nicht sein«, murmle ich. Niemand sollte meinen Namen mit der Bezeichnung in Verbindung bringen können, die mir die Medien verliehen haben. Dafür haben wir in den letzten Jahren akribisch gesorgt.

Mit einem stechenden Gefühl in der Magengegend nehme ich Bo den Umschlag aus der Hand und ziehe ein Blatt heraus, auf dem innerhalb eines Sekundenbruchteils ein flammenähnliches Zeichen aufleuchtet und sofort wieder verschwindet. Unsicher, ob mir meine müden Augen nur einen Streich gespielt haben, falte ich das Papier auseinander.

»Lies vor«, drängt Rose, die ebenfalls zu uns getreten ist, aber scheinbar nichts bemerkt hat.

Ich räuspere mich, denn meine Kehle fühlt sich an wie zugeschnürt.

Wenn du glaubst, deine Aktivitäten wären in den letzten Jahren unbeobachtet geblieben, nur weil du dich unsichtbar machen kannst, dann irrst du dich gewaltig. Ich habe dich seit Langem im Visier und weiß bestens über deine Machenschaften Bescheid.

Wie du letzten Monat das Loreleigemälde gestohlen hast, war ganz passabel. Ebenso der heutige Schließfachraub. Allerdings sind deine Fluchtfähigkeiten eine Zumutung und sollten dringend verbessert werden.

Da du trotzdem entkommen bist, habe ich einen Job für dich.

Stiehl bis morgen um spätestens dreizehn Uhr die Lichtchronik aus der Asservatenkammer des MBI (Reihe zehn, Regal fünf, Fach acht).

Sei lieber pünktlich, denn danach wird der Safe gegen eine einbruchsichere Variante eingetauscht.

Für den Fall, dass du mit dem Gedanken spielst, meinen Auftrag abzulehnen, könnte ich dir natürlich androhen, alle Beweise zu veröffentlichen, die ich gegen dich und deine kleine Truppe gesammelt habe. Sowohl das MBI als auch die Gangster und Halsabschneider, die du bestohlen hast, würden sich sicher brennend dafür interessieren.
Aber ich habe ein viel effektiveres Mittel gefunden, um dir den Ernst der Lage zu demonstrieren.

Deshalb wünsche ich dir viel Vergnügen mit meinem bescheidenen Freudenfeuer.

»Welches Freudenfeuer?«, fragt Rose, die als Erste die Fassung zurückgewonnen hat. Noch bevor ich darüber nachdenken kann, durchläuft ein dumpfes Dröhnen, gefolgt von einer Erschütterung die Bibliothek. Ähnlich wie in der Bank, aber doch ganz anders. Schmerzerfüllt. Ängstlich. Verwirrt.

»Was war das?« Bo sieht sich alarmiert um und eine dunkle Ahnung steigt in mir auf, die mir beinahe das Blut in den Adern gefrieren lässt.

»Nichts Gutes«, stoße ich hervor, werfe den Brief auf den Tisch und haste aus der Wohnung.

»Bitte lass mich falschliegen«, bete ich zu den Sternen und renne die Stufen hinunter. Dabei muss ich immer wieder den Kopf einziehen und mehreren Büchern ausweichen, die wie erstarrt in der Luft hängen.

»Libby, zeig mir den Weg«, rufe ich in den Raum hinein, doch die Bibliothek bleibt bewegungslos, als hätte sie einen Schock erlitten.

Fluchend sehe ich mich nach allen Seiten um, kann aber außer Bücherregalen, dunkelgrünem Teppich und der hölzernen Ausleihtheke nichts Verdächtiges entdecken. Ich will mich gerade abwenden, als mein Blick auf eine Sitzecke mit zwei weinroten Sesseln fällt, hinter denen Rauchfäden aufsteigen und meine Vermutung bestätigen.

So schnell mich meine Beine tragen, sprinte ich zur Theke.

»Was ist passiert?« Ein blasser Bibliotheksbesucher mit mintgrünem Blätterhaar eilt hinter einem der Regale hervor.

»Das weiß ich noch nicht genau. Aber Sie verlassen besser vorläufig das Gebäude.« Ich reiße den roten Feuerlöscher von der Wand und taumle unter dem Gewicht zurück, während der Mann hastig meiner Anweisung folgt.

»Hol den anderen vom Eingang«, rufe ich Bo zu, die ebenfalls die Treppen herunterhetzt.

Das Schlimmste befürchtend, renne ich auf die Sessel zu.

»Libby, komm zu dir«, beschwöre ich die Bibliothek laut. Derweil stürze ich an mehreren Vitrinen vorbei, in denen astronomische Instrumente und alte Vermessungsgeräte lagern, bis ich die Ecke erreiche, hinter der ein unverkennbares Knacken und Knistern hervordringt. Das Geräusch, das ich am wenigsten in einer Bibliothek hören will.

Mein Herz krampft sich schmerzhaft zusammen, als ich die Flammen entdecke, die an einem Regal emporzüngeln und mit gierigen Fingern nach den Buchseiten greifen. Sich hineinfressen, um nichts als Staub und Asche zurückzulassen. Allzeit bereit, sich in alle Richtung auszustrecken.

Fieberhaft versuche ich mich daran zu erinnern, was ich in dem Kurs übers Feuerlöschen gelernt habe, zu dem Bo mich vor Monaten überredet hat. Dabei suche ich die Stelle, wo der Brand am intensivsten ist.

In der Mitte des Regals entdecke ich schließlich ein silbernes Kästchen, das der Ursprung zu sein scheint.

Unzählige Fragen schießen mir durch den Kopf, doch ich schiebe alle beiseite und umklammere den Feuerlöscher fester. Dann ziehe ich den Sicherungsstift und richte den Schlauch auf den Brandherd.

Die Zähne vor Anstrengung und Konzentration fest zusammengepresst, sprühe ich das weiße Pulver in Richtung des Kästchens, bis der Feuerlöscher leer ist und Bo mit dem zweiten neben mir ankommt. Sie erstickt die restlichen Flammen, bevor sie wachsen und neuen Schaden anrichten können.

Erschöpft lasse ich den leeren Behälter neben mir auf den Boden gleiten. Betrachte das angekohlte Holz und das Pulver, das wie Mehlberge auf schwarzen Bücherresten liegt.

»Zum Glück seid ihr so schnell«, sagt Rose schwer schnaufend, die erst jetzt bei uns eintrifft. Sie ist zwar rüstig für ihr Alter, aber beim Treppensteigen nicht mehr die Schnellste. Vor allem nicht, wenn sie kurz zuvor große Magiemengen verbraucht hat.

»Warum tut jemand so etwas?« Bo streicht über das am nächsten stehende Regal und ein zartes Schimmern wird sichtbar. Flackernd, aber doch präsent.

»Um uns klarzumachen, was passiert, wenn wir den Auftrag ablehnen«, sage ich.

Obwohl meine Kleider immer noch durchnässt sind, spüre ich die Kälte kaum noch, denn Wut brodelt in mir. Wut darüber, dass jemand Libby als Druckmittel verwendet. Allein bei dem Gedanken, was passiert wäre, wenn wir die Flammen nicht so schnell hätten eindämmen können, wird mir kotzübel.

»Der Feuerteufel hat es ernst gemeint, das steht nach dieser Aktion außer Frage«, sagt Bo.

»Feuerteufel?« Ich ziehe eine Braue hoch.

»Das ist der perfekte Spitzname für diesen Schweinehund.«

»Was macht dich so sicher, dass es ein Mann ist?« Rose streicht sich eine graue Strähne hinters Ohr.

»Nichts, aber irgendwie müssen wir ihn schließlich nennen.« Bo schaut sich nach allen Seiten um, doch es ist niemand außer uns in der Nähe. »Mir will beim besten Willen nicht einleuchten, woher er weiß, dass du das Phantom bist«, sagt sie trotzdem mit gedämpfter Stimme. »Wir sind schließlich immer vorsichtig und haben außer den Postmäusen keine Außenstehenden eingeweiht.«

Ich nicke. Seit Rose uns vor sieben Jahren bei sich aufgenommen hat, damit wir sie bei ihren Diebestätigkeiten unterstützen, halten wir alle Außenstehenden auf Abstand. Und ich achte immer darauf, meine Irrlichtkräfte geheim zu halten. Selbst in einer Stadt wie New York gibt es nur wenige von uns und ich will keine unnötige Aufmerksamkeit auf mich ziehen.

Also wie zur Hölle ist der Unbekannte auf mich gekommen?

»Das müssen wir herausfinden.« Rose massiert sich die Schläfen.

»Und auch, wie es ihm gelungen ist, das Kästchen unbemerkt zu deponieren«, sage ich und betrachtet die silberne Box. Das Edelmetall ist für viele Magics tödlich und Libby kann es nicht aufspüren. Das weiß ich so genau, weil ich vor Jahren eine Silberkette zwischen den Regalen verloren habe. Für gewöhnlich muss ich Libby nur sagen, was ich suche, und sie findet es innerhalb kürzester Zeit. Das Schmuckstück blieb jedoch verschwunden und ich habe es erst Monate später zufällig in einem abgelegenen Gang gefunden.

Allerdings ist es mir ein Rätsel, wie der Unbekannte Libby betreten konnte. Sie hat ein Gespür für zwielichtige Personen und lässt die meisten erst gar nicht herein. Oder wirft sie hochkant raus, genau wie den fluchenden Mann vorhin, der …

»Das kann ich erklären«, sagt Igor, der uns gefolgt ist und jetzt neben einem der Regale sitzt. »Ich sollte es hier abstellen, bevor ich den Brief übergebe.«

»Verfluchter Einhornmist. Das bedeutet, wir haben keine Möglichkeit herauszufinden, wer der Absender ist«, stellt Rose fest.

»Ich würde wirklich gern helfen, aber das Postgeheimnis verbietet es mir.« Schuldbewusst sieht Igor zur Seite.

»Du machst nur deinen Job«, sage ich und bittere Säure sammelt sich in meinem Mund. Bis vor Kurzem war ich noch sicher, dass uns niemand etwas anhaben kann, aber inzwischen weiß ich nicht mehr, was ich glauben soll.

»Und was machen wir jetzt?«, frage Bo resigniert.

Ich sehe auf die Uhr über der Theke. Der Zeiger schreitet unaufhörlich voran und mit jeder Sekunde, die vergeht, bleibt uns weniger Zeit, die kaum lösbare Aufgabe zu bewältigen, die vor uns liegt. Aber wenn wir Libby retten wollen, müssen wir einen Weg finden und dürfen uns von den neuen Begebenheiten nicht einschüchtern lassen.

Fest entschlossen balle ich die Fäuste. »Was wir am besten können. Uns einen Schlachtplan überlegen.«

+ + +

Keine zwanzig Minuten später verlasse ich frisch geduscht und in trockenen Kleidern mein Zimmer. Von der Auseinandersetzung mit dem Drachen habe ich einige Prellungen und blaue Flecken davongetragen. Dank der Heilsalbe, die in jeder magischen Hausapotheke zu finden ist, sollten sie allerdings schnell wieder verschwinden. Dafür hat mich Nervosität ergriffen, die laut in meinen Ohren rauscht.

Wenigstens Libby scheint sich wieder beruhigt zu haben, denn auf meinem Weg nach unten öffnet sie wie gewohnt die Türen, bis ich im Erdgeschoss ankomme, in dessen hinterster Ecke sich die Werkstatt befindet.

Wenn ich nicht gerade unterwegs bin, um Kunstwerke zurückzuholen, verbringe ich meine Tage meistens hier. Repariere mit Rose Libbys Bestand und restauriere zerfledderte Seitenhaufen. Bücher, die im Laufe der Zeit auf staubigen Dachböden, in Omas Wäschetruhen oder vernagelten Kisten in Vergessenheit geraten sind und erst nach Jahren wiedergefunden wurden.

Auch wenn es ein schönes Gefühl ist, einem Buch zu neuem Glanz zu verhelfen, und Roses Geschick im Umgang mit alten Folianten weithin bekannt ist, können wir damit nicht einmal im Entferntesten die Kosten decken, die Libby mit sich bringt. Das Dach ist dabei leider nur die Spitze des Eisbergs, denn in dem zweihundertfünfzig Jahre alten Gebäude tauchen ständig neue Baustellen auf, die beseitigt werden müssen. Von bedenklichen Rissen in den Wänden und maroden Fenstern über brüchige Stromkabel bis hin zu einer launischen Heizung.

Dass sich die früheren Bibliothekare scheinbar kaum um die Instandhaltung bemüht haben, macht die Sache nicht besser, denn es hätten viele Probleme vermieden werden können. Und zu allem Überfluss erhält die Magic Library kaum staatliche Zuschüsse.

Das ist der Grund, warum Rose das nötige Geld auf andere Art beschaffen musste, nachdem Libby sie zur neuen Bibliothekarin erwählt hatte. Eine Art, die uns jetzt zum Verhängnis wird.

Ich seufze leise. Obwohl sich außer uns dreien selten jemand in der Werkstatt aufhält, blicke ich mir achtsam über die Schulter, bevor ich eine Buchpresse passiere und auf eine große Standuhr im hintersten Winkel des Raumes zutrete. Noch ehe ich sie erreiche, gleitet die Uhr nach links und legt einen schmalen Durchgang im Mauerwerk frei, hinter dem eine hell erleuchtete Treppe aus blank geputztem Stein nach unten führt. Ohne Spinnweben, Staub oder Modergeruch.

Mehrere Lampen hängen von der Decke und leiten mich in einen großen Raum, der ebenfalls mit Bücherregalen vollgestellt ist. Doch im Gegensatz zu oben sind sie mit eisernen Gittern verschlossen.

Es ist der geheime Teil von Libbys Bestand, den Außenstehende nie zu Gesicht bekommen. Einerseits wegen des schwarzmagischen Wissens, das die Bücher beherbergen, andererseits wegen der Gefahren, die von ihnen ausgehen. Deshalb wissen nur wir drei von ihrer Existenz.

Mein Ziel sind allerdings nicht die Bücher, die zum Schutz der Welt hier verwahrt werden, sondern eine Tür, die mit ihrem goldenen Knauf inmitten der hölzernen Wandvertäfelung kaum auffällt.

Ich klopfe kurz mit dem Knöchel dagegen, dann trete ich in den Nebenraum. Er ist in dumpfes Licht getaucht, das von einem Dutzend Bildschirme stammt, die im Halbkreis an den Wänden befestigt sind. Auf einigen sind komplizierte Programme und seltsame Codes abgebildet, von denen ich nur Bahnhof verstehe. Andere zeigen Bilder von Überwachungskameras und …

Überrascht schnappe ich nach Luft. »Bin das ich?«, frage ich und betrachte einen der mittleren Bildschirme, auf dem eine verwackelte Handyaufnahme des Ashford Towers abgespielt wird. Eine Gestalt, die nur aus einem Arm, einem Bein und Teilen der Brust zu bestehen scheint, eilt darin die Treppen hinunter.

»Wenn du kein anderes Irrlicht kennst, das vor Kurzem aus der Bank geflohen ist, dann ja«, sagt Bo und dreht sich auf ihrem pinken Gamingstuhl zu mir um.

Ich schlucke. Beobachte die kopflose Gestalt, die an mehreren Streifenwagen vorbeieilt. Dicht gefolgt von Mr Übereifrig, der im Gegensatz zu mir so mühelos über die hüfthohe Absperrung springt, als wäre sie eine Treppenstufe.

Verflixter Angeber. Wie kann man auf einer Verfolgungsjagd nur so eine gute Figur abgeben?

Meine tägliche Yogaeinheit mit Bo reicht jedenfalls nicht dafür aus. Aber vermutlich macht er den ganzen Tag nichts anderes, als irgendwelche Leute zu verfolgen. Ein Training, das sich auszahlt, denn seine breiten Schultern und die schmale Taille bilden eine perfekte Dreiecksform, die ich durchaus ansehnlich finden würde, wäre da nicht die klitzekleine Tatsache, dass sie zu Mr Übereifrig gehört.

»Das Video läuft gerade in allen Nachrichten. Zusammen mit den wildesten Vermutungen, was das Irrlicht in der Bank verloren hatte«, erklärt Bo. »Und einem Aufruf nach weiterem Videomaterial.«

»Großartig.« Ich reibe über meinen Oberarm. Die Stelle, an der ich deutlich die Finger meines Verfolgers gespürt habe. Beinahe immer noch zu spüren glaube. Unnachgiebig. Stark. Und doch zu schwach.

»Das ist nicht gerade optimal gelaufen«, wirft Rose ein, die neben Bo sitzt. »Aber darüber sollten wir uns gerade am wenigsten Sorgen machen.«

Da hat sie leider recht.

Ich ziehe einen dritten Stuhl von der Wand heran und lasse mich neben Rose darauf fallen. »Was habt ihr in der Zwischenzeit herausgefunden?«

»Wir haben versucht mehr über die Lichtchronik in Erfahrung zu bringen. Und du wirst nicht glauben, was wir entdeckt haben«, sagt Bo.

Ich verschränke die Arme vor der Brust. »Schieß los.«

Bo nickt Rose zu, die das Wort ergreift. »Ich hatte das Gefühl, in den letzten Tagen schon einmal etwas über die Lichtchronik gehört zu haben.« Rose deutet auf einen Bildschirm, auf dem ein unscheinbares Buch abgebildet ist, dessen Einband schon bessere Tage gesehen hat. Die Ecken sind abgestoßen, das braune Leder fleckig und voller Kratzer, die auf häufigen Gebrauch hinweisen.

»Wie sich herausgestellt hat, hatte ich recht, denn sie sind in letzter Zeit mehrfach in den Medien aufgetaucht, weil jemand versucht hat sie aus einem Museum zu stehlen.«

»Und jetzt halt dich fest«, sagt Bo. »Der Dieb, der dabei geschnappt wurde, war Diamond Jack.«

Zischend ziehe ich die Luft durch die Zähne. »Das bedeutet ja, dass niemand Geringeres als Mr Übereifrig das Buch in die Asservatenkammer gebracht hat, aus der wir es jetzt stehlen sollen«, platzt es aus mir heraus.

»Exakt.« Rose legt die Hände auf ihre überschlagenen Knie.

»Und was ist so besonders an diesen Chroniken, dass sie plötzlich so heiß begehrt sind?« Ich runzle die Stirn.

Bo trinkt einen großen Schluck Milchkaffee aus ihrer Einhorntasse und stellt sie auf dem Tisch ab. »MacCraigh hat die Lichtchronik geschrieben.«

»Du meinst Angus MacCraigh?«, frage ich. Auch wenn mein letzter Kunstunterricht schon ein paar Jahre her ist, kenne ich den Hexer nur zu gut. Schließlich ist er einer der bekanntesten Künstler, die je gelebt haben.

Rose nickt. »Genau der. Er hat eine Art Tagebuch geführt, in dem er seine Ideen skizziert hat, was als Lichtchronik bekannt wurde.«

Nachdenklich zupfe ich an einer meiner Locken. »Da seine Bilder und Skulpturen für viele Millionen verkauft werden, ist es sicher einiges wert.«

»Richtig. Und laut meiner oberflächlichen Zehn-Minuten-Recherche galt es lange als verschollen, bis eine Privatperson es vor Kurzem dem Museum zur Verfügung gestellt hat«, sagt Bo. Ich schürze die Lippen. »Damit fällt es definitiv aus unserem Raster.« Schließlich sollen wir nichts zurückholen, das dem eigentlichen Besitzer irgendwann abgenommen wurde, sondern dem MBI etwas stehlen. Und dieses Mal können wir nicht einmal etwas über den Auftraggeber in Erfahrung bringen. Um sicherzugehen, mit wem wir es zu tun haben, stellt Bo sonst stundenlang Nachforschungen an. Erst dann entscheiden wir, ob wir einen Job annehmen.

»Ich fürchte, dieses Mal können wir keine Rücksicht darauf nehmen, sosehr es mir missfällt. Der Feuerteufel weiß, wer wir sind, und hat unmissverständlich klargemacht, wie weit er gehen würde«, sagt Rose. »Und das führt uns zum nächsten Punkt. Wenn wir nicht darum herumkommen, wie schaffen wir es, in die Asservatenkammer einzubrechen?«

Bos Finger fliegen über die Tastatur, die mit blauen Lichtern hinterlegt ist. »Das wird nicht einfach. Wenn wir mal ignorieren, dass es im ganzen Gebäude von Ermittlern wimmelt, gibt es gefühlt ein Dutzend Sicherheitsvorkehrungen, auf die wir achten müssen. Allen voran Zugangsbeschränkungen, biometrische Codes und Wachpersonal an den Eingängen.«

»Hinzu kommt, dass ich heute meine gesamte Magie aufgebraucht habe«, sage ich.

Rose stöhnt, denn wir wissen alle, was das bedeutet. Bis morgen wird mein Körper die magische Batterie in meinen Adern zwar teilweise auffüllen, aber es reicht definitiv nicht aus, um das Gebäude zu betreten, den Auftrag auszuführen und ungesehen zu verschwinden. Und zu meinem Leidwesen gibt es keine seriösen Zaubersprüche, Tinkturen oder sonstigen Kram, der die magische Produktion innerhalb kürzester Zeit signifikant ansteigen lässt.

»Du könntest dich beim MBI als neue Mitarbeiterin einschleusen«, schlägt Bo vor, die sich durch diverse Seiten klickt. »Morgen sollen irgendwelche Bewerbungen stattfinden.« Sie kichert. »Agent Arlyn Dorell klingt doch gar nicht schlecht.«

»Ja, genau.« Ich verdrehe die Augen. Wenn Heaton das Fehlen der Lichtchronik bemerkt, wird er als Erstes die außenstehenden Personen verdächtigen, die das Gebäude betreten haben.«

»Das denke ich auch«, stimmt Rose mir zu.

Ich seufze. Würde mein Gesicht am liebsten in den Händen vergraben, oder mir die Bettdecke über den Kopf ziehen. Doch die Probleme lösen sich leider nicht von allein und wenn wir unbescholten aus der Nummer herauskommen wollen, wird das sicher eine verdammt lange Nacht.

5. KAPITEL

»Das wird niemals funktionieren«, schallt Bos nervöse Stimme durch den Kopfhörer.

»Es muss«, erwidere ich gähnend, denn ich habe mir mit Bo und Rose so lange die Nacht um die Ohren geschlagen, bis wir einen notdürftigen Plan ausgeheckt hatten. Er ist riskant, aber für die Kürze der Zeit die beste Option. Und mit einer Wagenladung Glück besteht vielleicht sogar der Hauch einer Chance, den Job zu überstehen. Vorausgesetzt, ich scheitere nicht schon an der ersten Etappe.

Bo grummelt etwas Unverständliches, während ich vorgebe die Zeitung zu lesen, mit der ich mich am Stehtisch eines Coffee Trucks positioniert habe.

MAGIE, DIE UNTERSCHÄTZTE GEFAHR.
SO SCHÜTZEN SIE SICH UND IHRE LIEBSTEN!

Schon beim Überfliegen der Schlagzeile kräusle ich die Lippen, denn es war so klar, dass die Medien den gestrigen Vorfall ausschlachten würden.

Ich wende mich von dem Artikel ab, unter dem mehrere Möglichkeiten aufgeführt sind, wie man sich durch spezielle

Schutzkleidung, Tränke und Pulver vor magischen Einflüssen abschirmen kann.

Dann spähe ich möglichst unauffällig über den Rand des Schundblattes, um das Hauptquartier des Magical Bureau of Investigation zu beobachten, das seinen Sitz in Fairy Tale, einem weiteren magischen Bezirk südlich des Central Parks hat. Hier leben hauptsächlich Feen und Elfen, die den goldenen Herbsttag nutzen und geschäftig durch die Straßen eilen. Obwohl das Gebäude wesentlich kleiner als das FBI-Hauptquartier ist und mit seiner Terrakottafassade und den darin eingelassenen Reliefs eher wie ein Hotel aussieht, ist es beinahe so gut gesichert wie Fort Knox. Ein Umstand, der das heutige Vorhaben zusätzlich erschwert.

Aber zu meinem Glück scheint der Kaffee bei den Einsatzkräften wenigstens genauso schlecht zu sein, wie in Filmen immer behauptet wird. Mehrere Personen strömen aus dem Gebäude und steuern direkt auf den Truck zu, um sich einen Becher der schwarzen Flüssigkeit zu genehmigen. Ihr aromatischer Duft würde mich unter anderen Umständen sofort schwach werden lassen. Genau wie die bunt verzierten Donuts in der Auslage. Doch heute bekomme ich kaum einen Schluck meines Latte macchiato herunter.

Hoffnungsvoll mustere ich die Leute. Die ersten beiden sind zwei Vampire, die mit ihrer makellosen Haut und den ebenmäßigen Gesichtszügen so perfekt aussehen, dass es fast schon in den Augen wehtut. Leider hat keiner von ihnen eine gut sichtbare Zugangskarte an seinem Anzug befestigt. Genau wie die schlanke Nymphe mit ihren hüftlangen, blassblauen Zöpfen.

Auch die folgenden Ermittler scheinen sie alle an anderer Stelle aufzubewahren und ich will Bo gerade nach einer

Alternativlösung fragen, als eine Walküre mit wallendem schwarzen Haar aus dem Gebäude tritt. Sie ist einen Kopf größer und doppelt so muskulös wie ich, aber an ihrem Gürtel blitzt unübersehbar ein Ausweishalter mit einer Zugangskarte auf.

»Zielperson auf zwölf Uhr«, flüstere ich und ziehe mir die Schildmütze tiefer ins Gesicht, auf der in gelber Farbe MBI steht. Ich bin nicht sicher, warum Rose eine davon in ihrem Fundus hatte, aber ich will mich nicht beschweren, denn sie ist die perfekte Tarnung, um mein Gesicht zu verbergen.

»Alles klar. Operation Hörgerät ist startklar«, kommt es prompt zurück.

Schweren Herzens werfe ich meinen kaum angerührten Kaffee zusammen mit der Zeitung in den Mülleimer. Dann hebe ich die drei Umzugskartons auf, die neben mir auf dem Boden stehen.

Die Frau durchgehend im Blick behaltend, ignoriere ich die ungewohnte Nervosität in meiner Magengegend. Stattdessen konzentriere ich mich auf die weiße Zugangskarte, die aus dem offenen Mantel der Walküre hervorblitzt, und laufe mit den Schachteln in den Händen direkt in sie hinein. Unsere Körper stoßen aneinander und die obersten Kartons fallen zu Boden.

Während sie verwirrt nach unten schaut, greife ich nach der Zugangskarte und löse sie mit flinken Fingern von ihrem Karabiner.

»Es tut mir so leid …«, setze ich an, doch sie fällt mir ins Wort.

»Nein … nein, es war meine Schuld … Ich habe eine Nachricht geschrieben und nicht richtig aufgepasst, wohin ich gelaufen bin.«

»Ist ja nichts passiert.« Ich bücke mich nach den unhandlichen Kartons.

»Warten Sie, ich helfe Ihnen«, sagt sie, hebt sie auf und stapelt sie auf meinem Arm.

Ich bedanke mich, bevor ich den Weg mit meiner Beute fortsetze, froh, dass die erste Etappe so gut funktioniert hat.

Fehlen nur noch unzählige weitere.

»Erledigt«, informiere ich Bo und gehe an einem Mädchen mit schillernden Flügeln vorbei, das Blumen aus einem Korb verkauft. Dann atme ich ein letztes Mal tief durch und betrete die Höhle der Löwen.

Meine Schritte hallen bedrohlich laut von den dunklen Fliesen des Foyers wider, während ich auf die Rezeption zusteuere. Dort müssen sich normalerweise alle Neuankömmlinge anmelden, bevor sie durchgelassen werden. Und die Mitarbeitenden kommen nur mit einer Zugangskarte durch die Sicherheitsschleuse, die der Pförtner hinter der Rezeption überwacht.

Aber wenigstens bereiten mir die Magiesensoren dieses Mal keine Schwierigkeiten, da sie nur anschlagen, wenn jemand seine Kräfte nutzt.

Nervös laufe ich hinter einer alten Frau mit Dutt her, die sich schwer auf einen Rollator stützt und ihn auf die Rezeption zurollt. Dabei achte ich darauf, dass mein Gesicht hinter dem Kistenstapel und der Mütze verborgen bleibt, damit es weder der Pförtner noch die Kameras sehen können. Zumindest ist das der Plan, denn Bo ist es zwar gelungen, sich beim MBI einzuhacken, aber die Hoheitsgewalt über die Sicherheitsvorkehrungen konnte sie in der Kürze der Zeit nicht an sich reißen.

Die Zunge zwischen die Zähne geklemmt, balanciere ich die

leeren Schachteln hoch konzentriert mit einem Arm und ziehe mit dem anderen die entwendete Zugangskarte aus meiner Jackentasche.

Jetzt muss nur noch das Ablenkungsmanöver funktionieren, damit dem Pförtner nicht auffällt, dass ich keine hünenhafte Walküre bin. Unpraktischerweise wird nämlich auf seinem Monitor ein Bild der Person angezeigt, der die jeweilige Zungangskarte gehört.

»Hallo!«, ruft die ältere Frau, bei der es sich um niemand anderen als Rose handelt. »Ich soll hier ein Päckchen abholen.« In ihrem altbackenen Blümchenkleid, mit der grauen Perücke und der riesigen Hornbrille, die sie als Tarnung trägt, klopft sie an die Scheibe der Rezeption.

Aus dem Augenwinkel beobachte ich, wie der Pförtner sie verdutzt ansieht. »Tut mir leid, hier gibt es keine Pakete.«

»Wie bitte?« Rose legt sich trichterförmig eine Hand ans Ohr und neigt den schräg gelegten Kopf in seine Richtung.

Der Pförtner wiederholt seine Aussage.

»Sind Sie sicher? Meine Tochter hat aufgeschrieben, dass ich hier mein Hörgerät abholen soll. Wir haben es online bestellt.« Noch näher kommend knallt sie ihren Rollator gegen den Sockel der Rezeption.

»Ja, bin ich. Das hier ist das MBI und kein Paketshop«, erklärt der Mann, der langsam ungeduldig wird und sich Rose nun komplett zuwendet.

Perfekt. Genau darauf habe ich gewartet. Ich nutze den Moment, in dem der Monitor unbeobachtet ist, und ziehe die Karte durch das Lesegerät.

»Aber schauen Sie hier. Da steht es schwarz auf weiß«, krächzt Rose und versucht den Mann weiter abzulenken, indem sie mit einem Papierfetzen herumwedelt, auf dem sich *versehentlich* ein Zahlendreher in die Adresse geschlichen hat.

Ich grinse in mich hinein und halte die Schachteln so, dass die Kameras mein Gesicht nicht erfassen können. Dann passiere ich die nächsten Sicherheitsvorkehrungen und wage mich die ersten Schritte in das gefährliche Terrain.

»Bin drin«, wispere ich Bo zu, da gerade niemand in der Nähe ist. Wachsam halte ich nach weiteren Kameras Ausschau, kann jedoch keine entdecken.

»Sehr gut. Als Nächstes musst du ein Stockwerk höher«, weist sie mich an. Ich kann deutlich hören, wie sie aufatmet, weil die ersten Hürden geschafft sind.

Schnell lege ich die Zugangskarte der Walküre auf den Boden, damit es so aussieht, als hätte sie sie verloren. Dann gehe ich die Treppe hoch, vorbei an einem Schild, das Bewerbenden die Richtung anzeigt. Dabei versuche ich mich so unauffällig wie möglich durch den Flur zu bewegen. So, als würde ich dazugehören. Gleichzeitig hoffe ich die ganze Zeit, dass mich niemand anspricht, bis ich endlich die Toilette erreiche.

Ich sehe mich rasch um, stelle die Schachteln in eine abgelegene Ecke und betrete das stille Örtchen. Schließlich kann ich mich nicht einfach auf dem Flur unsichtbar machen.

Dann gehe ich an einer Frau vorbei, die sich gerade die Hände wäscht, und husche in die erste Kabine.

»Geschafft«, verkünde ich Bo über Morsezeichen.

Während draußen der Handtrockner brummt, schließe ich die Augen und versuche die Wärme in meinem Körper zu fühlen. Den goldenen Strom der Magie, der durch die Adern aller Magics fließt. Heute ist er ein schwaches Rinnsal. Als wäre er ein Fluss, der beinahe ausgetrocknet ist, da mein Körper nicht genug Zeit hatte, neue magische Zellen zu produzieren.

Nervosität kribbelt in meinen Fingerspitzen. Ich kann nur hoffen, dass sie ausreichen, bis ich meinen Auftrag ausgeführt habe.

Der Trockner verstummt und die Tür fällt krachend ins Schloss.

»Es kann losgehen«, sage ich und sende die Magie gedanklich in jeden Winkel meines Körpers. Beobachte, wie das Rosa meiner Haut an Farbe verliert und gemeinsam mit meinen Kleidern verblasst, bis nur noch ein hellgrauer Schatten meiner selbst zurückbleibt.

»Pass auf dich auf«, sagt Bo, die alles andere als bereit klingt. Aber wie sollte sie auch? Für gewöhnlich planen wir unsere Missionen bis ins kleinste Detail und heute fühlt es sich an, als würden wir unvorbereitet in die wichtigste Prüfung unseres Lebens stolpern.

Darüber nachzudenken, was alles schiefgehen könnte, hilft mir jetzt allerdings nicht weiter, denn Furcht ist eine miserable Begleiterin auf Raubzügen. Sie lähmt, lässt einen im entscheidenden Moment zögern und kläglich versagen. Deshalb schiebe ich alle Zweifel so weit wie möglich von mir und verlasse schnellen Schrittes die Kabine.

Vorsichtig öffne ich die Tür einen winzigen Spalt und lasse den Blick durch den verwaisten Flur gleiten.

Postwendend husche ich hinaus und folge Bos neuen Anweisungen. Sie sind wenig umfangreich, da sich der Eingang zur Asservatenkammer am Ende des Gangs befindet.

Ich eile direkt auf den hölzernen Tresen zu, an dem ein Troll sitzt, der für den Schutz der Asservaten und ihre Verwaltung zuständig ist. Alle, die das Lager betreten, Beweismittel abgeben oder abholen wollen, müssen sich mit ihm auseinandersetzen.

Ich streife den Ärmel meines Blazers nach oben und ziehe einen schmalen Flakon aus meinem Handschuh, in dem sich ursprünglich ein gewöhnliches Verwirrungsspray befunden hat. Eine Substanz, die es an jeder Straßenecke zu kaufen gibt, um sich vor Taschendieben oder Angreifern zu schützen. Nach dem Vorfall mit dem Drachen wird es sicherlich bald ausverkauft sein. Auch, wenn es bei so mächtigen Kreaturen höchstwahrscheinlich nur ein Niesen auslöst.

Auf Zehenspitzen pirsche ich mich an den Troll heran, der seine Brille auf der knolligen Nase zurechtrückt.

Dabei umklammere ich den Flakon fester. Dank Libbys umfangreichem Wissen hat Rose dessen Inhalt letzte Nacht ein Upgrade verpasst, das hoffentlich stark genug ist, damit mein Vorhaben gelingt.

Wenn nicht, habe ich ein ernstes Problem, denn mit Trollen ist nicht zu spaßen. Die meisten von ihnen sind überdurchschnittlich intelligent, haben kugelsichere Haut und so viel Kraft, dass sie mein Rückgrat wie einen morschen Zweig zerbrechen könnten. Keine rosigen Aussichten also, aber mir bleibt keine andere Wahl, wenn ich die Asservatenkammer betreten will.

Nervös beiße ich mir auf die Unterlippe und schleiche mich näher an den Troll heran. Nicht ganz so leise wie erhofft, denn als ich noch drei Schritte von ihm entfernt bin, hebt er den Kopf und starrt mich an.

Obwohl ich unsichtbar bin, schnelle ich innerhalb eines Sekundenbruchteils vorwärts und sprühe ihm über den Tresen hinweg das Spray mitten ins Gesicht.

Mit jeder Faser meines Körpers zu den Sternen betend, dass die Menge ausreicht, um bei einem Troll zu wirken, bringe ich mich aus der Reichweite seiner Fäuste.

Der Troll wischt sich mit dem Ärmel seines Anzugs über die kantigen Züge und blickt sich suchend um. Dabei dreht er die abstehenden Ohren, als würde er angestrengt lauschen.

Verflixt.

Ich halte den Atem an, doch er kommt bereits in meine Richtung. Überragt mich um mindestens zwei Köpfe und ist viermal so breit wie ich.

Mir bricht der Schweiß aus und ich weiche zurück. Währenddessen stopfe ich den Flakon so lautlos wie möglich in seine Halterung und ziehe einen zweiten heraus. Vielleicht wirkt die doppelte Dosis.

All meinen Mut zusammennehmend, trete ich erneut vor. Genau in dem Moment, in dem der Troll einen Arm hebt, um in meine Richtung zu tasten.

Ich ducke mich unter seiner tellergroßen Hand hinweg, richte mich in einer fließenden Bewegung wieder auf und verpasse ihm eine zweite Ladung, bevor ich mich eilig außer Reichweite begebe.

Dieses Mal scheine ich mehr Glück zu haben, denn ein abwesender Glanz breitet sich in den Augen des Wächters aus.

Innerlich jubelnd wage ich mich erneut näher.

»Du musst in die Asservatenkammer gehen«, wispere ich ihm ins Ohr, als wäre ich ein Teufelchen, das auf seiner Schulter sitzt.

Zuerst glotzt der Troll nur teilnahmslos in der Gegend herum, doch nach zwei weiteren geflüsterten Botschaften setzt er sich in Bewegung. Etwas abgehackt, als hätte er einen Zombie verschluckt, aber einigermaßen glaubhaft.

Der Troll legt seine autorisierte Zugangskarte auf das Lesegerät und die Tür öffnet sich mit einem Brummen, ehe der

Wächter in die Asservatenkammer schlurft. Ich folge ihm auf dem Fuß.

Während er Löcher in die Luft starrt, verschwinde ich eilig zwischen den Schwerlastregalen, die bis zur Decke reichen. Vollgestopft mit Plastikkisten und Papierschachteln, aus denen allerhand Zeug quillt.

Mit einem Hochgefühl in der Brust lasse ich meinen Blick über verschiedene Elixiere, mittelalterliche Waffen, Zauberspiegel und Kristallkugeln fliegen.

»Zu welchem Regal muss ich noch mal?«, frage ich sicherheitshalber, damit ich nicht in die falsche Richtung laufe.

»Reihe zehn, Regal fünf, Fach acht«, antwortet Bo wie aus der Pistole geschossen.

Ich drehe mich einmal um die eigene Achse und halte nach der angegebenen Nummer Ausschau. Sie ist viel zu klein am Rand eines Regals angebracht, in dem neben einer Wunderlampe und einem Runenstein noch zahlreiche weitere wertvolle Gegenstände verwahrt sind.

»Es würde mich nicht wundern, wenn einen Flur weiter die Bundeslade verstaut ist. Direkt neben Excalibur und der Büchse der Pandora«, flüstere ich und gehe an einigen vernagelten Holzkisten vorbei, auf denen mehrere Millimeter Staub liegt.

»Klingt nach einem Schlaraffenland für Diebe, das wahrscheinlich nie geplündert wird«, erwidert Bo und zum zweiten Mal in wenigen Tagen bedauere ich, nicht mehr Zeit zu haben, um mich gründlich umsehen zu können.

Je näher ich meinem Ziel komme, desto mehr verändert sich der Inhalt der Regale. Wo vorher noch Boxen mit Deckeln herumstanden, sind jetzt kleine und große Tresore zu sehen, in denen höchstwahrscheinlich die wertvollsten Gegenstände aufbewahrt werden. Oder solche, die bei Verhandlungen als Beweismittel gebraucht werden und unter keinen Umständen verloren gehen dürfen.

Bald habe ich das richtige Fach entdeckt.

Beschwingt, weil bis hierher alles so gut lief und erstaunlich einfach war, entdecke ich den mausgrauen Safe, der die Größe eines Aktenordners hat. Während ich eilig darauf zuhalte, ziehe ich mein Einbruchswerkzeug aus dem Handschuh.

Gerade als ich es in die vorgesehene Öffnung schieben will, halte ich inne.

Wo das Schlüsselloch sein sollte, ist eine schmale Vertiefung mit einem kleinen Kreuz in der Mitte, die aussieht wie ein Fingerabdrucksensor und …

»O Shit!«

Schlagartig ist mir klar, was das bedeutet, denn ich habe eine ähnliche Konstruktion schon einmal in einem Penthouse gesehen.

Mein Puls beschleunigt sich und Übelkeit steigt in mir auf. Fühlt sich an, als würden sich meine Eingeweide in Sekundenschnelle zu einem hässlichen Klumpen verknoten.

»Was ist los?« Alarmiert schallt Bos Stimme durch den Kopfhörer.

»Der Safe wurde bereits ausgetauscht«, flüstere ich, die Augen fest auf das kleine Kreuz gerichtet, als könnte ich es durch Gedankenübertragung dazu bringen, sich aufzulösen und in ein Schlüsselloch zu verwandeln, das mir keine Probleme bereitet. Doch wie es zu erwarten war, tut es mir den Gefallen nicht.

»Das … das … heißt …«

»Dass alles umsonst war«, vervollständige ich Bos Satz. Weiß nicht, ob ich lachen oder weinen soll, denn um den Safe zu öffnen, brauche ich Magie. Und nicht irgendeine. Nein. Da der Tagebuchfall Mr Übereifrig gehört, würde ich meine linke Hand darauf verwetten, dass nur seine Kräfte dazu imstande sind.

Ich fahre mir übers Gesicht. Bin fest überzeugt, dass mich das Schicksal hassen muss. Sonst würde es mir so etwas nicht antun, oder?

Aber das Universum scheint noch nicht zufrieden zu sein, denn wie aufs Stichwort kribbeln meine Fingerkuppen.

»Komm erst mal raus. Wir werden eine Lösung finden. Das tun wir schließlich immer«, versucht Bo mich mehr schlecht als recht zu beruhigen, denn ich höre deutlich ihre Verzweiflung.

Aber sie hat recht.

Ich muss hier weg, wenn ich nicht auffliegen und alles noch schlimmer machen will.

Wie ferngesteuert setze ich mich in Bewegung. Eile die Regalreihen entlang und kann nicht fassen, wie weit ich gekommen und woran ich gescheitert bin. Und alles wegen Mr Übereifrig, der seine Beweismittel natürlich nicht wie jeder andere in einem gewöhnlichen Safe aufbewahren kann.

Frustriert balle ich die Fäuste, bis ich wieder vor der Tür stehe, durch die ich jetzt unverrichteter Dinge hinausmuss.

Am schlimmsten ist, dass ich keine Ahnung habe, wie ich dem Feuerteufel mein Scheitern beibringen soll. Wie er auf die Niederlage reagieren wird.

Ich schlucke, kann beinahe den Rauch riechen und die Flammen sehen, die sich durch unschuldige Buchseiten fressen, wenn uns nicht ganz schnell etwas einfällt.

Da der Troll weit und breit nirgends zu sehen ist, greife ich nach einem Karton, der neben mir im Regal steht und randvoll mit silbernen Bällen gefüllt ist. Kräftig ziehe ich daran, bis die Kiste auf den Boden fällt und der Inhalt laut polternd über die Fliesen rollt.

Sekunden später reißt der Troll, der seine Verwirrung offensichtlich abgeschüttelt hat, den Eingang zur Asservatenkammer auf und blickt sich mit gezogener Waffe um.

Lautlos husche ich an ihm vorbei, ehe die Tür wieder ins Schloss fallen kann.

»Geh zur Toilette zurück«, sagt Bo, doch ich komme nicht weit, denn vor mir biegt ausgerechnet eine schwarze Katze um die Ecke.

Wie angewurzelt bleibe ich stehen.

Nicht, weil ich abergläubisch bin, sondern weil Katzen neben Magiebarometern so ziemlich das Schlimmste sind, was einem Irrlicht begegnen kann. Wie alle anderen sehen sie mich zwar nicht, können Magie dafür aber umso besser riechen. Deshalb werden sie gern bei Ermittlungen eingesetzt, um festzustellen, welche Art von Magie genutzt wurde.

»Was ist los?«, fragt Bo, die über den Tracker bemerkt haben muss, dass ich stehen geblieben bin.

»Schnüffler«, flüstere ich und überlege fieberhaft, was ich machen soll. Die Katze wird sicher Alarm schlagen, wenn sie mich entdeckt.

»Du musst dich sofort irgendwo sichtbar machen«, spricht Bo meinen Gedanken aus.

Die Katze kommt näher. Schnüffelt in der Luft,

Hektisch huscht mein Blick durch den Gang. Aber hinter mir befindet sich nur ein Treppenaufgang und der Troll mit der Asservatenkammer.

Ohne lange zu fackeln, wähle ich Ersteres. Eile jeweils zwei Stufen auf einmal nehmend die Treppe hinauf. Der Muskelkater in meinen Oberschenkeln schmerzt höllisch, aber da muss ich jetzt durch, denn die Katze hat miauend die Verfolgung aufgenommen.

6. KAPITEL

So schnell mich meine Beine tragen, sprinte ich aufwärts. Entdecke ein weiteres Schild für Bewerbende, das auf einen Flur zeigt, in dem sich mehrere Personen tummeln.

Kurz überlege ich, ob ich weiter nach oben rennen soll, aber vielleicht fällt es der Katze in der Menge schwerer, meine Spur zu verfolgen. Deshalb weiche ich einer Pixie aus, die mit einem Klemmbrett durch den Gang schwebt, um Neuankömmlinge zu empfangen, und schlängle mich an Leuten vorbei.

Gehetzt sehe ich mich nach der Katze um und habe tatsächlich etwas Abstand zwischen uns gebracht. Dafür kribbeln meine Handrücken bedenklich. Und nicht nur das. Mein linker Mittelfinger flackert bereits.

Toll. Ganz toll.

Wenn mich die Katze nicht entdeckt, ziehe ich durch plötzliches Auftauchen die Aufmerksamkeit auf mich.

Ich drehe mich einmal um die eigene Achse, lasse meinen Blick über mehrere Türen fliegen, die laut Schilder zu Dyxons, Heatons und Collins' Büro führen, und bemerke einen weiteren Toilettenhinweis.

Hastig stürze ich darauf zu, öffne den Eingang so unauffällig wie möglich und verschwinde in einer der leeren Kabinen.

Im letzten Moment, denn mein linker Arm samt Oberkörper wird von einem Augenblick auf den anderen sichtbar.

»Arlyn? Wie ist die Lage?«, fragt Bo eindringlich, die ich in den vergangenen Minuten ausgeblendet haben muss.

Schwer atmend lehne ich mich mit dem Rücken an die Tür. Lasse den Hinterkopf gegen das kühle Holz sinken, während das Herz in meiner Brust trommelt.

»Ich habs auf die Toilette geschafft«, japse ich und lausche. Aber es bleibt still.

»Den Sternen sei Dank, wenigstens das«, sagt Bo.

Ich seufze. Obwohl ich vorerst in Sicherheit bin, verspüre ich keinerlei Erleichterung, denn schon bei dem Gedanken an den Feuerteufel schnürt sich mir die Kehle zu.

»Was machen wir denn jetzt?«, flüstere ich und sehne mich nach Ruhe. Nach unbeschwerten Tagen, ohne Ärger oder Nervenkitzel. Nach langweiligen Stunden auf dem Sofa. Doch das ist in weite Ferne gerückt.

»Keine Ahnung.« Bo klingt genauso verzweifelt, wie ich mich fühle. »Ich bin nur für die Technik zuständig. Safes zu knacken, gehört zu deinem Spezialgebiet.«

»Ich weiß«, sage ich. Rose hat mir alles beigebracht, was ich über das Aufbrechen von Schlössern wissen muss und ... verflucht, warum habe ich nicht eher daran gedacht?

»Ruf Rose an. Sofort!«, dränge ich. Wenn jemand Rat weiß, dann sie. Immerhin hat Rose schon Tresore geknackt, bevor Libby sie als neue Bibliothekarin auserwählt hat.

Ich höre ein Klingeln und kurz darauf nimmt Rose ab.

»Was ist passiert?«, fragt sie besorgt. Seit Jahren telefonieren während unserer Aufträge nur Bo und ich, da es kaum Komplikationen gibt. Erst danach berichten wir beim Essen, wie es gelaufen ist.

In knappen Worten schildere ich die Ereignisse.

»Verflixte Ogerkacke«, fasst Rose die Katastrophe zusammen.

»Es ist ein Albtraum. Ein gottverdammter Albtraum«, fügt Bo hinzu.

Rose schnalzt mit der Zunge. Wie immer, wenn sie scharf nachdenkt. »Es wird kein Spaziergang …«, sagt sie schließlich, »aber möglicherweise ist noch ist nicht alles verloren.«

»Nicht alles verloren?« Bos Stimme schnellt nach oben. »Der Safe kann nicht geknackt werden!«

»Vielleicht doch. In Libbys schwarzmagischer Abteilung gibt es ein Buch über das Entwenden von Magie.«

Überrascht schnappe ich nach Luft und ein kleiner Funken Hoffnung entzündet sich in meiner Brust.

»Aber Libby lässt sie niemanden lesen. Nicht einmal uns«, hält Bo dagegen.

»Nachdem sie gestern angezündet wurde, kann ich sie vielleicht umstimmen. Schließlich weiß sie, was auf dem Spiel steht«, sagt Rose. »Aber das ist höchstwahrscheinlich der einfachste Teil.«

Bo stöhnt. »Was ist noch schwieriger, als Libby zu überzeugen geheimes Wissen zu teilen?«

Ich seufze. »Die Magie von Mr Übereifrig zu stehlen.«

»Richtig. Damit wir sie ihm abzapfen können, müssen wir vermutlich sehr nahe an ihn heran, während er sie benutzt«, sagt Rose.

»Das heißt, ich muss möglichst unauffällig Zeit mit ihm verbringen, um sofort zur Stelle zu sein, wenn er sie das nächste Mal verwendet.« Ich schlucke und denke an gestern. Das wäre die perfekte Gelegenheit gewesen, nur leider einen Tag zu früh.

Aber es bringt nichts, sich über die verpasste Chance zu ärgern. Viel entscheidender ist die Zukunft …

Abrupt stoppen die kreisenden Gedanken in meinem Kopf und etwas zupft am Rande meines Bewusstseins. Klopft vorsichtig an, wie eine schüchterne Idee, die sich nicht aus der Deckung traut und doch …

»Bo, welche Stellen sollen besetzt werden?«, frage ich und spüre, wie mein Puls vor Aufregung nach oben schießt.

»Was …? Warum?«

»Schau einfach nach.«

»Na gut.« Sie tippt. »Es gibt acht freie Stellen. Aber ich weiß nicht, warum das jetzt so wichtig ist, sollten wir nicht lieber …«

»In welchen Abteilungen?«

Sie seufzt. »Eine in der Forensik, zwei bei der Fahndung illegaler Zaubertränke und eine …«

Sie stockt.

»Ja?«, frage ich, obwohl ich die Antwort zu wissen glaube.

»Eine im Team von Heaton«, flüstert sie kaum hörbar. Trotzdem fühle ich mich mit einem Mal wie elektrisiert und ein absurder Gedanke nimmt in meinem Kopf Gestalt an. Einer, der die Drachenaktion bei Weitem in den Schatten stellt und so riskant ist, dass er beinahe an Genialität grenzt. An selbstzerstörerischer, verzweifelter Genialität.

»Diese Stelle … Vielleicht ist sie unsere Rettung«, sage ich.

»Bist du mit dem Kopf gegen ein Regal gelaufen? Was, wenn er erfährt, wer du bist? Dann landest du schneller im Knast, als du blinzeln kannst«, sagt Bo.

»Es ist die beste Chance, die wir haben. Wenn ich versuche ihm zufällig über den Weg zu laufen, muss ich erst sein Vertrauen gewinnen und auf eine Gelegenheit warten, bei der er seine Magie nutzt. Im Dienst ist das sicher wesentlich einfacher. Und wer weiß, vielleicht dauert es nur ein paar Tage, bis er zu einem Einsatz gerufen wird. Dann pirsche ich mich als seine Partnerin an ihn heran und zwacke ihm ein paar Tropfen Magie ab … Anschließend muss ich nur noch das Tagebuch stehlen und kündige wieder.«

»Das könnte tatsächlich funktionieren«, sagt Rose, die in den letzten Minuten geschwiegen hat. »Allerdings brauchst du dafür eine exzellente Tarnung.«

Ich nicke, obwohl mich niemand sehen kann. »Genau.«

»Das ist absurd. Vollkommen absurd«, murmelt Bo. »Dafür müssen wir einen tadellosen Lebenslauf und eine neue Identität erstellen, außerdem musst du das Bewerbungsgespräch überstehen, den Job bekommen und mehr Zeit bei unserem Erpresser herausschlagen.«

»Ich weiß, aber … Hast du eine bessere Idee?«

Endlose Sekunden vergehen, bis Bo widerwillig antwortet: »Schätze nicht.«

»Dann müssen wir es versuchen.« Grimmige Entschlossenheit durchflutet mich.

Man muss Chancen ergreifen, wenn man sie bekommt.

»Du benötigst zuallererst ein hervorragendes Zeugnis«, sagt Bo. »Und das schnell. Obwohl für heute keine Termine vergeben wurden und alle Interessierten innerhalb eines bestimmten Zeitraums vorbeikommen können, mussten sie ihre Noten und Daten einreichen. Und Heatons Bewerbungsfenster endet gleich.«

Natürlich. Was auch sonst?

»Kannst du das hinbiegen?«, erkundigt sich Rose.

»Ich … ich weiß nicht. Das sind offizielle Dokumente der MBI-Academys. Ich bin vielleicht gut, aber … sie werden nur auf den ersten Blick standhalten. Bei genauerer Prüfung bekommen wir sicher ein Problem. Dafür brauche ich mehr Zeit.«

»Dann muss der erste Blick genügen«, sage ich bestimmt.

Bo seufzt. Tippt. Und seufzt wieder. »Ich habe ein schlechtes Gefühl dabei.«

»Verständlich. Wir wollen schließlich Mr Übereifrig austricksen«, sage ich, von einem seltsamen Hochgefühl ergriffen. Einer Mischung aus Panik und Aktionismus, die ich immer dann verspüre, wenn ich kurz davor bin, mich in ein halsbrecherisches Wagnis zu stürzen.

In Windeseile legen wir die wichtigsten Daten fest, bevor Rose sich verabschiedet, um nach dem schwarzmagischen Buch zu suchen, und ich aus der Kabine trete.

Dabei ziehe ich mir die MBI-Mütze vom Kopf, stopfe sie in den Mülleimer und löse das Gummi, das meine Haare zusammenhält.

Du schaffst das, flüstere ich in Gedanken meinem Spiegelbild zu, das mich mit verunsicherten, hellbraunen Augen anstarrt.

Dann zupfe ich meinen schwarzen Blazer zurecht und trete mit wild klopfendem Herzen auf den Flur.

Gerade rechtzeitig, denn Mr Übereifrigs Tür öffnet sich und er kommt, komplett in Schwarz gekleidet, heraus. Geht schnellen Schrittes den Gang entlang und … verflixt. Er kann doch jetzt nicht einfach abhauen. Ich muss ihn aufhalten, bevor es zu spät ist.

»Agent Heaton«, rufe ich reflexartig und renne ihm hinterher. »Agent Heaton, warten Sie.«

Überrascht dreht er sich um.

»Ja?« Seine Stimme ist tief. Ungehalten. Eine Spur genervt. Als hätte ich ihn bei etwas Wichtigem gestört.

»Mr Heaton, ich bin wegen des Bewerbungsgesprächs hier«, platzt es aus mir heraus, während ich auf ihn zueile und neugierige Blicke der Umstehenden auf mich ziehe.

»Wegen des Bewerbungsgesprächs?«, wiederholt er meine Worte, als hätte er sie nicht verstanden. »Da muss ich Sie enttäuschen. Die Zeit ist um.«

»Was?« Er ist so groß, dass ich den Kopf in den Nacken legen muss, um in seine Augen zu sehen. Saphirblaue Iriden, in denen goldene Sprenkel wie Sterne in der Nacht glühen, treffen auf meine. So intensiv, dass sie mir unter anderen Umständen vermutlich den Atem geraubt hätten.

»Sie sind zwei Minuten zu spät«, sagt er. »Das Zeitfenster war von neun bis zwölf Uhr. Jetzt ist es zwölf Uhr zwei.«

»Aber … Aber ich habe mir fast ein Bein ausgerissen, um zu kommen«, stammle ich.

»Dann hätten sie früher losgehen müssen.« Er wendet sich ab und lässt mich mitten auf dem Flur stehen, als wäre ich der größte Vollpfosten auf dem Planeten.

Mist. So darf das nicht enden.

»Wenn Sie jetzt gehen, werden Sie es für den Rest Ihres Lebens bereuen«, rufe ich ihm hinterher.

»Ach ja?« Er hält erneut in der Bewegung inne. »Warum?«

»Weil … weil Sie im Begriff sind, die beste Partnerin stehen zu lassen, die Sie jemals haben können. Falls Sie mir eine Chance geben, bin ich bereit, Tag und Nacht mit Ihnen zu schuften. Ohne Murren jede freie Minute zu opfern, mich in die größten Gefahren zu stürzen, und … und … wenn nötig sogar mit Ihnen in die Reinigung zu fahren, um Ihre Unterhosen zu holen. Sollten Sie all das wegen lächerlichen zwei Minuten missen möchten, dann bitte, setzen Sie Ihren Weg fort.«

Mir ist bewusst, wie erbärmlich das klingt, und dass mich alle anstarren, die sich in der Nähe befinden. Aber das ist mir egal. Hier geht es um Libbys Sicherheit. Die meiner Freunde. Wenn ich mich dafür vor zukünftigen Agents lächerlich machen muss, soll es so sein.

Der Dämon, der nur aus harten Kanten und scharfen Linien zu bestehen scheint, dreht sich lautlos wie ein Schatten zu mir um. Mustert mich von der Sohle bis zum Scheitel. Als würde er mich scannen. Mit seinem Röntgenblick durchleuchten und bis in mein Innerstes sehen.

Unwillkürlich fange ich an zu schwitzen. Frage mich, ob ich zu weit gegangen bin, und hoffe, er gehört nicht zu den wenigen Magics, die Gedanken lesen können. Allerdings hätte er mich nach dem Vorfall in der Bank dann längst verhaftet.

»So eine motivierte Rede habe ich schon lange nicht mehr gehört«, sagt ein Mann mit vollem, grauem Haar, der in der Tür steht, aus der Heaton so schnell das Weite gesucht hat. »Dafür müssen Sie der jungen Dame aber eine Chance geben.«

»Ich habe einen wichtigen Fall …«, setzt der Dämon an, doch der ältere Mann winkt ab. »Ach …Der läuft nicht weg. Kommen Sie rein.« Er wirft Mr Übereifrig einen strengen Blick zu.

Dieser zögert, verzieht die vollen Lippen zu einem schmalen Strich, als wollte er sich weigern. Doch dann folgt er der Aufforderung.

Innerlich jubelnd tue ich es ihm nach und betrete das Zimmer, bei dem es sich vermutlich um einen Besprechungsraum handelt. Er ist in Braun und Blau gehalten, ein riesiger Holztisch, an dem ein Dutzend Stühle stehen, dominiert die Mitte und ein großer Bildschirm hängt an der Wand.

»Ich bin übrigens Agent Moore, der leitende Direktor des New Yorker MBI«, sagt der ältere Mann freundlich. Er ist fast zwei Köpfe kleiner als Heaton, hat angespitzte Ohren und schimmernde Pixieflügel, die aus seinen Schultern ragen und mich an eine Libelle erinnern.

»Nordwell, Aline Nordwell«, nenne ich den falschen Namen, den Bo und ich uns auf der Toilette ausgedacht haben.

»Setzen Sie sich.« Moore deutet auf den Stuhl nahe der Tür und fügt hinzu: »Sie müssen Agent Heaton entschuldigen. Er musste die letzten Stunden mit mir in diesem Raum sitzen und durfte sich keinem Fall widmen.«

»Verstehe«, sage ich, wobei er mir kein bisschen leidtut. Schließlich wäre das hier nicht nötig, wenn der verflixte Dämon, der sich jetzt an die gegenüberliegende Tischseite setzt, seinen Safe mit einem herkömmlichen Schloss schützen würde. Leider darf ich ihm das nicht auf die Nase binden. Auch wenn ich es nur allzu gern tun würde.

»Genug geredet, bringen wir es hinter uns und schauen uns Ihre Unterlagen an.« Mr Übereifrig greift nach dem Laptop auf dem Tisch.

»Nein! Nein! Nein! Ich bin noch nicht so weit. Du musst ihn hinhalten«, ruft Bo panisch.

Ihn hinhalten? Wie um alles in der Welt soll ich das machen? Ich kann schlecht einen Schlaganfall vortäuschen, die Hände in die Luft werfen, singen oder Tiergeräusche von mir geben, um ihn abzulenken.

»Es … es ist eine große Ehre, dass Sie mir doch noch Ihre Zeit widmen«, beginne ich, ohne zu wissen, worauf ich hinauswill. »Ich bin nämlich ein großer Fan Ihrer Arbeit«, sage ich und würde meinen Kopf im selben Moment am liebsten auf die Tischplatte knallen. Wenn es irgendwo einen Gott der

Diebe gibt, wird er mich dafür sicher mit einem Blitz erschlagen.

»Ach wirklich?«, fragt der Dämon, der kein bisschen geschmeichelt wirkt. Wenigstens lässt er den Laptop in Ruhe.

»Natürlich. Wie Sie den Museumsdiebstahl letztes Jahr aufgeklärt haben, war brillant.« Ich bemühe mich, mir eine möglichst begeisterte Miene ins Gesicht zu kleistern. »Genau wie die Verhaftung von Diamond Jack, der nach all den Jahren endlich seine gerechte Strafe erhält.«

O Gott. Ich wünschte, ein Loch würde sich im Boden auftun und mich mit Haut und Haar verschlucken.

Der Dämon zieht eine geschwungene Braue nach oben. »Niemand mag Schleimer. Merken Sie sich das für die Zukunft.«

Niemand mag mies gelaunte Agents, die ihre Nase in anderer Leute Angelegenheiten stecken, bin ich versucht zu sagen, doch ich kann mich gerade noch zurückhalten und gebe mir Mühe, möglichst schuldbewusst zu wirken. Doch es fühlt sich an wie eine Grimasse, die kurz davor ist, sich in ein Zähnefletschen zu verwandeln.

»Habs geschafft«, verkündet Bo in dem Moment, in dem sich Heaton wieder seinem Laptop zuwendet.

Verstohlen mustere ich die hochgekrempelten, schwarzen Hemdärmel und das dunkle Schulterholster, in dem eine Waffe unter seinem linken Arm steckt. Dabei muss ich feststellen, dass er nicht nur bei Verfolgungsjagden eine gute Figur abgibt, sondern mit der markanten Kieferpartie und dem rabenschwarzen Haar, das ihm auch heute unordentlich in die Stirn fällt, viel zu gut für einen MBI-Agent aussieht. Er müsste wahrscheinlich nur in eine Kamera lächeln und die Welt würde ihm zu Füßen liegen. Zu meinem Glück runzelt er allerdings die Stirn, während Agent Moore große Augen macht.

»Unglaublich. Heaton, sehen Sie, wie gut sie ist?« Er stößt seinen Finger gegen den Bildschirm. Ein Manöver, für das Bo ihm einen gehörigen Klaps auf die Hand verpassen würde.

»Das ist beeindruckend, Miss Nordwell.« Ein anerkennender Ausdruck breitet sich auf Moores Gesicht aus. »Damit übertreffen Sie sogar unseren hochgeschätzten Agent Heaton.«

Gut gemacht, Bo, denke ich selbstzufrieden und muss mich zu einem bescheidenen Lächeln zwingen, während Mr Übereifrig mich aus schmalen Augen mustert.

»Nur weil jemand passable Noten hat, ist er noch lange nicht fähig, zielführende Ermittlungsarbeit zu leisten.« Der Dämon verschränkt die Arme vor der Brust.

»Sie wissen doch, wie stümperhaft die anderen waren, die Sie mir als sogenannte *Partner*«, er betont das Wort, als wäre es eine üble Krankheit, »an die Seite gestellt haben. Wenn Sie mich allein arbeiten lassen würden, dann …«

»Ich habe Ihnen doch schon erklärt, warum das nicht geht.« Agent Moore wirkt zum ersten Mal verärgert.

»Aber …«, setzt der Dämon an.

»Schluss jetzt! Ich will nichts mehr davon hören.«

Der Dämon schnaubt und plötzlich scheint es im Raum dunkler zu werden. So, als würden die Schatten aus allen Ecken des Raumes kriechen und die Sonnenstrahlen vertreiben, die durch das hohe Fenster fallen. Gemeinsam mit ihrer Wärme, denn unwillkürlich fröstle ich.

Agent Moore lässt sich davon nicht beeindrucken.

Schließlich ziehen sich die Schatten zurück und Agent Heaton wendet sich wieder mir zu.

»Na gut, Sie Ass. Wenn Sie so talentiert sind, dann können Sie mir sicher ein paar Fragen beantworten. Nur, um festzustellen, ob Sie auch für die praktische Arbeit gerüstet sind.«

Mist. Ein Knoten bildet sich in meinem Bauch. Mein Plan ist wohl doch nicht so gut durchdacht.

Heaton lässt mir natürlich keine Zeit, um mich für die vielleicht wichtigsten Fragen meines Lebens zu sammeln. Stattdessen legt er sofort los.

»Angenommen, Ihr Partner steht plötzlich unter Beschuss, wie reagieren Sie, wenn Zivilpersonen in der Nähe sind?«

»Ich … ähm … Ich helfe ihm.«

Er atmet hörbar aus.

»Ich meine … ich versuche das Leben aller so gut wie möglich zu schützen, indem ich die Bedrohung angemessen minimiere?«

»Sind Sie immer so unsicher?«

»Nein …«

Na, das läuft ja super. Ungünstigere Antworten kann man in dieser Situation wahrscheinlich nicht geben.

Ich muss mich davon abhalten, auf dem Stuhl herumzurutschen oder an meinen Nägeln zu knibbeln.

Wieder betrachtet er kurz Bos Unterlagen auf dem Laptop. »Miss Nordwell, hier steht, Sie sind eine Hexe.«

Ich nicke. In den letzten Jahren habe ich mich öfter als solche ausgegeben, um meine Irrlichtidentität geheim zu halten.

»Welche Fähigkeiten beherrschen Sie besonders gut?«

Gar keine, schießt es mir durch den Kopf, doch das kann ich ihm natürlich nicht sagen.

»Schutzschilde«, antworte ich stattdessen und schicke ein Stoßgebet zum Himmel. Wenn er eine Kostprobe verlangt, bin ich erledigt.

»Noch etwas?« Er klingt gelangweilt.

»Sag, du kannst gut mit Feuer und Eis umgehen. Das können wir notdürftig faken«, schlägt Bo vor.

Ich befolge ihren Rat, aber der Mistkerl verzieht nicht einmal einen Mundwinkel.

»Außerdem kann ich Blitze kontrollieren.« Ich verschränke trotzig die Arme vor der Brust. Obwohl das vermutlich keine gute Idee war, wirkt der Dämon jetzt wenigstens ein wenig beeindruckt. Jedenfalls für eine Millisekunde. Dann fährt er fort.

»Stellen Sie sich vor, Sie werden zu einem Tatort mit einem aufgebrochenen Tresor gerufen. Der Raum ist mit Bewegungssensoren und Schutzrunen ausgestattet, die unbefugtes Eindringen für gewöhnlich unmöglich machen. Was glauben Sie, wie ihn der Täter knacken konnte?«

Ist das sein Ernst? Mein Puls beschleunigt sich und ich verkrampfe die Finger unter dem Tisch. Überlege, ob er möglicherweise Verdacht geschöpft hat. Aber in seinen durchdringenden Augen ist kein lauernder Ausdruck erkennbar, sondern grenzenlose Ungeduld.

»Wenn Sie keine Idee haben, ist das Gespräch wohl beendet.« Er macht Anstalten, den Laptop zuzuklappen.

»Nein, warten Sie«, sage ich rasch und richte mich kerzengerade auf dem Stuhl auf. Zum ersten Mal, seit ich den Raum betreten habe, zupft ein echtes Lächeln an meinen Lippen, denn mit Tresoren in abgesicherten Räumen kenne ich mich bestens aus.

7. KAPITEL

»Wir haben das Buch«, sagt Rose, die gemeinsam mit Bo in Libbys geheimer Abteilung an einem Tisch steht.

»Konntet ihr schon einen Blick hineinwerfen?« Ich trete zu ihnen und lasse mich müde auf einen Stuhl sinken. Fühle mich, als hätte mich Heaton mit seinen unzähligen Fragen durch den Fleischwolf gedreht.

Noch bevor eine der beiden antworten kann, knallt hinter mir eines der Gitter zu, das vor den deckenhohen Regalen angebracht ist.

»Ja, aber Libby ist nicht glücklich darüber«, flüstert Bo, obwohl die Bibliothek sie trotzdem hören kann. Als Reaktion saust ein Staubwedel über den Tisch und fegt dabei einen Füller und mehrere Büroklammern herunter.

Mitfühlend streiche ich über das Holz, aber es erscheint kein Glühen unter meiner Hand.

»Und?«, frage ich. »Was habt ihr herausgefunden?«

»Dass es nicht einfach wird.« Rose deutet auf das Buch vor sich.

Ich recke den Hals und betrachte mehrere Striche und Linien, die in einem komplizierten Muster auf der Seite angeordnet sind.

»Die Runenabfolge sollte es uns zwar tatsächlich ermöglichen, Heatons Magie zu stehlen, aber es ist sehr viel Kraft notwendig, um sie auszuführen.« Seufzend schiebt Rose die Brille auf ihrer Nase nach oben. »Normalerweise wäre das kein Problem, doch leider habe ich gestern fast meine gesamten Reserven bei der Reparatur des Dachs verbraucht.«

»Und weil das noch nicht genug ist, muss der Zauber bei Vollmond ausgesprochen werden«, fügt Bo hinzu.

O Mist »Das ist …«

»… in vier Tagen«, beendet sie meinen Satz.

Ich stoße laut Luft durch die Zähne und wende mich an Rose. »Denkst du, du schaffst es trotzdem bis dahin?«

»Das muss ich, denn ich darf die Informationen mit keinem anderen teilen, da ist Libby stur wie ein alter Esel.«

Als wollte die Bibliothek Roses Worte unterstreichen, rutscht das Buch über den Tisch und klappt blitzschnell zu.

Ich kann es Libby nicht verübeln. Der erste Bibliothekar hat sie zwar einerseits als Sammelort für magische Bücher geschaffen, aber auch als sicheres Versteck für gefährliches Wissen. Und Libby nimmt ihre Aufgaben sehr ernst.

»Das heißt, du solltest vorerst jeden Funken Magie sparen«, schlussfolgere ich.

»Exakt. Und selbst wenn es mir gelingt, die Runen auszuführen, hast du bis zum nächsten Vollmond nur einen einzigen Versuch, um Heatons Schatten abzugreifen.«

Wunderbar. Ich seufze resigniert. Immer wenn ein Problem gelöst ist, taucht mit hundertprozentiger Wahrscheinlichkeit das nächste auf.

»Dafür muss ich den Job allerdings erst bekommen«, sage ich und versuche die Frage zu ignorieren, was wir machen, wenn sich Heaton für jemand anderen entscheidet. Er kennt jetzt mein Gesicht und da er nicht sonderlich begeistert von mir schien, ist die Möglichkeit, ihm auf privatem Weg nahe zu kommen, in noch weitere Ferne gerückt.

Mit Unbehagen im Bauch vergrabe ich die Finger in meinem weichen Hoodie, den ich gegen den Blazer getauscht habe. »Wenigstens müssen wir nicht lange warten, denn sie wollen mir schon in ein bis zwei Tagen Bescheid geben.«

Rose schaut auf. »Das geht aber schnell.«

»Zum Glück für uns muss die Stelle dringend besetzt werden und der neue Agent soll bereits am Montag anfangen«, sagt Bo und streicht sich eine verirrte Strähne hinters Ohr. Auch ihr sind die Strapazen der letzten beiden Tage anzusehen, denn sie hat tiefe Ringe unter den Augen.

»Das heißt, wir sollten den Feuerteufel als Nächstes davon überzeugen, uns Aufschub zu geben«, sage ich.

»Glaubt ihr, er lässt sich darauf ein?« Wie immer, wenn sie nervös ist, verdreht Bo den goldenen Ring, den sie am linken Daumen trägt.

»Das muss er, wenn er das Tagebuch in seinen Besitz bringen will.« Bestimmt zieht Rose eine Schublade auf und holt ein leeres Blatt hervor, das sie mir reicht. »Außer uns hat niemand die Möglichkeit, den Safe zu knacken.«

»Hoffentlich hast du recht«, sage ich und hebe den Füller auf, bevor ich schweren Herzens die Nachricht schreibe.

+ + +

»Es ist zum Mäusemelken!« Ich pfeffere den Pinsel, mit dem ich ein Buch von Staub befreien wollte, auf den Tisch. Schwungvoll kullert er über den Rand, wird von unsichtbaren Händen aufgefangen und vorsichtig neben mir abgelegt.

In den letzten achtundvierzig Stunden habe ich kaum ein Auge zugetan und die innere Unruhe, die mich ergriffen hat, ist fast nicht auszuhalten. Zum einen, weil ich immer noch auf eine Antwort des MBI warte, zum anderen, weil ich noch keine Nachricht von unserem Feuerteufel erhalten habe. Deshalb rechne ich jeden Moment mit dem Schlimmsten und kann kaum still sitzen.

Das brüchige Buch, das vor mir auf dem Arbeitstisch liegt und auf ein neues Gewand wartet, rutscht zaghaft ein Stückchen näher, als wollte es mich ermuntern an etwas anderes zu denken. Die Was-wäre-wenn-Fragen beiseitezuschieben, die nichts an der Situation ändern.

»Jetzt nicht«, sage ich zu Libby. »Das kann nur in die Hose gehen.« Im Moment bin ich viel zu nervös, um die Seiten zu reinigen und den Einband zu lösen.

Hinter mir ertönt ein Quietschen. Erschrocken drehe ich mich um. Doch es ist nur Rose, die durch die Uhr nach oben gekommen ist.

Sie wirkt genauso mitgenommen, wie ich mich fühle. Ihre sonst tadellose Frisur ähnelt einem Vogelnest und die Brille sitzt schief auf ihrer Nase. Dazu trägt sie heute kein schickes Kostüm, sondern einen übergroßen Bademantel, in dem sie aussieht, als hätte sie ein riesiger Wattebausch gefressen und ausgespuckt.

»Gibt es etwas Neues?«, fragt Rose.

Ich schüttle den Kopf.

Sie reibt sich über die Stirn. »Wenn Igor bis heute Abend fernbleibt, müssen wir uns etwas einfallen lassen. So kann das nicht weitergehen.«

»Wird es auch nicht«, ruft Bo und stürmt uns entgegen. In der Hand einen Brief.

Mein Herz beschleunigt seinen Schlag. Rast in meiner Brust.

Vorsichtig öffnet Bo den Umschlag. So langsam, dass ich ihn ihr am liebsten aus der Hand reißen würde, weil ich die quälenden Sorgen nicht länger ertragen kann. Aber ich schaffe es mühsam, mich zu beherrschen.

Dicht gedrängt schauen Rose und ich ihr über die Schulter, während Bo das Papier entfaltet.

Ich kneife die Augen zusammen, um besser lesen zu können.

Das war ein Reinfall auf ganzer Linie. Zum Glück für deine Bibliothek hast du eine Alternative gefunden und tatsächlich einen Job beim MBI ergattert. Deshalb werde ich noch einmal nachsichtig sein und dir zehn Tage geben, um das Tagebuch zu beschaffen. Scheiterst du erneut, lasse ich deine Freunde dafür bezahlen.

»Du hast es wirklich geschafft«, sagt Bo, während ich sprachlos auf den Zettel starre und eine Gänsehaut von der Drohung bekomme.

»Ich möchte zu gern wissen, woher der Feuerteufel seine Informationen bezieht.« Rose nimmt Bo den Zettel aus der Hand und wendet ihn in alle Richtungen, als könnte er ihr die Antwort verraten.

»Ja«, sagt Bo. »Nicht einmal ich konnte herausfinden, wer die Stelle bekommt.«

»Wahrscheinlich werden wir es nie erfahren«, sage ich und begreife langsam, dass die Gefahr für den Moment gebannt ist. Trotzdem besteht noch kein Grund zur Freude. Schließlich muss ich Heaton ein Stück seiner Magie abzwacken, und das ohne einen Fehler zu begehen, der mich als Betrügerin entlarvt.

+ + +

»MBI, nehmen Sie die Hände hoch«, rufe ich mit erhobener Waffe und setze den grimmigsten Blick auf, den ich zustande bringe.

»Wie war das?«, frage ich Bo, die gerade mit einem gigantischen Kleiderberg die Treppe zu Libbys geheimer Bibliothek herunterläuft.

»Gut. Aber die Banane ist nicht gerade autoritätsfördernd.«

Ich funkle sie über die Frucht hinweg böse an. »Mit irgendetwas muss ich nun mal üben.«

»Mach ruhig weiter.« Sie kichert. »Es ist höchst amüsant. Vor allem, weil du klingst, als hättest du zu viele Folgen *Verhext und Zugenäht* geschaut.«

»Wo, wenn nicht in Serien, hätte ich mir denn sonst ein paar Kniffe abschauen sollen, damit ich wenigstens notdürftig jemanden verhaften kann?« Müde reibe ich mir die Augen.

Kurz nach dem zweiten Erpresserbrief ist tatsächlich eine positive Nachricht des MBI samt Arbeitsvertrag ins Postfach geflattert, das Bo während des Bewerbungsgesprächs extra für diesen Zweck eröffnet hat.

Darauf hin haben wir das Wochenende genutzt und zu dritt

auf Hochtouren geschuftet, um eine einigermaßen wasserdichte Tarnidentität aufzubauen.

»Du hast ja recht«, sagt Bo versöhnlich, schiebt sich an mir vorbei und lässt den Klamottenberg auf den Tisch fallen. »Ich habe in unseren Kleiderschränken gestöbert und ein paar Sachen gefunden, die du in den nächsten Tagen tragen könntest.« Euphorisch zieht sie ein Stück Stoff aus dem Haufen und hält es mir unter die Nase. »Wie findest du das?«

Entsetzt reiße ich die Augen auf und betrachte den Hauch von Nichts. »Ich kann doch nicht mit einem Ausschnitt bis zum Bauchnabel beim MBI aufkreuzen.«

»Aber du musst alle deine Vorzüge einsetzen, um von deiner Inkompetenz abzulenken.«

»Besten Dank auch.« Stöhnend lege ich die Banane auf den Tisch.

»Niemand kann innerhalb von zwei Tagen lernen, was MBI-Rekruten sich über einen langen Zeitraum aneignen. Um das zu verschleiern, ist jede Taktik erlaubt.«

»Ja, klar. Wenn ich aufgebrezelt ins Büro komme, falle ich erst recht auf wie ein bunter Hund«, sage ich und beäuge den Haufen auf dem Tisch.

Für gewöhnlich bevorzuge ich bequeme Kleidung, aber ich habe auch ein paar schickere Teile.

»Am besten ziehe ich eine dunkle Anzughose und irgendeine Bluse an.«

»Wenn du meinst.« Missmutig wirft Bo das Oberteil zurück und greift nach einer hellen Bluse. »Dann solltest du diese nehmen. Sie bringt deine Brüste besonders gut zur Geltung.«

Ich verdrehe die Augen, lege das gute Stück aber zusammen mit ein paar anderen zur Seite, in denen ich nicht den

Eindruck erwecke, als wäre ich auf dem Weg zu einer Party. Gleichzeitig wird mir etwas bewusst, woran ich bisher noch gar nicht gedacht habe.

»Es wird seltsam sein ohne dich an meiner Seite.«

»Weil dir niemand den Hintern retten kann?«, stichelt sie.

»Nein, weil mir dein nervtötendes Gequatsche fehlen wird.«

»Du bist gemein.« Sie versucht mich in die Seite zu knuffen, aber ich weiche ihr geschickt aus.

»Hast du eigentlich mehr über Mr Übereifrig in Erfahrung gebracht?«, wechsle ich das Thema.

»Weniger als erhofft«, sagt sie und legt die Kleider zusammen.

»Und das, obwohl ich mir beinahe die Finger wund getippt habe.« Sie pfeffert eine zusammengefaltete Hose auf den Tisch und bestätigt, womit ich gerechnet habe. Dämonen gelten schon immer als verschlossen und sind bekannt dafür, ihre Identität akribisch zu schützen. Genau wie ihre wahren Namen, über die Außenstehende sie wie eine Marionette kontrollieren und ihnen Befehle erteilen könnten. Deshalb halten sie ihre wichtigsten Informationen ausschließlich auf Papier fest.

Bo seufzt. »In den MBI-Dokumenten habe ich nur Unwichtiges entdeckt. Zum Beispiel, dass er vor Kurzem fünfundzwanzig geworden ist, einer der jüngsten Ermittler war, der die MBI-Ausbildung erfolgreich absolviert hat, und dass er die höchste Aufklärungsquote der Behörde hat.«

»Das ist wirklich wenig«, sage ich zerknirscht, als eine versteckte Tür aufgestoßen wird, die sich schräg gegenüber der Kommandozentrale befindet.

»Ihr werdet es nicht glauben, aber es hat tatsächlich funktioniert.« Aufgeregt kommt Rose aus ihrem Atelier und schwenkt eine silberne Kette in der Hand.

»Ist das …« Rose nickt. »… das Medaillon, mit dem du Heatons Magie stehlen wirst.« Stolz reicht sie mir das Schmuckstück.

Ehrfürchtig streiche ich mit dem Daumen über die verschnörkelte Rune, die in das Material eingraviert ist.

»Es war sehr knapp und ich dachte zuerst, die Rune würde lückenhaft bleiben, aber meine Kräfte haben ausgereicht, um sie zu vervollständigen«, sagt Rose mit geröteten Wangen.

»Du bist genial.« Bo klopft ihr anerkennend auf die Schulter und ich spüre, wie eine Last von meiner Brust abfällt, weil wir eine weitere Hürde gemeistert haben.

»Wie benutze ich es?«, frage ich.

»Du musst es nur aufklappen. Es saugt die Magie dann selbstständig ein.«

»Das ist alles?«

»Na ja.« Rose druckst herum. »Du solltest ihm dabei nicht nur so nahe wie möglich kommen, sondern auch aufpassen, dass er nichts bemerkt.«

Ich tippe mit dem Daumen auf das Medaillon. »Und wie mache ich das?«

»Das stand leider nicht im Buch.«

Großartig. Ich kräusle die Lippen, während Rose auf die geöffnete Tür deutet. »Aber dafür habe ich etwas anderes für dich.«

Bo und ich sehen uns einen Moment ratlos an, dann folgen wir Rose in ihr Atelier, das wie eine Mischung aus Kostümverleih und Bastelstube aussieht.

Eine Wand das weitläufigen Raumes ist mit Schränken und Kleiderständern zugestellt. Daran hängen die unterschiedlichsten Perücken und Outfits, die von Feuerwehruniformen bis hin zu schicken Ballkleidern reichen und aus der Zeit stammen, als Rose ihre Aufträge ohne mich und meine Irrlichtkräfte ausgeführt hat.

Links davon befinden sich mehrere Regale, die mit Fläschchen und Gläsern bestückt sind. Darin bewahrt Rose magische Tränke und Pulver auf, die wir gelegentlich benötigen.

Wir gehen an gespannten Wollfäden vorbei, mit deren Hilfe ich vor ein paar Tagen noch die Choreografie für die Bewegungsmelder in der Bank geübt habe, und treten auf eine Werkbank zu, auf der mein Multifunktionshandschuh liegt.

Achtlos schiebt Rose ihn beiseite. Dabei fällt mein Blick auf ihre stets zittrige Hand, die inzwischen mit Altersflecken übersät ist. Ein Grund, weshalb sie seit Jahren nicht mehr selbst als Diebin unterwegs ist, sondern mir das Feld überlässt.

»Da du den Handschuh nicht unauffällig unter einer Bluse tragen kannst, habe ich mir etwas Neues überlegt.« Rose greift nach einer Ledermanschette, die mit vielen Fächern versehen ist, in denen kleine Döschen, Sprays und Schlüssel verwahrt werden können. »Sie ist so konzipiert, dass du sie wie einen Stiefelschaft über den Schuhen tragen kannst«, sagt sie und klopft auf den Hocker neben sich.

Ich lege mein Bein darauf, schiebe meine Hose nach oben und helfe ihr, die neue Konstruktion an meinem Unterschenkel zuzuschnüren.

»Sie passt perfekt«, lobe ich und lasse den Schlag meiner Hose darüber fallen.

»Und du kannst alles Wichtige mitnehmen.«

Ich nicke dankbar.

»Außerdem habe ich dir ein paar Hilfsmittel zusammengesucht, die im Notfall hoffentlich deine Identität als Hexe stützen.« Sie schiebt ein Glas zu mir herüber, das mit murmelähnlichen Kugeln gefüllt ist. »Die tragbaren Schutzschilde von Spellproof Solutions sind zwar nicht die stärksten, aber sie sollten ausreichen.«

Ich nehme eine der Kugeln in die Hand. »Sag bloß, du warst in einem dieser Shops, die gerade überall in der Werbung zu sehen sind.«

»Ich bin zufällig daran vorbeigekommen, als ich deinen gefälschten Pass abgeholt habe, und dachte, ein wenig Schutz kann nicht schaden.«

Das stimmt. Vor allem, nachdem ich bei Heaton große Reden über meine Fähigkeiten geschwungen habe.

»Außerdem hat mir mein Unterweltskontakt noch ein paar interessante Zauber angeboten.« Rose greift nach einem Glas, in dem sich ebenfalls verschiedenfarbige Murmeln befinden. »Sie sind der neuste Schrei an der Ablenkungsfront.«

Ich nehme ihr das Glas aus der Hand und betrachte eine braune Kugel. »Und was bewirken sie?«

»Ich habe sie noch nicht getestet, aber scheinbar können sie Geräusche, Magenverstimmungen oder Lichtblitze verursachen.«

»Exzellent.« Bo klatscht in die Hände. »Damit sollten alle wichtigen Vorbereitungen für deinen ersten Tag abgeschlossen sein.«

Ich unterdrücke ein nervöses Lachen. Obwohl all das meine Idee war, fühle ich mich alles andere als bereit, dem mies gelaunten Dämon erneut gegenüberzutreten.

»Nicht ganz«, widerspricht Rose. »Eine Sache haben wir bisher außer Acht gelassen.«

»Ach ja?« Ich denke scharf nach, aber mir fällt nichts ein, was ich vergessen haben könnte.

»Ein echter Agent sollte nicht nur mit Bananen schießen können«, sagt sie und reicht mir einen Revolver.

8. KAPITEL

Nachdem ich mich zweimal verlaufen habe, stehe ich am nächsten Morgen mit einem mulmigen Gefühl vor Direktor Moores Büro.

Noch immer kann ich kaum glauben, dass ich an der Pforte meine eigene Zugangskarte erhalten habe und niemand die Handschellen gezückt hat, um mich in die nächste Zelle zu befördern.

Obwohl ich nie sonderlich schüchtern war, zögere ich mehrere Sekunden mit erhobener Hand, bevor ich mir ein Herz fasse und anklopfe.

»Herein«, kommt prompt die Antwort und noch ehe ich es mir anders überlegen kann, finde ich mich in einem lichtdurchfluteten Büro wieder.

Hinter einem großen Schreibtisch, auf dem sich Akten türmen, die ich allein aufgrund ihrer Menge niemals bearbeiten wollen würde, sitzt der Leiter der magischen Sondereinheit.

»Miss Nordwell.« Er steht auf und reicht mir die Hand. »Es ist mir eine Freude, Sie bei uns begrüßen zu dürfen. Und das auch noch so kurzfristig.«

»Die Freude ist ganz auf meiner Seite«, schwindle ich, denn

ich kann mir Hunderte Dinge vorstellen, die ich jetzt lieber tun würde.

»Das höre ich gern. Und eine Hexe können wir in der Abteilung immer gut gebrauchen.«

Jaja, eine Hexe. Ich lächele verhalten und bin froh über das Gewicht an meinem Unterschenkel. Den umgebauten Stiefelschaft, in dessen Fächer ich alle Hilfsmittel verstaut habe, die Rose für mich besorgt hat, um meine Tarnung aufrechtzuerhalten.

»Aber ich möchte Sie vorwarnen. Mr Heaton ist zwar ein hervorragender Agent und Ihre Zusammenarbeit wird sich gut in Ihrem Lebenslauf machen, allerdings ist er … nun ja, er ist nicht der beste Teamplayer und erledigt das meiste gern selbst.«

Ach was. Das ist mir während des Bewerbungsgesprächs gar nicht aufgefallen.

Moore wirft mir über den Rand seiner schwarz umrandeten Brille einen resignierten Blick zu. »Das geht natürlich nicht. Wir haben Regeln und kein Ermittler sollte allein unterwegs sein. Deshalb heften Sie sich bitte so gut es geht an seine Fersen. Ich hatte in letzter Zeit wahrlich genug Ärger, weil er den Einzelkämpfer gespielt hat.«

Das kann ich mir nur allzu gut vorstellen.

»Ich werde ihm nicht von der Seite weichen«, verspreche ich. Zumindest so lange, bis ich seine Magie habe. Dann überlege ich mir eine plausible Ausrede und bin schneller weg, als er blinzeln kann.

»Genau darauf habe ich gehofft und Sie für den Job ausgewählt. Es war beeindruckend, wie Sie Heaton die Stirn geboten haben, anstatt sich abwimmeln zu lassen.«

Ich verziehe die Lippen, ohne zu wissen, was ich darauf

antworten soll. Doch Moore nimmt mir die Entscheidung ab, denn er fährt fort. »Wenn Sie ihn jetzt noch dazu bringen, eine Krawatte zu tragen, bin ich der glücklichste Chef der Welt.« Er lacht, als hätte er einen besonders lustigen Witz gemacht.

»Ich kann es versuchen, verspreche aber nichts«, entgegne ich und streiche mir eine widerspenstige Locke aus den Augen.

»Das reicht mir schon.« Zufrieden lässt er sich in den Stuhl sinken. »Falls Sie Probleme haben, kommen Sie zu mir. Ich werde ihm den Kopf waschen.«

»Danke«, sage ich und ein Grinsen huscht über mein Gesicht, denn die Vorstellung ist zu verlockend.

»Natürlich. Ich möchte ja, dass Sie uns lange erhalten bleiben.« Der Direktor faltet die Hände vor dem Bauch. »Wenn Sie keine Fragen haben, wars das von meiner Seite auch schon.«

Ich gebe vor, kurz nachzudenken, dann schüttle ich den Kopf. Es gibt nichts, wobei er mir helfen könnte. Und je weniger ich rede, desto kleiner ist die Gefahr, sich zu verplappern.

»In Ordnung. Sollte Ihnen doch noch etwas einfallen, wissen Sie, wo Sie mich finden.«

Ich nicke, wünsche Moore noch einen schönen Tag und bin schneller wieder draußen, als ich es für möglich gehalten habe. Jetzt muss ich nur noch Mr Übereifrigs Büro finden und ihn zum Narren halten.

Ich laufe einen Gang entlang, gehe eine Treppe runter und versuche mich an den Plan zu erinnern, den Bo mir gezeigt hat. Aber natürlich scheitere ich kläglich und muss einen der entgegenkommenden Agents fragen.

Bevor ich seine Beschreibung wieder vergesse, folge ich ihr

zügig, biege um eine Ecke und pralle unvermittelt gegen etwas Hartes. Ein Platschen ertönt, ehe etwas Warmes auf meiner Bluse landet. Erschrocken stoße ich einen Schrei aus und taumle einen Schritt zurück.

»Himmel. Was war das denn?«, murmle ich verwirrt und werde von einem geblafften »Können Sie nicht aufpassen?« übertönt.

Mein Blick fliegt eine breite Brust hinauf und ich schaue in Heatons blaue Augen, die mich ungehalten anfunkeln, während Kaffee von seinem schwarzen Hemd tropft.

»Ich? Sie sind doch ebenfalls um die Kurve gerannt«, schieße ich zurück und betrachte mein helles Oberteil, das mit braunen Sprenkeln und Flecken bedeckt ist.

»Ich bin nicht gerannt. Ich habe nach Ihnen gesucht, weil Sie schon wieder zu spät sind.«

»Was? Das kann überhaupt nicht sein.« Ich spähe auf meine Armbanduhr. »Da, sehen Sie.« Ich zeige auf das Display. »Ich bin überpünktlich. Die offizielle Arbeitszeit hat erst vor zehn Minuten begonnen. Und ich war sogar schon bei Agent Moore.«

Er schnaubt. »Sie haben wohl jedes Mal eine Ausrede.«

»Das ist keine Ausrede, sondern eine Tatsache.«

»Wie auch immer.« Er wischt meine Bemerkung mit einer ungeduldigen Handbewegung beiseite, hebt den leeren Becher auf und verschwindet in einem der angrenzenden Räume. Nur Sekunden später kommt er mit einem Stapel Papiertücher zurück und wischt die Sauerei auf dem Boden weg. So schnell, dass ich keine Gelegenheit habe, ihm meine Hilfe anzubieten.

Mit grimmigem Blick richtet sich Heaton wieder auf.

»Und jetzt kommen Sie mit. Wir haben schon genug Zeit

verschwendet.« Ohne sich ein weiteres Mal nach mir umzudrehen, geht er schnurstracks auf eine Tür zu.

Ich presse die Zähne aufeinander. Normalerweise würde ich um die Zeit noch im Bett liegen. Aber er, Mr Übereifrig, muss seinem Spitznamen natürlich wieder alle Ehre machen.

Widerwillig folge ich ihm und betrete einen quadratischen Raum. Er sieht überraschend freundlich aus, ist in Beige, Schwarz und Brauntönen gehalten, dekoriert mit ein paar Pflanzen als grüne Farbtupfer. Mehrere Tische bilden Arbeitsinseln und überall stehen Boards auf Rollen herum, an denen Fotos, Berichte und anderes Zeugs mit Magneten festgehalten werden.

Ob es so etwas auch über mich gibt? Ich recke den Hals, kann aber auf die Schnelle keines entdecken.

»Das ist unsere Abteilung«, sagt Heaton charmant wie ein Eisklotz und tritt tiefer in den Raum hinein, der von Glastüren gesäumt wird, hinter denen sich auf den ersten Blick Einzelbüros befinden.

Ich nehme mir fest vor später alles genauer unter die Lupe zu nehmen und eile ihm hinterher.

Ein junger Mann mit Fuchsohren sieht von seinen vier Bildschirmen auf, als wir in der Raummitte ankommen.

»Hey Marlon, ist das deine neue Partnerin?« Er springt von seinem Stuhl auf.

»Scheint so«, sagt der Dämon trocken, wirft den Becher und die Tücher in einen Mülleimer und dreht sich zu mir.

»Das ist Mr Kimura, unser IT-Spezialist. Wenn Sie Informationen brauchen, digitale Beweise auswerten müssen oder technisches Fachwissen benötigen, dann sind Sie bei ihm genau richtig.«

Der andere verzieht das Gesicht »Ach, papperlapapp, Mr

Kimura ist mein Vater. Nenn mich lieber Ryo. Sonst komme ich mir schrecklich alt vor.«

»Ich werde es mir merken«, sage ich und betrachte verstohlen Ryos Fuchsohren, die hinter dessen Haaransatz aufragen und ihn als Kitsune auszeichnen.

»Ich bin übrigens Aline.« Der falsche Name kommt nur schwer über meine Lippen, aber ich bin stolz auf mich, weil ich mich nicht verhaspelt habe.

»Freut mich sehr.« Ryo greift nach einer Schachtel hinter sich. »Darf ich dir einen Donut als Willkommensgeschenk anbieten?«

»Das kann ich natürlich nicht ablehnen.« Ich pflücke einen der runden Teigringe mit Schokoladenüberzug und bunten Streuseln heraus.

»Gute Wahl.« Ryo sieht zu Heaton.

»Sie werden schnell merken, dass man unseren kleinen Griesgram gelegentlich an weltliche Bedürfnisse erinnern muss, weil er alles um sich herum vergisst, wenn er in einen Fall abgetaucht ist.«

Kleiner Griesgram? Ich verschlucke mich beinahe an meinem ersten Bissen. Großer Miesepeter wäre wohl die treffendere Bezeichnung.

Der Dämon verdreht die Augen. »So schlimm ist es auch nicht.«

»O doch.« Grinsend stellt Ryo die Schachtel beiseite und wirft Heaton einen Apfel zu, den er geschickt auffängt. »Und weil ich weiß, dass du keine Donuts magst, habe ich dir Obst mitgebracht.«

Warum wundert mich das nicht? Aber wenigstens bleibt dann mehr für uns andere.

Der Dämon murmelt ein Danke, während ich kauend eine

Stellwand in Augenschein nehme, auf der mehrere Mäuse, Straßenkarten und Pläne zu sehen sind, die … Moment. Ich halte im Kauen inne. Sie werden doch nicht …

»Wir versuchen mehr über die Postmäuse herauszufinden«, sagt Ryo, der meinem Blick gefolgt ist. »Ihre Dienste sind ein wahres Schlaraffenland für Leute, die illegalen Aktivitäten nachgehen.«

»Hast du schon eine Erfolg versprechende Spur?«, frage ich und versuche nicht allzu erschrocken zu klingen. Wenn die Postmäuse dem MBI zum Opfer fallen, haben wir ein großes Problem.

Ryo seufzt. »Bisher leider nicht. Durch die toten Briefkästen und ihre Schutzzauber sind sie so gut wie unaufspürbar.«

Innerlich aufatmend schiebe mir den letzten Bissen des Donuts in den Mund. Doch er schmeckt nur noch halb so gut.

»Genug geplaudert«, sagt Heaton. »Wir haben zu tun.«

Warum zur Hölle hat er es an einem Montagmorgen so eilig?

Ich werfe Ryo einen entschuldigenden Blick zu und folge dem Dämon erneut, der vorangeht, als wäre er auf der Flucht. Doch er hat die Rechnung ohne die anderen Agents gemacht, die neugierig aus ihren Büros kommen oder von ihren Schreibtischen aufstehen und sich ebenfalls vorstellen.

Nachdem ich mindestens sechs davon kennengelernt habe, deren Namen mir sofort wieder entfallen sind, bleibt Heaton am Ende des großen Raumes stehen.

»Hier ist mein Rückzugsort«, sagt er und öffnet eine Tür, hinter der ein Eckbüro liegt. Es ist viel größer, als ich von außen vermutet habe. Die Herbstsonne strömt von zwei Seiten durch hohe Fenster und trifft auf die beiden Glasschreibtische, die sich gegenüberstehen. Umringt von weiteren Boards an den Wänden, die mit Bildern, Klebezetteln und Linien zugepflastert sind.

»Hier werden Sie arbeiten.« Er deutet auf den Tisch, der der Tür am nächsten ist.

»Wir sitzen im selben Raum?«, frage ich überrascht.

»Ja.« Seine Miene verfinstert sich noch mehr und ich unterdrücke ein Grinsen. Agent Moore möchte also wirklich, dass ich Heaton im Auge behalte.

Mir ist es sowieso egal, wo ich arbeite, denn ich werde bald wieder weg sein, Buchschätze restaurieren und in Townhäuser einsteigen, um Tresore zu erleichtern.

»So, jetzt haben Sie alles gesehen und können sich mit den laufenden Fällen vertraut machen.« Er legt den Apfel auf den Tisch. Dann zieht er einen gigantischen Aktenstapel heran und drückt ihn mir in die Arme.

Das soll wohl ein schlechter Scherz sein.

Ich muss mich anstrengen, um trotz des Gewichts aufrecht stehen zu bleiben. Wankend lege ich die Ordner auf dem Tisch ab, während der Dämon nach seinem Jackett greift und auf die Tür zusteuert.

»Wohin gehen Sie?«

»Nur kurz etwas erledigen.«

»Etwas Privates?«, frage ich misstrauisch.

Er zögert eine Sekunde zu lang. »Nein.«

»Und dann wollen Sie mich hier Däumchen drehend zurücklassen?«

»Ich will Ihnen Zeit geben, sich einzugewöhnen.«

»Aber ich bin Ihre Partnerin«, sage ich entrüstet. Ich habe ganz bestimmt nicht vor an einem Schreibtisch zu versauern. Hier kann ich seine Magie sicher nicht entwenden, sondern nur vor Langweile sterben.

»Ja, aber …« Er fährt sich durch das schwarze Haar, als würde er nach einer Ausrede suchen. »Sie wollen doch nicht mit Kaffeeflecken auf der Bluse zu einem Einsatz gehen.«

Ich sehe an mir hinunter und schließe die Knöpfe meines Blazers. »So fallen sie kaum noch auf.« Das ist gelogen, aber ich werde wegen ein paar Flecken nicht hierbleiben.

»Und außerdem …« Mit zusammengepressten Lippen sieht Heaton an mir hinab. »… können Sie in diesen Schuhen nicht mitkommen.«

»Warum?« Ich betrachte meine Absätze, die mich wenigstens ein Stück größer wirken lassen.

»Weil Sie sich damit eher den Fuß brechen, als einen Verdächtigen zu schnappen.«

»Das können Sie gar nicht wissen. Oder haben Sie schon mal Schuhe mit Absätzen getragen?« Verärgert puste ich mir eine Strähne aus dem Gesicht.

»Nein. Aber ich will arbeiten und nicht verhindern müssen, dass Sie auf die Nase fliegen.«

Er wendet sich ab, als wäre damit alles gesagt. Mist. Ich muss mir schnell etwas einfallen lassen.

»Was wird Agent Moore sagen, wenn er herausfindet, dass Sie mich schon am ersten Tag zurückgelassen haben, um allein loszuziehen?«, frage ich schnell. »Sie wissen schon, wegen der Vorschriften.« Kokett klimpere ich mit den Wimpern.

Verärgerung blitzt in seinen Augen auf und einen Moment sieht er mich an, als wollte er mich erwürgen, dann schüttelt er resigniert den Kopf. »Von mir aus, dann kommen Sie mit. Aber ich will später keine Beschwerden hören, weil es Ihnen zu stressig ist oder Ihnen die Füße wehtun.«

»Keine Sorge, das wird nicht passieren.«

»Gut«, sagt Heaton und verlässt das Büro.

Ich muss fast rennen, um mit ihm Schritt zu halten, als wir erneut die Abteilung durchqueren. Doch statt einen Fahrstuhl zu nehmen, eilt er das Treppenhaus hinunter. Wahrscheinlich will er mich damit ärgern, aber ich bewahre meine neutrale Miene, bis wir vor einem wuchtigen, schwarzen Wagen ankommen, der vor dem MBI-Gebäude am Straßenrand parkt.

Schwer atmend lasse ich mich auf den Beifahrersitz fallen. Ich muss dringend an meiner Fitness arbeiten, wenn mich inzwischen schon ein paar Treppenstufen außer Puste bringen.

Eine Weile sitzen wir schweigend nebeneinander, während Heaton das Auto zielsicher durch die Häuserschluchten Manhattans lenkt.

»Wohin fahren wir?«, frage ich, als die Stille immer erdrückender wird und ich sie kaum noch aushalte.

Kurz habe ich den Verdacht, dass er die Information für sich behalten will, denn er verzieht die Lippen zu einem schmalen Strich.

»Zum Ashford Tower«, antwortet er schließlich.

»Ist der nicht einsturzgefährdet?«

»Magier haben ihn übers Wochenende notdürftig stabilisiert. Deshalb kann ich mich endlich auf die Suche machen.«

»Und wen suchen wir?«, frage ich, obwohl ich die Antwort zu wissen glaube.

Ein grimmiges Lächeln huscht über sein Gesicht. »Das Phantom von New York.«

9. KAPITEL

»Das Phantom?« Ich verkneife mir ein spöttisches Lächeln, denn er kann in der Bank so viel suchen, wie er will. Obwohl ich dieses Mal sichtbar geworden bin, habe ich bestimmt keine Spuren hinterlassen, die ihm bei den Ermittlungen helfen.

Allerdings ist das die perfekte Gelegenheit, um herauszufinden, was der Dämon weiß. Und vielleicht kann ich Bo dann endlich beruhigen.

Ich muss nur geschickt vorgehen, um keinen Verdacht zu erregen.

»Hat es nicht mit einer Serie brillanter Diebstähle auf sich aufmerksam gemacht?«, frage ich deshalb im Plauderton.

Heaton schnaubt. »Als brillant würde ich sie nicht bezeichnen.«

»Ach nein?« Ich muss mich davon abhalten, nicht beleidigt die Arme vor der Brust zu verschränken. »Als was dann?«

»Mittlerer Durchschnitt.«

»Mittlerer Durchschnitt?« Ich verschlucke mich beinahe an meiner eigenen Spucke. »Wird dem Phantom nicht der Diebstahl des Lorelei-Gemäldes nachgesagt, das während einer Auktion verschwunden ist? Und der Einbruch in die Old

Amsterdam Gallery, wo auf spektakuläre Weise das Sicherheitssystem umgangen wurde?«

Er hebt eine Braue. »Sie sind ja bestens informiert.«

»Natürlich. Vorbereitung ist die halbe Miete«, sage ich. Vor allem, wenn man eine ausgeklügelte Alarmanlage austricksen will. Aber das behalte ich natürlich für mich.

»Es ist tatsächlich nicht schlecht«, gibt er widerwillig zu. »Ich war schon an vielen Tatorten und konnte mithilfe der Magieschnüffler nur herausfinden, dass es ein Irrlicht ist. Eines, das leider nie nennenswerte Spuren hinterlässt.«

Ha! Ich muss mich beherrschen, um nicht triumphierend die Faust in die Luft zu schlagen, während Heaton sich dem gelben Absperrband nähert, das den Ashford Tower umgibt. Aber nicht nur das. Trotz der frühen Stunde hat sich eine Truppe Demonstrierender davor versammelt, die Plakate schwenken und Parolen brüllen.

Besorgnis huscht über Heatons Gesicht, dann fährt er fort. »Deshalb ist es umso ärgerlicher, dass es mir in der Bank entkommen ist. Ich war absolut sicher, das Phantom dieses Mal endlich zu erwischen.«

Das selbstgefällige Grinsen, das an meinen Mundwinkeln gezupft hat, verrutscht mit einem Schlag.

»Warum waren Sie so sicher?«, frage ich, bemüht, meine Stimme ruhig zu halten. Mir die Verunsicherung nicht anmerken zu lassen, als er den Wagen neben einem Polizeiauto parkt und aussteigt.

»Weil ich wusste, dass es da sein wird.«

Wie vom Donner gerührt, halte ich inne und versuche seine Worte zu begreifen. Niemand kennt den Zeitpunkt unserer Coups. Weder die Postmäuse noch unsere Kundschaft. Nicht einmal wir selbst können manchmal eine genaue Uhrzeit voraussagen, weil sie von unplanbaren Faktoren abhängt. Also woher zur Hölle …

Mit einem unangenehmen Ziehen im Magen folge ich ihm nach draußen.

»Wie haben Sie das herausgefunden?« Ich sehe ihm dabei zu, wie er von wütenden Pfiffen der Demonstrierenden begleitet einem Officer seine Dienstmarke zeigt, das Absperrband hochhebt und darunter hindurchgeht.

»Im Grunde war es ganz einfach.« Ein selbstzufriedenes Lächeln huscht über sein Gesicht, während wir auf den Eingang der Bank zusteuern. »Ich habe die Fälle ausgewertet, die mit dem Phantom in Verbindung stehen, und …« Zu meinem Ärger stockt er. Jetzt, wo es am spannendsten wird.

»Verdammt, wir sind zu spät«, sagt er stattdessen.

Das interessiert mich nicht im Geringsten.

»Wie haben Sie …«, setze ich ungeduldig an, doch eine schneidende Stimme unterbricht mich.

»Heaton! Was wollen Sie denn hier?« Ein Mann mit raspelkurzem, braunem Haar kommt schnellen Schrittes auf uns zu.

»Ermitteln, Sullivan. Was sonst?«, sagt der Dämon neben mir und vergräbt die Hände in den Hosentaschen. Trotz der lässigen Geste wirkt er auf einmal anders. Irgendwie … angespannter.

»Das können Sie vergessen!« Sullivan, der ungefähr in Heatons Alter sein muss, bleibt vor uns stehen. Obwohl er für meine Verhältnisse groß ist, reicht er dem Dämon gerade bis zur Nasenspitze. »Kontrollverluste fallen in die Zuständigkeit des Ministeriums für Magische Sicherheit. Und somit in meine.«

»Wie schön für Sie«, sagt Heaton sarkastisch.

»In der Tat.« Sullivan verzieht das Gesicht zu einem wölfischen Lächeln. »Es wird mir eine Freude sein, dafür zu sorgen, dass der Drache für lange Zeit weggesperrt wird.«

Obwohl ich mich noch nicht von Heatons Enthüllung erholt habe, ziehe ich Luft durch die Zähne. »Der Mann kommt ins Gefängnis, weil er seine Magie nicht regulieren konnte?«

Sullivan streift mich mit einem herablassenden Blick. »Natürlich. Schließlich hat er mehrere Personen verletzt.«

Ich schlucke schwer und denke an die bewegungslosen Gestalten in der Bank zurück. Froh, dass niemand getötet wurde.

»Das war sicher keine Absicht«, sage ich.

»Das tut nichts zur Sache. Er war unfähig, seine Magie zu regulieren, und muss dafür bestraft werden.«

»Aber kommt Ihnen das nicht seltsam vor? Immerhin ist Emberthorn kein Schlüpfling mehr, der erst lernen muss, sie im Zaum zu halten.«

Sullivan kräuselt die Nase. »Worauf wollen Sie hinaus, Heaton?«

»Dass vielleicht mehr dahinterstecken könnte als bloße Unfähigkeit.«

»Ganz sicher nicht«, höhnt Sullivan. »Aber es ist ja klar, dass Sie versuchen die Schuld abzuwälzen. Schließlich stecken alle Magics, die zur Riege der Stärksten gehören, unter einer Decke. Denken, sie wären unfehlbare Götter, obwohl sie sorglos mit ihren Kräften umgehen. Dabei seid ihr eine Gefahr für die Allgemeinheit.«

Sullivan spuckt uns die Worte geradezu entgegen und es liegt so viel Verachtung in seiner Stimme, dass ich erschauere.

Und der wütende Mob, der hinter ihm in dreißig Meter Entfernung »Grillt die Drachen« brüllt, macht es nicht besser. Genauso die Schilder, auf denen Sätze wie *Kein Platz für Monster* und *Schützt die Menschen, nicht die Magics* steht.

Ich habe von Magiegegnern Reaktionen dieser Art befürchtet, aber die wütenden Leute aus nächster Nähe zu sehen, ist ein ganz anderes Level.

»Und jetzt ziehen Sie Leine.« Sullivans herablassender Blick bleibt an den Kaffeeflecken auf meinen Kleidern hängen. »Sie stehlen mir wertvolle Zeit.«

»Ich fürchte, das geht nicht«, sagt Heaton.

»Ach nein?« Ein misstrauischer Ausdruck erscheint auf Sullivans Zügen, die mit der geraden Nase und dem kräftigen Kinn gut aussehen könnten, wäre da nicht ein bedrohliches Funkeln in seinen grauen Augen.

»Nein, wir sind wegen des Phantoms hier, das zeitgleich in der Bank war.« Heaton schaut auf ihn herunter. »Ich nehme an, Sie haben von der Verfolgungsjagd gehört?«

»Ja.« Sullivans Antwort klingt wie ein unwilliges Knurren.

»Und da ich den Fall seit Jahren bearbeite, fällt er in meinen Zuständigkeitsbereich. Wenn Sie uns also entschuldigen würden. Auch wir haben viel Arbeit vor uns. Oder wollen Sie, dass eine gesuchte Verbrecherin wegen Ihnen weiter ihr Unwesen treiben kann?«

Scheinbar endlose Sekunden starren sich die beiden an.

»Von mir aus«, sagt Sullivan schließlich. »Aber wenn Sie sich in meine Ermittlungen einmischen oder meine Männer behindern, werden Sie sich wünschen, mir nicht in die Quere gekommen zu sein. Das verspreche ich Ihnen.«

»Keine Sorge, das wird nicht passieren.« Der Dämon schiebt sich an Sullivan vorbei und ich folge ihm schnell.

»Er kann Sie nicht leiden«, sage ich, als wir außer Hörweite sind.

»Offensichtlich.« Heaton wirft einen finsteren Blick zurück, öffnet den Mund, als wollte er noch etwas sagen, und schließt ihn wieder.

Ich belasse es dabei und verbanne den anderen Ermittler aus meinen Gedanken. Schließlich muss ich Heaton über das Phantom ausquetschen.

Während ich angestrengt überlege, wie ich das Thema zur Sprache bringe, durchschreiten wir die Lobby, in der die Überreste der Zerstörung noch deutlich erkennbar sind.

Wir gehen gerade an einem Mann vorbei, der verloren vor den Trümmern steht, als der Dämon so abrupt stoppt, dass ich beinahe erneut gegen ihn pralle.

»Entschuldigung, arbeiten Sie hier?«, fragt Heaton den Mann.

»Ja.« Der Angesprochene dreht sich zu uns herum und kommt mir mit seinem wallenden Haar bekannt vor. Ich kratze mich an der Schläfe, doch mir will nicht einfallen, woher.

»Perfekt. Dann können Sie uns sicher helfen.« Der Dämon zieht seine MBI-Marke aus der Innentasche seines Jacketts und zeigt sie dem Bankangestellten.

»Ich bin Agent Heaton und das ist meine Kollegin. Wir suchen den Überwachungsraum und würden gern einige Aufnahmen der letzten Tage sichten.«

»Natürlich.« Der Angesprochene, aus dessen Haar zwei runde Löwenohren aufragen, deutet in Richtung der Serviceschalter. »Er ist dort hinten. Wenn Sie möchten, bringe ich Sie hin.«

»Das wäre sehr freundlich«, sagt Heaton und wendet sich mir zu. »In der Nähe gibt es ein nettes Bistro. Wollen Sie uns von dort vielleicht einen Kaffee holen?«

»Hä?« Mit großen Augen starre ich ihn an.

»Die Sichtung der Videomaterialien dauert sicher einige Zeit. Da können wir eine Stärkung gut gebrauchen.« Heaton klingt so unschuldig, als würde er es absolut ernst meinen.

Dennoch glaube ich ihm kein Wort. Er will mich schon wieder loswerden. Aber darauf kann er lange warten. Ich bleibe so lange in seiner Nähe, bis ich herausgefunden habe, was er weiß.

»Ich glaube, das ist eine schlechte Idee«, sage ich.

»Warum?«

»Weil draußen ein wütender Mob unterwegs ist.«

»Mit den Demonstranten sollte man sich wirklich nicht anlegen«, sagt der Werlöwe, der laut des silbernen Namensschilds auf seiner Brust Jones heißt. »Sie stehen seit Tagen vor dem Gebäude und haben sogar die Magier mit Farbbeuteln beworfen.« Missbilligend schüttelt er den Kopf. »Ich kann Ihnen gern hier einen Kaffee machen. Wir haben mehr als genug.«

»Das wäre wunderbar«, sage ich und schenke erst Jones und dann Heaton ein breites Lächeln.

Der Werlöwe nickt, blickt zu den Trümmern und wendet sich schnell davon ab.

»Waren Sie dabei, als das Unglück geschah?«, fragt Heaton und klingt für seine Verhältnisse überraschend mitfühlend.

»Ich war sogar bei Red im Büro, als es anfing, und habe das Notfallteam verständigt.«

Plötzlich erinnere ich mich wieder, woher ich den Mann kenne. Er ist derjenige, der dem Drachen gefolgt ist und ihn gefragt hat, ob alles in Ordnung ist.

»Das war sicher erschreckend«, sagt Heaton und gemeinsam gehen wir eine Treppe hinunter.

»Allerdings. Ich bin seit drei Jahren der Assistent des Direktors und frage mich noch immer, wie das passieren konnte.«

»Nachdem er bei den diesjährigen Drachenkämpfen so gut abgeschnitten hat, ist das auch mehr als überraschend«, sagt Mr Übereifrig, der wieder bestens Bescheid zu wissen scheint. Im Gegensatz zu mir. Ich weiß nur, dass die Drachenkämpfe alle zehn Jahre abgehalten werden und der Sieger das Oberhaupt des New Yorker Drachenclans wird. Und damit auch das der anderen Gestaltwandler, denn die Drachen sind seit jeher die stärksten unter ihnen.

Aber wenn Red Emberthorn einer der besten ist, ist es wirklich erstaunlich, dass er seine eigene Magie nicht unter Kontrolle hat.

»Gab es denn Anzeichen?«, erkundigt sich Heaton.

Jones fasst sich ans Kinn. »Er wirkte kränklich.«

Das ist die Untertreibung des Jahrhunderts. Er sah aus, als würde er auf dem Flur zusammenbrechen. Doch ich schweige lieber. Schließlich war ich offiziell nicht anwesend.

»Wobei …« Der Assistent fährt sich über den Nacken. »Wenn ich es mir recht überlege, hat er schon länger einen angeschlagenen Eindruck gemacht. Das kann allerdings auch vom Stress kommen. Die Drachenkämpfe sind schließlich kein Zuckerschlecken, sondern knallharte Duelle, die viel Energie kosten.« Wir biegen um eine Ecke, hinter der Jones mit seiner Schlüsselkarte eine Tür öffnet. »Das ist der Überwachungsraum.«

Er führt uns in ein Zimmer, das wie Bos Kommandozentrale mit mehreren Bildschirmen ausgestattet ist. Allerdings wirkt es um einiges trister und wird nicht von blauen und pinken LED-Lichtern beleuchtet.

»Was möchten Sie sehen?«, erkundigt sich der Werlöwe.

»Am besten alles ab der Stelle, an der der Direktor die Kontrolle verliert«, sagt Heaton.

Der Assistent klickt kurz herum, dann erscheint der Drache, dicht gefolgt von Jones auf dem mittleren Bildschirm. Eine Hand vor den Bauch gepresst, wankt er den Flur entlang, während er sich mit der anderen an der Wand abstützt.

»Ich hole schnell Kaffee«, sagt Jones, der wohl lieber darauf verzichtet, die Szene noch einmal mitzuerleben. »Wie hätten Sie ihn gern?«

»Mit zwei Löffeln Zucker bitte«, antworte ich, während Heaton zeitgleich »Schwarz« sagt.

»War ja klar.«

»Wie bitte?« Stirnrunzelnd dreht er sich zu mir.

»Na, dass Sie Ihren Kaffee schwarz trinken. Das passt zu Ihrer düsteren Ausstrahlung.«

»Ich habe keine Ahnung, was Sie meinen.«

Ich mustere kurz seine schwarze Montur.

»Nein, das haben Sie wohl nicht«, murmle ich, während er das Gespräch schon vergessen zu haben scheint und aufmerksam beobachtet, wie der Gestaltwandler torkelnd bei den Aufzügen ankommt. Er krümmt sich, stößt ein Niesen aus und dünne Rauchschwaden steigen aus seiner Nase auf.

Heaton stoppt die Aufnahme und betrachtet das Gesicht des Drachen genauer, dessen Stirn verfärbt aussieht. Als wäre er mit dem Kopf gegen mehrere Gegenstände gerannt und würde bereits blaue Flecken bekommen.

»Seltsam«, murmelt der Dämon und macht mit seinem Handy ein Foto davon.

»Hat Sullivan nicht gesagt, Sie sollen seinen Fall in Ruhe lassen?«, frage ich freundlich.

»Mache ich doch. Ich schaue nur ein Video an.«

Jaja, wers glaubt, wird selig. Aber mir solls recht sein. Dann lässt er wenigstens das Phantom in Ruhe.

Im Schnelldurchlauf schauen wir zu, wie der Gestaltwandler das Magiebaromter erreicht, Flügel aus seinem Rücken wachsen und seine menschliche Gestalt dem Drachen Platz macht.

Aus den verschiedenen Winkeln der Kameras wirkt er noch beängstigender als in der Realität, denn die Zähne sind von allen Seiten überdeutlich zu erkennen. Sehen aus wie todbringende Dolche, die nur darauf warten, sich in Fleisch zu schlagen.

Wie eine wild gewordene Bestie zertrümmert der Drache mit seinem Schwanz die Empfangstheke, speit Feuer und schlägt die anderen Drachen bewusstlos.

»Das war das Phantom«, sagt Heaton plötzlich, als die Armbrust vom Boden verschwindet. Dabei beugt er sich nach vorn. Wahrscheinlich, um nichts zu verpassen.

Ich schürze die Lippen und beobachte, wie meine abgeschossenen Pfeile von den Drachenschuppen abprallen und Sekunden später ein Arm aus dem Nichts auftaucht, der ausgestreckt auf dem Schutt liegt. Ich erschauere, kann beinahe wieder den Aufprall spüren, der mir die Luft aus der Lunge gepresst hat.

Wie gebannt starrt Heaton auf die Aufnahme, als könnte sie ihm wichtige Hinweise enthüllen. Doch natürlich entdeckt er zu seinem Ärger und meiner Freude keine.

Trotzdem spult er immer wieder zurück. Stoppt bestimmte Bilder und betrachtet sie mit zusammengekniffenen Augen.

Genau so habe ich ihn mir vorgestellt. Übereifrig und verbissen.

»Ohne das Phantom hätten Sie den Drachen vielleicht nie besiegt«, sage ich, als er zum fünften Mal die Stelle ablaufen lässt, an der das Ungetüm wie ein gefällter Baum auf den Boden kracht.

»Es war nur eine Frage der Zeit, bis seine Magie nachlässt«, sagt er übellaunig und springt einige Sekunden zurück.

Ich schnaube innerlich. Das hätte den Leuten in der Bank nicht viel gebracht, wenn sie vorher von Trümmern erschlagen worden wären.

Aber ich will mich nicht mit ihm darüber streiten, sondern etwas in Erfahrung bringen. Deshalb wechsle ich das Thema. »Übrigens wollten Sie mir noch sagen …«

»Haben Sie gefunden, wonach Sie gesucht haben?« Jones tritt ein und stellt jeweils eine Tasse vor uns ab.

Resigniert mahle ich mit dem Kiefer. Hätte er sich nicht noch ein paar Sekunden Zeit lassen können? So werde ich das Geheimnis nie lüften, wie Heaton auf die Idee gekommen ist, dass ich in der Bank war.

»Fast.« Heaton nippt mit einem dankenden Nicken an dem verführerisch duftenden Gebräu. »Können Sie uns vielleicht noch eine Aufstellung besorgen, wem die Schließfächer im Tresor gehören? Wir würden gern alle Besitzer kontaktieren, um herauszufinden, ob etwas gestohlen wurde.«

»Ich fürchte, das ist nicht möglich.« Jones wringt unbehaglich die Hände.

»Ach ja, warum?« Der Dämon verengt die Augen.

»Wir schließen mit unserer Kundschaft einen Vertrag über absolute Anonymität. Ich glaube nicht, dass daran gerüttelt werden kann. Schon gar nicht ohne richterliche Anordnung«, sagt Jones und ich triumphiere innerlich, weil Heaton endlich auch mal Steine in den Weg gelegt werden.

»Aber ich bin nur ein Assistent. Vielleicht kann Ihnen der stellvertretende Direktor weiterhelfen.«

»Na schön.« Heaton seufzt. »Wäre es denn möglich, einen kurzen Blick in das Büro Ihres Chefs zu werfen?«

»Natürlich.«

»Ist das eine gute Idee?«, frage ich. »Sie wissen schon, wegen Sullivan.«

»Lassen Sie das meine Sorge sein«, raunzt er und ich hebe abwehrend die Hände. Schließlich ist es nicht mein Problem, wenn er Ärger bekommt.

+ + +

»Agent Moore möchte euch sofort in seinem Büro sehen«, sagt Ryo, als wir einige Zeit später die Abteilung betreten.

»Hat er gesagt, warum?«, fragt Heaton, obwohl er es sich bestimmt denken kann. Wie ich befürchtet habe, hat Sullivan uns im Büro des Drachen erwischt und einen riesigen Aufstand gemacht.

»Nein.« Ryo kratzt sich am Nacken. »Aber er hat ziemlich miese Laune.«

»Dann bringen wir es wohl besser hinter uns.« Heaton dreht auf dem Absatz um. »Kommen Sie, Miss Nordwell.«

Mit einem Zwicken im Bauch folge ich ihm auf dem Fuß.

»Herein«, ruft Agent Moore prompt, nachdem Heaton an die Tür geklopft hat.

»Ryo sagte, Sie wollen uns sehen«, sagt der Dämon mit Unschuldsmiene und bleibt vor dem Schreibtisch stehen.

»In der Tat. Ich habe gerade einen wütenden Anruf von Sullivan bekommen. Können Sie sich vielleicht denken, warum?«

»Vermutlich weil er sich beschwert hat.«

»Das ist verdammt richtig. Er hat gesagt, Sie wären in der Bank gewesen und hätten seine Ermittlungen behindert.«

»Ach ja?« Heatons Stimme klingt eiskalt. »Nun, dazu müsste er sie erst einmal aufnehmen.«

»Sie haben also tatsächlich herumgeschnüffelt, obwohl ich es Ihnen ausdrücklich untersagt habe?« Mit deutlicher Verärgerung rückt Moore die Brille auf seiner Nase zurecht, über der buschige Brauen aufragen, die mich ein wenig an eine Eule erinnern.

»Nein, wir waren wegen des Phantoms in der Bank«, sage ich schnell und bin selbst überrascht davon. Doch mit seinen Äußerungen ist es Sullivan gelungen, selbst meinen Blutdruck in die Höhe zu treiben.

Heaton wirft mir einen warnenden Seitenblick zu und schüttelt kaum merklich den Kopf. Dabei ist Agent Moores Aufmerksamkeit weiterhin auf ihn gerichtet. Wahrscheinlich, weil er den Dämon nur zu gut kennt und ich an meinem ersten Tag noch Schonfrist habe.

»Er sagte, Sie hätten hinter seinem Rücken Mitarbeitende befragt und ihm vorgeworfen seinen Job nicht richtig zu machen.«

»Das ist auch so«, sagt Heaton ruhig. »Er ist davon überzeugt, dass Emberthorn die alleinige Schuld an seinem Kontrollverlust trägt. Dabei gibt es eindeutige Hinweise, die für das Gegenteil sprechen.«

»Und die wären?«, fragt Moore widerwillig.

»Drachen gehören zu den widerstandsfähigsten Geschöpfen, die es gibt, und werden so gut wie nie krank«, erklärt der Dämon. »Emberthorn wirkte vor seinem Unfall jedoch alles andere als gesund und liegt im Koma, seit er überwältigt wurde.«

Oh. Mein Blick schnellt zu Heaton. Davon wusste ich noch gar nichts.

»Zu guter Letzt war seine Haut an einigen Stellen bläulich verfärbt. Das ist ein eindeutiges Indiz für eine Vergiftung.«

Der Dämon zieht sein Handy aus der Anzugtasche und zeigt seinem Chef die Aufnahmen, die er gemacht hat.

Moore nimmt das Mobiltelefon in die Hand, schaut sich das Video erst mit, dann ohne Brille an. »Wollen Sie mir allen Ernstes erklären, dass Sie wegen einfacher Schatten solche Aufstände machen?«

»Das sind keine Schatten.«

»Für mich sieht es aber danach aus und ich werde deshalb keinen Streit mit dem Ministerium für Magische Sicherheit anfangen.«

»Dann finde ich andere Beweise«, sagt Heaton.

»Um Himmels willen, nein. Lassen Sie das. Dieser Fall liegt in Sullivans Zuständigkeitsbereich«, blafft Moore und eine Ader auf seiner Stirn pulsiert bedenklich.

»Aber er …«

»Ist ein fähiger Ermittler. Sonst wäre er nie an diese Stelle gekommen.«

Mir entgleitet ein Schnauben. Wenn Sullivan ein fähiger Ermittler ist, dann werde ich mit Pauken und Trompeten zur nächsten Präsidentin gewählt.

Doch keiner der Männer achtet auf mich. Stattdessen liefern sie sich ein Blickduell der Extraklasse.

»Und wenn ich stichhaltige Beweise finde?«

»Spreche ich trollisch oder haben Sie mir nicht zugehört? Dieser Fall ist für Sie beendet«, sagt Agent Moore mit blitzenden Augen.

»Aber …«

»Wenn Sie weiterhin ermitteln und Sullivan noch einmal in die Quere kommen, dann werden Sie die nächsten Wochen am Schreibtisch verbringen. So lange, bis sie kein Papier mehr sehen können und von Paragrafen träumen.«

Ein Muskel in Heatons Kiefer zuckt, als müsste er sich dazu zwingen, eine gepfefferte Erwiderung hinunterzuschlucken.

»Ach ja.« Agent Moore setzt sich wieder. »Sie haben den Bericht über den verwendeten Teleportationszauber in der Bank noch nicht abgegeben. Ich erwarte ihn heute Abend auf meinem Schreibtisch. Dann können Sie Ihrer Kollegin gleich zeigen, wie das geht.«

»Verstanden.« Heaton sieht aus, als würde er etwas zertrümmern wollen. Aber zu meinem Erstaunen fügt er sich seinem Schicksal.

10. KAPITEL

»Und du hast nicht herausgefunden, woher er wusste, dass du in der Bank gewesen bist?«, fragt Bo, als ich Stunden später mit ihr und Rose im Esszimmer sitze.

»Nein.« Frustriert stochere ich in meinem Kartoffelauflauf herum. »Immer wenn ich das Thema zur Sprache gebracht habe, wurden wir unterbrochen. Und später, als Heaton seinen Papierkram erledigen musste, ergab sich keine unverfängliche Gelegenheit.«

Bo rauft sich die Haare. »Als hätten wir nicht schon genug Probleme.«

»Wenigstens hat Arlyn jetzt die perfekte Position, um nachzuforschen, wie viel er weiß«, sagt Rose. »Es wäre schlimmer, wenn er bei einem Einbruch plötzlich vor ihr stehen und sie in die Enge treiben würde.«

»Das stimmt.« Mürrisch schiebe ich mir eine Gabel voll Brokkoli in den Mund. »Wie war euer Tag?«

»Anstrengend«, erwidert Rose. »Ich habe Stunden damit verbracht, passende Teile für den Reduktor aufzutreiben.«

»Was ist das?« Ratlos sehe ich in die Runde.

»Die dritte Komponente, die wir brauchen, um an das Tagebuch zu kommen.« Rose schiebt ihren leeren Teller beiseite.

»Das Medaillon kann die eingefangene Magie nicht selbstständig an den Safe abgeben, um ihn zu öffnen. Dafür muss ich erst einen Überträger bauen. Und wie du dir denken kannst, findet man Instrumente dieser Art weder auf der Straße noch in Trödelläden. Deshalb muss ich leider versuchen ihn selbst zu konstruieren.«

»Glaubst du, du bekommst das in der kurzen Zeit hin?«, frage ich.

»Das wird sich zeigen.« Rose nimmt seufzend ihre Brille ab und beginnt die Gläser zu polieren. Wie immer, wenn sie ein Thema beenden will.

Mit verengter Kehle lege ich die Gabel beiseite und wende mich an Bo. »Bist du weitergekommen?«

»Nicht wirklich.« Sie kräuselt die Nase. »Ich habe den ganzen Tag nach möglichen Stellen gesucht, über die der Feuerteufel auf uns aufmerksam hätte werden können, aber mir ist kein Schlupfloch aufgefallen. Weder online noch offline.«

Mist. Ich lasse mir den Erpresserbrief ein weiteres Mal durch den Kopf gehen. »Ist es möglich, dass er uns über einen der Fälle ausfindig gemacht hat?«

»Du meinst, weil das Lorelei-Gemälde erwähnt wurde?« Bo kneift sich nachdenklich in die Nasenwurzel.

»Genau.«

»Das kann ich mir nicht vorstellen. Ich überprüfe jeden Fall mit größter Sorgfalt und führe einen kompletten Backgroundcheck durch«, sagt sie.

Auch wenn unsere Kunden nicht wissen, wer wir sind, verlangen wir als Vertrauensbeweis immer alle Daten, um entscheiden zu können, ob wir die Aufträge annehmen. Möchte jemand anonym bleiben, landet er automatisch auf der Abschussliste.

»Was ist, wenn alle Daten korrekt waren und uns trotzdem jemand an der Nase herumgeführt hat?«, frage ich. »Zum Beispiel, indem er das Zielobjekt mit einem GPS-Tracker modifiziert hat, der uns nicht aufgefallen ist?« Ich denke an den Tresor in der Drachenbank zurück, in dem ich im Eifer des Gefechts keine Zeit hatte, das Zielobjekt näher zu betrachten. Stattdessen habe ich es eingesteckt, ohne auf mögliche Rückverfolgungsmechanismen zu achten.

Bo schluckt einen Bissen hinunter. »Das wäre sehr aufwendig. Aber möglich. Wir sollten in Zukunft noch vorsichtiger sein.«

»Allerdings hilft uns das jetzt nicht weiter«, gibt Rose zu bedenken. »Wir wissen nicht, ob uns der Feuerteufel nach dem Diebstahl des Tagebuchs in Ruhe lässt. Solange wir nicht herausfinden, wer er ist und wie wir ihm das Handwerk legen, kann er uns bis in alle Ewigkeit erpressen.«

Da hat sie leider recht. Ich schiebe meinen Teller beiseite, denn mir ist endgültig der Appetit vergangen.

»Fassen wir noch mal zusammen, was wir wissen«, sagt Bo und sammelt das Geschirr ein. »Jemand ist hinter unser Geheimnis gekommen und wir sollen ein Tagebuch stehlen, das Diamond Jack ins Gefängnis gebracht hat. Außerdem weiß der Feuerteufel bestens über uns und scheinbar auch über das MBI Bescheid.«

Ein Gedankenblitz schießt durch meinen Kopf und abrupt sehe ich auf. »Was, wenn Jack die Lösung ist?«

Rose schaut mich fragend an, während ich aufspringe und im Esszimmer auf und ab laufe, um besser nachdenken zu können. »Jack ist dafür bekannt, Juwelen und Diamanten zu stehlen. Deshalb wird er auch überall Diamond Jack genannt.«

»Das Tagebuch ist keines von beidem. Und auch kein Schmuck«, sagt Rose.

»Genau darauf will ich hinaus.« Ich drehe eine weitere Runde. »Wieso sollte Jack plötzlich sein gewohntes Terrain verlassen? Er wird sich bestimmt nicht urplötzlich für Kunstgeschichte interessiert haben. Vielleicht wurde er dazu gezwungen, ins Museum einzubrechen … Von unserem Erpresser.«

»Das wäre durchaus möglich.« Rose steht ebenfalls auf und hilft Bo beim Aufräumen.

»Dann sollte ich wohl versuchen mehr über Jack in Erfahrung zu bringen. Wenn wir es geschickt anstellen, können wir mit ihm vielleicht trotz seines Gefängnisaufenthalts Kontakt knüpfen. Auch wenn er uns nicht kennt, antwortet er womöglich und bringt uns im besten Fall einen Schritt weiter«, sagt Bo mit strahlenden Augen.

Ich glaube zwar nicht, dass er sich darauf einlassen wird, aber ich will sie auch nicht entmutigen. Denn alles ist besser, als untätig zu sein.

+ + +

Überraschenderweise ist Heaton am nächsten Tag nicht halb so mies drauf, wie ich befürchtet habe. Er begrüßt mich zwar nicht mit einem Lächeln, kommt mir aber bereits im Eingangsbereich entgegen.

»Heute zeige ich Ihnen den Rest der wichtigsten Räumlichkeiten«, sagt er.

Ich beschließe ihn weder über die Vorkommnisse bei Agent Moore noch auf den Papierkrieg im Anschluss anzusprechen. Stattdessen lasse ich mir von ihm den Weg zur Forensik, zur Rechtsabteilung und der Asservatenkammer zeigen, die ich nur allzu gut kenne. Der Troll tauscht mit Heaton ein paar Belanglosigkeiten aus, bevor wir weitergehen und ein Stockwerk höher vor einer Wand aus Drachenstahl stoppen.

»Was machen wir hier?«, frage ich und betrachte die Panzerglasscheibe, die in das schimmernde Material eingelassen ist.

»Ihre Dienstwaffe holen.«

»Weil wir gestern zu beschäftigt dafür waren?«, stichle ich aufgeregt. Zwar habe ich mit Rose vergangene Nacht wieder Schießen geübt, aber ich kann mir nicht vorstellen, ständig eine Waffe mit mir herumzutragen.

»Unter anderem.« Heatons linker Mundwinkel zuckt, als er näher an das Fenster tritt. Dahinter sitzt ein Mann mit Stupsnase, der statt Haaren Stacheln auf dem Kopf hat, die wild in alle Richtungen abstehen.

»Wir möchten das Paket von Miss Nordwell abholen«, sagt Heaton.

»Haben Sie einen Ausweis dabei?«, fragt der Werigel an mich gewandt.

Obwohl Roses Kontakt großartige Arbeit geleistet und der Pförtner die Fälschung nicht erkannt hat, krame ich ihn mit zittrigen Händen aus dem Geldbeutel. Der Waffenausgeber betrachtet ihn von allen Seiten, gleicht die Daten ab und gibt ihn mir wieder.

Dann verschwindet er mehrere Sekunden im Nebenzimmer und kommt mit einer Schachtel zurück.

»Sie müssen hier bitte den Empfang quittieren.« Er reicht mir mehrere Blätter und einen Kugelschreiber.

Hoch konzentriert, um mich bei meinem Fake-Namen nicht vor Heatons Augen zu verschreiben, fülle ich sie aus und bekomme im Tausch die Schachtel ausgehändigt.

Mit großen Augen betrachte ich erst die Waffe, die samt Schulterhalfter und Munition darin liegt, und dann meinen Dienstausweis mit der golden schimmernden MBI-Marke.

»Sie können die Sachen später noch ausgiebig bewundern«, sagte Heaton und führt mich in einen weiteren Gang auf demselben Stockwerk.

»Hier wollte ich eigentlich mit Ihnen hin«, erklärt der Dämon und öffnet die Tür zu einem … Fitnessstudio? Irritiert sehe ich von den Geräten zu ihm.

»Wollen Sie mir durch die Blume sagen, dass ich unsportlich bin?«

Sein Blick gleitet über mich und bleibt kurz an meinen Schuhen hängen, die heute flacher sind. Dann schüttelt er den Kopf, als hätte ich etwas Unsinniges gesagt.

»Machen Sie sich nicht lächerlich. Fitness ist ein wichtiger Bestandteil der Grundausbildung. Würde es Ihnen daran mangeln, wären Sie jetzt nicht hier.«

Wenn er wüsste, denke ich und unterdrücke ein Grinsen.

»Regelmäßiges Training ist zwar entscheidend, um in Form zu bleiben, aber ich habe heute etwas anderes mit Ihnen vor.«

Okay … Ich bin nicht sicher, was ich davon halten soll, aber ich folge ihm in den hinteren Bereich des Trainingsraums, wo mehrere schwarze Matten liegen, auf denen er stehen bleibt und … seine Hemdärmel aufknöpft?

»Was … was wird das?«, frage ich, von einer unguten Vorahnung begleitet.

»Ich möchte sehen, was Sie auf der Academy gelernt haben.«

»Was genau?«

»Ihre Kampftechnik natürlich. Manchmal kann ein gut

gezielter Schlag Leben retten und ich will mir ein Bild davon machen, wie gründlich ich draußen auf Sie aufpassen muss.«

Ich recke das Kinn. »Sie müssen überhaupt nicht auf mich aufpassen. Wenn es hart auf hart kommt, habe ich immer noch meine Magie.«

»Darauf sollten Sie sich nicht verlassen.«

»Warum?« Ich verschränke die Arme vor der Brust. Bisher hat das immer funktioniert, denn in brenzligen Situationen habe ich mich einfach unsichtbar gemacht.

»Weil Ihre Kräfte vielleicht gerade im entscheidenden Moment zur Neige gehen und Sie sich trotzdem verteidigen müssen.«

Ich mache eine wegwerfende Handbewegung. »Wie oft kommt das schon vor?«

»Häufiger, als Sie denken.«

Verflixt. Ich beiße mir auf die Innenseite meiner Wange, denke hektisch nach, wie ich ihn am schnellsten von seinem Vorhaben abbringen kann.

»Dann freut es Sie bestimmt zu hören, dass ich eine der Besten war.« Nicht auf der Academy, aber wenn ich mit Bo Videospiele gespielt habe. Allerdings muss er das ja nicht wissen. Ich drücke die Schultern durch und zaubere mir ein selbstzufriedenes Lächeln ins Gesicht.

»Perfekt.« Zum ersten Mal, seit ich ihn kenne, klingt er ehrlich erfreut. »Ich suche schon lange nach einem geeigneten Gegner, um in Form zu bleiben. Und Sie haben an einer guten Trainingseinheit sicher nichts auszusetzen.«

O doch. Ich kann zwar den Fäusten eines Trolls ausweichen, es aber niemals in sichtbarem Zustand mit einem ausgebildeten Agent aufnehmen.

»In der Regel nicht«, sage ich gedehnt. »Aber heute möchte ich die Übung trotzdem lieber verschieben.«

»Warum warten?« Er krempelt die Ärmel nach oben.

»Weil …« Verzweifelt suche ich nach einer Ausrede. »Weil ich heute noch nicht gefrühstückt habe und dann ausgesprochen übellaunig sein kann.« Ich funkele ihn finster an, um meine Worte zu unterstreichen.

»Ich werds aushalten. Immerhin bin ich nicht aus Zucker.«

Er vielleicht nicht, aber ich schon.

Mit federnden Schritten positioniert sich Heaton in der Mitte der Matten. »Na los. Versuchen Sie mich auf den Boden zu befördern.«

»Nein … ich …« Mit rasendem Puls schinde ich Zeit, indem ich den Waffenkarton abstelle und dann umständlich meine Jacke ausziehe. Er wird sofort bemerken, dass ich keine einzige Kampfsportart beherrsche. Mir wahrscheinlich schon bei dem Versuch, ihn anzugreifen, einen Finger, nein, die ganze Hand breche.

»Sind Sie sicher? Ich möchte unsere Zusammenarbeit ungern damit verbringen, Sie ins Krankenhaus zu fahren«, sage ich und bete im Stillen zu den Sternen. Zu Gott. Zu allen Heiligen, die vielleicht irgendwo existieren, damit ein Wunder geschieht, das Heaton von seinem Plan abbringt.

»Machen Sie sich darüber keine Gedanken.«

»Na gut, Sie haben es nicht anders gewollt.« Mir bricht der Schweiß aus und kurz überlege ich, ob ich mich unsichtbar machen und abhauen soll, aber dann war alle Mühe umsonst.

Deshalb begebe ich mich in eine Position, die hoffentlich ansatzweise so aussieht, als würde ich wissen, was ich tue.

Heaton lässt die Finger knacken und hebt die Arme.

Großer Gott, das werde ich niemals überleben.

Ich schlucke, wappne mich für das Schlimmste und will gerade den ersten Schritt machen, als sein Handy klingelt.

»Wollen Sie nicht rangehen?«, frage ich hastig.

Er zögert, dann fischt er das Gerät aus seiner Hosentasche. »Heaton.«

Ich atme leise auf, bin froh über den kurzen Aufschub, in dem mir hoffentlich ein Geistesblitz hilft aus der Nummer herauszukommen.

»Verstehe«, sagt er und legt viel zu schnell wieder auf.

Ich stöhne innerlich.

»Wir müssen die Übung leider verschieben. Es ist etwas Wichtiges dazwischengekommen.«

»Wirklich?« Ich kann mein Glück kaum fassen. »Dabei hatte ich mich gerade damit abgefunden, Hackfleisch aus Ihnen zu machen.«

»Das können wir bald nachholen.« Abwesend tippt er auf den Bildschirm. »Ich muss noch mal telefonieren. In der Zwischenzeit können Sie frühstücken. Ich habe gehört, Ryo holt die Donuts immer am Coffee Truck.«

Ich nicke erleichtert und nehme mir fest vor, gleich heute Abend nach einem Selbstverteidigungskurs Ausschau zu halten, denn das war gerade verdammt knapp.

+ + +

»Er hat sich für den Rest des Tages freigenommen?« Mit großen Augen schaue ich Ryo an, der mir die frohe Botschaft überbracht hat.

»Ja. Das ist wirklich untypisch für Marlon.« Er kratzt sich am Kinn. »Ich kann mich nicht daran erinnern, dass er das in den letzten Jahren jemals freiwillig getan hätte.« Ryo dreht sich zu der Pixie, die letzte Woche mit ihrem Klemmbrett die Bewerbenden in Empfang genommen hat und jetzt auf seiner Schreibtischkante sitzt. »Du etwa?«

Sie schüttelt den Kopf. »Vielleicht gab es einen Familiennotfall?«

»Ja, vielleicht«, erwidere ich tonlos. Wenn dem so wäre, warum hat er mir dann keinen Zettel hinterlassen? Oder mich vor dem Coffee Truck abgefangen, um mir Bescheid zu sagen? Das wäre mühelos möglich gewesen. Er hätte mir auf dem Weg nach draußen sogar begegnen müssen. Selbst wenn er wieder die Treppen genommen hätte. Es sei denn … Eine Ahnung steigt in mir auf. Wird genährt von Moores Worten und …

»Dieser Mistkerl«, murmle ich. Balle mit zusammengebissenen Zähnen die Fäuste.

Meine beiden Kollegen sehen mich fragend an, aber statt darauf einzugehen, stelle ich den Karton mit den bunt dekorierten Donuts neben Ryo ab.

»Lasst sie euch schmecken«, sage ich und gehe mit dem Waffenkarton, den ich mir unter den anderen Arm geklemmt habe, zu einem der freien Tische im hinteren Bereich des Großraumbüros. Wütend auf mich, weil er mich in einem schwachen Moment hinters Licht geführt hat. Ich zu erleichtert war, um misstrauisch zu sein.

Innerlich die Zähne fletschend, angle ich mein Handy aus der Jackentasche und wähle Bos Nummer. Fest entschlossen meinen Fehler wieder auszubügeln.

Zwar könnte ich Heatons Büro nach Hinweisen zum Phantom durchsuchen, aber dort kann ich mich später noch umsehen. Falls er in meiner Abwesenheit Magie wirkt und ich die Chance verpasse, sie ihm abzuluchsen, wäre das viel ärgerlicher.

Es dauert geschlagene drei Durchgänge, bis Bo endlich abnimmt.

»Was'n los?«, nuschelt sie in das Mikrofon.

»Ich brauche deine Hilfe.«

»Jetzt? Es ist mitten in der Nacht.«

»Es ist fast acht Uhr.«

»Also viel zu früh. Kann das nicht noch warten?«

»Nein, du musst Mr Übereifrig für mich finden.«

»Sag bloß, du hast ihn verloren.«

»So ähnlich.«

»Na gut.« Bo seufzt. »Gib mir zwei Minuten.«

Grimmig presse ich die Lippen aufeinander. Wenn Heaton glaubt, er könnte mich so leicht abhängen, liegt er meilenweit daneben.

Am Ende vergehen fast sieben Minuten, bis Bo es in die Kommandozentrale geschafft hat.

»Kannst du sein Auto orten?«, frage ich und stecke die Waffe in das Schulterholster, das ich mir in der Zwischenzeit angezogen habe.

»Wenn du warten würdest, bis ich mir den Schlaf aus den Augen gerieben habe und etwas aufnahmefähiger bin, wäre ich schneller.«

»Sorry.« Ich schließe den Mund, um ihr Ruhe zu gönnen. Bo ist der größte Morgenmuffel auf dem Planeten und normalerweise erst ansprechbar, wenn sie mindestens einen halben Liter Kaffee getrunken hat. Ich sollte also froh sein, sie überhaupt am Telefon zu haben. Trotzdem nagen immer noch Ärger und Ungeduld an mir, weil mir Heaton entwischt ist.

Zähneknirschend stecke ich den Dienstausweis in meine Hosentasche. Dann schlüpfe ich in meine Jacke, um die Waffe zu verbergen, deren Gewicht sich ungewohnt anfühlt, und verlasse schnellen Schrittes die Abteilung.

»Hab ihn gefunden«, sagt Bo, als ich gerade aus dem Gebäude stürme. »Er fährt die Fifth Avenue in südliche Richtung entlang.«

»Gut gemacht«, lobe ich und Genugtuung wallt in mir auf. Heaton kann vielleicht eine von uns austricksen, aber zusammen sind wir unschlagbar.

Ich winke eines der gelben Taxis heran, rutsche auf den Rücksitz und nenne dem Fahrer die Straße, auf der Heaton unterwegs ist.

Immer wieder gibt Bo mir Anweisungen, die ich an den Mann weiterleite. Obwohl ich ihm sicher eigenartig vorkomme, verzieht er keine Miene. Wahrscheinlich hat er im Laufe der Zeit schon ungewöhnlichere Fahrten erlebt.

Nachdem wir uns eine halbe Stunde im Schneckentempo durch die Stadt bewegt haben, hält er vor dem Aurora Hospital in Manhattan, das dafür bekannt ist, Menschen und Magics zu behandeln. Der perfekte Ort also, um einen komatösen Drachen zu beherbergen.

Von der schrillen Sirene eines heranrasenden Rettungswagens begleitet, bezahle ich und steige aus. Ein Windstoß fegt über mich hinweg und bunte Blätter wirbeln mir entgegen, während das Einsatzfahrzeug mit quietschenden Reifen vor dem Krankenhaus zum Stehen kommt. Der Gebäudekomplex ragt wie ein grauer Betonriese vor mir auf, der aus Platzmangel in die Höhe statt in die Breite gebaut wurde. Nicht schön, aber funktional.

Achtsam halte ich nach dem Dämon Ausschau. Doch ich kann ihn weder bei der kleinen Baumgruppe mit der Parkbank noch auf dem Vorplatz des Krankenhauses entdecken.

Missmutig schürze ich die Lippen und ziehe gerade in Betracht, dass er womöglich bereits im Gebäude verschwunden ist, da tritt eine hochgewachsene Gestalt hinter dem Rettungswagen hervor. Sie hat einen federnden Gang, der mir inzwischen nur allzu vertraut ist.

»Zielperson auf zwölf Uhr«, teile ich Bo mit und Aufregung vertreibt meinen Ärger.

»Schnapp ihn dir.« Sie gähnt, als hätte sie mindestens eine Woche kein Auge zugetan.

»Darauf kannst du wetten«, sage ich und nehme umgehend die Verfolgung auf. Dabei schlängle ich mich an mehreren Personen vorbei, die ebenfalls auf das Krankenhaus zugehen, und passiere die Drehtür. Innen angekommen lasse ich den Blick durch den Empfangsbereich fliegen. Über Rollstühle, die am Eingang stehen, einen Wartebereich mit mehreren Sitzgelegenheiten und verschiedene bunte Linien, die als Wegweiser auf dem Boden angebracht sind.

Statt sich an der Patienteninformation in die Schlange einzureihen, eilt Heaton bereits einen belebten Gang entlang.

Ich kaue auf meiner Wange. Überlege kurz, ob ich ihm hinterherrufen soll, damit er auf mich wartet. Aber ich entscheide mich dagegen. Falls ich mit meiner Vermutung falschliege und er nur ein Familienmitglied oder einen kranken Freund besuchen will, wäre meine Verfolgung mehr als peinlich. Und sicher auch nicht förderlich für unsere sowieso schon angespannte Partnerschaft.

Deshalb folge ich ihm in einigem Abstand. Dabei weiche ich mehreren Betten aus, die Pflegekräfte über den Flur schieben, und verabschiede mich von Bo, die wahrscheinlich froh ist endlich Ruhe zu haben.

Unter einem Schild, auf dem in blauer Schrift *Kardiologie*

steht, stoppt Heaton abrupt neben einem Mann mit rotblondem Haar.

Hastig bremse ich ab und verstecke mich hinter einem Essenswagen.

Es fühlt sich ungewohnt an, Heaton zu bespitzeln. Aufregend und verboten. Beinahe, als würde ich irgendwo einbrechen. Dieses Mal jedoch vollkommen sichtbar.

Mit verengten Augen beobachte ich, wie die Männer ein paar Worte wechseln, aber leider bin ich zu weit entfernt, um etwas zu verstehen. Fluchend, weil ich nicht Lippenlesen kann, sehe ich zu, wie der Unbekannte seine olivgrüne Robe glatt streicht, bevor er Heaton zu einem Treppenhaus führt.

Zum ersten Mal bin ich froh darüber, dass es nicht der Aufzug ist, denn so ist es wesentlich einfacher, sich ihnen anzuschließen.

Ich warte, bis sie einen Vorsprung haben, dann folge ich ihnen wie ein Schatten. Nicht in die oberen Etagen, sondern zu meiner Verwunderung in den Keller.

Was wollen sie hier? Emberthorn liegt doch sicher nicht in einem Abstellraum, oder?

Mit gefurchter Stirn gehe ich an mehreren Mitarbeitenden vorbei, die graue Overalls tragen, und sehe schließlich zu, wie Heaton und sein Begleiter in einem Raum mit der Aufschrift *Wäschelager* verschwinden.

Seltsam.

Da gerade niemand in der Nähe ist, der mich beobachten könnte, schleiche ich auf Zehenspitzen zur Tür und wage einen Blick durch den offen stehenden Spalt.

Die Wände des schmalen Raums sind mit schlichten, weißen Schränken verkleidet, aus denen Heatons Begleiter ein zusammengelegtes Stoffstück herauszieht.

»Damit sollten Sie die Abteilung betreten können.« Der Mann gibt Heaton eine olivgrüne Robe.

»Und Sie glauben, das funktioniert?« Mr Übereifrig zieht das Kleidungsstück über sein Jackett. Es sitzt hauteng an den Schultern und reicht ihm gerade mal bis zum Schienbein.

»Sagen Sie einfach, Sie müssen die Magie der formwandelnden Krankenzimmer stärken. Dann werden Sie sicher vorgelassen«, erklärt der andere und schlagartig kehrt die Verärgerung in meine Brust zurück. Flammt heiß und lodernd auf. Lässt mich unwillkürlich die Fäuste ballen, denn das ist der Beweis, dass ich recht hatte. Heaton tatsächlich wegen des Drachenfalls gekommen ist und mich absichtlich zurückgelassen hat.

Ich mahle mit dem Kiefer, während sich mein sogenannter Partner wieder der Tür zuwendet.

Innerhalb eines Sekundenbruchteils schießen mir unzählige Gedanken durch den Kopf, allen voran die Frage, wie ich mich nun verhalten soll. Ich könnte mich weiterhin verstecken und ihm unauffällig folgen. Aber dann tanzt er mir sicher weiter auf der Nase herum und ich muss jeden Tag auf der Hut sein, um überhaupt in die Nähe seiner Magie zu gelangen. Darauf habe ich gar keine Lust.

Nein. Ich muss ihn zur Rede stellen und ihm ein für alle Mal klarmachen, dass ich mir das nicht gefallen lasse.

Noch ehe Heaton nach der Klinke greifen kann, öffne ich die Tür.

Der Mann mit den rotblonden Haaren zuckt zusammen, als hätte ich ihn bei etwas Verbotenem ertappt, und Heatons Brauen schnellen nach oben. »Miss Nordwell … Was machen Sie denn hier?«

»Ihnen folgen, was sonst?«, erwidere ich bittersüß.

Er runzelt die Stirn. »Wie haben Sie das gemacht?«

»Ich bin den Flur entlanggegangen, die Treppe hinuntergelaufen und …«

»Das meine ich nicht, sondern woher Sie wussten, dass ich hier bin?«

Das ist eine verdammt gute Frage, auf die ich mir unpraktischerweise keine Antwort zurechtgelegt habe. »Weibliche Intuition«, sage ich spontan.

Unwillig schnalzt er mit der Zunge. »So etwas gibt es nicht.«

»O doch. Ich bin der lebende Beweis. Sehen Sie?« Theatralisch breite ich die Arme aus.

Er glaubt mir kein Wort. Das erkenne ich deutlich an seinem lauernden Blick, mit dem er mich von oben bis unten taxiert.

»Aber meine Intuition wäre gar nicht notwendig gewesen, wenn Sie mich informiert hätten«, sage ich schnell, um ihn abzulenken.

»Ich habe offiziell Urlaub genommen.«

»Richtig. Von einer Sekunde auf die andere. Ohne mir Bescheid zu sagen.«

Ärger blitzt in seinen Augen auf. »Ich bin Ihnen keine Rechenschaft schuldig. Schon gar nicht in meiner Freizeit.«

»In Ihrer Freizeit, in der Sie an Sullivans Fall weiterarbeiten?«, kontere ich.

»Ich habe keine Ahnung, wovon Sie reden.« Unverfroren sieht er mich an, obwohl wir gemeinsam im Keller des Krankenhauses stehen und er sich mit einer lächerlichen Robe verkleidet hat. Höchstwahrscheinlich, um irgendwelche Wächter auszutricksen, die vor Emberthorns Zimmer abgestellt wurden.

»Ja klar.« Von pulsierender Wut getrieben, hebe ich den linken Zeigefinger wie eine Waffe. Richte ihn direkt auf Heaton. »Ich weiß genau, was Sie hier treiben. Und auch, dass Sie von Anfang an versucht haben mich auszuschließen. Aber das hat jetzt ein Ende. In Zukunft werden Sie mich vollständig miteinbeziehen. Sonst …«

»Sonst was, Miss Nordwell?« Er schaut finster auf mich herunter und ich trete zwei Schritte auf ihn zu, bis ich genau vor ihm stehe, meinen Finger gegen seine breite Brust pikse.

»Sonst, Mr Heaton, wird Agent Moore davon erfahren. Dann werden Sie für die nächsten Monate mit Papierkram überschüttet, anstatt Fälle abzuschließen.«

Seine Lippen zucken spöttisch. »Wenn ich an den Schreibtisch verbannt werde, wird das auch Ihr Schicksal sein. Und das möchten Sie bestimmt nicht.«

»Ach ja?« Ich senke die Stimme, bohre meinen Blick in seine Saphiraugen. »Wollen Sie es wirklich darauf ankommen lassen?«

Mehrere Momente starren wir uns an. Unnachgiebig und entschlossen. So lange, bis er ein widerwilliges Seufzen ausstößt. »Von mir aus. Dann kommen Sie eben mit zu Emberthorn. Aber ich hoffe, Sie sind sich im Klaren darüber, wie viel Ärger auf Sie zukommen kann.«

»Selbstverständlich«, sage ich mit einem triumphierenden Lächeln auf den Lippen.

11. KAPITEL

Nachdem ich eine eigene Robe erhalten habe, folge ich Heaton zufrieden durch das Krankenhaus. Er wirkt alles andere als glücklich, ergibt sich aber seinem Schicksal und führt mich zielstrebig durch weiße Flure, die mit bunten Bildern dekoriert sind. Obwohl sie Fröhlichkeit ausstrahlen, bleibt die sterile Atmosphäre bestehen.

Mir macht das nichts aus, aber Heaton hat die Lippen zu einer dünnen Linie verzogen und schaut sich unbehaglich um.

»Sie mögen keine Krankenhäuser«, stelle ich in versöhnlichem Ton fest und unterbreche damit die Stille zwischen uns.

Mehrere Augenblicke vergehen.

»Kennen Sie etwa jemanden, der gerne hier ist?«

»Vermutlich nicht. Aber … Sie scheinen besonders abgeneigt zu sein.«

Der Dämon fährt sich durch das schwarze Haar.

»Ich finde den Geruch von Desinfektionsmittel schrecklich. Er erinnert mich immer an …« Er stockt, als hätte er bereits zu viel gesagt.

»An was?« Ich beiße mir auf die Zunge, denn die Frage hat meinen Mund verlassen, bevor ich darüber nachdenken konnte. Himmel. Warum bin ich manchmal so unsensibel?

»An Nadeln.«

»Nadeln?«

»Ja, Sie wissen schon. Diese kleinen, spitzen Dinger.«

»Nehmen Sie mich gerade auf den Arm?«

»Das würde ich nie tun.«

Ich mustere ihn von der Seite. Die zu enge Robe, die gerade Nase, seine Augen, die mir ausweichen, als würden sie etwas verheimlichen …

Noch ehe ich etwas erwidern kann, kommt er mir zuvor.

»Wir sind gleich da«, sagt er und steuert auf einen breiten Flur zu, in dessen Mitte zwei blau uniformierte Cops stehen. Sie tragen jeweils eine doppelläufige Armbrust auf dem Rücken und flankieren die Tür. Stocksteif. Als hätten sie einen Besen verschluckt.

»Am besten lassen Sie mich reden«, raunt mir Heaton zu. »Und versuchen Sie so natürlich wie möglich auszusehen. Als wären Sie jemand, der nur seine Arbeit machen und Magie in ein Krankenzimmer leiten will.«

»Ich werde mir Mühe geben«, erwidere ich. Von mir aus kann er reden, so viel er will. Mir reicht es vollkommen, wenn ich anwesend bin.

Wir gehen in einigem Abstand hinter einem Mann her, der einen Wagen mit Eimern, Wischmopps und anderen Putzutensilien durch den Flur schiebt.

»Ich bin heute für den Dienst eingeteilt«, sagt er und hält vor den Wächtern.

»Haben Sie eine Genehmigung dabei?« Der Linke geht einen Schritt auf den Mann zu.

Dieser kratzt sich am Kopf. »Davon hat mir niemand etwas gesagt.«

»Dann können wir Sie leider nicht reinlassen.«

»Und wie soll ich dann meine Arbeit machen?«

Entschuldigend zuckt der andere Cop mit den Schultern. »Wir haben strikte Anweisungen. Ausnahmen sind untersagt.«

Das klingt überhaupt nicht gut.

»Verdammt«, stößt Heaton aus, der scheinbar auch nichts davon wusste und an der Gruppe vorbeigeht. Unbeteiligt, als hätten wir nie vorgehabt, uns Zutritt zu verschaffen.

Erst, als er um die nächste Ecke gebogen ist, bleibt er stehen.

»Was machen wir denn jetzt?«, frage ich leise.

»Keine Ahnung.« Ratlos verzieht er das Gesicht zu einer Grimasse.

»Wir können ihnen nicht einfach unsere MBI-Marken zeigen und sie bitten, uns passieren zu lassen, oder?«, frage ich.

»Doch, aber dann wird Sullivan wahrscheinlich in spätestens fünf Minuten von unserem Hiersein erfahren«, sagt Heaton zerknirscht.

Ich blase die Backen auf. Wenn ich mich unsichtbar machen könnte, wäre es ein Leichtes, an ihnen vorbeizukommen, aber so …

»Wir brauchen ein Ablenkungsmanöver«, sage ich.

»Und zwar ein verdammt gutes.« Heaton wendet sich zur Wand und gibt vor die Forschungsberichte zu lesen. Wahrscheinlich, damit wir nicht planlos im Weg herumstehen und Aufmerksamkeit auf uns ziehen.

»Wenn wir nur etwas hätten, womit wir sie weglocken könnten …« Unauffällig schaue ich mich um. Doch außer einem Materialwagen, Stühlen an den Wänden und mehreren Patienten, die mit Infusionsständern herumlaufen, ist nichts zu sehen. Nachdenklich massiere ich mir die Nasenwurzel, zerbreche mir meine kleinen grauen Zellen, bis plötzlich ein

Geistesblitz durch meinen Kopf schießt. Einer, der alle meine Probleme auf einen Schlag lösen könnte.

Begeistert wandern meine Finger wie von selbst zu dem Medaillon, das an der Silberkette um meinen Hals hängt.

»Können Sie nicht Ihre Schattenmagie einsetzen?«, frage ich und Aufregung prickelt auf meiner Haut. »Wenn wir die Wächter glauben lassen, dass sie …«

»Das ist keine gute Idee«, unterbricht mich Heaton.

»Aber …«, setze ich an, doch er schüttelt vehement den Kopf.

»Dann könnte ich auch gleich selbst um Einlass bitten. Meine Schatten sind bei Tageslicht viel zu auffällig und wenn Sullivan von ihnen erfährt, weiß er sofort, dass ich hier war. Nein … Wir müssen uns etwas anderes einfallen lassen.«

Verflixt. Ich knirsche mit den Zähnen. Das wäre ja auch zu schön gewesen.

»Was wollen Sie hier überhaupt erreichen?«, frage ich mit gedämpfter Stimme.

Heaton bläht die Nasenflügel auf. »Ich habe gehofft einen Hinweis zu finden, den Moore dazu zwingt, Sullivan den Fall zu entziehen.«

Ich schiebe die Hände in die Hosentaschen. »Könnte Ryo uns vielleicht eine Genehmigung besorgen?« Für Bo wäre es bestimmt ein Leichtes, einen solchen Wisch zu beschaffen. Warum also nicht auch für den Kitsune, der …

»Auf keinen Fall.« Heaton sieht mich an, als wäre mir ein zweiter Kopf gewachsen. »Wenn das herauskommt, bedeutet das schwerwiegende Konsequenzen für ihn. Und ich will nicht noch jemanden in die Sache mit reinziehen. Es ist schlimm genug, dass Sie involviert sind … Nein, wenn wir keine Möglichkeit finden, müssen wir gehen. Ob es mir gefällt oder nicht.« Sein Mund verzieht sich zu einem harten Strich und er starrt finster an die Wand.

»War ja nur ein Gedanke«, murmle ich. Obwohl mich der Fall nichts angeht, würde selbst ich Sullivan ungern das Feld überlassen.

Deshalb spähe ich vorsichtig um die Ecke. Die Reinigungskraft ist verschwunden und die Wächter unterhalten sich leise.

Sie verlassen ihren Posten bestimmt nur in Notfällen. Und niemals gemeinsam.

Ich wickle eine Locke um meinen Finger und meine Gedanken schweifen zu Rose. Meinem Stiefelschaft und …

Hastig ziehe ich den Kopf zurück.

»Sie können Ihre Magie nicht verwenden, aber ich meine schon«, sage ich und das Herz wummert schneller in meiner Brust.

»Sind Sie sicher?« Der Dämon klingt skeptisch.

»Natürlich.« Großspurig sehe ich ihn an. »Hexenkräfte sind viel unauffälliger.« Zwar besitze ich keinen einzigen Funken davon, aber Ablenkungsmurmeln. Wenn ich sie einsetze, kann ich uns vielleicht nicht nur in die Station bringen, sondern nebenbei auch noch meine Tarnidentität festigen. Ich muss nur unauffällig an sie herankommen.

»Bleiben Sie hier und warten Sie ab«, sage ich. Bevor er mich aufhalten kann, verschwinde ich um die Ecke und laufe an den Cops vorbei, bis ich den Wäschewagen erreiche. Mit einem Schritt tauche ich dahinter ab, um Heatons Blicken zu entgehen.

Schnell vergewissere ich mich, dass mich auch sonst niemand beobachtet, gehe in die Knie und streife meine Hose nach oben. In verschiedenen Fächern stecken neben meinem

Einbruchswerkzeug und den tragbaren Schutzschildmurmeln von Spellproof Solutions die Ablenkungsmanöver.

Da Nebel im Krankenhaus schnell einen Feueralarm auslösen könnte, lasse ich die Rauchbomben stecken und wähle stattdessen eine pinke und eine braune Murmel aus.

Das Blut rauscht laut in meinen Ohren, als ich mich wieder erhebe, warte, bis eine ältere Dame im Rollstuhl am Ende des Flurs verschwunden ist und keine anderen Personen in der Nähe sind. Dann zerdrücke ich die Kugel zwischen Daumen und Zeigefinger und werfe sie in den angrenzenden Flur unter einen Schrank.

Sekunden später schallt ein lauter Knall durch den Korridor, der selbst mich zusammenzucken lässt, obwohl ich mit ihm gerechnet habe.

Türen gehen auf, Leute strecken verwundert die Köpfe aus den angrenzenden Zimmern und einer der Cops eilt mir mit erhobener Armbrust entgegen.

»Es kam von dort hinten«, rufe ich ihm mit ängstlicher Stimme zu und weise ihm den Weg.

Während er an mir vorbeihastet, stemme ich mich gegen den Wäschewagen und schiebe ihn auf die Ecke zu, hinter der Heaton steht. Gut geschützt vor seinem Blick halte ich die Luft an, lasse die braune Kugel fallen und kicke sie in Richtung des zweiten Cops, der gerade die Armbrust von seinem Rücken nimmt.

Sie rollt über den Boden und bleibt genau neben seinem Schuh liegen.

Mich selbst beglückwünschend, weil ich so gut gezielt habe, schiebe ich den Wagen weiter und sehe aus dem Augenwinkel, wie ein schwacher Lichtschein aufblitzt. Dann löst sich die Kugel auf, verwandelt sich in einen kaum sichtbaren Nebel.

»Es wurde doch niemand verletzt, oder?«, fragt Heaton, als ich mit dem Wäschewagen um die Ecke biege.

»Natürlich nicht. Ich habe nur einen harmlosen Knallzauber ausgelöst.«

»Leider umsonst. Der andere Cop ist immer noch da.«

»Warten Sie ab«, sage ich und hefte den Blick auf den Mann, der sich mit weit aufgerissenen Augen umschaut.

Bitte lass es funktionieren, hoffe ich im Stillen.

Mehrere Sekunden passiert nichts.

Dann wird der Wächter aschfahl und ein brummendes Geräusch dringt zu uns herüber.

Hektisch sieht sich der Cop nach allen Seiten um und hält sich eine Hand vor den Bauch.

Wieder ertönt das Brummen, das wie ein wild gewordener Bär klingt.

»Bruno?«, keucht der Cop, krümmt sich und schnappt hörbar nach Luft. Dann rennt er mit verkniffenem Gesicht los. Lässt den Eingang zur Intensivstation unbewacht zurück.

»Jetzt schnell«, sage ich. Gemeinsam eilen wir über den Flur und huschen durch die Tür.

»Was haben Sie mit ihm gemacht?«, fragt Heaton und schließt den Eingang hinter uns.

»Ihn mit einem Magenverstimmungsfluch belegt.«

»Mit einem … was?«

»Einem Magenverstimmungsfluch.« Ich werfe ihm ein triumphierendes Grinsen zu. »Vielleicht ist es doch nicht so schlecht, eine Partnerin dabeizuhaben, oder?«

Der Dämon verengt die Augen, mustert mich von oben bis unten und … Moment. Was macht er da?

Schockiert starre ich auf seinen linken Mundwinkel, der sich in die Höhe zieht. Den Ansatz eines schiefen Lächelns auf sein Gesicht zaubert. Es erhellt, beinahe freundlich wirken lässt und … mir überraschend gut gefällt.

Verdammt.

Er soll damit aufhören.

Schnell wende ich mich ab und lasse meinen Blick durch die Krankenstation schweifen, die wie ausgestorben wirkt. Niemand ist zu sehen und das einzige Geräusch ist das Brummen des Lüftungssystems.

»Wo sind denn alle?«, frage ich.

»Vermutlich wurde der Bereich geräumt, falls Emberthorn noch mal die Kontrolle verliert.«

Ich runzle die Stirn. »Geht das überhaupt, solange er im Koma liegt?«

»Keine Ahnung. Aber sicher will im Ernstfall niemand die Schuld tragen müssen.«

»Da haben Sie wahrscheinlich recht«, sage ich und schlüpfe aus der Robe, um mich zurück in einen Agent zu verwandeln. Heaton tut es mir nach.

Hektisch schaue ich mich nach einem Ort um, wo wir die verräterische Kleidung loswerden können. Kurzerhand nehme ich Heaton die Sachen ab und stopfe alles ins unterste Fach des nächsten Schranks.

Gerade, als ich zurück bin, kommt eine Frau mit blauem Schwesternshirt aus einem Zimmer.

Heaton läuft ihr entgegen. »Können Sie uns sagen, in welchem Raum Mr Emberthorn untergebracht ist? Wir müssen noch ein paar Dinge überprüfen.« Er macht eine Kopfbewegung in Richtung der beiden Wächter, denen wir gerade ein Schnippchen geschlagen haben. So, als würde das alles erklären.

»Ich fürchte, er kann in seinem derzeitigen Zustand nicht

befragt werden«, sagt sie und deutet auf einen der geschlossenen Räume.

»Das macht nichts. Wenn Sie den zuständigen Arzt holen könnten, wäre das vollkommen ausreichend«, entgegnet Heaton.

»Ich kann ihn anrufen. Aber es wird ein paar Minuten dauern, bis er da ist.«

»Kein Problem. Wir schauen uns in der Zwischenzeit ein wenig um.« Während die Schwester eilig in die andere Richtung davongeht, greift Heaton nach der Klinke des angegebenen Zimmers. Gemeinsam betreten wir einen Raum, der auf den ersten Blick wie eine Kristallhöhle aussieht, denn die Wände sind mit Amethysten, Bergkristallen und anderen Edelsteinen verkleidet.

»Unglaublich«, sage ich. Dabei lasse ich den sanften Glanz auf mich wirken, der von den Steinen ausgeht und mein Stresslevel sofort um mehrere Stufen senkt. Ganz so, als wäre ich in einer Wellnessoase gelandet.

Ich habe schon öfter von formwandelnden Krankenzimmern gehört, die sich an die Bedürfnisse der zu behandelnden Personen anpassen, aber noch nie eines betreten.

Leider stören die entspannte Atmosphäre mehrere Apparaturen, die hinter dem Bett stehen. Schläuche winden sich wie dünne Tentakel aus den Maschinen und verschwinden in den Armbeugen des Drachen, der bewegungslos daliegt. Die Augen geschlossen, die Handgelenke mit Silberschellen an seinem Kristallbett befestigt. Obwohl er nicht den Eindruck macht, als könnte er bald einen Fluchtversuch wagen.

Im gesunden Zustand ist er vermutlich der Traum vieler Singles, aber jetzt ist Emberthorn, der kaum älter als fünfundzwanzig aussieht, leichenblass. Seine Wangen sind eingefallen und seine Lippen spröde wie falsch gelagertes Pergament.

»Es ist kaum zu glauben, dass er vor ein paar Tagen so viel Chaos angerichtet hat«, sage ich und das Bild der zertrümmerten Bank schießt mir durch den Kopf. Gleichzeitig läuft mir noch immer ein Schauer über den Rücken, wenn ich daran denke, was alles hätte passieren können. Wie viele Personen hätten sterben können.

»Das habe ich auch gerade gedacht«, sagt Heaton, der den Bewusstlosen mustert, als wollte er jeden sichtbaren Millimeter seiner Haut scannen.

»Haben Sie schon öfter Magics gesehen, deren Kräfte sich verselbstständigt haben?«, frage ich.

»Nur einmal, als ich noch in der MBI-Academy war«, sagt der Dämon. »Ein Kollege hat versehentlich ein Gewitter im Klassenzimmer erschaffen, das heilloses Durcheinander angerichtet hat.«

»Ist er auch in wilde Raserei verfallen?«

»Nein, er war die ganze Zeit über Herr seiner Sinne und konnte lediglich seine Magie nicht mehr im Zaum halten.«

»Eigenartig.«

»Finde ich auch.« Heaton trommelt mit den Fingern auf das Fußende des Bettes. »Es gibt zu viele Ungereimtheiten, denen ich auf den Grund gehen möchte. Ermittler wie Sullivan können wir dabei als Unterstützung vergessen. Seine Vorurteile sind zu festgefahren, wenn es um Magics mit viel Macht geht.« Ein Schatten huscht über Heatons Gesicht, als würde mehr dahinterstecken, doch ehe ich nachfragen kann, schwingt die Tür auf und ein Mann im weißen Arztkittel betritt den Raum. Dicht gefolgt von einer jungen Frau, die hinter ihm stehen bleibt.

»Guten Morgen, ich bin Dr. Evans, Chefarzt für Gestaltwandler«, sagt der Mann, dessen rostrotes Haar von grauen Strähnen durchzogen ist. Er reicht erst Heaton und dann mir die Hand, deren Griff sich wie ein Schraubstock anfühlt und mir beinahe die Finger zerquetscht.

»Und das ist meine Assistenzärztin, Dr. Brown.« Er nickt zu der hübschen Frau hinter sich, deren lange, spitze Ohren sie als Elfe auszeichnen. »Haben Sie etwas dagegen, wenn sie hierbleibt?«

Heaton schüttelt den Kopf, während ich verstohlen meine schmerzenden Finger reibe.

»Also, was kann ich für Sie tun?«, fragt der Arzt.

»Wir würden gern wissen, wie es um Emberthorns Gesundheitszustand steht. Glauben Sie, er wird bald wieder aufwachen?«, ergreift der Dämon das Wort.

»Das kann niemand sagen. Bisher ist mir kein Fall bekannt, in dem ein Magic nach einem Kontrollverlust ins Koma gefallen ist. Es kann sich um Stunden oder Tage handeln, bis er wieder aufwacht. Vielleicht dauert es aber auch Wochen oder Monate. Aber das habe ich Ihrem Kollegen schon ausführlich erklärt.« Ein Vorwurf schwingt in Evans' Stimme mit.

»Wir müssen nur noch ein paar letzte Details überprüfen. Es geht auch ganz schnell«, verspricht Heaton.

Der Arzt tauscht einen raschen Blick mit seiner Kollegin, die blass um die Nasenspitze ist. Dann nickt er.

»Wir haben uns gefragt, ob Sie in der Vergangenheit andere Gestaltwandler mit ähnlichen Magieproblemen behandelt haben«, sagt Heaton.

»Wenige. Die meisten waren Jugendliche, deren Kräfte gerade erst erwacht waren.«

»Und kam es bei ihnen auch zu Komplikationen?«

Eine steile Falte bildet sich zwischen den Brauen des Arztes. »Wenn Sie Schwächegefühl und Heißhungerattacken als Komplikationen bezeichnen würden, dann schon.«

Trotz der gereizten Stimmung fährt Heaton fort. »War darunter auch ein anderer Drache? Und wenn ja, hat er auf Sie einen kränklichen Eindruck gemacht?«

»Nein, das ist mein erster«, sagt Evans ungehalten, obwohl die Frage wirklich nicht abwegig ist. »Und jeder weiß, dass Drachen sehr robust sind. Sie kennen keine Schwäche.«

Aus dem Augenwinkel sehe ich, wie Dr. Brown den Saum ihres Ärmels zwischen den Fingern zwirbelt.

»Die Information muss Emberthorn wohl entgangen sein.« Heaton holt sein Handy aus der Tasche, ruft das Bild des Drachen auf und hält es Evans vor die Nase. »Auf den Überwachungsbändern ist zu sehen, dass es ihm schon vor dem Kontrollverlust schlecht ging. Er hatte Schweißausbrüche und konnte sich kaum auf den Beinen halten. Haben Sie eine Erklärung dafür?«

Die Assistentin reckt den Hals und wird noch blasser, als wollte sie Emberthorn Konkurrenz machen.

»Nein. Und ich kann auch keine Diagnose anhand eines Bildes stellen«, sagt Evans, dem für einen Moment Fellbüschel aus dem Gesicht sprießen. »Zudem bezweifle ich, dass dieses Gespräch zielführend ist. Ich habe nur wenig Zeit und muss mich mit dringenderen Themen beschäftigen. Allen voran, wie wir den Drachen wieder aufwecken.«

»Nun gut«, sagt Heaton zu meiner Überraschung. »Danke, dass Sie mit uns gesprochen haben.«

Der Arzt nickt und verlässt schnellen Schrittes den Raum. Genau wie seine Kollegin, die es genauso eilig zu haben scheint.

»Was halten Sie davon?« Heaton wendet sich mir zu.

»Ich denke, der Arzt verschweigt uns etwas. Und seine Assistentin weiß darüber Bescheid.«

»Das Gefühl habe ich auch.«

»Dann sollten wir ihr noch mal auf den Zahn fühlen«, schlage ich vor.

»Genau.« Rasch verlassen wir das Zimmer des Drachen und sehen gerade noch, wie die Assistenzärztin im Schwesternzimmer verschwindet.

»Entschuldigung. Dürfen wir Sie noch etwas fragen?«, ruft Heaton ihr nach, ehe die Tür hinter ihr ins Schloss fallen kann. Durch die Glasscheibe sehe ich, wie sie einen Moment zur Statue erstarrt. Dann sieht sie sich um, als halte sie nach einem Fluchtweg Ausschau. Doch scheinbar gibt es keinen, denn sie lässt die Schultern hängen und kommt zu uns.

»Ich habe viel zu tun«, sagt sie und zieht ihren weißen Kittel enger um sich.

»Es dauert nur eine Sekunde«, sagt Heaton und seine Stimme klingt plötzlich butterweich. Als wollte er sie beruhigen oder in falscher Sicherheit wiegen.

»Na gut.« Sie lächelt gezwungen.

»Könnten Sie uns sagen, ob Evans etwas bei seinen Ausführungen vergessen oder bei der Untersuchung von Emberthorn übersehen hat?«, kommt Heaton sofort zum Punkt.

»Ich … ich glaube nicht.« Sie tritt von einem Fuß auf den anderen. »Ich bin nur eine Assistenzärztin. Wie soll mir schon auffallen, was Evans entgeht?«

»Ich denke, Sie bekommen als helfende Hand einiges mit.«

»Nein, ich …«

»Sehen Sie«, ich setze meinen strengsten Blick auf, »uns zu belügen, ist eine Straftat.«

Das ist vermutlich falsch, weil wir genau genommen gar nicht hier sein dürfen, aber zum Glück wissen das nur Heaton und ich.

Er nickt bestätigend. »Wenn Sie uns etwas Wichtiges vorenthalten und damit die Ermittlungen behindern, könnte das schlimme Folgen für Sie haben.«

»Wollen Sie das?«, frage ich mit Grabesstimme.

»Bitte.« Dr. Brown wringt die zittrigen Hände. »Es ... es ist nicht so, dass ich etwas vor dem Gesetz verheimlichen will, aber ich ... ich brauche diesen Job. Und wenn Sie ...« Die Elfe beißt sich auf die Unterlippe, als hätte sie bereits zu viel gesagt.

»Erzählen Sie uns, was Sie wissen. Wir sorgen dafür, dass Ihnen nichts passiert.« Ich linse zu Heaton, der mir nicht widerspricht.

Die Ärztin ringt mit sich. Schaut unruhig von rechts nach links, doch es ist niemand in der Nähe, der uns belauschen kann.

»Vor ein paar Tagen wollte jemand zu Emberthorn vorgelassen werden. Sie hat einen ziemlichen Aufstand gemacht, aber die Wachen haben sie abgewimmelt. Einen Tag später kam Evans sehr mitgenommen zur Arbeit und kurz darauf sind Untersuchungsergebnisse aus den Akten verschwunden«, sagt sie mit gedämpfter Stimme.

»Ach.« Ich neige mich vor. »Und wissen Sie noch, welche das waren?«

Die Elfe zupft an der Spitze ihres geflochtenen Zopfs. »Evans hat mir verboten, darüber zu sprechen.« Ein Wechselbad der Gefühle huscht über ihr Gesicht. Angefangen bei Angst bis hin zu Trotz. »Sie werden mich nicht verraten, wenn ich Ihnen etwas erzähle, oder?«

Ich verneine wortlos. Höchst gespannt, was sie weiß.

»Gut.« Sie atmet tief durch. »Emberthorns Organe, besonders Leber und Nieren, waren in einem äußerst schlechten Zustand«, sagt sie noch leiser als zuvor. »Bei einem Drachen ist das mehr als ungewöhnlich.«

Ich runzle die Stirn. »Das heißt?«

»Irgendetwas hat sie vermutlich angegriffen.«

»Was könnte das sein?«, fragt Heaton.

»Medikamente, Drogen, Gift.« Dr. Brown zuckt mit den Achseln.

Heaton zieht sein Handy heraus, um auch ihr das Foto zu zeigen.

»In Verbindung mit der bläulichen Hautfarbe, der Übelkeit und seinem Schwanken ist Gift am wahrscheinlichsten«, sagt sie.

»Wie könnte es verabreicht worden sein?« Aufregung erfasst mich, weil wir tatsächlich einen Schritt weitergekommen sind.

»Das kann ich schlecht beurteilen, ohne die Substanz zu kennen«, sagt die Ärztin.

»Sie haben keine Einstichstellen oder Ähnliches an Emberthorns Körper entdeckt?«, fragt Heaton.

Sie schüttelt den Kopf. »Tut mir leid, darüber weiß ich nichts.«

»Kein Problem.« Heaton klingt überaus zufrieden. »Sie waren uns eine große Hilfe.«

12. KAPITEL

»Warum haben Sie nicht gefragt, wer die Frau war, die zu Emberthorn wollte?«, erkundige ich mich, als wir wenig später durch Manhattan fahren.

»Um die Elfe nicht noch mehr unter Druck zu setzen«, sagt Heaton und überrascht mich aufs Neue. Ich hatte ihn bisher für wenig mitfühlend gehalten.

»Außerdem gibt es nur eine Person, die einen Werwolf derart nervös machen kann«, fügt er hinzu.

Ich denke daran, was Jones über die Drachenkämpfe erzählt hat. An die Haarbüschel, die dem Arzt ausgebrochen sind, und an den ängstlichen Blick, mit dem die Elfe Emberthorns Zimmer bedacht hat. »Sie meinen die Drachenkönigin?«

»Genau die.«

Ich nicke. Das ergibt Sinn, denn Lady Ashford ist die Anführerin des Drachenclans und aufgrund ihrer Stärke auch das Oberhaupt aller Gestaltwandler in New York. Zwar haben einzelne Untergruppen wie Werwölfe und Werlöwen ihre eigenen Alphas, aber Lady Ashford steht in der Hierarchie an oberster Stelle. Zumindest, solange sie niemand ablöst.

Ich spinne die Überlegung weiter. »Wenn ich bedenke, dass

Emberthorn bei den Drachenkämpfen einer ihrer größten Rivalen war, macht sie das äußerst verdächtig.«

»Zu dem Schluss bin ich auch gekommen.« Heaton fährt unter einem Torbogen hindurch, dessen Scheitelpunkt aus einem steinernen Drachenkopf besteht, der die Neuankömmlinge in Creature's Grove mit aufgerissenem Maul begrüßt. »Deshalb werden wir sie als Nächstes befragen.«

»Und warum haben Sie mich nicht gleich an der Erkenntnis teilhaben lassen?«, stichle ich.

»Ähm … Ich war sicher, Sie kommen selbst darauf. Immerhin sind Sie Ermittlerin … und waren eine der Besten Ihres Jahrgangs.«

»Jaja, versuchen Sie nur, sich herauszureden.«

»Mache ich nicht.«

»O doch!«

»Alte Gewohnheiten lassen sich eben nicht so schnell ablegen.«

»Na gut, ich verzeihe Ihnen«, sage ich. »Zumindest noch dieses eine Mal.«

»Was für ein Glück. Sonst hätte ich heute Nacht sicher nicht schlafen können«, murmelt er.

»Hey, das habe ich gehört.«

»Sollten Sie auch.«

Ich werfe ihm einen bösen Blick zu, doch er parkt unbeeindruckt vor einem eleganten Stadthaus.

Gemeinsam gehen wir auf das Gebäude zu, das mit seiner hellen Fassade, den Efeuranken und den Säulen am Eingang wie ein modernes Märchenschloss aussieht.

Ich greife nach dem Eisenring, den der drachenförmige Türklopfer in seinen Klauen hält, und donnere ihn gegen das Holz.

Schon nach wenigen Momenten öffnet uns ein grauhaariger Mann im schwarzen Frack, der mich mit seinen weißen Handschuhen an einen Pinguin erinnert.

»Sie wünschen?« Mit neutralem Gesichtsausdruck betrachtet er mich. Dann bemerkt er den Dämon neben mir und für einen Sekundenbruchteil weiten sich seine Drachenaugen. So schnell, dass ich mich frage, ob ich mir die Reaktion nur eingebildet habe, denn schon wirkt er wieder teilnahmslos.

»Wir wollen mit Lady Ashford sprechen«, ergreift Heaton das Wort.

»Tut mir leid, sie ist unabkömmlich.«

»Auch für das MBI?« Heaton zückt seine Marke. »Ich würde sie nur ungern verhaften und auf dem Präsidium verhören.«

Der Butler verzieht das Gesicht, als wäre allein der Gedanke absurd. »Leider ja. Sie bereitet sich auf die nächsten Drachenkämpfe vor und ist nicht erreichbar.«

»Hat sie kein Handy?« Ich kann mir das in der heutigen Zeit kaum vorstellen. Zumal sie das Oberhaupt so vieler Magics und, soviel ich weiß, zusätzlich noch Mitglied des Stadtrats ist.

»Ich fürchte, in der Arena gibt es keinen Empfang.«

Ich hebe die Brauen. »Liegt sie etwa auf dem Mond?«

»Nein, unter der Erde«, sagt der Butler trocken und fügt hinzu: »Wenn Lady Ashford zurück ist, kann ich ihr gern eine Nachricht von Ihnen überbringen.«

»Danke, aber das wird nicht nötig sein.« Heaton dreht sich auf dem Absatz um. »Kommen Sie, Miss Nordwell.«

Ich verabschiede mich schnell von unserem Gegenüber und eile dem Dämon hinterher.

»Am besten gehen wir zu Fuß zur Arena, dann sind wir schneller«, sagt er und läuft an unserem Wagen vorbei.

»Waren Sie schon mal dort?«, frage ich. Bisher habe ich nur flüchtig von der Arena gehört, in der die Gestaltwandler ihre Rangfolge ausfechten.

»Gelegentlich«, entgegnet Heaton.

Gemeinsam laufen wir die Straße entlang. Vorbei an mehreren Geschäften, in denen Zubehör für Schuppen und Krallen in den Schaufenstern liegt. Direkt neben Bürsten und Fusselrollen, von denen pelzige Magics wie Werwölfe sicher massenhaft brauchen.

Nach einigen Minuten erreichen wir einen großen Platz, in dessen Zentrum eine goldene Drachenstatue auf einem Sockel thront. Die Flügel weit aufgespannt, betrachtet sie majestätisch die umliegenden Cafés, in deren Außenbereichen Magics sitzen und den warmen Herbsttag genießen.

»Wir sind da.« Heaton bleibt hinter der Statue stehen.

»Und wo ist der Zugang?« Ich schaue mich um, kann jedoch nichts entdecken, was auch nur annähernd wie der Eingang zu einer unterirdischen Kampfarena aussieht.

»Direkt vor uns.« Er deutet auf ein Toilettenhäuschen, das versteckt zwischen Büschen steht.

»Sie verarschen mich doch.«

»Warum?«, fragt er, als handle es sich um einen gewöhnlichen Eingang.

»Weil …« Ich suche nach Worten. »Weil es Dutzende Möglichkeiten gibt, die sich besser eignen, um eine unterirdische Arena zu betreten … Allen voran eine Treppe. Ein Aufzug, in dem zwanzig Leute Platz haben. Ja, von mir aus auch eine Rutsche. Aber das?« Ich gestikuliere wild in Richtung der Kabine. »Die Schlange muss vor jedem Wettkampf riesig sein.«

»Selbstverständlich quetschen sich nicht alle dort hinein. Es gibt in Creature's Grove mehrere Toiletten. Diese hier war unserem Standort nur am nächsten.«

»Natürlich. Wie unbedacht von mir.« Ich rolle mit den Augen.

Heaton seufzt. »Es ist ganz einfach. Sie müssen nur hineingehen, die Tür schließen und die Lampe nach links drehen. Dann werden Sie nach unten gebracht.« Er läuft ein paar Schritte in Richtung des Häuschens. »Am besten gehen Sie zuerst und ich komme nach.«

»Was?«

Ärger blitzt in seinen Augen auf. »Ich sagte …«

»Ich weiß, was Sie gesagt haben … aber … glauben Sie, ich bin auf den Kopf gefallen?«

»Also, wenn Sie so fragen …«

Ich hebe die Hand. »Sie haben sowohl gestern als auch heute Morgen versucht mich loszuwerden. Wer garantiert mir, dass Sie mir wirklich folgen, anstatt zu verschwinden und Ihr Ding wie gewohnt allein durchzuziehen?«

Er funkelt mich finster an. »Ich wollte nur nett sein. Aber wenn es Ihnen so wichtig ist, gehe ich eben zuerst.«

»O nein. Das kommt genauso wenig infrage.« Ich stemme die Hände in die Hüften. »Vielleicht haben Sie mir den falschen Mechanismus erklärt und dann stehe ich hier wie bestellt und nicht abgeholt, während Sie den ganzen Spaß allein haben.«

»Welchen Spaß? Ich muss die Drachenkönigin ausquetschen.«

»Ja eben. Sag ich doch.«

Ein Windstoß fegt über den Platz und wirbelt durch meine Locken. Ich werde um jeden Preis verhindern, dass Heaton mich noch einmal abhängt. Falls die Drachenkönigin schuldig ist, muss er vielleicht endlich seine Magie benutzen, um sie festzunehmen. Und dann will ich zur Stelle sein. »Wenn wir gehen, gehen wir gleichzeitig«, sage ich deshalb.

»Gleichzeitig?«, echot er, als hätte er sich verhört.

»Genau.«

»Aber … Die Toilette ist viel zu klein für uns beide!«

»Wir schaffen das schon.« Fest entschlossen ziehe ich die Tür auf.

»Das ist absurd.«

»Möglich. Aber Sie kennen ja das Sprichwort. Vertrauen ist gut, Kontrolle ist besser. Also …« Ich mache eine auffordernde Handbewegung. »Nach Ihnen, Mr Heaton.«

Er mahlt mit dem Kiefer, steigt aber widerwillig in das Häuschen, in das locker zwei Personen passen würden, wenn er etwas kleiner und schmächtiger wäre. Aber das ist er nicht.

Ich quetsche mich ebenfalls hinein und trete ihm versehentlich auf den Fuß.

»Sorry«, murmle ich, aber er bleibt still und verdreht die Lampe, wie er es vorher erklärt hat. Augenblicklich setzt sich der ungewöhnliche Aufzug mit einem Ruckeln in Bewegung.

»Sehen Sie? Ich hatte nicht vor Sie auszutricksen.« Der Dämon schaut mit verzogenem Mund auf mich herunter, als könnte er nicht fassen, dass er sich mit seiner neuen Partnerin, die er eigentlich gar nicht haben will, in eine Toilette gezwängt hat.

»Tja, Vertrauen muss man sich verdienen«, sage ich und schlucke, weil wir uns plötzlich so nahe sind. Immerhin hat er mir erst gestern klargemacht, wie gern er mich fangen und hinter Gitter bringen würde.

»Sie sind unerträglich störrisch.« Verärgerung, gemischt

mit etwas, das ich nicht zuordnen kann, blitzt in seinen Augen auf. Zieht mich beinahe magisch an.

Plötzlich wird mir überdeutlich die Hitze seines Körpers bewusst. Eine Gänsehaut überzieht meine Arme. Wandert meinen Nacken hinunter und hinterlässt ein Kribbeln in meiner Magengegend und …

Halt, stopp!

Stopp, stopp, stopp, ermahne ich mich selbst. Ersticke jeglichen Anflug von Wohlgefallen. Das ist Mr Übereifrig. Mein Feind, den ich furchtbar finden muss und immer furchtbar finden werde!

»Dann haben wir ja etwas gemeinsam«, fauche ich zurück.

Mit einem weiteren Ruck kommt der Aufzug zum Stehen und hastig öffne ich die Tür, um Abstand zwischen uns zu bringen.

Dabei huscht mein Blick nach draußen und … mir klappt die Kinnlade herunter.

Vor mir liegt eine Felsenhöhle, die mithilfe eines Ausdehnungszaubers erschaffen worden sein muss, denn sie ist mindestens so hoch wie der größte Wolkenkratzer New Yorks. Tausende magische Lichter funkeln wie Sterne an der steinernen Decke. Tauchen den Ort in angenehmes Licht.

Ein weiß gepflasterter Weg führt von unserem Fortbewegungsmittel in die Mitte des Areals. Direkt auf ein tempelähnliches Bauwerk zu, über dem sich eine goldene Kuppel spannt.

»Beeindruckend, oder?«, sagt Heaton

»Allerdings. Ich hatte keine Ahnung, was die Gestaltwandler hier unten erschaffen haben«, gebe ich zu und weiche seinem Blick aus. Hoffe, dass das völlig unangebrachte Flattern in meinem Bauch endlich verschwindet.

Während sich der Fahrstuhl schließt, folge ich Heaton den Weg entlang, den hölzerne Marktstände flankieren. Genau wie die anderen Wege, die sich von weiteren Zugangspunkten durch die Höhle schlängeln und sich vor dem Arenaeingang bündeln.

Heaton zieht das schwere Tor auf und gemeinsam betreten wir das Innere des Gebäudes.

Wie in der Bank wurde goldener Drachenstahl beim Bau verwendet. Hier aber vermutlich nicht, um Eindringlinge fernzuhalten, sondern um das Bauwerk und die Höhle zu schützen, wenn die Gestaltwandler mit ihrer Magie gegeneinander kämpfen.

Wir gehen gerade an einem Aufgang vorbei, der zu den verschiedenen Ebenen der Tribüne führt, als ein markerschütterndes Brüllen die Luft zerreißt.

Keuchend sehe ich nach oben, wo zwei tintenschwarze Drachen einen goldenen attackieren. Der Gejagte legt sich in die Kurve, entgeht den Feuerbällen mit Leichtigkeit und setzt zum Gegenangriff an. Dabei verpasst er einem grünen Drachen einen so harten Schlag mit dem Schwanz, dass der gegen die Kuppel geschleudert wird und …

»Was wollen Sie denn hier?«, fragt jemand mit barscher Stimme hinter uns.

Ich wirble herum und blicke in das Gesicht einer hochgewachsenen Frau mit Dreadlocks, die beinahe so groß wie Heaton ist und die grünen Drachenaugen feindselig verengt hat.

»Mit Lady Ashford reden«, sagt der Dämon neben mir.

»Unmöglich. Sie befindet sich mitten in einem Kampf«, blafft sie.

»Dann muss sie ihn wohl unterbrechen.« Heaton schiebt

sich an ihr vorbei und tritt in die Arena, noch ehe sie ihn aufhalten kann.

Obwohl der goldene Drache erneut einer Feuersalve ausweicht, bemerkt er Heaton, lässt sich zur Seite fallen und schießt mit halsbrecherischer Geschwindigkeit in die Tiefe. Direkt auf den Dämon zu, der, ohne mit der Wimper zu zucken, in die Mitte der Arena geht. Als würde sie ihm gehören. Der Drache landet direkt vor ihm, reißt das Maul so weit auf, als wollte er Heaton mit einem Bissen verschlucken, und stößt erneut ein Brüllen aus. Die schwertlangen Zähne nur einen halben Meter von Heaton entfernt.

Heißer Atem fegt wie ein Orkan über mich hinweg und ich bin versucht mich hinter einem der Tribünenpfeiler in Sicherheit zu bringen. Aber ich will vor dem grünäugigen Drachen keine Schwäche zeigen.

Der Dämon bleibt lässig stehen, als würden ihn die Klauen und Zähne vollkommen kaltlassen.

»Hören Sie auf mit dem Unsinn. Damit können Sie vielleicht Ihre Gestaltwandler einschüchtern, aber nicht mich«, sagt er und schiebt demonstrativ die Hände in die Hosentaschen.

Der goldene Drache, bei dem es sich um Lady Ashford handeln muss, funkelt ihn aus glühenden Iriden an, dann beginnt ihr Körper zu schrumpfen.

Die Flügel verschwinden. Der Hals wird kürzer und die Gliedmaßen zierlicher. Prompt zieht die Frau, die uns eben noch aufhalten wollte, von irgendwo einen roten Mantel hervor und eilt auf die Drachenkönigin zu.

Genau wie Heaton wende ich mich ab, um ihr etwas Privatsphäre zu lassen. Schließlich weiß jedes Kind, dass sich die Kleidung der Gestaltwandler nicht mit ihnen verwandelt, und ich bin nicht gerade erpicht darauf, eine fremde Person nackt zu sehen.

Stattdessen beobachte ich, wie die anderen Drachen zur Landung ansetzen und hinter einem Sichtschutz verschwinden.

»Sie können sich umdrehen«, schnarrt nur Augenblicke später eine barsche Stimme.

Ich tue wie geheißen und erblicke eine schlanke Frau. Sie wirkt kaum älter als vierzig und hat pechschwarzes Haar, das ihr elegant über die Schultern fließt.

»Ich hoffe, Sie sind gekommen, um mir das MacCraigh-Tagebuch zurückzugeben«, blafft sie den Dämon an.

Überrascht spitze ich die Ohren. Ist sie die geheimnisvolle Person, die das Buch dem Museum zu Ausstellungszwecken überlassen hat?

»Nein. Und das wird auch noch eine Weile dauern. Zuerst müssen die Ermittlungen abgeschlossen werden«, antwortet Heaton, während ich näher trete, um alles mitzubekommen.

»Jack ist tot, was gibt es da noch zu ermitteln?«

Wie vom Blitz getroffen bleibe ich stehen. Unsicher, ob ich mich gerade verhört habe.

»Bei Todesfällen im Gefängnis müssen die genauen Umstände geklärt werden. Das nimmt einige Zeit in Anspruch.« Der Dämon zuckt mit den Achseln.

»Umstände?« Sie lacht ungläubig. »Jack ist an einem verfluchten Rosinenbrötchen erstickt. Denken Sie etwa, jemand hätte es ihm in den Rachen gestopft, um ihn umzubringen? Das war ein Unfall, nicht mehr und nicht weniger.«

»Das muss die Gerichtsmedizin klären«, sagt Heaton, während die Gedanken in meinem Kopf rasen. Warum hat Jack ausgerechnet jetzt, wo wir Kontakt mit ihm aufnehmen wollten, das Zeitliche gesegnet? Er, die einzige Person, die uns vielleicht einen Hinweis auf den Feuerteufel hätte geben können? Und alles wegen eines Rosinenbrötchens?

»Aber …«, fügt der Dämon mit lauerndem Unterton hinzu. »Woher wissen Sie eigentlich davon? Die Informationen sollten vorerst unter Verschluss gehalten werden.«

»Ich habe meine Quellen.« Die Drachenkönigin betrachtet ihre Fingernägel und eine Millisekunde glaube ich Heatons Schatten über den Boden zucken zu sehen.

»Sie meinen Quellen wie im Krankenhaus?«, fragt er.

Überraschung blitzt in ihren Augen auf. »Ich habe keine Ahnung, was Sie meinen.«

»Ach bitte.« Heaton schnalzt mit der Zunge. »Ich weiß genau, dass Sie das Personal unter Druck gesetzt haben, um die Untersuchungsergebnisse von Red Emberthorn verschwinden zu lassen.«

»Warum sollte ich das tun?«

»Damit niemand herausfindet, dass Sie ihn vergiftet haben«, sagt der Dämon, obwohl das nur eine Vermutung ist.

Lady Ashford erstarrt einen Moment zur Eissäule, dann verziehen sich ihre fein geschnittenen Gesichtszüge vor Verärgerung. »Ist das Ihr Ernst? Ich würde nie einem anderen Clanmitglied Schaden zufügen.«

»Auch nicht, wenn er Ihren Thron und den Sitz im Stadtrat stehlen könnte?«, frage ich und trete neben Heaton, um meine vorherige Stille auszugleichen.

»Wer sind Sie denn?« Die Drachenkönigin starrt mich an, als wäre ich eine Fliege, die sie in der Suppe entdeckt hat.

»Agent Nordwell, Heatons Partnerin«, sage ich und füge mit gestrafften Schultern hinzu: »Beantworten Sie meine Frage.«

Sie schnaubt und kleine Rauchschwaden steigen aus ihren Nasenlöchern auf. »Nein, auch dann nicht. Emberthorn ist ein geschätztes Mitglied unserer Gemeinschaft und der Direktor meiner Bank. Was glauben Sie, wie viele Scherereien ich seit dem Vorfall habe?«

Ich lege die Stirn in Falten. »Aber warum haben Sie dann versucht seine Organschäden zu vertuschen?«

Lady Ashford verschränkt die Arme vor der Brust. »Ich werde mir Ihre haltlosen Anschuldigungen nicht länger anhören. Sie haben keine Beweise dafür.«

»Unsere Zeugenaussagen reichen vollkommen. Aber bitte, wenn Sie nicht mit uns reden wollen, müssen wir die Angelegenheit wohl größer aufrollen. Und dann erfahren sicher auch andere davon«, sagt Heaton.

Sie presst die Lippen aufeinander, dann seufzt sie resigniert. »Es ist nicht so, wie Sie denken.«

»Wie ist es dann?«, fragt der Dämon.

»Ich habe Evans dazu angestiftet, die Akten zu vernichten, weil niemand erfahren sollte, dass irgendeine Substanz Red in diesen Zustand versetzt hat.« Sie atmet tief durch. »Ja, ich weiß, wie das aussehen muss, aber ich würde niemandem in meinem Clan so etwas antun. Das müssen Sie mir glauben. Dafür existieren viel zu wenige von uns.«

Sie fährt sich mit dem goldbestickten Ärmel über die Stirn und plötzlich geht mir ein Licht auf.

»Sie haben es getan, um die anderen Drachen zu schützen. Aber …« Ich stocke. »Vor wem?«

Sie lächelt traurig. »Oh, da gibt es genug. Andere Gestaltwandler, die unseren Platz einnehmen wollen. Menschen, die uns fürchten. Magics, die schon lange einen Zwist mit uns austragen. Die Liste ist endlos.«

»Und da die Drachen seit Jahrtausenden an der Spitze der Nahrungskette stehen, wollten Sie verhindern, dass plötzlich eine Methode an die Öffentlichkeit gelangt, die den Drachen schaden könnte«, kombiniere ich.

»Exakt.« Sie gibt der Grünäugigen, die immer noch im Hintergrund steht, ein Zeichen und wendet sich erneut uns zu. »Deshalb wollte ich lieber alle Welt in dem Glauben lassen, Red hätte Probleme mit seinen Kräften gehabt.«

Ich kräusle die Lippen. Das klingt für mich zwar plausibel, aber damit bringt sie die Drachen und Magics in Verruf und schürt zusätzlich die Furcht vor uns. Wie an der Demonstration vor der Bank unschwer zu erkennen war.

»Das ist eine nette Geschichte, die ich nur zu gern glauben würde«, sagt Heaton.

Einen Moment glühen die Iriden der Clanchefin auf, als würde flüssiges Feuer darin lodern. »Es ist die Wahrheit. Und gerade Sie sollten meine Beweggründe verstehen.«

Ich runzle die Stirn. Was meint sie damit?

Noch ehe Heaton oder ich etwas sagen können, fährt sie fort. »Außerdem kann ich meine Worte beweisen, denn ich habe Nachforschungen angestellt. Und das würde ich wohl kaum tun, wenn ich schuld an Emberthorns Verfassung wäre.«

»Wer hätte sonst noch einen Grund, ihm persönlich zu schaden?«, fragt Heaton.

»Auch da existiert eine ganze Palette. Unzufriedene Kundschaft, Mitarbeitende, die er entlassen musste, Gestaltwandler, denen er ein Dorn im Auge war, und mehr Affären, als Sie zählen können. Ich bin mir sicher, er hat Dutzende Exfreunde und Exfreundinnen, die ihn nur allzu gern einen Kopf kürzer machen würden.«

Na wunderbar. Ich sehe zu Heaton hinüber, denn ich traue

ihm durchaus zu, dass er alle Personen aufspürt, die infrage kommen. Doch Mr Übereifrig scheint nicht gerade scharf darauf zu sein.

»Aber es wird Sie sicher freuen, dass meine Nachforschungen erfolgreich waren«, sagt die Drachenkönigin. »Das Labor hat vier ungewöhnliche Stoffe in Reds Blut gefunden. Und als Zeichen meines guten Willens werde ich sie mit Ihnen teilen. Wenn Sie versprechen, die Angelegenheit so gut wie möglich von der Öffentlichkeit fernzuhalten.« Ihre Aufmerksamkeit liegt auf Heaton.

»Ich werde mein Möglichstes tun«, sagt er und sie nickt zufrieden.

Die grünäugige Frau, die kurzzeitig verschwunden war, reicht mir einen dünnen Ordner, in dem ein einziges Blatt eingeheftet ist. Darauf sind drei Worte und ein Fragezeichen mit gelbem Textmarker angestrichen, mit denen ich auf den ersten Blick wenig anfangen kann.

»Für welches Gift werden die Stoffe verwendet?«, frage ich deshalb.

Die Drachenkönigin zieht ihren Morgenmantel fester um sich. »Das, Agent Nordwell, ist die entscheidende Frage.«

13. KAPITEL

»Glauben Sie ihr?«, frage ich, als wir wieder im Auto sitzen.

Heaton kräuselt die Lippen. »Sie hat viel zu verlieren. Nach hundertfünfzig Jahren auf dem Thron gibt sie ihn sicher nicht gern her.«

»Aber sie hätte Emberthorn bestimmt auf dutzend andere Arten beseitigen können. Ohne so viel Aufsehen zu erregen und selbst ins Fadenkreuz zu geraten«, überlege ich.

»Das ist wahr. Und ich halte sie auch nicht für eine Meuchelmörderin. Dafür ist sie viel zu stolz«, sagt Heaton. »Wenn sie jemanden tötet, will sie ihm dabei sicher in die Augen schauen. Ganz der eitle Drache, der sie ist.«

Abwesend blicke ich aus dem Fenster. »Können wir Sullivan damit den Fall aus der Hand nehmen?«

»Nein. Dafür brauchen wir etwas Handfesteres.«

»Dann müssen wir als Nächstes also herausfinden, was es mit den vier Stoffen auf sich hat«, stelle ich fest.

»Genau das ist mein Plan. Und ich weiß auch schon, wer uns weiterhelfen kann.«

\+ \+ \+

»Ich frage mich immer noch, warum wir unbedingt frittierte Heuschrecken kaufen mussten.« Voller Abscheu mustere ich die blau gestreifte Tüte in Heatons Hand.

»Das sehen Sie gleich.« Er öffnet eine Tür im Untergeschoss des MBI und wir betreten einen großen Raum, der so vollgestopft ist, dass ich mich im ersten Moment wie erschlagen fühle.

Die Wände sind von oben bis unten mit Regalen bedeckt, in denen Hunderte Flakons, Gläser und Flaschen in den unterschiedlichsten Farben und Größen stehen. Direkt davor sind lange Tische aufgebaut, auf denen sich mehrere Metallgestelle befinden. Daran sind Phiolen angebracht, deren Inhalt langsam in größere Gefäße tropft und sich dort blubbernd vermischt.

»Aurelius, bist du da?« Heaton geht an einer kugelförmigen Uhr vorbei, die auf einem dünnen Messingsockel balanciert.

»Moment«, schallt es aus dem hinteren Bereich des Raumes, in dem imposante Maschinen stehen. Eine davon ruckelt, als wäre sie ein wild gewordenes Tier, das sich gegen Ketten stemmt. Ein Kolben rattert und plötzlich schießt laut zischend eine Dampffontäne hervor.

Was zur Hölle …?

Ich huste und wedle mit der Hand den dichten Nebel beiseite, der nach faulen Eiern riecht, die mit Zimt gewürzt wurden.

Bähhh.

»Verzeihung, war keine Absicht«, krächzt eine männliche Stimme, gefolgt von einem Hustenanfall. Dann huscht eine schemenhafte Gestalt durch den Dampf und irgendwo über uns erwacht ein Abluftsystem brummend zum Leben.

Ich wische mir Tränen aus den Augenwinkeln, während der Rauch schwindet und die Gestalt näher kommt.

»Oh, du bist es.« Überrascht reißt der Elf die Augen auf, als er Heaton erblickt. »Es ist schon eine Weile her, dass du persönlich hier unten warst.«

Er nimmt seine goldumrandete Schutzbrille ab. Achtsam klemmt er sie auf die Krempe seines schwarzen Zylinders, an dem mehrere Zahnräder befestigt sind, die durch etwas verbunden sind, das wie ein vergoldeter Schlauch aussieht.

»Ach, du weißt ja, wie das ist. Es gab immer einen Fall, der mich auf Trab hielt«, erwidert Heaton.

»Jaja, nichts als billige Ausreden.« Aurelius schnippt mehrere Späne von seinem Hemd.

»Dafür habe ich dir etwas mitgebracht.« Heaton streckt ihm die gestreifte Tüte entgegen.

Aurelius' Augen leuchten auf. »Du Schlingel, du weißt, was mich glücklich macht.« Er schnappt sich das Präsent, nimmt eine Heuschrecke heraus und wirft sie sich in den Mund.

Ich unterdrücke ein Würgen, dachte immer, Elfen würden sich vegetarisch ernähren, aber da habe ich mich wohl geirrt.

Sein Blick fällt auf mich, als hätte er mich erst jetzt bemerkt. »Und wer ist dieses reizende Geschöpf?« Er mustert mich von Kopf bis Fuß.

»Ar…Aline Nordwell, seine neue Partnerin«, erwidere ich mit einer Kopfbewegung in Heatons Richtung.

»Mein Beileid, Schätzchen. Du wirst starke Nerven brauchen.« Er legt die Tüte neben sich auf den Tisch, bevor er sich die Hände an der fleckigen Hose abwischt.

»Aber ihr seid bestimmt nicht gekommen, um mir Essen zu bringen. Was führt euch hierher?«

Heaton wechselt einen schnellen Blick mit mir. »Das ist … eine heikle Angelegenheit …«

»Die bestimmt dafür sorgt, dass du bald nur noch Papierkram erledigen darfst, weil du deine Finger nicht von einem gewissen Fall lässt«, sagt Aurelius schmunzelnd.

Heaton hebt eine Braue. »Du weißt davon?«

»Natürlich. Alle wissen davon. Und selbstverständlich haben wir Wetten abgeschlossen, wie lange es dauert, bis du den Fall an dich gerissen hast. Mit Ausnahme des Chefs, versteht sich.« Er schaut auf die Uhr. »Und vielleicht gewinne ich sogar. Also, wie kann ich helfen?«

»Beim nächsten Mal will ich auch einen Einsatz abgeben.« Ich reiche dem Elf die Mappe, die uns die Drachenkönigin gegeben hat.

»Wird vorgemerkt.« Unter Heatons finsterem Blick überfliegt er das Dokument. Währenddessen betrachte ich ein Glas, das pink glitzernden Staub enthält und direkt neben einem weiteren steht, in dem Augen in einer grünlichen Flüssigkeit schwimmen.

Igitt.

Schnell wende ich mich ab.

»Hast du schon von den Stoffen gehört?«, fragt Heaton, als Aurelius aufsieht.

»Cambonium habe ich sogar hier.« Er tritt an eines der Regale und zieht ein unscheinbares Glas heraus, in dem ein fellähnliches Stück liegt.

»Es kommt ausschließlich in Totenfingerkraut vor und wird verwendet, um bitteren Geschmack zu überdecken.«

Auf mich macht es eher den Eindruck, als würde das Kraut auf der Zunge kleben. Definitiv nichts, was ich freiwillig in den Mund nehmen würde.

Ich wende mich Aurelius zu. »Könnte es in Gift gemischt werden, damit das Opfer es nicht bemerkt?«

»Das wäre durchaus denkbar.«

»Ist es schwer zu beschaffen?«

»Nein, es wächst fast wie Unkraut. Wenn ihr achtsam seid, findet ihr es sogar im Central Park. Nach der Ernte muss es nur getrocknet und zermahlen werden, um den gewünschten Effekt zu erzielen.«

Na toll. »Also könnte es jeder verwenden.«

»Ich fürchte, ja.«

»Und was ist mit Asaleen und Brinorium?«, fragt Heaton.

»Das sind unbekanntere Stoffe.« Der Elf stellt das Glas an seinen Platz zurück. Dann geht er zu einem Computer, der hinter einem zylindrischen Kolben steht, in dem Flüssigkeit vor sich hin siedet.

Er tippt etwas ein und schaut auf den Bildschirm. »Asaleen wird aus Froschspeichel gewonnen und häufig bei der Herstellung von Beruhigungstränken benutzt. Brinorium ist ein äußerst seltener Pilz.«

Ich runzle die Stirn. »Wofür wird er verwendet?«

»Gib mir einen Moment«, antwortet Aurelius abwesend, huscht zu einem Bücherregal und zieht einen dicken Wälzer heraus.

»Ich bin sicher, ich habe irgendwo schon einmal davon gelesen.« Blitzschnell blättert er die Seiten durch, bis er an einer Abbildung hängen bleibt. Mehrere Sekunden vergehen, in denen er vor sich hin murmelt und schließlich triumphierend »Ich werde die Wette gewinnen« ruft.

Heaton klopft mit dem Fuß auf den Boden. »Jetzt spann uns nicht auf die Folter.«

»Ist ja gut. Bleib locker. Sonst bekommst du schlimme Falten.« Aurelius legt mit verzogenem Mund das Buch auf den Tisch, bevor er endlich zu einer Erklärung ansetzt. »Asaleen und Brinorium sind die Hauptbestandteile eines verbotenen

Tranks, der Sinnestäuscher genannt wird. Er ist bekannt dafür, sowohl Halluzinationen zu erzeugen, und … haltet euch fest … überdosiert hat er meist eine tödliche Wirkung.«

Seine Worte hängen schwer in der Luft. Brauchen einen Moment, bis sie in mein Gehirn vordringen.

»Das bedeutet …«

»Dass höchstwahrscheinlich ein Verbrechen vorliegt«, beendet Heaton meinen Satz und klingt dabei unangemessen fröhlich.

Ich kann es ihm nicht verübeln, denn endlich haben wir hinreichende Beweise, womit wir Sullivan so richtig in den Hintern treten können.

Ich grinse breit. »Wir sollten Agent Moore einen Besuch abstatten.«

»Das werden wir.« Heaton schaut auf die Uhr. »Und zwar gleich morgen früh, wenn er wieder im Büro ist.«

+ + +

»Das ist nicht Ihr Ernst!«

Wie zu erwarten war, ist der MBI-Direktor alles andere als begeistert, als wir ihm pünktlich um acht Uhr die Neuigkeiten überbringen.

»Sie haben also ermittelt, obwohl ich es Ihnen ausdrücklich untersagt habe?« Die Ader auf seiner Stirn pulsiert, als würde sie gleich platzen.

»Richtig.« Heaton macht sich nicht einmal die Mühe, ein schlechtes Gewissen vorzutäuschen.

Wenn ich ehrlich bin, bewundere ich ihn ein wenig für seine Direktheit.

»Haben Sie auch etwas dazu zu sagen?«, fragt Agent Moore

an mich gerichtet. »Wenn ich das richtig verstehe, haben Sie ihn dabei unterstützt, meine Anweisungen zu missachten.«

Ich drücke die Schultern durch und reiße meinen Blick von Moores Ader los. »Anfangs war ich auch skeptisch, aber es hat sich schnell herausgestellt, dass Heatons Verdacht berechtigt war. Die Hinweise sind eindeutig.«

Der Direktor verzieht das Gesicht, als hätte er sich eine andere Antwort erhofft. Aber das Leben ist kein Wunschkonzert.

»Und welche Hinweise sind das?«, fragt Moore mit zusammengebissenen Zähnen.

Wir berichten im Schnelldurchlauf von den Informationen, die wir gestern gesammelt haben, und legen ihm die Mappe von Lady Ashford vor.

»In Verbindung mit dem Geschmacksverschleierer ist das tatsächlich äußerst verdächtig.« Moores Ärger scheint verflogen zu sein und er massiert sich nachdenklich die Schläfen. »Wisst ihr auch, was es mit der vierten Substanz auf sich hat?«

»Leider nicht. Da Drachen für gewöhnlich gegen solche Tränke immun sind, geht Aurelius davon aus, dass sie die natürliche Abwehr unseres geflügelten Freundes umgangen hat. Statt das Zeitliche zu segnen, hat sich aber nur seine Magie verselbstständigt.«

Was schon schlimm genug ist, wenn ich bedenke, wie viel Chaos dadurch entstanden ist.

»In jedem Fall können wir Sullivan den Fall unmöglich überlassen«, sagt Heaton und betrachtet selbstzufrieden seine Fingernägel. »Schließlich gehört die Aufklärung von Verbrechen nicht zu seinem Spezialgebiet.«

Agent Moore wirft ihm einen vernichtenden Blick zu, dann seufzt er ergeben. »Sie haben natürlich recht. Unter diesen

Gesichtspunkten fällt die Angelegenheit in unseren Zuständigkeitsbereich.«

Am liebsten würde ich laut jubeln, weil wir ihn überzeugen konnten, doch ich kann mich gerade noch beherrschen.

Moore hebt mahnend den Zeigefinger. »Aber seien Sie so diskret wie möglich. Einige Leute behalten diesen Vorfall scharf im Auge. Jeder Fehler ist einer zu viel.«

»Natürlich.« Heaton nickt.

»Gut.« Agent Moore greift nach dem Telefon. »Und jetzt verschwinden Sie. Ich muss einige Anrufe tätigen.«

Das lassen wir uns nicht zweimal sagen. Eilig suchen wir das Weite, bevor er es sich anders überlegt.

»Ich würde zu gern Sullivans Gesicht sehen, wenn er erfährt, dass er den Fall los ist«, platzt es aus mir heraus, als die Tür hinter uns ins Schloss gefallen ist. »Bestimmt wird er vor Wut schäumen und einen knallroten Kopf bekommen.«

»Und natürlich furchtbar über Leute wie uns schimpfen«, fügt Heaton hinzu.

»Genau das! Und dann explodiert er vor Ärger und wir sind ihn ein für alle Mal los.«

»Das wäre zu schön, um wahr zu sein.« Heaton lacht, offenbart dabei nicht nur Fältchen um die Augen, sondern auch noch … Grübchen. Ziemlich süße Grübchen sogar, die ich bei jedem vermutet hätte. Aber ganz sicher nicht bei Mr Grumpy Übereifrig Heaton, der viel zu schnell wieder ernst wird.

»Leider ist das nur Wunschdenken. Wahrscheinlich wird er uns nicht aus den Augen lassen, auf Schritt und Tritt verfolgen und nur darauf warten, dass wir einen Fehler machen.«

Damit kann ich leben. Zwar habe ich eine andere Mission, die oberste Priorität hat, aber nebenher ein Verbrechen aufzuklären, kann schließlich nicht schaden, oder? Und es brennt mir unter den Nägeln zu erfahren, wer tatsächlich für das ganze Chaos verantwortlich ist.

»Wie gehen wir jetzt weiter vor?«, frage ich.

»Wir sollten als Erstes die Quelle des Sinnestäuschers ausfindig machen«, erwidert Heaton.

Ich nicke. »Wenn wir wissen, wer ihn hergestellt hat, können wir die Käufer ermitteln.«

»Exakt. Irgendjemand wird eine Verbindung zu Emberthorn haben.«

Ich streiche mir eine Locke hinters Ohr. »Verbotene Tränke sind nicht einfach herzustellen. Dafür werden hochwertige Zutaten, Equipment und sehr viel Talent benötigt.«

Das weiß ich so genau, weil ich vor einiger Zeit selbst einen erworben habe, um ein Sicherheitssystem zu umgehen.

»Und die wenigen Hexen, die sie herstellen können, wechseln aus Furcht vor dem Gesetz häufig ihren Standort«, sagt Heaton.

Damit hat er leider recht. Selbst Bo hat Wochen gebraucht, um unsere Herstellerin ausfindig zu machen.

»Gibt es eine Datenbank, in der verdächtige Hexen aufgelistet sind?«, frage ich, denn ich glaube mich daran zu erinnern, dass Bo sie auf diese Weise aufgespürt hat.

»Das wird Ryo uns gleich verraten.« Heaton hält mir die Tür zum Büro auf.

+ + +

Nachdem Ryo uns versprochen hat über die Hexen zu recherchieren, verbringen wir den Tag ausnahmsweise im Büro statt unterwegs.

Noch vor ein paar Tagen habe ich gedacht, das wäre entspannter, als durch die Gegend zu fahren und Personen zu befragen, aber das Gegenteil ist der Fall.

Heaton nutzt die Zeit nämlich nicht, um langweiligen Papierkram auszufüllen oder mit Kollegen zu plaudern, sondern schaut sich Videos an, die dem MBI zugesendet wurden. Eigentlich sollte das keine große Sache sein, aber leider haben sie alle eines gemeinsam: Sie zeigen meine Wenigkeit. Und zwar aus allen erdenklichen Perspektiven.

Deshalb schießt mein Puls bei jeder Aufnahme in die Höhe. Aus Sorge, mein Gesicht könnte aus irgendeinem Winkel erkennbar sein oder sich in einer Oberfläche spiegeln.

»Wäre es nicht effektiver, die Videos von Azubis auswerten zu lassen?«, frage ich, als er die nächste Datei öffnet, die mich in einer verwackelten Großaufnahme ohne Kopf zeigt.

»Es wurde bereits eine Vorauswahl getroffen. Das sind nur die Videos, in denen das Phantom erkennbar ist«, sagt Heaton.

»Und trotzdem sitzen wir jetzt seit einer halben Ewigkeit hier.« Resigniert reibe ich mir die brennenden Augen. »Dafür muss es doch eine andere Lösung geben.«

Am besten eine, bei der alle Aufnahmen unwiederbringlich zerstört werden.

Der Dämon schüttelt den Kopf und betrachtet den Bildschirm, als würde dort der spannendste Film des Jahrhunderts laufen. »Ich muss sie selbst sichten. Weil … Das Phantom war mein erster Fall, den ich bekommen habe, als ich von der MBI-Academy kam. Und der einzige, den ich bis heute nicht aufklären konnte.«

Oh. Meine Brauen schießen nach oben. Das erklärt, warum er nicht davon ablassen kann.

Ich schiebe meine Handrücken unter die Oberschenkel, um

die Finger ruhig zu halten und mich davon abzuhalten herumzuzappeln.

»Neulich haben Sie gesagt, dass Sie ihm dicht auf den Fersen waren. Woher wussten Sie, dass das Phantom in der Bank sein würde?«

»Ach.« Er macht eine wegwerfende Handbewegung. »Wegen der Magiebarometer.«

Ich schnappe nach Luft. »Die Magiebarometer? Wie können sie Ihnen dabei helfen, Verdächtige zu fangen?«

»Indem Ryo sie überwacht. Wenn irgendwo in der Stadt eines ausfällt, gibt er mir Bescheid.« Ein zufriedenes Grinsen huscht über Heatons Gesicht. »Beim nächsten Mal werde ich eine Staffel Magieschnüffler anfordern. Dann gibt es kein Entrinnen mehr.«

Ich schlucke schwer.

Eins ist sicher. Es darf kein nächstes Mal geben.

»Und warum schauen wir uns dann die Videos an?«

»Um die Aufnahme einer Narbe zu finden.«

Schlagartig wird mir heiß. »Was für eine Narbe?«, krächze ich.

»Während der Verfolgungsjagd habe ich das Phantom am Arm gepackt. Dabei ist der Pulli hochgerutscht und hat eine Narbe am Handgelenk offenbart. Ich hoffe, dass sie irgendwo festgehalten wurde. Das würde die Ermittlungen erleichtern.«

O verdammt. Das hat mir gerade noch gefehlt. Ich widerstehe dem Drang, den linken Ärmel meiner Bluse nach unten zu ziehen, unter der sich seit einem Fahrradunfall tatsächlich eine längliche Narbe unterhalb meines Handgelenks befindet. Eine Stelle, die Heaton niemals zu Gesicht bekommen darf.

Bevor ich mir eine Antwort überlegen kann, wird die Tür aufgerissen und Ryo stürmt herein.

»Ich habe eine gute und eine schlechte Nachricht«, sagt der Kitsune aufgeregt.

»Die gute zuerst.« Heaton wirkt voller Tatendrang, während ich mich so ausgelaugt fühle, als wäre ich kilometerweit um mein Leben gerannt.

»Der Sinnestäuscher wurde in den letzten Jahren nur mit einer Hexe in Verbindung gebracht«, sagt Ryo.

»Und die schlechte?«

»Bedauerlicherweise hat sie es immer wieder geschafft, den Ermittlern durch die Lappen zu gehen, denn sie wechselt ihre Hexenküchen schneller als andere ihre Unterhosen.«

Unwillkürlich verziehe ich das Gesicht. Ich will mir lieber nicht ausmalen, von welchem Zeitraum Ryo spricht.

»Vor knapp drei Wochen wurde die letzte in einem alten Lagerhaus entdeckt.«

»Gab es brauchbare Spuren?«, fragt Heaton.

»Leider nicht. Und zu allem Überfluss tappen die Trankfahnder seitdem im Dunklen, da sie keinen Anhaltspunkt haben, wohin sie umgezogen ist.«

Nachdenklich legt der Dämon die Stirn in Falten. »Vielleicht sollten wir uns im Lagerhaus umsehen. Hast du zufällig die Adresse?«

»Na klar.« Ryo setzt ein breites Grinsen auf. »Und weil ich dich inzwischen gut genug kenne, habe ich für dich sogar schon einen Durchsuchungsbeschluss beantragt.«

+ + +

»Glauben Sie wirklich, es ist zielführend, eine stillgelegte Hexenküche zu durchsuchen, die die Spurensicherung bereits inspiziert hat?«, frage ich und taste nach dem Pflaster, das ich mir vorher zur Sicherheit über die Narbe geklebt habe.

Jetzt stehen wir vor einem heruntergekommenen Lagerhaus. Große Risse ziehen sich durch die Wände, einige Fenster sind mit Brettern vernagelt und selbst vom Boden aus wirkt das Dach wenig vertrauenerweckend. Ringsum stehen weitere Fabrikgebäude, aber keines wirkt so ausgemergelt wie dieses.

»Einen Versuch ist es wert. Vielleicht ist den anderen ein entscheidender Hinweis entgangen«, sagt Mr Übereifrig und geht auf das Gebäude zu, das wenigstens nicht von Absperrbändern umgeben ist.

»Ich bezweifle, dass wir hier irgendetwas außer Müll finden«, erwidere ich und betrachte die verrostete Regenrinne.

»Ach, ein kurzer Blick kann nicht schaden.« Heaton sieht sich nach allen Seiten um, dann tritt er mit voller Wucht gegen die Tür, die nachgibt und aufschwingt.

Keine Lösung, die ich gewählt hätte, um mir Zutritt zu verschaffen, aber genauso effektiv.

Der Dämon zückt seine Waffe und ich greife nach meiner, um Fragen zu vermeiden. Obwohl ich jeden Abend mit Rose übe, fühlt sich das Metall in meiner Hand ungewohnt an. Wie ein Fremdkörper, den ich nur zu gern loswerden würde, denn Waffen haben mir noch nie behagt. Trotzdem halte ich sie mit beiden Händen, wie ich es gelernt habe, und trete ins Innere des Gebäudes. Dort ist es schummrig, denn die freien Fenster sind verdreckt und lassen nur wenig Licht herein.

Mit einem mulmigen Gefühl im Bauch schaue ich mich um und entdecke gruselige Gestalten, die zwischen Regalen und Kisten stehen. Fröstelnd identifiziere ich sie als lebensgroße Puppen, die in altertümliche Kleider mit Rüschen und Schleifen gehüllt sind.

»Wer richtet sich hier denn freiwillig häuslich ein?«, flüstere ich und gehe an mehreren Puppen vorbei, denen der Kopf und diverse Gliedmaßen fehlen.

»Scheinbar Hexen, wie sie«, erwidert Heaton.

Ich schürze die Lippen und schlucke eine Antwort hinunter, um meine vorgetäuschte Identität aufrechtzuerhalten. Dafür blicke ich mich wachsam um, denn ein eisiges Prickeln gleitet meinen Nacken herauf. Wie eine dunkle Vorahnung. Ein sechster Sinn, der Alarm schlägt, wenn Gefahr droht.

Ich erschauere. Umklammere meine Waffe fester, denn ich habe plötzlich das Gefühl, von irgendwo beobachtet zu werden. Allerdings könnte das auch nur an den Puppen liegen, die uns mit leblosen Augen anstarren.

Heaton scheint sich hingegen sicher zu fühlen, denn er geht mit großen Schritten an mehreren Kisten vorbei.

Ich seufze kaum hörbar, fühle die Kette schwer um meinen Hals. Vielleicht wäre es gar nicht so schlecht, wenn uns jemand aus dem Hinterhalt überfallen, ein Monster vor uns auftauchen oder sich die Puppen in fleischfressende Zombies verwandeln würden. Dann müsste Heaton nämlich endlich seine Magie benutzen.

Alle Warnungen meines Körpers beiseiteschiebend, schleiche ich weiter.

Es können Sekunden, aber auch Minuten vergangen sein, als wir eine offen stehende Tür erreichen. Anders als die erste besteht sie aus Stahl statt aus morschem Holz.

Wieder kribbelt mein Nacken und das Gefühl, beobachtet zu werden, frisst sich in meine Eingeweide.

Trotzdem nicke ich in Richtung des Eingangs. Heaton schiebt sich vor mich. Geht mit entschlossenen Schritten voran.

Ich folge ihm in den abgetrennten Bereich, aus dem uns Kräutergeruch entgegenströmt. Vermischt mit einer süßlichen Note, die mich an etwas Verwesendes erinnert und mich beinahe würgen lässt.

Der Raum ist genauso heruntergekommen wie sein Vorgänger. Doch statt Puppen entdecke ich hier Grasbüschel, die an langen Schnüren von der Decke baumeln und aussehen, als hätte sie jemand mitsamt den Wurzeln aus der Erde gerissen.

In der Mitte wurde eine Feuerstelle errichtet und ein löchriger Kessel liegt umgestoßen auf dem Boden.

»Scheinbar ist mindestens einer der Tränke schiefgegangen«, sage ich und stoße mit der Schuhspitze gegen einen verformten Schöpflöffel.

»Vielleicht hat die Hexe experimentiert.« Heaton betrachtet eine Decke, auf der leere Schüsseln liegen.

»Jedenfalls hat sie nicht viel vom Aufräumen gehalten«, sage ich. Aber das ist auch kein Wunder, wenn sie stetig die Küche wechselt, um unentdeckt zu bleiben.

»Suchen wir etwas Bestimmtes?« Ich schiebe mit der Waffe ein Laken zur Seite, das von der Decke hängt.

»Alles, was verdächtig aussieht«, sagt Heaton und dringt tiefer in den Raum vor. »Zettel mit persönlichen Nachrichten, seltene Gewürze, Nahrungsmittelverpackungen. Alles kann relevant sein.«

Mir erscheint das wenig sinnvoll. Hätte die Hexe eines dieser Dinge zurückgelassen, wäre die Spurensicherung sicher darauf gestoßen und hätte sie mitgenommen. Aber das behalte ich für mich und steige über ein Pentagramm, das mit roter Farbe auf den Boden gemalt wurde.

Dabei bemerke ich aus dem Augenwinkel, wie Heaton auf

ein Regal zugeht, in dem mehrere Flaschen, zersplitterte Gläser und ein dunkel angelaufenes Kästchen stehen.

Irgendetwas regt sich in meinem Hinterkopf. Doch noch ehe ich den Gedanken fassen kann, greift Heaton danach und klappt den Deckel nach oben. Beinahe im selben Moment flammt ein blendendes Licht im Gebälk auf. Ein ohrenbetäubender Knall zerreißt die Luft und dann bricht die Hölle los.

14. KAPITEL

Scheiben splittern, Balken bersten und eine gewaltige Druckwelle reißt mich von den Beinen. Ich krache auf den Boden und stechender Schmerz jagt meinen Rücken entlang, presst mir die Luft aus der Lunge und lässt bunte Sterne vor meinen Augen tanzen.

Mit aufgerissenen Augen starre ich nach oben. Brauche einen Moment, um zu begreifen, was passiert ist.

Doch ich darf mich jetzt nicht ablenken lassen, denn über mir lodern Flammen. Fressen sich in Sekundenschnelle in das morsche Holz des Gebälks, als wären sie eine hungrige Bestie.

»Heaton?«, krächze ich, versuche mich aufzusetzen und stöhne gequält. Zum zweiten Mal in wenigen Tagen fühlt sich mein Körper an, als hätte ihn eine Elefantenherde überrannt.

»Ich bin hier«, ruft er mit rauer Stimme hinter mir, gefolgt von einem Husten.

Tausend Fragen brennen mir auf der Zunge, doch ich schlucke sie hinunter, nehme meine fallen gelassene Waffe an mich und bemühe mich auf die Beine zu kommen.

Dabei halte ich Ausschau nach dem Dämon, der sich noch immer vor dem Regal befindet, aber auf dem Rücken liegt.

Ich stolpere zu ihm und sauge scharf Luft ein, denn Blut läuft ihm über die Schläfe.

Aber ich habe jetzt keine Zeit, mich darum zu kümmern, denn wir müssen schnellstens hier raus.

»Kommen Sie«, sage ich und packe seine Finger, deren Berührung ein seltsames Prickeln auf meiner Haut hinterlässt. Ich ignoriere es, gebe mir alle Mühe, ihm aufzuhelfen. Was gar nicht so einfach ist, denn ich bin erschöpft und er viel zu schwer. Schließlich schaffe ich es, ihn auf die Beine zu befördern.

»Beeilen Sie sich«, sage ich, denn der Raum füllt sich mit Rauch und das Dach ächzt bedrohlich über unseren Köpfen.

Halb ziehend, halb schubsend befördere ich den benommenen Dämon in Richtung Ausgang. Vorbei an dem Pentagramm, dem löchrigen Topf und auf die erste Tür zu. Auch hier prasseln die Flammen, züngeln die Wände entlang und strecken sich nach den alten Rüschen aus.

Das ist kein Verlust für die Nachwelt, aber alles andere als vorteilhaft für uns, denn der Stoff ist der perfekte Zunder, um das Feuer weiter anzuheizen.

Zum Glück erholt sich Heaton langsam und gemeinsam bahnen wir uns einen Weg nach draußen.

Schweiß läuft mir den Rücken hinunter. Die Luft wird immer stickiger. Die Umgebung unerträglich heiß.

Plötzlich knackt es über uns und ich schaue keuchend nach oben. Sehe Balken brechen, die direkt auf uns zufallen.

Noch ehe ich reagieren kann, spüre ich einen kräftigen Stoß im Rücken, der mich zur Seite befördert.

Gerade rechtzeitig, denn das Holz kracht auf die Stelle, an der ich vor wenigen Sekunden gestanden habe.

Um Gleichgewicht ringend, reiße ich einen Arm nach oben,

um mein Gesicht vor Glutstücken und Splittern zu schützen, die in alle Richtungen spritzen.

»Geht es Ihnen gut?«, ruft Mr Übereifrig, der auf der anderen Seite der heruntergebrochenen Dachbalken steht und bis auf seine Stirnverletzung unversehrt wirkt.

»Glaube schon«, antworte ich und huste, denn der Rauch wird immer stärker.

»Gehen Sie zur Tür.« Seine Stimme klingt hart. Wie ein Befehl.

»Und Sie?« Mein Blick fliegt über die unüberwindbare Barriere zwischen uns, die ihm den Weg versperrt.

»Ich schaff das schon. Und jetzt beeilen Sie sich!«

Wieder kracht es im Gebälk und ein weiterer Teil der Decke stürzt zu Boden. Direkt auf Heaton zu.

Ein Schrei bildet sich in meiner Kehle, als er pfeilschnell die Arme nach oben reißt. Schatten schießen auf ihn zu, formen sich über seinem Kopf zu einem Schild. Nur eine Millisekunde bevor ihn das brennende Holz erreicht.

Mit rasendem Herzen beobachte ich, wie er unter der Last in die Knie geht. Trotzdem hält er den Schild verbissen aufrecht.

Unterdessen hängt die Kette bleischwer an meinem Hals. Aber ich habe keine Möglichkeit, an Heatons Magie zu gelangen.

Und obwohl es die lang ersehnte Chance gewesen wäre, bin ich einfach nur froh, dass er lebt.

»Na los, worauf warten Sie?«, brüllt er über das Prasseln des Feuers hinweg. Ich reiße meinen Blick von der Dunkelheit los, die ihn inzwischen wie einen Kokon umhüllt, denn er hat recht.

Wenn ich nicht von den Flammen verschluckt oder von

Holz erschlagen werden will, muss ich hier raus. Und zwar sofort, denn auch über mir ächzt das morsche Dach gefährlich.

Ich drücke mir einen Ärmel meiner Jacke vors Gesicht, um mich notdürftig vor dem Rauch zu schützen. Dann sehe ich mich ein letztes Mal nach Heaton um. Doch ich kann ihn zwischen den Trümmern nicht länger entdecken.

Deshalb nehme ich die Beine in die Hand und renne in Richtung Ausgang.

Immer wieder muss ich Feuerzungen und herabprasselnden Holzstücken ausweichen, während weitere Puppen, Regale und Kisten um mich herum in Flammen aufgehen.

Mein Atem rasselt und meine Seite schmerzt, aber trotzdem eile ich weiter, bis mich ein umstürzender Balken stoppt.

Ich zucke zurück. Bin nur noch wenige Meter von der Tür entfernt und kann doch nicht hinaus.

Verdammte Scheiße.

Suchend drehe ich mich einmal um die eigene Achse, kann jedoch keinen Ausweg finden, sondern bin vollständig von Flammen umschlossen.

Ich beiße mir in die Wange, wünschte, ich könnte ebenfalls Schatten kontrollieren und zu einem Schutzschild formen. Doch gegen Feuer ist meine Unsichtbarkeit machtlos.

Denk nach, denk nach, denk nach, treibe ich mich an, versuche die Angst zurückzudrängen, die nach meinem Herzen greift und …

Plötzlich fällt es mir wie Schuppen von den Augen.

Arlyn Dorell ist ein Irrlicht, aber Aline Nordwell eine Hexe. Zumindest eine vorgetäuschte.

Hastig gehe ich in die Knie, stülpe meine Hose nach oben und ziehe eine der Schutzschildmurmeln aus meinem Stiefelschaft.

Mit aller Kraft, dich ich noch aufbringen kann, zerdrücke ich sie. Ein schwacher Glanz sickert aus ihr heraus, umhüllt mich wie eine zweite Haut und sperrt die Hitze aus.

Über mir knackt es erneut.

Bitte lasst es funktionieren, bete ich zu den Sternen und stürze mich in die Flammen. Sie sind unangenehm warm, aber dank Roses Hilfsmittel nicht so heiß, dass sie mich verletzen.

Bevor die magische Barriere nachlässt, eile ich durch die Feuerwand und stolpere schließlich durch die Tür. Hinaus in die Freiheit.

Mit brennender Lunge und zitternden Gliedern bringe ich Abstand zwischen das Lagerhaus und mich.

Dann sehe ich mich mit wild klopfendem Herzen nach Mr Übereifrig um, doch ich kann ihn nirgendwo entdecken.

Er wird doch nicht …?

Panik legt sich schwer auf meinen Brustkorb, presst mein Herz zusammen, bis plötzlich ein weiterer Knall die Luft zerreißt und ein Loch in die Wand des Lagerhauses gesprengt wird.

Holz fliegt in alle Richtungen, Staub wirbelt durch die Luft. Und dann tritt eine hochgewachsene Gestalt aus den Flammen.

+ + +

»Geht es Ihnen gut?« Heaton tritt hinter einem Einsatzfahrzeug hervor. Ein Pflaster klebt auf seiner Stirn und er hat einen kleinen Rußfleck an der Nase.

»Ich hatte schon bessere Abende«, erwidere ich immer noch zitternd, aber froh, dass wir es beide beinahe unbeschadet aus den Flammen herausgeschafft haben.

»Explodierende Lagerhäuser sind auf der Skala schrecklicher Tage wahrscheinlich kaum zu überbieten«, sagt er und setzt sich neben mich auf die Ladekante des geöffneten Rettungswagens.

Ich denke an Mum. An die Nacht, als sie nicht nach Hause kam. Dafür aber zwei Polizisten, die mir die verhängnisvolle Nachricht überbracht haben.

Ein Kloß bildet sich in meinem Hals. »Das würde ich nicht unterschreiben. Aber er schafft es definitiv in die Top Ten.«

»Sie scheinen ein aufregendes Leben zu führen, Miss Nordwell.«

»Das ist alles eine Frage der Definition.«

»Wenn Sie das sagen.« Heaton streckt die endlos langen Beine aus und beobachtet die Feuerwehrleute, die seit einer Dreiviertelstunde versuchen die Flammen zu löschen.

»Es tut mir leid, dass Ihre ersten Tage so … turbulent waren«, sagt er schließlich und betrachtet seine Hände. »Es war nie meine Absicht, sie in Gefahr zu bringen.«

»Daran bin ich selbst schuld. Immerhin habe ich darauf bestanden, dabei zu sein.«

»Das ist wahr.« Seine Mundwinkel zucken, bevor er wieder ernst wird. »Aber es wäre mir lieber, wenn Sie weniger hartnäckig gewesen wären.«

»Weil Sie dann den ganzen Ruhm allein einheimsen könnten?«, scherze ich.

»Natürlich nicht.« Entrüstet funkelt er mich an. »Darum ging es mir nie.«

»Worum dann?«

Er fährt sich übers Gesicht und starrt in die Flammen vor uns.

»Ich kann nicht noch einen Partner verlieren«, sagt er so

leise, dass es beinahe im Knacken des Feuers und den Geräuschen der Einsatzkräfte untergegangen wäre.

»Oh …« Überrascht über seine plötzliche Offenheit sehe ich ihn an. »Das wusste ich nicht.«

»Woher auch?« Heaton seufzt.

»Wollen Sie darüber reden?«, frage ich und betrachte sein regungsloses Profil. Die gerade Nase, die geschwungenen, schönen Lippen und seinen hüpfenden Adamsapfel, als er schluckt.

»Es gibt nicht viel zu sagen … Backer wurde nach einundzwanzig Dienstjahren angeschossen und sein Leben hing wochenlang am seidenen Faden.«

»Das war sicher schlimm.«

»Zermürbend«, gibt er zu und ballt die Hände zu Fäusten. »Ich habe mich die ganze Zeit gefragt, ob ich es hätte verhindern können. Was passiert wäre, wenn ich im Parkhaus nur etwas achtsamer gewesen wäre. Nur etwas schneller reagiert hätte, als der Verdächtige die Waffe gezogen hat.«

»Ich bin mir sicher, Sie haben Ihr Bestes gegeben.«

»Am Ende war es nicht genug«, sagt er bitter.

»Ich kann mir nur vorstellen, wie schwer das sein muss, aber Schuldgefühle ändern nichts an der Situation.«

Heaton lässt die Schultern hängen. Starrt weiter in die Flammen. Wirkt verletzlich und gebrochen.

Ich seufze, widerstehe dem Drang, nach seiner Hand zu greifen, um ihn zu trösten. »Nach dem Tod meiner Mutter habe ich mich jahrelang gefragt, ob ich hätte verhindern können, dass sie spät abends noch mal ins Büro gefahren ist. Ob ich sie hätte aufhalten müssen, damit sie nicht zur falschen Zeit am falschen Ort gewesen wäre«, sage ich stattdessen und spüre einen Stich in meiner Brust. Die Leere, die nach all den

Jahren immer noch in meinem Herzen herrscht. »Vielleicht hätten wir etwas ändern können. Vielleich auch nicht. Vielleicht war es Schicksal und wir hätten das Unvermeidliche nur hinausgezögert.« Ich begegne Heatons Blick. Dem Schmerz in seinen Saphiraugen, der meinem so ähnlich ist.

»Wie lange hat es gedauert, bis Sie sich damit abgefunden haben?«, fragt er leise.

»Viele Jahre. Und manchmal hadere ich immer noch mit mir.«

»Und was machen Sie dann?«

»Ich rede darüber.« Meistens mit Bo. Manchmal mit Rose.

Er stößt laut die Luft aus. »Das gehört nicht unbedingt zu meinen Stärken.«

»Tja … jetzt, wo Sie es sagen. Das ist mir noch gar nicht aufgefallen.«

Er rollt mit den Augen. »Sie sind eine unverbesserliche Nervensäge.«

»Das ist Ansichtssache.« Ich lächle. Dann ziehe ich die Decke, die mir einer der Sanitäter gegeben hat, fester um mich.

Heaton bemerkt es und greift nach seiner eigenen. »Wollen Sie noch eine?«

»Ist Ihnen dann nicht kalt? Wenn Sie krank werden, dauert es womöglich ewig, bis wir den verflixten Drachenfall aufgeklärt haben.«

»So leicht erkälten sich Dämonen nicht.« Mit einem schiefen Lächeln legt er mir die Decke über die Schultern, und obwohl ich es besser wissen sollte, mag ich das Gefühl bedauerlicherweise viel zu gern.

+ + +

»Was ist passiert?«, fragt Bo aufgebracht, als ich einige Zeit später neben ihr in Roses Werkstatt sitze. Natürlich wollten die beiden schon bei meiner Ankunft wissen, warum ich vollkommen zerzaust nach Hause kam, nach Rauch stank und aussah, als hätte mich jemand durch eine Feuerstelle gezogen. Aber ich habe sie auf später vertröstet und mir zuallererst eine heiße Dusche genehmigt.

Jetzt gibt es allerdings kein Entrinnen mehr. Deshalb berichte ich ihnen ausführlich von den letzten Stunden.

»Wer deponiert denn bitte eine Sprengfalle in einem Lagerhaus?«, fragt Bo, als ich geendet habe.

»Ich bin mir nicht sicher, aber …« Ich stocke, lasse mir die vergangenen Ereignisse ein weiteres Mal durch den Kopf gehen. »Bevor die Explosion losging, hat Heaton ein Kästchen geöffnet. Ein Kästchen, das fast genauso aussah wie die silberne Box, die Igor in Libbys Regal abgestellt hat.«

Bo reißt die Augen auf. »Du glaubst, der Feuerteufel hatte seine Finger im Spiel?«

Ich hebe die Hände. »Bisher habe ich keine Beweise, aber es wäre ein großer Zufall, wenn zwei identische Boxen hier und im Lagerhaus aufgetaucht wären, aber nicht miteinander in Verbindung stehen, oder?«

»Und woher sollte er gewusst haben, dass ihr es aufsucht?«, fragt Rose. »Wenn ich dich richtig verstanden habe, seid ihr spontan dort hingefahren.«

Die Frage ist mehr als berechtigt und ich wünschte, ich wüsste eine Antwort darauf.

»Vielleicht kann er hellsehen«, sagt Bo.

Rose greift nach einer winzigen Schraube, die auf dem Tisch liegt. »Unwahrscheinlich. Der letzte bekannte Hellseher hat vor fünfhundert Jahren gelebt.«

»Ich weiß. Aber …« Bo hält inne und zupft an ihrem Ohrläppchen. »Wenn es wirklich der Feuerteufel war, ist er vielleicht auf einer Überwachungskamera vor dem Lagerhaus zu sehen. Ich könnte sie anzapfen und nachsehen, wer sich in letzter Zeit Zutritt verschafft hat.« Sie springt auf, aber ich halte sie am Ärmel fest, um sie zu bremsen. »Spar dir die Arbeit. Heaton wird morgen todsicher alles auf den Kopf stellen lassen. Sollte er einen Hinweis finden, bin ich die Erste, die davon erfährt.«

»Richtig«, sagt Rose. »Und wir sollten in der Zwischenzeit eine andere Spur verfolgen, die mit Jack zusammenhängt.«

Eine steile Falte erscheint zwischen Bos Brauen. »Welche Spur? Ich dachte, Jack ist tot, weil er Rosinen gegessen hat.« Sie schüttelt sich, als wäre allein der Gedanke daran unsagbar abstoßend.

»Ich weiß nicht, was ihr beide gegen Rosinen habt.« Rose dreht die Schraube in ein rechteckiges Metallplättchen.

»Sie sind ekelhaft.« Schon bei dem Gedanken, auf das runzlige Trockenobst zu beißen, zieht sich alles in mir zusammen.

»Vielleicht sollten wir aufhören über Rosinen zu reden und uns um die wirklich wichtigen Dinge kümmern.« Bo, die das Thema eingeleitet hat, schaut finster in die Runde. »Also, worum geht es?«

Rose legt den Schraubendreher beiseite. »Ich war heute unterwegs, um Bauteile für den Reduktor zu besorgen.« Sie deutet auf mehrere Zahnräder, Metallplättchen, Farbtöpfe und Wurzeln, die vor ihr auf dem Tisch liegen. »Dabei dachte ich, es kann nicht schaden, sich über Jack umzuhören. Und ihr werdet nicht glauben, welche Gerüchte meinen alten Kontakten zu Ohren gekommen sind.«

Sie schaut erst mich, dann Bo an.

Ungeduldig beuge ich mich vor. »Jetzt sag schon.«

»Scheinbar hat Jack in den letzten Monaten nicht allein gearbeitet, sondern mit einem Komplizen.«

Überrascht sauge ich Luft ein. »Wenn das wahr ist, gibt es vielleicht doch jemanden, der uns mehr über Jacks letzten Auftrag erzählen kann.«

»Genau das war auch mein Gedanke«, sagt Rose.

Bo klatscht in die Hände. »Dann sollte ich mich am besten gleich auf die Suche machen.«

15. KAPITEL

Agent Moore war alles andere als glücklich darüber, dass wir einen Großeinsatz der Feuerwehr verursacht haben. Wenige Stunden nach seiner Erlaubnis, den Fall zu übernehmen. Deshalb hat er uns dazu verdonnert, den Papierkram für den gestrigen Vorfall gleich heute zu erledigen.

Dennoch telefoniert Heaton mit unzähligen Abteilungen und hält die Spurensicherung auf Trab, um herauszufinden, wer die Sprengfalle im Lagerhaus deponiert hat. Genau, wie ich es Bo prophezeit habe.

»Du hast rein gar nichts für mich?«, fragt er Ryo, der in unserem Büro steht und auf den Zehen wippt.

»Nein. Es gibt in der Nähe leider keine intakten Überwachungskameras, die etwas hätten aufzeichnen können.«

Ich unterdrücke ein Stöhnen. Das ist so typisch.

Heaton scheint etwas Ähnliches zu denken, denn er reibt sich resigniert über die linke Schläfe.

»Was wisst ihr denn bisher?« Ryo lehnt sich mit der Schulter an ein Board, auf dem Dutzende Fotos von Kunstgegenständen festgepinnt sind, die in den letzten Monaten als gestohlen gemeldet wurden.

»Nur, dass die Sprengfalle erst vor Kurzem installiert

worden sein kann. Die Trankfahnder schwören darauf, jede Ecke durchsucht zu haben, als sie die Hexenküche hochgenommen haben, und das Kästchen taucht in keinem der Berichte auf.«

Ryos Fuchsohren zucken. »Aber wer sollte es danach deponiert haben? Und vor allem warum?«

Heaton hebt die Schultern, als sein Handy klingelt. Sofort greift er nach dem Gerät und nimmt den Anruf entgegen.

Mehrere Sekunden vergehen, in denen er schweigend zuhört. Doch ich erkenne den aufgeregten Glanz in seinen Augen. Das helle Funkeln, das seine Iriden wie Saphire strahlen lässt und meinen Herzschlag beschleunigt. Natürlich nur, weil ich neugierig bin, was er erfahren hat.

»Haben Sie einen brauchbaren Hinweis bekommen?«, frage ich sofort, nachdem er das Gespräch beendet hat.

»Nein. Aber lassen Sie alles stehen und legen. Wir müssen sofort ins Krankenhaus.«

»Warum?« Mit gefurchter Stirn beobachte ich, wie Heaton nach seiner Jacke greift.

»Emberthorn ist aufgewacht.«

+ + +

»Wenn Sie mich nicht sofort durchlassen, werden Sie es bitter bereuen«, schallt eine schneidende Stimme durch den Korridor des Krankenhauses.

»Das fängt ja gut an«, murmle ich und kräusle die Lippen, denn sie gehört eindeutig zu Lady Ashford.

»Ihre Quellen funktionieren jedenfalls tadellos«, sagt Heaton, als wir um die Ecke biegen und auf die kleine Gruppe zusteuern, die sich vor der Intensivstation versammelt hat.

»Wir haben die Anweisung, ausschließlich autorisiertes Pflegepersonal hereinzulassen«, sagt einer der Cops, der mit verschränkten Armen die Tür bewacht.

»Haben Sie eine Ahnung, wer ich bin?« Die Drachenkönigin hat sich vor dem Mann aufgebaut und starrt ihn so finster an, dass es ein Wunder ist, dass er unter ihrem Blick kein Feuer fängt und zu Asche zerfällt.

»Eure Hoheit, bitte, Red ist noch nicht in der Lage, Besuch zu empfangen«, sagt Evans, der danebensteht und beschwörend die Hände hebt, während kleine Fellbüschel aus seinem Gesicht sprießen.

»Halten Sie sich da raus«, faucht sie den Arzt an und ihr streng zurückgebundener Pferdeschwanz schwingt dabei wie eine Peitsche durch die Luft.

Evans kann einem nur leidtun. Genau wie die anderen Gestaltwandler, die unter ihrer Herrschaft stehen.

»Sie sollten aufhören andere einzuschüchtern«, sage ich, als wir vor ihnen stehen bleiben.

Schnaubend richtet die Drachenkönigin ihre dunklen Augen auf mich und so langsam habe ich wirklich Spaß daran, den Agent zu spielen.

»Ich verlange, zu Red durchgelassen zu werden«, sagt sie in festem Ton, während ihre grünäugige Begleiterin wie ein Bodyguard hinter ihr aufragt.

»Vergessen Sie das ganz schnell«, erwidert Heaton. »Wenn jemand mit Emberthorn spricht, dann wir.«

»Aber ich bin seine …« Ein ohrenbetäubender Knall, gefolgt von einer erdbebengleichen Erschütterung, verschluckt den Rest von Lady Ashfords Satz.

Instinktiv ziehe ich den Kopf ein. Fühle mich in das Lagerhaus zurückversetzt und schaue hastig nach oben. Doch dieses

Mal bricht weder Feuer aus, noch prasselt die Decke auf uns herunter.

»Was war das?«, murmle ich, als Heaton sich bereits durch die Gruppe drängt und an den Cops vorbei in die Station stürmt.

Ich brauche einen Wimpernschlag, um die Fassung zurückzuerlangen, dann folge ich ihm. Vorbei an einer aschfahlen Krankenschwester, die in der Nähe von Emberthorns Zimmer auf dem Flur steht.

Schwungvoll reißt der Dämon die Tür zur Kristallhöhle auf. Staub wirbelt aus dem Raum und eine Maschine piept unerträglich schrill.

Hustend schlage ich mir den linken Ärmel vors Gesicht und wedle mit der anderen Hand den Schmutz beiseite. Wo beim letzten Mal Emberthorn gelegen hat, sind jetzt nur die Umrisse einer zurückgeschlagenen Decke und achtlos herausgerissene Schläuche zu erkennen, die Richtung Boden hängen.

Mein Blick schweift durch den Raum. Über zerborstene Kristalle und ein klaffendes Loch in der Wand, das aussieht, als hätte jemand mit einer gewaltigen Faust das massive Mauerwerk durchschlagen. Im Gleichschritt stürzen wir auf die Öffnung zu und ich glaube im Licht der untergehenden Sonne eine schwarze Silhouette über den Dächern New Yorks zu erkennen, die mit jeder Sekunde kleiner wird.

»Fuck«, murmelt der Dämon neben mir. Zum ersten Mal, seit ich ihn kenne, klingt er wirklich bestürzt.

Mit zugeschnürter Kehle trete ich einen Schritt näher an den Abgrund und schaue vorsichtig hinunter. Doch zum Glück erkenne ich auf den ersten Blick nur Mauerreste auf dem Boden.

Wenigstens das, denn Tote würden die Situation in vielerlei Hinsicht verschlimmern.

Ich höre eilige Schritte hinter mir und drehe mich um.

»Wo ist er?«, blafft Lady Ashford, die es endlich an den Cops vorbeigeschafft hat.

»Abgehauen«, sage ich.

Die Drachenkönigin stößt einen Fluch aus. »Ich werde sofort meine Männer losschicken, die ihn verfolgen sollen und …«

»Einen Scheiß werden Sie tun!«, schallt eine barsche Stimme durch das Zimmer.

Bitte lasst mich nur halluziniert haben, flehe ich die Sterne an, doch sie ignorieren meine Bitte. Stattdessen stürmt Sullivan in den Raum.

»Und Sie sind?« Abschätzig mustert ihn die Drachenkönigin.

»Inspector Sullivan, vom Ministerium für Magische Sicherheit.« Er schiebt sich an ihr vorbei zu Heaton. »Sie haben den Drachen also entkommen lassen, damit er noch mehr Unheil anrichten kann?«

»Niemand hat ihn entkommen lassen. Er ist geflohen, bevor wir das Zimmer betreten haben«, sage ich möglichst ruhig, obwohl seine bloße Anwesenheit mein Blut in Wallung bringt. Und zwar nicht auf die schöne Art.

Sullivan wischt meine Worte mit einer Handbewegung beiseite. »Und wennschon. Ein Verdächtiger, der Dutzende Personen verletzt hat, ist in Ihrer Anwesenheit getürmt. Und das, nachdem Sie sich den Fall unter den Nagel gerissen haben.«

»Das wäre unter Ihrer Leitung genauso passiert«, sagt Heaton unbeeindruckt und verengt die Augen. »Was machen Sie überhaupt hier? Der Fall wurde offiziell als Verbrechen eingestuft und Ihrer Zuständigkeit entzogen.«

Sullivan drückt die Schultern durch. »Ich wollte mich vergewissern, dass alles mit rechten Dingen zugeht, was sonst?« Einen Moment flackert etwas in seinem Blick auf, das ich nicht deuten kann, dann verzieht Sullivan selbstgefällig das Gesicht. »Zum Glück, denn jetzt ist Emberthorn eine Gefahr für die ganze Stadt, solange unklar ist, ob er seine Kräfte wieder zähmen kann. Und damit fällt er auch in meinen Aufgabenbereich.«

Ich sehe zu Heaton, der nickt. Die Lippen fest zusammengepresst.

Na wunderbar. Ich stöhne innerlich. Das hat uns gerade noch gefehlt.

»Da das geklärt ist …« Sullivans Stimme trieft vor Genugtuung, als er sich zu Lady Ashford dreht. »Verlassen Sie jetzt sofort den Tatort. Sollten Sie versuchen dem Flüchtigen zu helfen oder ihn vor mir verstecken, werde ich Sie für sehr lange Zeit hinter Gitter bringen. Drachenkönigin hin oder her. Haben Sie das verstanden?«

Lady Ashfords Augen sprühen beinahe Funken vor Wut und goldene Schuppen brechen unter ihrem Haaransatz hervor, doch sie geht wortlos hinaus.

»Das wäre erledigt«, sagt Sullivan und drängt sich an mir vorbei. »Machen Sie Platz. Hier werden richtige Ermittler gebraucht. Keine Rookies, die noch grün hinter den Ohren sind.«

Obwohl ich genau genommen nicht mal eine Ausbildung absolviert habe, wird mein Gesicht heiß.

Gerade als ich zu einer Erwiderung ansetzen will, spüre ich eine warme Berührung zwischen meinen Schulterblättern.

Eine große Hand, die mir Halt gibt, als wollte sie mich beruhigen. Und mich davor bewahren, etwas Unüberlegtes zu tun.

Mühsam schlucke ich die gepfefferte Antwort hinunter, die auf meiner Zunge brennt.

»Nachdem Sie so kläglich versagt haben, können wir nur Schadensbegrenzung betreiben.« Sullivan zieht sein Handy aus der Tasche und wählt eine Nummer.

»Wir haben Alarmstufe Rot. Ein Drache, der höchstwahrscheinlich seine Magie nicht beherrscht, ist aus dem Aurora Hospital geflohen. Es müssen umgehend alle Cops benachrichtigt werden. Außerdem brauchen wir Luftunterstützung, das Radar für Tiefflieger und schwer bewaffnete Einsatzkräfte«, bellt er ins Telefon und legt auf. Dann wendet er sich wieder an Heaton. »Wollen Sie hier Wurzeln schlagen?«

»Nein. Ich möchte Ihnen nicht in die Quere kommen. Jeder weiß, wie gut Sie darin sind, Krisen zu bewältigen und Einsätze zu koordinieren«, sagt der Dämon hinter mir und vor Überraschung bleibt mir fast die Luft weg.

Der Heaton, den ich kenne, würde sich eher die Zunge abbeißen, als Sullivan ein Kompliment zu machen, da bin ich mir zu tausend Prozent sicher.

Sogar der Inspector wirkt für einen Moment perplex, bevor er der altbekannte hochmütige Ausdruck in sein Gesicht zurückkehrt.

»Nun gut, dann halten Sie mir die selbst ernannte Königin vom Leib. Ich muss ein Ungeheuer jagen.« Er blafft irgendjemandem vor dem Zimmer Anweisungen zu und verlässt den Raum.

»Was sollte das denn?«, frage ich, als wir allein sind und mir überdeutlich Heatons Hand bewusst wird, die immer noch an meinem Rücken liegt. Prickelnde Wärme strömt von ihr bis in meine Zehenspitzen und löst ein Minierdbeben in meinem Bauch aus.

Heaton räuspert sich, unterbricht den Kontakt und lässt bedauernswerte Leere zurück, an die ich mich erst wieder gewöhnen muss.

»Das war die einfachste Option, ihn schnell loszuwerden«, sagt Heaton und ein durchtriebenes Grinsen huscht über sein Gesicht. »Draußen werden alle verfügbaren Einsatzkräfte unterwegs sein. Es bringt nichts, wenn wir im Trüben fischen. New York ist groß. Emberthorn kann sich überall verstecken. Wenn wir ihn finden wollen, müssen wir bedacht vorgehen. Sullivan ist dabei nur hinderlich.«

»Sehr schlau.«

»Haben Sie denn etwas anderes von mir erwartet?«

»Also wenn Sie so fragen …« Ich lege mir den Zeigefinger an die Lippen, als müsste ich scharf nachdenken, während ein verräterischer Teil von mir sich seine Hand zurückwünscht. Die sanfte Berührung. Die Wärme und …

Ein schiefes Grinsen zupft an Heatons Lippen. Dann durchquert er mit wenigen Schritten den Raum und betrachtet das Bett, dessen Geländer auf beiden Seiten herausgerissen wurde, als wären die Metallstäbe bloß morsche Zweige. Obwohl sie mit Schutzrunen bedeckt sind, die das hätten verhindern sollen. Von den Handschellen, mit denen Emberthorn bei unserem letzten Besuch gefesselt war und die wahrscheinlich auch eine Verwandlung hätten unterbinden sollen, fehlt jede Spur.

»Er lag bis vor Kurzem im Koma. Ist es möglich, dass es ihm gelungen ist, das Gitter allein zu zerstören?«, frage ich stirnrunzelnd und lasse den Blick erneut durch den Raum schweifen.

»Die ganze Flucht ist eine schwer fassbare Leistung. Vor ein paar Tagen hat er mehr tot als lebendig ausgesehen. Kurz darauf solche Kräfte aufzubringen, wäre erstaunlich«, sagt Heaton. »Allerdings ist er eines der mächtigsten Geschöpfe der Stadt. Das müssen wir im Kopf behalten.«

Nachdenklich kicke ich mit der Fußspitze gegen einen der abgebrochenen Kristalle. »Wir sollten Lady Ashford auf den Zahn fühlen. Vielleicht kann sie uns helfen ihn zu finden.«

»Das war auch mein Gedanke«, sagt Heaton und gemeinsam verlassen wir den Raum.

Die Cops haben sich vor Emberthorns Zimmer postiert und die Drachenkönigin kommt, gefolgt von Evans, aus dem Schwesternzimmer, als sie uns sieht.

»Wenn dieser aufgeblasene Inspector es wagt, noch einmal so mit mir zu sprechen, werde ich ihn mit Haut und Haaren verschlingen«, sagt sie übellaunig.

Ich hätte nichts dagegen.

Der Dämon schiebt die Hände in die Hosentaschen. »Behalten Sie das besser für sich. Mit Sullivan ist im Moment nicht zu spaßen. Und er hat nach Emberthorns Flucht jedes Recht, sich einzumischen, weil die öffentliche Sicherheit bedroht ist.«

Lady Ashford schnaubt.

»Deshalb sollten wir uns dringend unterhalten«, sagt Heaton eindringlich und wendet sich an den Arzt. »Gibt es hier einen ruhigeren Ort?«

Evans führt uns zu einem Behandlungsraum, in dem eine grüne Liege, ein Rollwagen mit Spritzen und mehrere Schränke stehen.

Während wir hineingehen und ich neben einem Tisch mit Computer und Drucker Platz finde, bezieht die Grünäugige vor der Tür Stellung.

»Haben Sie Emberthorn geholfen zu flüchten?«, frage ich, nachdem die Tür hinter Heaton ins Schloss gefallen ist.

»Selbstverständlich nicht.« Lady Ashford verschränkt die Arme vor der Brust. »Außerdem bin ich nicht einmal ansatzweise in seine Nähe gekommen.«

Ich runzle die Stirn. »Was wollten Sie überhaupt hier?«

»Ihn befragen, um herauszufinden, wer ihn vergiften wollte.« Die Drachenkönigin legt den Kopf schief. »Wissen Sie inzwischen mehr darüber?«

»Nein. Und selbst wenn dem so wäre, müssen wir Ermittlungsergebnisse für uns behalten«, sagt Heaton.

Sie schenkt ihm einen giftigen Blick. »War ja klar.«

»Was denken Sie, warum Emberthorn geflüchtet ist?«, ergreife ich erneut das Wort.

»Das ist doch offensichtlich. Er will dem Gefängnis entgehen. Wahrscheinlich halten Leute wie dieser Sullivan schon eine Zelle auf North Brother Island für ihn bereit.«

Damit hat sie vermutlich recht und allein beim Gedanken an die Gefängnisinsel im East River läuft mir ein kalter Schauer über den Rücken, denn sie ist so gut wie ausbruchssicher.

»Können Sie uns einen Tipp geben, wo Emberthorn hingeflogen sein könnte? Hat er ein Ferienhaus, spezielle Gewohnheiten oder Freunde, die ihn in einer solchen Situation aufnehmen würden?«, erkundigt sich Heaton.

Lady Ashford bläht die Nasenflügel auf. »Keine Ahnung. Ich bin seine Königin, nicht seine Babysitterin.«

Und dazu ein echter Sonnenschein.

»Wollen Sie sonst noch etwas wissen?« Sie schaut auf die Uhr an ihrem Handgelenk. »Ich habe nicht den ganzen Tag Zeit.«

Heaton schüttelt den Kopf. »Sie können gehen. Aber wenn

Sie ihn sehen oder er Sie kontaktiert, dann melden Sie sich umgehend bei uns. Sollte Sullivan ihn bei Ihnen finden, stecken Sie in ernsten Schwierigkeiten.«

Die Drachenkönigin quittiert die Warnung mit einem Zähnefletschen und verlässt das Zimmer.

»Das war ein ziemlicher Reinfall«, sage ich und zupfe an meiner Unterlippe. »Wissen Sie, ob Emberthorn Verwandte in der Stadt hat, die uns mehr sagen könnten?«

»Nein.« Heaton lehnt sich an die Behandlungsliege. »Meinen Recherchen nach ist er der Letzte seiner Familie. Und ich kenne auch keine engen Freunde von ihm. Wenn man von seinen vielen … Bekanntschaften absieht, die er haben soll, ist er wohl ein Einzelgänger.«

Nachdenklich knibble ich an meinen Nägeln. »Aber es muss doch jemanden geben, der ihn besser kennt. Einen Kollegen oder …«

Wir sehen uns an und die Lösung verlässt gleichzeitig unseren Mund.

»Jones.«

+ + +

Während wir im Krankenhaus waren, hat Sullivan ganze Arbeit geleistet. Zahlreiche Einsatzkräfte sind auf den Straßen unterwegs und an den wichtigsten Knotenpunkten der Stadt positioniert, um vorbeikommende Fahrzeuge nach dem Flüchtigen zu durchsuchen.

Trotz unserer Dienstausweise brauchen wir eine halbe Ewigkeit, bis wir endlich in Creature's Grove vor dem Haus des Werlöwen ankommen.

Während wir warten, dass jemand die Tür öffnet, fliegen

über uns Hubschrauber vorbei, die den sternenlosen Nachthimmel im Auge behalten. Allerdings bezweifle ich, dass sie erfolgreich sein werden. Der Drache riskiert jetzt sicher keinen Flug, sondern hat sich irgendwo am Boden versteckt, wo er in seiner menschlichen Gestalt kaum auffällt. Zumindest würde ich es an seiner Stelle so machen.

Heaton verlagert das Gewicht von einem Fuß auf den anderen und ich überlege gerade, ob ich ein weiteres Mal klingeln soll, als die Tür geöffnet wird und Jones' Gesicht vor uns auftaucht.

»Oh, Sie sind es«, sagt der Werlöwe. »Ich habe mich schon gefragt, wie lange es dauert, bis jemand auf meiner Schwelle steht.«

»Sie haben also mitbekommen, was passiert ist?«, frage ich.

»Man müsste schon hinterm Mond leben, um nichts davon zu wissen. Die Nachrichten sind voll mit Reds Flucht.« Er macht eine fahrige Bewegung Richtung Wohnung. »Wollen Sie hereinkommen?«

»Das wäre prima. Wir bleiben auch nur kurz«, sagt Heaton und tritt hinter mir ein.

Wir folgen Jones ins Wohnzimmer, das mit einer alten Schrankwand, einer orangefarbenen Couch und einem bunten Teppich eingerichtet ist, was auf den ersten Blick nicht zusammenpasst, aber auf den zweiten ein gemütliches Gesamtbild ergibt. Gegenüber der Sitzecke, auf der Unmengen an Plüschtieren liegen, hängt ein eingeschalteter Fernseher.

»Der flüchtige Drache ist möglicherweise gefährlich. Vermeiden Sie jeden Kontakt«, sagt eine Nachrichtensprecherin. »Sollten Sie ihm begegnen, rufen Sie bitte umgehend die angegebene Nummer an.« Neben der Ziffernfolge wird eine Aufnahme von Emberthorn eingeblendet. Ich habe ihn noch nicht oft gesehen, aber das Bild ist vermutlich das schlimmste, das jemals von ihm geschossen wurde und hat fast nichts mit dem Bankdirektor auf den Videoaufnahmen gemeinsam. Hier trägt er einen stoppeligen Dreitagebart, sein Haar hängt ihm fettig in die Stirn und tiefe Schatten liegen unter den Augen, als hätte er mindestens eine Woche nicht geschlafen. Die spröden Lippen sind zu einer dünnen Linie zusammengepresst und die vertikalen Pupillen starren so feindselig in die Kamera, dass er wie jemand wirkt, der sich tatsächlich in eine wilde Bestie verwandeln könnte.

Es würde mich kein bisschen wundern, wenn Sullivan bei der Auswahl seine Finger im Spiel hatte, um zu unterstreichen, wie gefährlich der Geflüchtete ist.

Seufzend wendet Jones den Blick ab. »Darf ich Ihnen etwas zu trinken anbieten?«

»Nicht nötig.« Heaton winkt ab. »Wir wollten nur …«

»Papa, du musst schnell hochkommen«, ruft eine helle Stimme, die zu einem kleinen Mädchen gehört, das ins Wohnzimmer flitzt. Sie kann nicht älter als sechs sein, trägt einen lila-gelb geringelten Schlafanzug und eine pinke Zipfelmütze, aus der runde Ohren herausragen.

Als sie uns sieht, bremst sie abrupt.

»Wer ist das?«, fragt sie, die großen Augen auf uns gerichtet.

»Arbeitskollegen«, sagt Jones, der sie mit unserer Anwesenheit wahrscheinlich nicht beunruhigen will, und schaltet schnell den Fernseher aus.

»Oh, waren Sie schon mal im Tresor?«, fragt sie mich und ihr kleines Gesicht strahlt vor Begeisterung.

»Nein … noch nicht«, sage ich gedehnt und vermeide es, in Heatons Richtung zu sehen.

»Ich auch nicht.« Sie zieht einen Schmollmund. »Aber dafür hat Red mir gezeigt, wie er mit seinem Atem Kerzen anzündet. Er kann das richtig gut. Sogar mehrere auf einmal.« Sie hält drei Finger hoch.

»Solltest du inzwischen nicht schlafen?«, fragt Jones.

»Du hast noch nicht nachgeschaut, ob sich ein Monsterjäger im Schrank versteckt.«

»Ist das wirklich notwendig?«

»Ja, sonst muss ich die ganze Nacht wach bleiben.«

Jones blickt uns entschuldigend an. »Ich bin gleich wieder da.« Er nimmt die Kleine auf den Arm und trägt sie aus dem Zimmer. Dabei winkt sie uns zum Abschied.

»Wenn sie den Drachen kennt, kann uns Jones sicher mehr erzählen«, sagt der Dämon.

»Gut möglich.« Ich laufe ein paar Schritte durchs Wohnzimmer und betrachte mehrere gerahmte Bilder auf einer Kommode. Auf den ersten ist Jones mit einer hübschen Frau zu sehen. Beide strahlen in die Kamera, tragen Hochzeitsgewänder oder haben jeweils eine Hand auf ihren kugeligen Bauch gelegt. Es folgt ein Foto mit einem winzigen, blassen Baby, das auf den weiteren gewachsen ist, aber sehr ausgezehrt wirkt. Die Augen liegen tief in den Höhlen, die Wangen sind eingefallen und die Kieferknochen stehen stark hervor. Von Jones' Frau ist hingegen keines mehr zu sehen. Ganz so, als wäre sie nicht mehr da. Ich schlucke, spüre, wie sich meine Kehle verengt.

»Entschuldigung, Juli hat darauf bestanden, dass ich auch noch unter dem Bett und vor dem Fenster nachsehe«, sagt Jones, der das Wohnzimmer betritt.

»Kein Problem.« Ich deute auf die Bilder. »Es ist schön, dass es ihr wieder besser geht.«

»Ja … Ich hatte lange Angst, sie auch zu verlieren.« Er betrachtet mehrere Sekunden ein Bild von seiner Frau und ein feuchter Glanz schimmert in seinen Augenwinkeln. »Aber seit sie an einer Studie gegen Zauberbrand teilnehmen darf, geht es zum Glück stetig bergauf.«

»Das freut mich«, sage ich erleichtert, denn ich habe schon von der Krankheit gehört und allein bei dem Gedanken, dass die Magie sich gegen den eigenen Körper wenden und ihn von innen heraus zerstören kann, läuft mir ein kalter Schauer über den Rücken.

Jones wischt sich mit dem Ärmel übers Gesicht. »Aber deshalb sind Sie nicht gekommen, oder? Wie kann ich Ihnen also helfen?«

»Wir brauchen Informationen über Emberthorn. Als sein persönlicher Assistent bekommen Sie sicher das ein oder andere mit«, sagt Heaton.

»Wahrscheinlich nicht halb so viel, wie Sie sich erhoffen.« Der Werlöwe stockt. »Ich weiß es nicht genau, aber ich habe gehört, dass er vor Monaten eine schlimme Trennung durchgemacht hat.. Seitdem arbeitet und trainiert er noch mehr als zuvor. Und wenn er nichts dergleichen macht, nimmt er an Gesprächsrunden teil.«

»Was für Gesprächsrunden?«, frage ich.

»Red engagiert sich gern politisch. Er möchte die veralteten Strukturen der Gestaltwandler aufbrechen und die strikten Hierarchien in den Rudeln abschaffen.«

»Damit stößt er sicher nicht nur auf positive Resonanz«, überlege ich.

»Ganz und gar nicht. Unter den jüngeren Gestaltwandlern gibt es viele, die seine demokratischen Ansätze befürworten. Aber einigen Drachen ist er ein Dorn im Auge. Die meisten leben schon sehr lange und halten an ihren Traditionen und Machtgefügen fest.«

»Lady Ashford gehört bestimmt dazu.« Ich denke an ihren herrischen Auftritt im Krankenhaus zurück.

»Unter anderem«, sagt Jones. »Sein Sieg bei den Drachenkämpfen hätte viel verändern können. Aber jetzt sind seine Vorhaben in weite Ferne gerückt.« Der Werlöwe lässt die Schultern hängen.

Heaton und ich geben ihm ein paar Augenblicke, um sich zu sammeln.

»Kennen Sie die Namen seiner Unterstützer?«, fragt der Dämon schließlich. »Je eher wir Emberthorn finden, desto besser ist es, denn jedes weitere Unglück verschlimmert seine Lage.«

Jones kratzt sich am Kinn. »Ein paar. Wenn Sie möchten, kann ich sie Ihnen aufschreiben.«

»Das wäre sehr hilfreich«, sagt Heaton.

Mein Blick fällt auf ein rosa Puppenhaus in der Ecke. »Wissen Sie, ob Emberthorn Immobilien hatte? Ein Ferienhaus oder einen anderen Ort, an den er zum Entspannen gegangen ist?«

»Darüber weiß ich leider nichts. Ich kenne nur seine Wohnung, weil ich ihm ein paarmal Arbeit nach Hause bringen sollte … Wenn Sie wollen, kann ich Ihnen den Ersatzschlüssel zu seinem Apartment geben. Vielleicht finden Sie dort etwas.«

»Das wäre wunderbar.«

Jones geht zu einer Kommode, auf der eine Tonschüssel steht, und zieht einen Schlüssel heraus. Dann schreibt er Emberthorns Adresse auf einen Zettel und gibt mir beides.

»Wenn Sie die Liste mit den Namen fertig haben, schicken Sie sie bitte an mich.« Heaton gibt ihm eine Visitenkarte.

Jones nickt. »Ich hoffe, Sie finden ihn und alles kommt wieder einigermaßen in Ordnung.«

Obwohl ich glaube, dass es nach seiner Flucht ein sehr langer Weg für den Drachen wird, bis er wieder zu seinem gewohnten Alltag zurückkehren kann, hoffe ich das auch.

16. KAPITEL

Am nächsten Morgen stehe ich in aller Früh vor Emberthorns Haus. Eigentlich wollten Heaton und ich es gestern Abend noch aufsuchen, aber da der Drache nahe der Wall Street wohnt, hätten wir fast ans andere Ende von Manhattan fahren müssen. Ein Weg, der uns mit den Kontrollen und Straßensperren vermutlich Stunden gekostet hätte. Gähnend vergrabe ich die Hände in den Hosentaschen und lasse den Blick über den schmalen Wolkenkratzer wandern, in dem Emberthorn wohnt. Darüber zieht ein Hubschrauber seine Kreise und an jeder Straßenecke steht ein Streifenwagen, der Personen kontrolliert und nach dem Drachen Ausschau hält.

Ich warte noch nicht lange, als Heaton in meinem Sichtfeld erscheint. Mit federndem Gang und scheinbar topfit.

Ich werfe einen Blick auf meine Armbanduhr. »Sie sind eine Minute zu spät.«

Seine Mundwinkel zucken. »Dann steht es jetzt zwei zu eins für Sie.«

»Touché.« Lächelnd betrete ich vor ihm den Wolkenkratzer. »Gibt es Neuigkeiten zu Emberthorn?«

»Nein. Bisher fehlt jede Spur von ihm. Als hätte er sich in Luft aufgelöst«, sagt Heaton, während wir die Lobby durchqueren. »Dafür hat Jones mir gestern Nacht noch eine Liste mit Namen geschickt, die Ryo heute überprüfen lässt.«

Wir fahren mit dem Fahrstuhl aufwärts, bis wir das Penthouse erreichen.

»Ich bezweifle, dass Emberthorn sich ausgerechnet hier versteckt«, sage ich und betrachte mein Spiegelbild. Anfangs war es ungewohnt, Blusen und Blazer statt meiner geliebten Hoodies zu tragen, aber in den letzten Tagen habe ich mich daran gewöhnt.

»Wir sollten trotzdem vorsichtig sein«, sagt der Dämon, als wir im Flur ankommen. Dann zieht er seine Waffe und schließt die weiße Eingangstür auf.

Mit klopfendem Herzen folge ich seinem Beispiel und betrete das Apartment des Drachen.

Auf den ersten Blick wirkt es, als wären wir in ein Musterhaus gestolpert. Alles ist farblich perfekt aufeinander abgestimmt. Die weißen Wände, die dunklen Holzböden, die hellen Möbel und vereinzelte Pflanzen, die einen Farbtupfer hinterlassen. Auf den typischen Ablageflächen, wo sich meist Krimskrams ansammelt, liegt kein einziger persönlicher Gegenstand. Ja, nicht einmal ein Staubkorn ist zu sehen.

Das kalte Metall der Waffe umklammernd, schiebe ich mich an einem Sofa, bequem aussehenden Sesseln und einem niedrigen Tisch vorbei. Obwohl die Sitzecke regelrecht dazu einlädt, die Zehen in dem flauschigen Teppich zu vergraben und hier den restlichen Tag mit einer kuschligen Decke und einem spannenden Buch zu verbringen, folge ich Heaton durch das Esszimmer. Es ist genauso ordentlich wie das Wohnzimmer und beherbergt einen riesigen Tisch, an dem locker eine Rugbymannschaft Platz finden würde.

Gemeinsam durchqueren wir zwei Stockwerke mit fünf

Bädern, einem Fitnessstudio, eigenem Heimkino und mehr Quadratmetern, als eine Person jemals nutzen könnte.

Wir betreten ein weiteres Schlafzimmer und mein Blick fällt auf die Glastür, die zur Dachterrasse führt.

»Sieht so aus, als wäre vor Kurzem jemand hier gewesen«, sage ich leise, denn sie ist geöffnet.

Heaton schiebt sich mit seiner Waffe im Anschlag an mir vorbei.

Ich wende mich von dem überdimensionalen Bett ab und sehe hinter allen Möbeln nach. Doch es ist niemand dort. Dafür herrscht im Ankleidezimmer nebenan das reinste Chaos. Schubladen stehen halb offen und Kleidung liegt wild verstreut auf dem Boden.

»Jetzt ist er auf jeden Fall nicht mehr da«, sagt Heaton und steckt seine Waffe weg, nachdem wir das restliche Apartment unter die Lupe genommen haben. »Aber wenn wir Glück haben, finden wir einen Anhaltspunkt, wohin er gegangen ist.«

Ich halte nach Dingen Ausschau, die uns einen kleinen Hinweis darauf geben könnten, was Emberthorn macht, wenn er gerade nicht arbeitet oder trainiert. Doch ich finde nur blitzblanke Oberflächen.

Während Heaton oben sucht, sehe ich mich noch einmal unten um und betrete das Arbeitszimmer, in dem mehrere Bücherregale und ein großer Schreibtisch stehen.

Akribisch ziehe ich jede Schublade auf, in denen akkurat gespitzte Bleistifte, eine Pralinenschachtel und ein Pillendöschen mit Antihistaminika liegen. Direkt neben einem gelben Klebezettel, auf dem *In Liebe D.S.* steht.

Ich betrachte den Zettel von allen Seiten. Wenn Emberthorn ihn aufgehoben hat, stammt er sicher von jemandem, der ihm viel bedeutet. Jemandem, der ihm in Zeiten wie diesen Unterschlupf gewähren könnte.

Ich stecke den Zettel in die Hosentasche, um die Initialen später mit der Liste des Werlöwen abzugleichen. In der Hoffnung, dass sie uns auf eine heiße Spur führen.

»Wo würde ich wichtige Informationen hinterlegen?«, murmle ich und lasse den Blick weiter durch den Raum gleiten. Ich bin schon in mehrere Apartments dieser Art eingebrochen. Meistens befindet sich der wertvollste Besitz in Safes, die hinter Bildern, Wandteppichen, Spiegeln oder Bilderrahmen verborgen sind, doch hier ist nichts zu finden.

Dabei bin ich mir zu hundert Prozent sicher, dass jemand wie Emberthorn einen Tresor hat. Doch ich entdecke weder im Schreibtisch ein Geheimfach, noch finde ich etwas Spannendes hinter den Büchern.

Ich überlege gerade, ob der Drache eines der Bankschließfächer nutzt, als mein Blick auf den Teppich vor dem Schreibtisch fällt.

Einer Eingebung folgend, rolle ich ihn ein Stück beiseite und lege eine hölzerne Abdeckung frei.

»Na, wer sagts denn?« Euphorie jagt durch meine Adern, während ich die Holzverkleidung nach oben klappe und eine massive Tür aus Drachenstahl offenbare. Sie ist mit einem schwarzen Griff versehen, unter dem sich ein kleines Schlüsselloch befindet. Probehalber ziehe ich mit ganzer Kraft an dem rechteckigen Metall, doch die Tür bleibt reglos.

Achtsam sehe ich über meine Schulter und lausche, doch ich kann Heaton weder sehen noch hören. Deshalb schlage ich mein Hosenbein nach oben, ziehe mein Einbruchswerkzeug aus dem Stiefelschaft und versenke es im Schlüsselloch. Zuerst ist es widerspenstig, doch dann ertönt ein Klicken.

Zufrieden lasse ich das Werkzeug wieder verschwinden und greife mit dem kribbelnden Gefühl der Vorfreude im Nacken nach dem Türgriff. Mit großer Kraftanstrengung ziehe ich die Luke auf und schaue in einen weiteren Raum.

Er wird von mehreren Lampen erhellt, die vermutlich beim Öffnen angegangen sind. Unzählige Goldbarren stapeln sich an den Wänden, Diamanten funkeln in allen Farben und in der Mitte der Schätze steht ein weiterer Schreibtisch. Darauf stapeln sich Bücher, Akten und lose Blätter. Nicht fein säuberlich sortiert, sondern wild durcheinander.

Kurz überlege ich, ob ich ohne Heaton die Leiter hinunterklettern soll, doch dann entscheide ich mich dagegen. Schließlich nimmt er mich inzwischen auch überallhin mit.

Voller Tatendrang lasse ich die Schatzkammer zurück und eile durch das Penthouse.

»Heaton, kommen Sie schnell«, rufe ich, als ich ihn in einem der Schlafzimmer entdecke, wo er die Schränke durchsucht.

»Haben Sie etwas gefunden?«, fragte er und ich nicke mit einem Grinsen auf den Lippen. Sofort stößt er die Schublade zu. »Was ist es?«

»Eine Drachenhöhle«, erwidere ich und kann es kaum erwarten, zurück ins Arbeitszimmer zu gelangen.

Als wir es erreichen, betrachtet Heaton mit leuchtenden Augen den Geheimraum.

»Gute Arbeit«, sagt er und mustert das Schloss. »Wie haben Sie die Luke aufbekommen?«

»Emberthorn muss in der Eile vergessen haben abzuschließen.« Ich zucke mit den Schultern und halte seinem Blick stand.

»Möglich«, sagt er. »Waren Sie schon unten?«

Ich schüttle den Kopf.

»Dann gehen Sie zuerst.«

Das lasse ich mir nicht zweimal sagen und klettere flink die Leiter hinunter.

Aus dieser Perspektive wirkt der Raum noch eindrucksvoller. Wie ein funkelnder Geldspeicher, in dem man eintauchen und baden will.

»Ich weiß nicht, wie es bei anderen Drachen aussieht, aber Emberthorn war in seinem Leben scheinbar alles andere als untätig«, sage ich und begutachte einen riesigen Stapel Goldmünzen, die achtlos auf einem Regalbrett abgelegt wurden.

Heaton springt die letzten Sprossen herunter und landet neben mir auf dem Boden. »Hoffentlich finden wir auch brauchbare Anhaltspunkte und nicht nur Plunder.«

»Plunder?« Mit der Menge an Schätzen könnten wir Libby kernsanieren, Hunderte seltene Bücher erwerben und nebenbei noch einen Wolkenkratzer bauen.

Ich betrachte eine silberne Einhornstatue und ein Gemälde an der Wand, auf dem ein schwarzer Drache abgebildet ist, der ein goldenes Ei in den Klauen hält. Dann trete ich zu Heaton an den Tisch.

»Haben Sie schon etwas entdeckt?« Ich mustere mehrere Bücher, die Titel wie *Das neue Zeitalter der Drachen* und *Drachen der Moderne* tragen.

Der Dämon sieht von einem Papierstapel auf. »Bisher nicht. Hier liegen hauptsächlich Informationen über Kampftechniken, Elementarkontrolle und Flugmanöver.«

»Klingt ja spannend.« Mit verzogenem Mund greife ich nach einem Zeitungsbericht, auf dem Lady Ashford mit dem übrigen Stadtrat zu sehen ist, der aus Menschen und Magics besteht, damit die Bedürfnisse und Interessen der gesamten

New Yorker Bevölkerung berücksichtigt werden. Ich lege ihn auf Heatons Stapel überprüfter Unterlagen und helfe ihm den Rest durchzusehen. Leider finde ich nichts Relevantes.

Auch die Durchsuchung der Schubladen bleibt erfolglos und selbst die Klebezettel, die überall im Raum verteilt sind, geben keinen Aufschluss, wo sich Emberthorn aufhalten könnte.

Trotzdem machen wir weiter, bis wir jedes Blatt umgedreht und selbst unter dem Briefbeschwerer nachgesehen haben.

»Langsam bezweifele ich, dass wir hier fündig werden«, sagt Heaton.

»Das fürchte ich auch.« Resigniert durchwühle ich den Papierkorb.

Ich war mir so sicher, hier etwas Brauchbares zu entdecken.

Gerade, als ich die Suche beenden will, fällt mein Blick auf das Regal neben mir. Darin werden funkelnde Kronen und Dolche gelagert. Neben einem von ihnen liegt ein zusammengeknülltes Blatt, das meine Aufmerksamkeit erregt, denn ein Wort darauf springt mir förmlich ins Auge. Eines, das mir vor ein paar Tagen noch unbekannt war.

»Oder auch nicht.« Mit beschleunigendem Puls nehme ich das Papier an mich, das auf den zweiten Blick verdächtig nach einem weiteren Laborbefund aussieht. Hastig falte ich es auseinander und streiche es auf dem Tisch glatt. Spüre, wie Aufregung meine Fingerspitzen entlangkriecht.

Sofort taucht der Dämon neben mir auf.

»Kommt Ihnen das bekannt vor?« Ich deute auf drei Worte: Cambonium, Asaleen, Brinorium. Darunter steht ein dickes Fragezeichen.

»Er wusste von den Substanzen.« Überraschung schwingt

in Heatons Stimme mit, während mein Gehirn fieberhaft versucht die neuen Informationen zu verarbeiten.

»Wenn Emberthorn etwas geahnt hat, muss er über einen längeren Zeitraum vergiftet worden sein, Symptome bemerkt haben und …«

»… selbst Nachforschungen angestellt haben.« Heaton nimmt mir das Blatt aus der Hand und dreht den Befund herum, an dessen Rückseite ein genauso mitgenommen aussehender Zettel getackert wurde.

Auch darauf prangt ein Fragezeichen, das jedoch durchgestrichen ist. Zusätzlich hat jemand Zahlen und Symbole daruntergekritzelt, die alles bedeuten könnten. Schneeflocken, Dornen oder ein sonderbarer Baum.

»Was wohl damit gemeint ist?«, frage ich und bemerke plötzlich, wie verdammt nahe Heaton neben mir steht. So nahe, dass mir der Zitrusduft seines Shampoos in die Nase steigt. Mich an seine Hand an meinem Rücken denken lässt und unvermittelt den Wunsch in mir weckt, er würde mich wieder berühren.

Doch er rückt ein Stückchen von mir ab, bringt Abstand zwischen uns.

»Er muss etwas herausgefunden haben. Sonst wäre das Fragezeichen nicht so vehement durchgestrichen«, sagt er, während ein Hauch Enttäuschung in mir aufkeimt.

Ich atme tief durch, denn es ist besser so.

»Was könnte das sein?«, frage ich und versuche mich auf den Fall zu konzentrieren.

»Keine Ahnung.« Heaton zuckt frustriert mit den Schultern, stutzt und betrachtet den Zettel ein weiteres Mal, bevor er wieder aufsieht.

»Aber dafür wissen wir, wo er nachgeforscht hat.« Er deutet auf den oberen Rand des Papiers, auf den in geschwungenen Buchstaben zwei Worte gedruckt sind, die mir leider viel zu vertraut sind.

17. KAPITEL

Wenn mir vor zwei Wochen jemand prophezeit hätte, dass ich eines Tages mit Special Agent Marlon Heaton im Schlepptau die Magic Library betrete, dann hätte ich ihn ausgelacht.

Jetzt ist mir allerdings kein bisschen zum Lachen zumute, als wir die Stufen hinaufgehen. Und das nicht nur wegen der Demonstrierenden, die sich vor Wondervale und den anderen magischen Stadtteilen versammelt haben, an denen wir auf unserem Weg vorbeigekommen sind.

Kurz hoffe ich, dass Libby ihre Türen geschlossen hält, aber sie öffnet sie sperrangelweit. Wie immer, wenn sie meine Schritte bemerkt.

»Waren Sie schon mal hier?«, fragt Heaton, als wir den Eingangsbereich passieren.

»Gelegentlich«, sage ich mit möglichst neutralem Gesichtsausdruck, denn ich möchte um jeden Preis verhindern, dass er erfährt, wie viel mich mit der Bibliothek verbindet. Falls ich bei dem Versuch, das Tagebuch zu stehlen, auffliege, sollen wenigstens meine Freunde in Sicherheit sein. Deshalb verzichte ich auch darauf, Libby wie gewohnt mit einer Berührung zu begrüßen.

Auch heute herrscht reges Treiben in ihrem Inneren. Bücher fliegen zwischen den Gängen umher, zwei Besen fegen dicht gefolgt von einem Mopp den Boden und emsige Staubwedel schwirren über die Regalbretter.

Ich recke den Hals, um nach Rose und Bo Ausschau zu halten, die ich per Textnachricht vorgewarnt habe, damit sie nicht aus allen Wolken fallen oder versehentlich meine Tarnung auffliegen lassen. Doch ich kann sie nirgends entdecken.

Heaton geht hingegen zielstrebig auf die Ausleihtheke zu, deren rotbraunes Holz zwei Stofflappen polieren, hinter denen eine Dose mit Bienenwachs schwebt.

Kurz betrachtet er das Schauspiel, dann tippt er die goldene Serviceklingel an, die auf dem Tresen steht. Ein warmer Ton, den ich schon Tausende Male gehört habe, schallt magisch verstärkt durch das Gebäude.

»Komme schon«, ruft Bo aus einer der hinteren Regalreihen und Sekunden später eilt sie auf uns zu.

Ich kenne sie lang genug, um sofort zu erkennen, wie nervös sie ist, denn sie hat die Schultern leicht nach oben gezogen.

Ein Umstand, der auch mich noch hibbeliger werden lässt, denn Bo ist zwar bei Weitem die schlauste Person, die ich kenne, aber sie neigt in Stresssituationen zu extremer Tollpatschigkeit.

Als sie vor uns stehen bliebt, starrt sie Heaton wie ein Reh im Scheinwerferlicht an.

»Mein Kollege und ich sind wegen einer dringenden Ermittlung hier und hoffen, Sie können uns helfen«, sage ich schnell, bevor die Stille auffällig wird. Dabei zücke ich meine Marke und zeige sie ihr, als wüsste sie von nichts.

»Ich … ich werde es versuchen«, stammelt Bo und reißt den Blick von Heaton los. »Wo… worum geht es denn?

»Wir müssen wissen, welche Bücher ein gewisser Red Emberthorn ausgeliehen hat«, sagt Heaton.

»Das kann ich gern nachschauen«, erwidert Bo und ich bin stolz auf sie, weil sie den Satz herausgebracht hat, ohne sich zu verhaspeln.

Schnell huscht sie hinter die Theke, wo ein Computer steht. Obwohl Libby selbstständig agiert, kommt sie nicht ganz ohne Technik aus, denn sie kann weder lesen noch schreiben. Deshalb lässt sie alle Bücher, die ausgeliehen werden, zusammen mit von uns erstellten Bibliotheksausweisen durch einen Scanner schweben.

Während Bo die Tastatur bearbeitet, pflückt Heaton eines der vorbeifliegenden Bücher aus der Luft und schlägt es auf. Dabei stiehlt sich ein seltenes Schmunzeln auf sein Gesicht, das sogar seine Augen erreicht und die kleinen Fältchen sichtbar werden lässt.

»Was ist das?«, frage ich.

»Ein Buch, das ich als Kind sehr geliebt habe.« Er zeigt mir den schwarzen Einband, auf dem eine Kindergestalt mit frechem Grinsen abgebildet ist. Darunter steht in großen Buchstaben: *Kleiner Dämon auf Abwegen.*

»Leider ist es irgendwann in die Badewanne gefallen und unleserlich geworden.« Er legt das Buch auf den Tresen. »Aber das ist in tadellosem Zustand.«

Die Putzlappen halten kurz inne und neben uns überzieht ein sanftes Glänzen das Holz, als würde sich Libby über das Lob freuen.

»Sie Buchmörder«, sage ich und will mir gar nicht erst vorstellen, wie ein ertränktes Buch aussieht. Oder wie lange wir brauchen würden, um es wieder in Schuss zu bringen. Falls es überhaupt zu retten ist.

»Es war keine Absicht.«

»Jaja, bestimmt haben Sie herumgealbert und dann ist es passiert.«

»Möglich«, sagt er und lacht leise. Ein Geräusch, das mir direkt in die Magengrube fährt, was ich geflissentlich zu ignorieren versuche. »Ich war als Kind nicht gerade die Tugendhaftigkeit in Person.«

Bos Blick huscht ungläubig von Heaton zu mir.

Wahrscheinlich versucht sie sich, genau wie ich, eine kleinere Ausgabe von ihm vorzustellen. Mit schwarzen Locken, Pausbacken und einem ausgelassenen Lachen auf den Lippen. Ein Bild, das nicht so recht zu dem muskulösen Dämon passen will, der jetzt lässig am Tresen lehnt.

»Wir haben den Namen im System«, sagt sie schließlich, dreht den Bildschirm in unsere Richtung und zeigt auf mehrere Einträge. »Allerdings hat er zum letzten Mal vor zwei Jahren etwas ausgeliehen.«

»Später nichts mehr?«, frage ich.

Bo schüttelt den Kopf.

»So alt sind die Aufzeichnungen bestimmt nicht«, sage ich zu Heaton.

»Nein. Er muss hier gewesen sein, ohne etwas auszuleihen.« Der Dämon wendet sich an Bo. »Gibt es Überwachungskameras, die die Aktivitäten Ihrer Kundschaft aufzeichnen?«

Sie schüttelt den Kopf. »Das brauchen wir nicht. Wenn etwas gestohlen wird, bemerkt Libby das sofort und setzt sich tatkräftig zur Wehr.«

Heaton zieht eine Braue hoch. »Wer ist Libby?«

»Die Bibliothek.«

Der Dämon schaut sich um, dann nickt er verstehend.

Unterdessen beobachte ich, wie sich der Deckel des Bienenwachses scheinbar wie von selbst zuschraubt, und plötzlich nimmt eine Idee in meinem Kopf Gestalt an. Eine, die all unsere Probleme lösen könnte. Ich muss nur aufpassen, dass ich mich nicht als Insiderin zu erkennen gebe.

Schnell wende ich mein Gesicht ab, damit Heaton es nicht sehen kann, und schneide eine Grimasse in Bos Richtung, um sie auf mich aufmerksam zu machen.

Zum Glück bemerkt sie es sofort und ich folge mit dem Blick erst der schwebenden Bienenwachsdose und dann einem der Staubwedel, der vor ihr über den Computer tanzt.

Eine steile Falte erscheint zwischen ihren geschwungenen Brauen, dann blitzt Verstehen in ihren Augen auf.

»Wir könnten Libby fragen, ob sie sich an Emberthorn erinnert«, sagt sie und dreht den Goldring an ihrem Daumen.

»Das geht?« Heaton wirkt überrascht.

»Wenn Sie einen Gegenstand dabeihaben, der dem Verdächtigen gehört, stehen die Chancen gut.«

»Haben Sie die Zettel?«, frage ich Heaton, der bereits die Blätter aus der Innentasche seines Jacketts zieht.

»Reicht das?« Ich wende mich an Bo, obwohl ich die Antwort schon weiß, denn Libby ist sehr feinfühlig. Wenn es sich nicht gerade um einen Gegenstand aus Silber handelt, kann sie selbst die kleinsten magischen Schwingungen wahrnehmen und zurückverfolgen. Deshalb weiß sie vermutlich auch immer, wenn sich eine von uns nähert.

Heaton löst die beiden Blätter voneinander, steckt den Laborbericht zurück in seine Tasche und legt den Schmierzettel auf die flache Hand. »Wärst du so freundlich und würdest uns helfen? Es ist wirklich wichtig«, sagt er ins Innere des Raumes gewandt und scheint sich nicht seltsam vorzukommen, weil er mit einer geisterähnlichen Präsenz redet.

Wie von einem Windhauch getragen, erhebt sich das Papierstück und wirbelt durch die Luft. Immer schneller und schneller, bis es schlagartig stoppt.

»Bist du fündig geworden?«, fragt Heaton, den Blick gespannt auf den Zettel geheftet.

Zur Antwort hüpft der Zettel kurz auf und ab. Dann nimmt er Fahrt auf, saust auf Brusthöhe über den Teppich und verschwindet zwischen den Regalen.

»Hinterher«, sage ich und eile los. Dicht gefolgt von Heaton und Bo.

Wir kommen an verschiedenen Abteilungen vorbei, bis wir den Bereich über Gestaltwandler erreichen.

Der Zettel biegt scharf nach links ab und bleibt schließlich vor einem Regal in der Luft hängen. Mehrere Bücher rutschen auf ihren Regalbrettern nach vorn, verlassen ihre Plätze und fliegen auf uns zu.

»Besten Dank«, sagt Heaton zu Libby und greift nach dem ersten Exemplar, das direkt neben ihm in der Luft schwebt.

Ich folge seinem Beispiel und begutachte nacheinander die anderen. Doch meine Euphorie legt sich schnell wieder, denn die Werke handeln nur von Flugtechniken, Elementarmagie und Kampfstrategien.

»Das hilft uns nicht weiter«, sage ich.

Der Dämon nickt. »Das glaube ich auch.«

»Hat der Drache noch andere Abteile besucht?«, frage ich Libby, die die ersten Bücher bereits zurückstellt.

Wieder wirbelt der Zettel herum. Dieses Mal jedoch wesentlich länger als zuvor. Dann richtet er sich neu aus und rast auf die Treppe zu.

Im Zickzack führt Libby uns mehrere Stockwerke hinauf. Vorbei an Abteilungen über Kräuterkunde und dem Porträt des glatzköpfigen Magiers, der Libby Leben eingehaucht hat. Eine schwer fassbare Schöpfung, denn mit Magie können zwar die außergewöhnlichsten Dinge bewerkstelligt werden, aber ein Bewusstsein zu erschaffen, ist eine unvergleichliche Meisterleistung. Bo und ich haben jahrelang versucht herauszufinden, wie ihm das gelungen ist, aber es ist uns bis heute ein Rätsel.

Als wir im vierten Stock unter einem Rundbogen hindurchgehen und schließlich in einem abgeschiedenen Raum ankommen, stoppt der Zettel abrupt.

Verwundert lasse ich den Blick über die Regale gleiten, deren Sockelleisten mit geschnitzten Mondphasen verziert sind, und frage mich, wann ich zum letzten Mal hier war. Es muss eine Ewigkeit her sein, dann ich kann mich nur noch vage daran erinnern.

Während Libby eine Flut von Büchern heraussucht, überfliege ich einige der Titel und Aufregung kribbelt durch meine Adern. In diesem Bereich geht es nicht um Drachenkunde, Politik oder Gifte, sondern um die Steigerung magischer Fähigkeiten.

»Damit habe ich nicht gerechnet«, sage ich mit großen Augen.

»Ich auch nicht.« Heaton geht zwischen den rund hundert Büchern umher, die Libby für uns rausgesucht hat.

Gleichzeitig kommt mir eine Vermutung in den Sinn, die so ungeheuerlich ist, dass ich sie kaum auszusprechen wage.

»Bisher sind wir immer von einer Vergiftung ausgegangen. Was aber, wenn alles ganz anders war und Emberthorn selbst etwas mit der Sache zu tun hat?« Wie elektrisiert wippe ich auf den Zehenspitzen.

»Das würde ein ganz neues Licht auf die Angelegenheit

werfen«, sagt Heaton. »Wir sollten allerdings keine voreiligen Schlüsse ziehen und uns die Bücher zuerst ansehen … Aber wir müssen damit rechnen, von falschen Annahmen ausgegangen zu sein.«

Voller Tatendrang lässt er die Fingerknöchel knacken. Dann dreht er sich zu Bo, die hinter uns steht und mit schief gelegtem Kopf unserem Wortwechsel gelauscht hat.

»Sie haben bestimmt noch viel zu tun und wir wollen Sie nicht aufhalten. Das hier dauert sicher länger.« Heaton klingt nicht unfreundlich, aber es ist deutlich herauszuhören, dass er keine weiteren Anwesenden gebrauchen kann. »Oder haben Sie etwas dagegen, wenn wir noch eine Weile hierbleiben?«

»Natürlich nicht.« Bo lächelt verhalten, obwohl sie sich bestimmt wünscht, wir würden endlich wieder gehen. »Wenn Sie noch etwas brauchen, finden Sie mich unten.« Sie wirft mir einen verstohlenen Blick zu, der vermutlich so viel bedeuten soll wie: »Sorg dafür, dass er nur Emberthorns Geheimnisse entdeckt und nicht unsere.«

Ich nicke kaum merklich und beobachte, wie sie die Treppe hinuntergeht.

Als sie weg ist, legt Heaton zu meinem Erstaunen eine Hand auf das nächststehende Regal und flüstert ihm etwas zu, das ich nicht verstehen kann.

Wenige Augenblicke später rumpelt es hinter uns und zwei Sessel, dicht gefolgt von einem kleinen Tisch, gleiten herein.

Für gewöhnlich ist Libby zu Gästen nicht so zuvorkommend und ich wüsste zu gern, was er ihr gesagt hat, um sie um den Finger zu wickeln.

Wie von Zauberhand geführt, positionieren sich die Möbel vor dem Fenster zu einer kleinen Sitzgruppe.

Der Dämon murmelt einen Dank. »Am besten fangen wir

gleich an, wir haben viel zu tun.« Er zieht sein Jackett aus und lässt sich mit einem Buch in der Hand auf einem der Sessel nieder.

Kurz betrachte ich den Haufen ausgewählter Bücher, die Libby in drei Reihen auf dem Tisch stapelt. Es wird ewig dauern, alle durchzusehen. Aber mir fällt keine Möglichkeit ein, wie wir die Suche abkürzen könnten. Deshalb folge ich Heatons Beispiel und mache mich an die Arbeit.

+ + +

Je mehr ich lese, desto unsicherer werde ich, ob wir nicht unsere Zeit verschwenden. Die Bücher beschäftigen sich zwar alle mit Methoden, die helfen sollen Magie zu steigern, aber das meiste klingt in meinen Ohren wie Humbug.

»Ich kann mir beim besten Willen nicht vorstellen, wie sich die Konzentration magischer Zellen im Blut erhöhen soll, wenn man zwei Stunden in Ziegenmilch badet, getrockneten Einhornmist inhaliert oder bei Vollmond mit dem Regenschirm nackt im Kreis tanzt«, sage ich frustriert und reibe mir über die brennenden Augen. Wir sitzen seit Stunden hier und lesen uns von Buch zu Buch, doch sind gerade mal bei der Hälfte angekommen.

»Glauben Sie, wir kommen hier weiter?«, frage ich Heaton, der mit einem Buch in der Hand auf und ab läuft, um sich die Beine zu vertreten.

»Geduld gehört nicht zu Ihren Stärken, oder?«

Ich verziehe den Mund. »Nicht unbedingt.«

»Daran müssen Sie dringend arbeiten. Unser Job besteht aus vielen langwierigen Aktionen. Allein eine Observierung kann Stunden in Anspruch nehmen.«

Das will ich gerade nicht hören. Seufzend beäuge ich die Keksdose, die Libby mit zwei Tassen Tee auf dem Tisch abgestellt hat.

Gerade als ich nach einem der Schokocookies greifen will, bleibt Heaton wie angewurzelt stehen.

»Haben Sie etwas gefunden?«, frage ich.

»Ich denke schon.« Konzentriert überfliegt er die Seiten und sieht auf.

»Jetzt machen Sie es nicht so spannend«, dränge ich ungeduldig.

Heaton räuspert sich. »Vor rund sechstausend Jahren wurde die Magie durch einen Kometenregen auf die Erde gebracht«, liest er vor. »Beim Eintritt in die Atmosphäre verglühten die herabfallenden Sterne und rieselten als Staub zu Boden, den Menschen und Tiere einatmeten. Bei den meisten hatte das keinerlei Auswirkungen. Bei anderen hingegen entstanden Mutationen im Körper, aus denen sich über die Generationen hinweg die unterschiedlichsten magischen Geschöpfe entwickelten.«

Enttäuschung überkommt mich. »Das ist nicht wirklich neu, oder? Die Entstehung der Magie lernt jedes Kind.«

»Das war nur der Vorspann, um den Zusammenhang zu verstehen«, sagt er und funkelt mich über den Buchrand hinweg an.

»Ist ja gut.« Beschwichtigend hebe ich die Hände.

Schließlich gibt es Schlimmeres, als seiner tiefen Stimme zu lauschen, die sich mit ihrem rauen Unterton wirklich gut zum Vorlesen eignet und in meinem Innersten vibriert. Geraunt vermutlich noch besser klingen würde. Ganz nahe an meinem Ohr und … Himmel, was ist los mit mir? Ich fahre mir übers Gesicht, versuche das Kribbeln zu ignorieren, das sich in meinem Bauch gebildet hat, und gebe mir die größte Mühe, dem Inhalt seiner Worte zu lauschen.

»… einige Kometen verglühten nicht vollständig, sondern kollidierten mit der Erdoberfläche. Dort blieben sie Jahrhunderte liegen, bis ihre einzigartige Fähigkeit bekannt wurde, die Magieproduktion des Körpers innerhalb kürzester Zeit signifikant zu steigern.«

Er hält mir das Buch vor die Nase, in dem ein golden schimmernder Stein abgebildet ist, der wie ein ungeschliffener Diamant aussieht.

Wie benommen starre ich darauf, dann schnappe ich nach Luft, denn plötzlich fällt es mir wie Schuppen von den Augen. Schnell krame ich Emberthorns Zettel unter einem Bücherstapel hervor und vergleiche seine ungelenken Zeichnungen mit der Abbildung. Die Zahlen stimmen mit den Seitennummern überein und das Gekritzel hat überraschend viel Ähnlichkeit mit dem gefallenen Stern.

Aufgeregt zupfe ich an meiner Unterlippe. Die Möglichkeit, Magie zu vermehren, klingt äußerst verlockend und hätte mir in der Vergangenheit viel Ärger und Zeitdruck ersparen können. Was könnte das dann erst bei anderen Magics für Auswirkungen haben, die Kräfte wie Emberthorn besitzen und …

Ich springe auf. »Bei den Drachenkämpfen wäre das ein gigantischer Vorteil und Emberthorn ist sehr ehrgeizig. Das war in seiner Wohnung unübersehbar. Was wäre also, wenn es ihm nicht gereicht hat, sich auf gängigem Wege vorzubereiten? Wenn er nach einer anderen Möglichkeit gesucht hat, seine Ziele zu erreichen?«

»Und sie in Form eines gefallenen Sterns gefunden hat«, sagt Heaton und ich spüre, wie die Erkenntnis prickelnd meine Haut entlangkriecht.

»Vielleicht hat er es übertrieben. Zu viel davon genommen, bis er die Macht nicht mehr kontrollieren konnte.« Ich laufe durch den Raum, um besser nachdenken zu können. »Dann ist sie ausgebrochen, als würde man den Korken aus einer Sektflasche ziehen.« Ich bleibe vor Heaton stehen. Überwältigt von der neuen Richtung, in die sich der Fall entwickelt.

»Als er aus dem Koma erwacht ist, muss ihm klar geworden sein, wie schief alles gelaufen ist. Was er getan hat.« Heatons Blick trifft auf meinen. »Deshalb ist er so schnell geflohen.«

»Richtig. Und das bedeutet, dass wir nicht nur ihn finden müssen, sondern auch unbedingt herausbekommen sollten, ob er noch im Besitz eines Kometenstücks ist.«

»Und, ob es weitere gibt«, sagt Heaton. »Das Ausmaß der Zerstörung war jetzt schon gewaltig. Nicht auszudenken, was passiert, wenn noch andere existieren und in die falschen Hände gelangen.«

Ich nicke, während meine Gedanken zurück zur Bank huschen und sich die feinen Härchen auf meinen Armen aufrichten. Damit hat er leider verdammt recht.

18. KAPITEL

»Ich hätte fast einen Herzstillstand bekommen, als du mir geschrieben hast«, sagt Bo, nachdem Heaton und ich Feierabend gemacht haben. Während er Wondervale verlassen hat, bin ich unter dem Vorwand zurückgeblieben, hier noch eine Freundin besuchen zu wollen.

»Nicht nur du.« Ich stelle meine Müslischale auf Bos Schreibtisch ab und setze mich in der Kommandozentrale neben sie auf einen Stuhl. »Aber zum Glück ist ja noch mal alles gut gegangen und es hat sich niemand verplappert.«

Sie stößt laut Luft durch die Zähne. »Trotzdem habe ich vermutlich bald mehr graue Haare als Rose.«

»Du bist erst zweiundzwanzig.«

»Na und? Ich erlebe mehr Schockmomente in einer Woche als andere in fünf Jahren.«

Ich schmunzle. »Er kommt bestimmt nicht noch mal her, denn wir haben alles gefunden, was wir gesucht haben.«

»Gut. Wobei … Es ist wirklich ein Jammer, dass er beim MBI arbeitet und dazu noch Mr Übereifrig ist. In echt sieht er tatsächlich noch besser aus als auf den Bildern«, sagt Bo und wackelt anzüglich mit den Brauen, während ein goldener Glanz zustimmend ihren Schreibtisch überzieht.

Ich verschlucke mich an meinen Haferflocken. »Ach ja? Ist mir gar nicht aufgefallen«, lüge ich, als ich wieder zu Atem gekommen bin.

»Wie kannst du das nicht bemerkt haben? Er ist genau dein Typ.« Sie wirft mir einen skeptischen Seitenblick zu, als würde sie mir kein Wort glauben.

»Wo ist eigentlich Rose?«, frage ich, bevor sie die Angelegenheit vertieft und ich womöglich über Dinge nachdenken muss, über die ich garantiert nicht nachdenken will.

»Sie muss einen neuen Pass abholen«, sagt Bo, die plötzlich wieder den Goldring an ihrem Finger dreht.

»Warum das?« Ich lege die Stirn in Falten, denn ich kann mir beim besten Willen nicht erklären, wofür Rose einen Pass braucht.

»Für Jacks Komplizen«, sagt sie und ruft auf einem ihrer Monitore das Bild eines braunhaarigen Mannes auf, der in die Kamera lächelt und zwei spitze Eckzähne präsentiert. »Darf ich vorstellen? Das ist Luke.«

»Es gibt ihn also tatsächlich«, rufe ich begeistert, denn das sind endlich mal Nachrichten, die uns voranbringen.

»Und das ist noch nicht alles.« Sie grinst. »Während du mit Mr Übereifrig beschäftigt warst, habe ich Luke kontaktiert und er hat mir bestätigt, dass Jack erpresst wurde.«

»Wie hast du das denn geschafft?«

Bo wird rot. »Ach, eigentlich war das ganz einfach. Ich habe ihm lediglich geschrieben, dass ich genau weiß, wo er sich versteckt, und im Besitz von Informationen bin, die ihn eindeutig als Jacks Komplizen entlarven. Und ganz vielleicht habe ich noch hinzugefügt, ich würde sie umgehend an das MBI weiterleiten, wenn er uns nicht alles sagt, was er über Jacks Auftraggeber und die Lichtchroniken weiß.«

Mit großen Augen starre ich sie an. »Wer bist du und was hast du mit meiner besten Freundin gemacht?« Die Bo, die ich damals im Waisenhaus kennengelernt habe, war ein schüchternes kleines Mädchen mit riesigen Brillengläsern, das kaum ein Wort herausgebracht hat. Es hat sogar beinahe zwei Wochen gedauert, bis ich sie dazu bringen konnte, mit mir zu reden, und wir haben uns ein Zimmer geteilt. Dass sie jemandem droht und ihn ganz nebenbei noch erpresst, wäre undenkbar gewesen.

»Besondere Situationen erfordern eben besondere Maßnahmen.« Sie streicht sich eine Strähne hinters Ohr und schiebt ihre Einhorntasse über den Tisch.

»Okay …«, sage ich langsam, weil ich es kaum glauben kann. »Und er ist darauf eingegangen?«

»Nicht … ganz«, druckst Bo herum. »Er hat im Gegenzug ein paar Forderungen gestellt.«

»Besorgt Rose deshalb einen Pass?«, frage ich.

»Ja. Er will so schnell wie möglich das Land verlassen.«

Mit einem unguten Gefühl in der Magengegend betrachte ich das Bild. »Er könnte ein Serienkiller sein und wir helfen ihm zu verschwinden.«

»Natürlich habe ich ihn vorher gecheckt«, sagt Bo. »Rose und ich sind auch nicht begeistert davon, jemanden außer Landes zu schaffen. Aber ich konnte bis auf die Einbrüche keine Leichen in seinem Keller finden. Und er ist der Einzige, der uns etwas über den Feuerteufel verraten kann.«

Ich trommle mit den Zeigefingern auf den Tisch. Mir ist nicht wohl dabei, aber Bo hat recht. Wenn wir herausfinden wollen, wer uns erpresst, müssen wir die Chance ergreifen.

»Deshalb hat Rose gestern schon die nötigen Schritte in die Wege geleitet.« Bo rutscht auf ihrem Stuhl hin und her.

»Ihr wusstet gestern schon davon?«, frage ich überrascht. »Warum habt ihr denn nichts gesagt?«

»Du bist so spät nach Hause gekommen und wir wollten dir wenigstens ein paar Stunden Ruhe gönnen.«

»Okay …«, sage ich gedehnt. »Und wann schickt er uns seine Informationen?«

Bo seufzt. »Es gibt vielleicht noch einen klitzekleinen Haken an der Sache.«

Das war so klar. »Und der wäre?«

Wieder spielt Bo an ihrem Ring herum. »Er will uns persönlich treffen, weil er nach Jacks mysteriösem Tod zu viel Angst hat, die Informationen schriftlich festzuhalten.«

»Telefonieren ist auch keine Option?«

Bo schüttelt den Kopf.

»Na toll. Das heißt, wir müssen uns irgendwo mit einem seltsamen Kerl treffen, den du gestern aufgespürt hast.«

»Genau …«

Ich kann an ihrer belegten Stimme hören, dass da ein noch viel größerer Haken sein muss. »Wann und wo soll die Übergabe stattfinden?«, frage ich deshalb.

Bo weicht meinem Blick aus. »Er hält sich an einem Ort versteckt, wo die wenigsten nach ihm suchen würden. Dorthin sollen auch die Dokumente gebracht werden. Im Austausch erzählt er uns alles, was er über den Feuerteufel weiß.«

Mir schwant Böses, denn ganz bestimmt bin ich diejenige, die den praktischen Teil ausführen muss.

»Und wo soll das sein?«, frage ich noch mal und ernte einen gequälten Blick von Bo.

»Auf dem Friedhof. Und zwar schon heute Nacht.«

+ + +

»Ich verstehe nicht, warum es ausgerechnet Silent Hollow sein muss«, sage ich und kann mir tausend Orte vorstellen, an denen ich mitten in der Nacht lieber wäre. Allen voran in meinem kuscheligen Bett, das ich in den letzten Tagen viel zu selten gesehen habe.

Doch statt unter der warmen Decke zu liegen, gehe ich an verwitterten Grabsteinen vorbei, die vom silbrigen Licht des Vollmonds beschienen werden.

»Er ist ein Vampir«, sagt Bo über den Kopfhörer, als würde das alles erklären.

Die Blutsauger, die ich kenne, halten sich bevorzugt in Nachtclubs auf, lieben Glamour und Luxus und würden sich nie freiwillig auf einer Totenstätte herumtreiben, wenn sie sich auch mit Groupies vergnügen könnten. Aber Angst treibt einen bekanntlich zu ungewöhnlichen Maßnahmen. Und wenn ich mehr über den Feuerteufel in Erfahrung bringen kann, opfere ich gern ein paar Stunden Schlaf.

»Du musst jetzt links«, sagt Bo, die mich wieder mit einem Tracker im Auge behält.

Eisiger Wind zerrt an meinen Haaren und fröstelnd schlinge ich den Schal enger um meinen Hals.

Dabei passiere ich mehrere Holzkreuze und betrete den Bereich des Friedhofs, in dem die Mausoleen einiger Magicsfamilien zu finden sind.

Als ich an einer Statue vorbeikomme, die mit ausgebreiteten Flügeln wie ein Racheengel in den Himmel aufragt, knackt etwas hinter mir.

Keuchend sehe ich mich um, doch ich kann nur ein dorniges Gebüsch entdecken.

Bestimmt war es nur ein Eichhörnchen oder ein Vogel, rede ich mir selbst ein und spiele mit dem Gedanken, mich unsichtbar zu machen. Doch ich muss meine Kräfte schonen. Falls wir wieder in einer Sackgasse landen, muss ich schließlich immer noch Heatons Magie stehlen und in die Asservatenkammer einbrechen. Da kann ich jeden Funken nur allzu gut gebrauchen.

»In zweihundert Metern hast du es geschafft. Luke wartet vor der Lakestone-Gruft auf dich«, sagt Bo.

Ich gehe an mehreren gemauerten Bauten vorbei, die mit vergitterten Türen verschlossen sind.

Und ganz hinten, vor der letzten in der Reihe, sehe ich eine schlanke Gestalt in einem Rüschenhemd. Sie läuft hektisch auf und ab und scheint zumindest aus der Ferne wenig bedrohlich zu wirken.

»Hab ihn gefunden«, sage ich leise, als wieder ein Knacken ertönt. Dieses Mal rechts von mir.

Ich drehe den Kopf und plötzlich rast ein Schatten direkt auf mich zu. Blitzschnell wirble ich herum und bin doch zu langsam, denn ich werde von hinten gepackt.

Noch ehe ich zur Gegenwehr ansetzen kann, presst sich etwas Weiches auf mein Gesicht und ein beißender Geruch steigt mir in die Nase. Ich versuche mich herumzuwerfen, mich aus der schraubstockartigen Umklammerung zu lösen, doch meine Arme sind mit einem Mal bleischwer. Gleichzeitig werden meine Gedanken träge. Fahrig versuche ich mich ein letztes Mal zu bewegen, dann wird alles schwarz.

+ + +

Als ich aufwache, umgibt mich tiefe Dunkelheit. Mein Kopf schmerzt und es dauert ein paar Momente, bis ich begreife, dass ich nicht in meinem Bett liege, sondern auf einem kalten, harten Untergrund. Ich blinzle in die Finsternis, in der sich längliche Schemen abzeichnen.

Die Luft um mich herum riecht modrig und abgestanden, als würde ich mich unter der Erde befinden, und … mit einem Schlag fällt mir wieder ein, wo ich eben war. Dass mir jemand etwas ins Gesicht gepresst hat.

Ruckartig hebe ich den Kopf und erst jetzt wird mir bewusst, dass meine Hände hinter dem Rücken gefesselt sind.

Panik greift mit Spinnenfingern nach mir und hektisch versuche ich mich aufzusetzen, doch ich kann mich kaum bewegen.

»Bo?«, flüstere ich, aber es bleibt still und der vertraute Druck des Kopfhörers in meiner Ohrmuschel fehlt.

»Wurde Zeit, dass du wach wirst. Ich dachte schon, ich hätte dir versehentlich das Licht ausgeknipst«, ertönt eine schneidende Stimme hinter mir. Sie klingt gedämpft, weder männlich noch weiblich. Als würde sie von irgendetwas verzerrt werden.

»Wer … wer sind Sie?«, krächze ich.

»Ein Freund, der gern mit Flammen spielt.«

Der Feuerteufel, schießt es mir durch den Kopf und kalter Schweiß bildet sich auf meiner Haut.

»Was wollen Sie?«

»Das Tagebuch natürlich.«

»Ich habe es nicht hier«, sage ich, versuche meine trägen Gedanken in Schwung zu bringen.

»Offensichtlich.« Es raschelt und ich spüre den Atem des Fremden an meinem rechten Ohr. »Würdet ihr auf die Beschaffung der Lichtchroniken genauso viel Energie verwenden wie darauf, mich aufzuspüren, wäre die Sache schon längst geregelt.«

»Ich gebe mein Bestes«, sage ich und taste, so gut es geht, die Handschellen ab. Sie sitzen viel zu fest, um sie zu lösen.

»Dein Bestes.« Der Feuerteufel lacht scheppernd, als hätte ich einen grotesken Witz gemacht.

»Deine Leistung ist erbärmlich. Ein Trauerspiel der Extraklasse«, sagt er plötzlich wütend. »Dabei habe ich dir im Lagerhaus sogar unter die Arme gegriffen und für ein wenig Gefahr gesorgt, damit Heaton seine Magie einsetzt.«

Ein wenig Gefahr?

Bittere Säure steigt meinen Hals herauf. Ich denke zurück an die herabfallenden Balken. Die sengende Hitze. »Wir hätten sterben können.«

»Unwahrscheinlich. Dafür ist der Dämon zu stark. Und ich hasse es zu warten. Deshalb rate ich dir, das Tagebuch besser schnell zu besorgen, wenn du verhindern möchtest, dass deine Freunde das gleiche Schicksal erleiden wie der arme Luke.«

Ich erstarre. Den Vampir hatte ich komplett vergessen.

»Was ist mit ihm?«, frage ich und bin unsicher, ob ich die Antwort hören will.

Hinter mir flammt ein schwacher Lichtschein auf. Kaum stärker als der letzte sterbende Sonnenstrahl vor Einbruch der Nacht.

Ich versuche den Kopf zu drehen und einen Blick auf den Feuerteufel zu erhaschen. Irgendeinen Hinweis auf ihn zu bekommen.

»Augen nach vorn«, blafft er und ein schmerzhafter Schlag trifft mich zwischen den Schulterblättern. Presst mir die Luft aus den Lungen und treibt mir Tränen in die Augen.

Hustend folge ich der Aufforderung und sehe riesige Spinnweben, die die steinernen Wände bedecken. Davor stehen in einer Reihe metallene Sarkophage. Und ganz unten, am Boden, liegt eine bewegungslose Gestalt. Etwas Spitzes ragt aus ihrer Brust, das verdächtig nach einem Armbrustbolzen aussieht. Eine dunkle Pfütze hat sich um den Körper gebildet und … von einem Wimpernschlag auf den anderen wird mir schlecht.

»Ist … Ist er …« Das letzte Wort bleibt mir im Hals stecken.

»Tot«, beendet der Feuerteufel meinen Satz. »Und wenn ich das Tagebuch nicht in spätestens drei Tagen in den Händen halte oder bemerke, dass irgendjemand aus deiner Truppe noch einmal versucht, mich aufzuspüren, dann sind deine Liebsten an der Reihe. Eine nach der anderen. Bis du wieder ganz allein auf der Welt bist.«

»Das … Das kannst du nicht machen«, würge ich hervor und spüre, wie mein Körper anfängt zu zittern.

»Ich würde es an deiner Stelle nicht darauf ankommen lassen. Und das ist meine letzte Warnung. Also beeil dich, kleines Irrlicht. Die Uhr tickt.«

Ich will fluchen, der Person die wüstesten Beschimpfungen an den Kopf werfen, doch ich bringe kein Wort heraus, kann nur auf das Blut vor mir starren.

Plötzlich wird es dunkel und leichtfüßige Schritte entfernen sich. Werden immer leiser. Lassen mich zurück. Zwischen uralten Särgen. Gefesselt. Mit einer Leiche.

Verfluchte Scheiße.

Es dauert einige Momente, bis sich meine Augen an die Dunkelheit gewöhnt haben und ich die eiserne Klaue ausblenden kann, die meine Brust zusammenpresst und sich in brodelnde Wut verwandelt, weil ich rein gar nichts erreicht habe.

Ich beiße mir auf die Zunge, um die Bilder des toten Vampirs zu verdrängen, der nur wenige Meter entfernt liegt.

Kopflose Panik hilft mir jetzt nicht weiter. Wenn ich hier rauswill, muss ich mich konzentrieren.

Zum Glück scheine ich wenigstens noch meine Ausrüstung bei mir zu haben, denn ich spüre den Stiefelschaft an meinem linken Bein.

Ich atme tief durch. Dann winkle ich die ausgestreckten Beine an und drücke die Schultern durch. Gleichzeitig strecke ich die Finger, bis ich meinen Unterschenkel berühren und die Hose nach oben rollen kann.

Mit den Kuppen taste ich über mehrere Phiolen und Kugeln, bis ich einen Dietrich erreiche, den ich in der Lederhalterung verborgen habe.

Vorsichtig ziehe ich ihn heraus und schiebe ihn in das Schloss der linken Handschelle. Meine Finger sind so kalt, dass ich mehrmals abrutsche. Doch ich mache weiter. Stochere so lange darin herum, bis endlich das erlösende Klicken ertönt und ich mein linkes Handgelenk aus dem Metallring winden kann. Mit einem Klong fällt die Schelle auf den Sarkophag, auf dem ich liege.

Hastig setze ich mich auf und ziehe mein Handy aus der Hosentasche, um Bo anzurufen, die vor Sorge wahrscheinlich fast umkommt. Doch obwohl es noch eingeschaltet ist, hat es keinen Empfang.

Fluchend schalte ich die Handytaschenlampe ein, lege das Gerät mit dem Licht nach oben auf meine Oberschenkel und löse die zweite Seite der Handschellen. Dann stecke ich sie in die Jackentasche, um keine Spuren zurückzulassen.

Das Handy in der Hand haltend, stehe ich auf.

Am liebsten würde ich die Gruft sofort verlassen, doch stattdessen gehe ich zu Luke.

Der Vampir starrt mit leblosen Augen an die Decke. Das

überirdisch schöne Gesicht mit den langen Wimpern und den fein geschnittenen Zügen ist schmerzverzerrt.

Ein Schauer läuft mir über den Rücken. Ich will mir gar nicht vorstellen, dass Bo oder Rose hier an seiner Stelle liegen könnten.

Mit verkrampften Fingern umklammert er den Bolzen, als hätte er versucht, das silberne Mordinstrument herauszuziehen.

Alles in mir sträubt sich dagegen, den Toten zu berühren, der bereits durchscheinend wird und beginnt sich in Luft aufzulösen. Trotzdem taste ich seine Taschen ab, in der Hoffnung, etwas zu finden, was uns helfen könnte, den Feuerteufel ausfindig zu machen.

Doch leider entdecke ich nichts. Genau wie in der übrigen Gruft.

Resigniert leuchte ich mit der Handytaschenlampe ein letztes Mal zwischen den Särgen und Spinnweben umher, dann gehe ich die Stufen hinauf und wähle Bos Nummer.

19. KAPITEL

»Alles in Ordnung?«, fragt Heaton am nächsten Morgen, als ich an meinem Schreibtisch sitze und ins Leere starre.

»Migräne«, brumme ich.

Seit ich betäubt wurde, habe ich Kopfschmerzen, die sich anfühlen, als würde mir jemand kontinuierlich gegen die Schädeldecke hämmern. Und die Erinnerung an den toten Vampir sorgt nicht gerade für eine schnelle Besserung. Trotzdem schweifen meine Gedanken immer wieder zu Luke. Zu seinem leblosen Blick. Seinem toten Herzen. Der Sorge, Bo oder Rose könnten die Nächsten sein. Gleichzeitig ärgere ich mich maßlos, weil mich der Feuerteufel überrumpelt hat und ich rein gar nichts über ihn in Erfahrung bringen konnte.

Stöhnend vergrabe ich das Gesicht in den Händen. Aber alle Vorwürfe helfen mir jetzt nicht weiter, denn ich muss endlich an Heatons Magie gelangen.

Leider ist mein Gehirn wie leer gefegt und ich habe keinen blassen Schimmer, wie ich das bewerkstelligen soll.

»Hier«, sagt der Dämon, der wieder neben mich getreten ist. Mit schwerem Kopf sehe ich auf. Er hat einen Stapel Papiere in der Hand und stellt ein Fläschchen auf den Tisch, das mit giftgrüner Flüssigkeit gefüllt ist.

»Was ist das?«, frage ich.

»Mondwurzelextrakt. Mir hilft es immer, die Kopfschmerzen schnell wieder loszuwerden.«

»Danke …«, sage ich langsam und beobachte mit zusammengezogenen Brauen, wie er an eine der Wände tritt und Bilder von Kunstgegenständen abhängt.

Erst die Decke nach dem Lagerhausvorfall und jetzt das. So viel Fürsorglichkeit hätte ich ihm nach unseren anfänglichen Problemen niemals zugetraut.

Ich greife nach dem Fläschchen, nippe vorsichtig an der Flüssigkeit und verziehe das Gesicht. Sie schmeckt so bitter, dass mir beinahe die Haare zu Berge stehen und ich nur mit Mühe ein Würgen unterdrücken kann.

»Ich weiß, es ist furchtbar. Aber davon sollten Sie sich nicht abhalten lassen«, sagt Heaton.

Kurz zögere ich, dann kippe ich das Zeug mit Todesverachtung hinunter und schüttle mich wie ein nasser Hund.

»Sie werden es nicht bereuen. In ein paar Minuten wird es besser.«

»Hoffentlich haben Sie recht.« Hastig durchsuche ich meine Jackentasche und finde zum Glück ein Bonbon, das ich mir umgehend in den Mund stopfe, um den Geschmack zu vertreiben.

»Gibt es Neuigkeiten über Emberthorn?«, frage ich, als die Süße die Bitterkeit verdrängt hat.

»Nicht wirklich.« Der Dämon legt die abgehängten Bilder auf den Tisch. »Aber Aurelius hat erzählt, dass Sullivan vor Wut außer sich ist, weil Emberthorn bisher nicht einmal von einer Überwachungskamera gesichtet wurde.«

»Dann ist er auf jeden Fall in Menschengestalt unterwegs. Ein roter Drache würde todsicher auffallen.«

»Wahrscheinlich.« Heaton hängt weitere Bilder von gestohlenen Kunstgegenständen ab.

»Ist es Zeit für einen Tapetenwechsel?«, frage ich.

»Ich will noch mal alle Informationen durchgehen, die wir zusammengetragen haben. Vielleicht haben wir etwas Entscheidendes übersehen. Schließlich werden Drachen nicht vom Erdboden verschluckt.«

Da hat er recht. Und weil ich mich dringend von Luke ablenken muss, stehe ich auf und helfe ihm, das Board freizulegen.

Als wir fertig sind, breitet er mehrere Papiere und Bilder auf seinem Schreibtisch aus, die alle in irgendeiner Weise mit dem Drachenfall in Verbindung stehen. Dann nimmt er Emberthorns schreckliches Fahndungsfoto und hängt es in die obere Mitte des leeren Boards.

»Emberthorn ist der Direktor der Drachenbank und sehr ehrgeizig.« Heaton malt vom Bild ausgehend mit einem Stift mehrere Linien nach unten.

Ich trete näher. »Und er war kurz davor, die amtierende Königin und Stadträtin vom Thron zu stoßen, bis er rein zufällig die Kontrolle über seine Magie verloren hat. Eine Woche vor dem wichtigsten Tag seiner Laufbahn.« Mit einem blauen Magnet befestige ich ein Bild von Lady Ashford unter einer Linie.

»Außerdem wissen wir, dass er vier Substanzen im Blut hatte.« Heaton schreibt die Namen untereinander. »Eine neutralisiert Geschmacksrichtungen und eignet sich, um Gifte zu vertuschen. Die anderen beiden sind die Hauptbestandteile eines Tranks, der Halluzinationen erzeugt.«

»Die vierte stammt vermutlich von einem gefallenen Stern und hat die Macht, die Produktion der magischen Zellen im

Blut erheblich zu steigern.« Ich male einen kleinen Stern daneben. »Hat Ryo schon etwas dazu herausgefunden?«

Heaton schüttelt den Kopf und befestigt mit einem schwarzen Magnet die Laborbefunde neben seiner erstellten Liste. »Bisher leider nur wenig. Scheinbar hat Napoleon den letzten bekannten Sternenüberrest verwendet, um die Magics zu stärken, die ihn unterstützten. Seitdem ist keiner mehr aufgetaucht.«

»Was nicht heißen muss, dass es keine gibt«, sage ich. Mit Rose und Bo habe ich genügend Schätze aufgespürt, die als verschollen galten.

Heaton nickt. »Richtig. Vielleicht ist es Emberthorn tatsächlich gelungen, einen ausfindig zu machen. Was auch seinen Machtanstieg erklären würde.«

»Trotzdem ergibt vieles keinen Sinn.« Mit dem Zeigefinger tippe ich auf die Substanzen. »Wenn wir davon ausgehen, dass sich der Drache gedopt hat, um Lady Ashfords Platz einzunehmen, weshalb sollte er gleichzeitig einen Trank konsumieren, der bei den meisten Magics Halluzinationen verursacht oder sogar eine tödliche Wirkung haben kann?« Ich massiere mir die Schläfen, die langsam schwächer pochen.

»Eine berechtigte Frage.« Heaton streicht sich übers Kinn. »Und wenn beides nichts miteinander zu tun hat? Vielleicht hat Emberthorn …« Die Bürotür wird aufgestoßen und Sullivan stürmt herein.

»Heaton, haben Sie …« Er sieht sich suchend nach dem Dämon um. Dabei fällt sein Blick auf die Wand, vor der wir stehen.

Mit verkniffenem Gesicht betrachtet er sie mehrere Sekunden und läuft knallrot an. Als wäre er eine Tomate mit Igelfrisur. »Sie verplempern Ihre Zeit doch wohl nicht mit

Spielereien, während draußen ein flüchtiger Drache die Stadt niederbrennen könnte.«

»Wir verplempern gar nichts. Wir ermitteln«, sage ich bestimmt.

»Wie oft muss ich Ihnen noch sagen, dass es nichts zu ermitteln gibt? Die Sachlage ist eindeutig. Wir können jetzt nur noch Schadensbegrenzung betreiben und …«

»Warum sind Sie hier?«, fragt Heaton.

»Weil ich dachte, Sie hätten in der Zwischenzeit irgendetwas Nützliches getan und eine Spur gefunden, wo sich der Drache versteckt. Aber den Weg hätte ich mir scheinbar sparen können, denn wie es aussieht, kümmert das den mächtigen Dämon kein bisschen.«

»Das ist nicht wahr«, sagt Heaton. »Wir arbeiten auf Hochtouren daran und wenn Sie Ergebnisse wollen, verschwinden Sie jetzt besser und lassen uns weitermachen.«

Sullivan fletscht die Zähne und einen Moment wirkt es, als würde er sich auf Heaton stürzen wollen. Doch er wirft nur einen bitterbösen Blick auf unsere Unterlagen, macht auf dem Absatz kehrt und verschwindet so schnell, wie er gekommen ist.

Ich atme laut aus. »Was hat er für ein Problem mit Ihnen?«

»Vermutlich mehrere.«

»Und die wären?«

Heaton fährt sich über den Nacken und lässt seinen Blick durch den Raum schweifen, als wäre er unschlüssig, wie viel er verraten soll.

»Wir waren zusammen auf der MBI-Academy, haben uns auf denselben Job beworben und …«

»Sie haben ihn bekommen«, stelle ich fest.

Heaton nickt. »Sullivan entstammt zwar einer der mächtigsten Magierfamilien New Yorks, aber er hat kaum etwas von der Macht seiner Eltern geerbt. Er ist sozusagen die Enttäuschung der Familie und verabscheut alle, die mit viel Magie geboren wurden.«

»Das ist kein Grund, ein Ekelpaket zu werden«, sage ich, obwohl er mir fast leidtut.

Heaton winkt ab. »Genug von Sullivan. Wo sind wir stehen geblieben?«

»Bei Emberthorn und dem Stern«, sage ich und wende mich den Bildern auf dem Tisch zu.

»Richtig. Ich denke, wir sollten als Nächstes …« Heatons Worte rücken in den Hintergrund, denn mich beschleicht plötzlich das Gefühl, gerade etwas Wichtiges gesehen zu haben.

Sorgfältig betrachte ich ein weiteres Mal die Fotos und bleibe bei einer Aufnahme aus der Bank hängen. Darauf ist Emberthorn abgebildet, der sich mit der Hand an der Wand festhält. Und auf seinem Handrücken ist unübersehbar ein schwarzer Kreis mit einem Cocktailglas in der Mitte zu erkennen.

»Sehen Sie das?«, frage ich mit beschleunigendem Herzschlag und tippe auf das Zeichen.

Heaton nimmt mir das Bild aus der Hand, streift dabei meine Finger. Hinterlässt ein warmes Kribbeln auf meiner Haut.

»Wie konnte mir das entgehen?«, fragt er. »Das ist eindeutig der Stempel eines Nachtclubs oder einer Bar. Da er sich noch auf Emberthorns Handrücken befunden hat, muss er am Abend zuvor dort gewesen sein. Sonst wäre er längst verblichen.«

Ich nicke. »Und in der Regel gehen die wenigsten allein abends weg. Wenn wir also herausfinden, wo Emberthorn gewesen ist, kommen wir vielleicht einer Kontaktperson auf die Schliche. Oder sogar jemandem, der ihm bei seiner Flucht geholfen hat. Jetzt müssen wir nur noch wissen, welches Etablissement einen solchen Stempel verwendet.«

Heaton legt das Bild auf den Tisch, zieht sein Handy aus der Tasche und ruft die Aufnahme auf. Er vergrößert besagte Stelle mit zwei Fingern, bis ein verschwommener Schriftzug sichtbar wird.

Ich kneife die Augen zusammen, um die Worte zu entziffern. »Da steht … Bloody … Bary.«

»Nein«, sagt Heaton. »Nicht Bary, sondern Mary. Bloody Mary.«

Ich hebe die Schultern. »Davon habe ich noch nie gehört.«

Mit funkelnden Augen sieht er zu mir herunter. »Ich schon.«

\+ \+ \+

»Sagen Sie bloß, Sie gehen heimlich in Karaokebars, um Ihr sonniges Gemüt auszuleben«, stichle ich, als wir wenig später in Nightfall ankommen. Dem Stadtteil, in dem hauptsächlich Vampire und Dämonen leben.

»Nein, aber ich wohne in der Nähe.« Heaton geht auf ein mehrstöckiges Gebäude mit hohen Fenstern zu, über dessen Eingang ein rotes Vordach angebracht ist.

»Wie schade. Ich kann mir nur zu gut vorstellen, wie Sie auf einer Bühne stehen und tragische Liebeslieder zum Besten geben.«

»Eher friert die Hölle zu.«

Ich kann mir das Grinsen nicht verkneifen. Gemeinsam betreten wir die Bar, über der ein Schild mit der Aufschrift

Bloody Mary hängt und das genauso aussieht wie der Stempel.

Der Innenraum wirkt überraschend freundlich. Unterschiedlich große Glühbirnen hängen an schwarzen Schnüren von der Decke. Die Tische und Stühle sind aus Holz gefertigt, der Boden dunkel gefliest und gegenüber den Fenstern befindet sich eine kleine Bühne, auf der zwei Mikrofone stehen.

Wir gehen an einigen Pflanzen vorbei, die auf Wandvorsprüngen platziert sind, und treten auf die Theke zu, hinter der Hunderte Flaschen stehen.

»Warum heißt die Bar *Bloody Mary?*«, frage ich Heaton hinter mir.

»Weil hier viele Vampire verkehren, die gern Blut trinken«, sagt eine Barkeeperin mit Afrolocken, die hinter der Bar auftaucht und zwei Gläser in der Hand hält. »Natürlich von freiwilligen Spendern gegeben.« Sie lächelt und entblößt zwei spitze Eckzähne. »Leider muss ich Sie bitten zu gehen. Wir haben noch geschlo…« Ihr Blick fällt auf den Dämon an meiner Seite und ihr Lächeln verrutscht.

»Mr Heaton. Verzeihung, ich habe Sie nicht gesehen«, sagt sie und klingt dabei … bestürzt?

Ich ziehe eine Braue hoch. Hat er nicht eben noch gesagt, er wäre noch nie in der Bar gewesen?

Er winkt ab. »Wir haben nur ein paar Fragen, dann sind wir wieder weg.«

»Aber nicht doch. Machen Sie es sich bequem.« Sie macht eine einladende Geste in Richtung der Barhocker. »Darf ich Ihnen etwas anbieten?«

»Nicht nötig, danke. Wir haben nur ein paar Fragen.«

Die Barkeeperin stellt die Gläser beiseite, tritt von einem

Fuß auf den anderen. »Natürlich, ich werde versuchen sie Ihnen so gut wie möglich zu beantworten.«

Ich schaue von ihr zu Heaton. Irgendetwas stimmt hier nicht.

Doch er holt gelassen Emberthorns Bild hervor und reicht es ihr.

»Haben Sie diese Person schon einmal gesehen?«

Sie betrachtet kurz das Foto, dann nickt sie so heftig, dass ihre Locken hüpfen.

»Er war letzte Woche hier. Das weiß ich so genau, weil ich ihn beinahe vor die Tür setzen musste. Er hatte Streit mit einem der anderen Gäste, der ihn versehentlich angerempelt hat. Der Mann wirkte nicht nur angespannt, sondern auch ziemlich durch den Wind.«

Wenn ich daran denke, was am nächsten Tag passiert ist, kann ich mir das bildlich vorstellen. Wahrscheinlich war seine Magie schon am Vorabend kurz vorm Überkochen.

»Können Sie sich noch erinnern, ob er in Begleitung war?«, fragt Heaton.

Sie legt sich einen Finger an die Unterlippe.

»Er hat sich mit einer Frau getroffen. Die beiden saßen lange in der Ecke dort hinten.« Sie zeigt auf eine Nische in der Wand, die aussieht, als wäre sie für verliebte Pärchen geschaffen worden. Etwas abgeschieden, aber mit dem dicken Kissen sehr gemütlich. Und Emberthorn konnte von dort aus die gesamte Bar im Blick behalten.

»Sie kennen nicht zufällig ihren Namen?« Hoffnung kribbelt in meiner Brust.

»Soviel ich weiß, nennen sie alle nur Sarah.«

»Das heißt, sie kommt öfter hierher?«, erkundigt sich Heaton.

»O ja, sie nimmt immer an unseren Karaokeabenden teil und hat seit Monaten keinen einzigen verpasst.«

Das klingt zu schön, um wahr zu sein. »Sind Sie sicher?«, frage ich.

»Natürlich. Sie hat eine großartige Stimme und ist der Liebling unserer Gäste. Sonst lassen sich die wenigsten Sirenen dazu herab, in einer Bar wie hier zu singen. Wenn sie ihr Talent präsentieren, dann auf großen Bühnen, vor viel Publikum.«

Endlich kommen wir der Sache näher.

»Wann findet die nächste Veranstaltung statt?« Die Barkeeperin greift nach ihrem Geschirrtuch und lächelt mich an. »Schon heute Abend.«

\+ + +

Nur wenige Stunden später betreten wir zum zweiten Mal die *Bloody Mary*. Heaton und ich waren in der Zwischenzeit kurz zu Hause, um uns etwas anzuziehen, das weniger nach Cop schreit. Ich habe mich für ein helles Shirt und eine Jeansjacke entschieden, die ich über meine Waffe gezogen habe, um sie zu verdecken.

»Hoffen wir, dass diese Sarah heute wirklich auftaucht«, sagt Heaton wenig begeistert, als wir ein Lied auf die Liste setzen müssen.

Ich entscheide mich für *Moonlight Secrets*, einen Song meiner liebsten Fae-Band, den ich manchmal vor mich hinsumme, wenn ich besonders gut gelaunt bin. Oder, wenn ich unter der Dusche stehe.

Dann folge ich dem Dämon an den Tisch im hinteren Bereich der Bar, den wir heute Nachmittag reserviert haben. Er ist für unser Vorhaben perfekt, da wir den kompletten Raum und die Tür im Blick behalten können. Und das Beste ist, dass wir uns nicht verstecken müssen, da wir der Sirene unbekannt sind. Was auch gar nicht so einfach wäre, denn Heaton ist nun mal schwer zu übersehen. Vor allem in der schwarzen Jeans, dem eng anliegenden Shirt und der dunklen Lederjacke, die ihm verdammt gut steht. Ihm etwas Verwegenes und Gefährliches verleiht, das den Blick mehrerer Gäste auf sich zieht, während er sich selbstsicher durch den Raum bewegt.

»Stimmt etwas nicht?«, fragt Heaton, dem aufgefallen sein muss, dass ich ihn angestarrt habe.

»Ich … Ich habe mich nur gefragt, ob Sie auch andere Farben in Ihrem Kleiderschrank haben«, sage ich schnell und setze mich zu ihm, während auf der Bühne mehrere Frauen schiefe Töne ins Mikrofon grölen.

»Warum? Was ist an Schwarz auszusetzen?«

»Nichts … es ist nur …« Ich stocke, denn *verdammt heiß* wäre wohl eine unangebrachte Beschreibung. »So ernst«, sage ich stattdessen.

»Unser Job ist ernst. Oder denken Sie, die Leute würden mich ernst nehmen, wenn ich in einem fliederfarbenen Hemd mit Schmetterlingen auftauche?« Er verzieht das Gesicht, als wäre schon der Gedanke daran unsagbar abwegig.

»Wenn Sie diesen bestimmten Blick aufsetzen, könnten Sie vermutlich auch mit Ballettrock und Federboa aufkreuzen und alle würden sich vor Angst in die Hose machen.«

»Welchen Blick?«

»Na, Sie wissen schon. Diesen König-der-Finsternis-Blick. Unnahbar. Furcht einflößend. Als würden Sie überall ein Geheimnis wittern und es um jeden Preis ans Tageslicht zerren wollen.«

»So viel kann ein einziger Blick niemals aussagen.«

»Sie haben ja keine Ahnung. Ist Ihnen etwa nicht aufgefallen, wie Sie alle beim Hereinkommen beobachtet haben? Und wie kooperativ die Barkeeperin gewesen ist, nachdem sie Sie bemerkt hat? Mich hätte sie wahrscheinlich hochkant rausgeworfen.«

»Ach das.« Er macht eine abwehrende Handbewegung. »Das liegt vermutlich daran, dass meine Familie …« Er zögert. »Nicht ganz unbekannt ist.«

Ich lehne mich in seine Richtung. Bo hat viel zu wenig über ihn herausgefunden. Vielleicht ist jetzt die Zeit gekommen, die Wissenslücken zu schließen. »Was macht die Heatons denn so besonders?«

»Eigentlich nichts. Sie haben nur viel Magie und gehören deshalb zu den einflussreicheren Magics.« Der Dämon verzieht den Mund und sieht in die Ferne.

»Sie scheinen nicht glücklich darüber zu sein.«

»Sagen wir eher, meine Familienverhältnisse könnten besser sein. Mein Vater … nun ja … er ist alles andere als erfreut über meinen Job.«

»Wirklich? Obwohl Sie die beste Aufklärungsquote aller Zeiten haben?« Ich streiche mir eine verirrte Locke hinters Ohr und frage mich, welche Eltern da nicht stolz sein können. Mum hätte sicher Luftsprünge gemacht.

»Er wäre nur zufrieden, wenn ich ins Familiengeschäft einsteige. Und das habe ich in nächster Zeit nicht vor.«

Ein Kellner unterbricht unser Gespräch. »Wissen Sie schon, was Sie trinken wollen?«

Während Heaton bestellt, überfliege ich die Karte, auf der Drinks mit verschiedenen Blutgruppen aufgelistet sind, und entscheide mich für einen veganen Cocktail ohne Alkohol.

Immerhin bin ich im Dienst. Und sitze Mr Übereifrig gegenüber. Da ist es definitiv ratsam, alle Sinne beisammenzuhaben.

»Und warum haben Sie sich fürs MBI entschieden?«, frage ich, als der Mann wieder weg ist.

»Dafür gibt es mehrere Gründe.«

»Wie es der Zufall will, habe ich gerade Zeit«, sage ich grinsend, denn so leicht will ich ihn nicht vom Haken lassen.

Er zieht die Brauen hoch. »Ich nehme die Dinge lieber selbst in die Hand und möchte mich nicht ins gemachte Nest setzen«, sagt er schließlich. »Beim MBI kann ich etwas bewirken und helfen die Stadt für Menschen und Magics sicherer zu machen.«

Der Kellner stellt zwei Cocktailgläser vor uns ab.

»Und was ist mit Ihnen? Warum wollten Sie so dringend diesen Job, dass Sie mir auf dem Flur hinterhergerannt sind und mich geradezu genötigt haben, Ihnen eine Chance zu geben?« Heaton greift nach seinem Glas.

»Weil …« Verflixt. Ich kann ihm schlecht sagen, dass ich die Lichtchroniken aus der Asservatenkammer stehlen will.

»Wegen meiner Mutter«, antworte ich stattdessen.

»Möchten Sie darüber reden?«, fragt er und erinnert mich damit an unser Gespräch auf der Ladekante des Krankenwagens.

Ich schlucke, überlege, wie viel ich ihm verraten kann. »Das meiste wissen Sie schon.« Ich seufze. »Sie starb bei einem Unfall mit Fahrerflucht. Die Polizei hat monatelang nach dem Täter gefahndet, aber er konnte nie gefunden werden.« Ich nehme einen großen Schluck von meinem fruchtigen Cocktail und denke an meine eigenen Nachforschungen, die ich mit Bos Hilfe betrieben habe. Doch obwohl wir jeden Stein zweimal umgedreht haben, ist es uns nach all den Jahren nie gelungen, an brauchbare Informationen zu gelangen.

Bedauernd sieht er mich an. »Ich kann mir nur vorstellen, wie zermürbend die Ungewissheit für Sie und Ihren Vater sein muss.«

Ein bitteres Lächeln entfährt mir, denn ich habe meinen Erzeuger nie kennengelernt. Mum hat jedes Mal abgeblockt, wenn ich sie nach ihm gefragt habe. Und weil Mums Angehörige bereits alle tot waren, gab es niemanden, der mich nach ihrem Unglück bei sich hätte aufnehmen können.

Eine überschwängliche Stimme reißt mich aus den Gedanken. »Sie sind dran.«

Ich sehe in das breit lächelnde Gesicht des Moderators, der ein Mikrofon über den Tisch streckt.

Hitze kriecht meinen Hals herauf, denn plötzlich sind alle Blicke in der Bar auf uns gerichtet. Heaton hebt abwehrend eine Hand, doch der Moderator, aus dessen Mund ebenfalls zwei spitze Zähne hervorragen, ist hartnäckig.

»Es gibt keinen Grund, schüchtern zu sein«, ruft er ins Mikrofon und erntet einen von Heatons bösen Blicken.

»Ich mach das schon«, sage ich und stehe auf, um die Erinnerungen abzuschütteln. Dann nehme ich dem Kerl unter tosendem Applaus das Mikrofon aus der Hand. Ich bin nicht die beste Sängerin, aber irgendwie schaffe ich es, mich durch die Zeilen zu hangeln, ohne vor Scham zu sterben.

»Na, wie war ich?«, frage ich, als ich wieder an unserem Platz ankomme.

»Großartig«, sagt Heaton und betrachtet eingehend die Kerze auf unserem Tisch, als wollte er vermeiden mir in die Augen zu sehen.

»Das ist gelogen, oder?« Ich rücke den Stuhl zurecht.

»Vielleicht.«

»So schlimm?«

»Als hätte man versucht eine Katze zu ertränken.«

»Hey!« Ich trete ihm unter dem Tisch mit der Fußspitze gegen das Schienbein. »Sie sind gemein.«

»Sie wollten die Wahrheit hören. Bitte, das ist sie.«

Gespielt beleidigt verschränke ich die Arme vor der Brust. »Wenigstens habe ich mich getraut. Und keiner der Anwesenden scheint einen bleibenden Schaden davongetragen zu haben.«

»Bis jetzt.« Ein schiefes Grinsen huscht über sein Gesicht. »Wer weiß, welche Nebenwirkungen noch auf uns zukommen?«

»Sie sind so ein Ar…«, setze ich an, als die Tür aufgeht und eine weitere Person die *Bloody Mary* betritt. Keine Frau, bei der es sich um die ominöse Sarah handeln könnte. Nein. Es ist ein Mann, der den Kragen seiner Jacke nach oben geschlagen und seine Schildmütze tief ins Gesicht gezogen hat. Trotzdem habe ich sofort erkannt, dass es sich dabei um niemand Geringeren als Red Emberthorn handelt.

20. KAPITEL

»Sehen Sie, wen ich sehe?«, flüstere ich und beobachte verstohlen, wie der Drache den Blick durch den Raum gleiten lässt, ehe er zur Bar geht und sich nahe der Tür auf einen Hocker setzt.

»Ja«, sagt Heaton, der geistesgegenwärtig nach der Getränkekarte gegriffen hat und dahinter verschwunden ist.

Ich lehne mich vor. »Er ist bestimmt hier, um diese Sarah zu treffen.«

Heaton späht über die Karte. »Das glaube ich auch. Allerdings hätte ich nicht gedacht, dass er sich in eine Bar traut.«

»Und was machen wir jetzt?« Aufgeregt rutsche ich auf meinem Stuhl herum. »Verstärkung rufen oder ihn auf eigene Faust fangen?«

»Beides. Wenn er uns entwischt und wir niemandem Bescheid gegeben haben, ist der Teufel los.« Der Dämon fischt sein Handy aus der Tasche. »Trotzdem sollten wir versuchen ihn so schnell wie möglich zu ergreifen, bevor er Polizeisirenen hört und flüchtet.«

Wie elektrisiert schiebe ich mein Glas von rechts nach links.

Das klingt nach der Gelegenheit, auf die ich so lange gewartet habe, denn Emberthorn wird sich bestimmt nicht kampflos ergeben. Und wenn Heaton seine Magie nutzt …

»Wir müssen extrem vorsichtig sein«, sagt der Dämon. »Er hat mich in der Bank gesehen und wenn er mich bemerkt, wird er wahrscheinlich türmen.«

»Können Sie nicht Ihre Schatten ausschicken und ihn festhalten?«

Heaton schüttelt den Kopf. »Nicht von hier aus. Wenn er sie bemerkt, wird er sich bestimmt verwandeln. Wir können nicht riskieren, dass er erneut die Kontrolle verliert. Die Gefahr, dass jemand verletzt wird, ist zu groß.«

Mein Blick schweift über die anderen Anwesenden, von denen ein paar ausgelassen auf der Bühne singen, während der Rest mit Cocktails in der Hand das Tanzbein schwingt oder an den kleinen Tischen sitzt.

»Heißt das, Sie müssen näher an ihn herankommen?«

»Das wäre optimal. Dann kann ich ihn mit meinen Kräften überrumpeln und ihm sofort die magieunterdrückenden Handschellen anlegen, bevor er sich zur Wehr setzt.« Er tätschelt seine Jackentasche, in der sich vermutlich besagte Handschellen befinden. »Im besten Fall hat er bei seiner Flucht aus dem Krankenhaus so viel Kraft verbraucht, dass er sich nicht befreien kann.«

»Wir brauchen also mal wieder ein Ablenkungsmanöver.«

»Exakt.«

Ich kaue auf der Innenseite meiner Wange herum. Um an Heatons Magie zu gelangen, muss ich in seiner Nähe sein. Und folglich auch in der des Drachen. Mir bleibt also nur eine Möglichkeit, wenn ich es dieses Mal schaffen will.

»Ich werde ihn in ein Gespräch verwickeln, damit Sie sich anschleichen können.«

Heaton verzieht das Gesicht. »Sind Sie sicher? Er ist gefährlicher, als er aussieht, und …«

Ich rolle mit den Augen. »Natürlich. Ich bin schließlich auch ein MBI-Agent. Haben Sie das vergessen?«

Ehe Heaton protestieren kann, stehe ich auf. Fest entschlossen, noch heute mit seiner Magie nach Hause zu gehen.

Ich schlängle mich an mehreren Personen vorbei, bis ich bei Emberthorn ankomme, der gerade ein Glas entgegennimmt. Dabei löse ich vorsorglich das Medaillon um meinen Hals und lasse es in meine Jackentasche gleiten, damit ich es griffbereit habe.

Als wollte ich nur etwas bestellen, quetsche ich mich in die Lücke zwischen dem Drachen und einem anderen Mann an der Bar. Letzterer dreht sich zu mir und mustert mich interessiert, doch ich werfe ihm einen so finsteren Blick zu, dass er sich sofort wieder seinem Glas widmet. Ablenkungen kann ich jetzt nicht gebrauchen.

Ich bemühe mich, möglichst locker auszusehen, obwohl meine Nerven zum Zerreißen gespannt sind, denn dieses Mal darf nichts schiefgehen.

Der Drache niest, greift in seine Hosentasche und schiebt sich hastig etwas zwischen die Lippen, das er mit einem großen Schluck aus seinem Glas hinunterspült.

Kurz gebe ich vor, die Getränkekarte zu studieren. Dann wende ich mich ihm zu, gerade, als er sich erneut umschauen will. »Können Sie mir etwas empfehlen?«, frage ich mit Unschuldsmiene.

»Entschuldigung?« Emberthorn sieht mit zusammengekniffenen Brauen zu mir herüber. Ich erkenne eine Spur Misstrauen in den Drachenaugen, unter denen noch immer dunkle Ringe liegen. Ihn ausgezehrt und müde wirken lassen, was durch seine blasse, fast durchscheinende Haut noch unterstrichen wird.

»Ob Sie mir etwas empfehlen können«, rufe ich über das Gejohle zweier Sänger hinweg. Wenn ich wie eine sterbende Katze geklungen habe, sollten sie in der Hölle eingestellt werden, um die Verdammten zu quälen.

»Ich war noch nicht oft hier.« Emberthorn dreht sich demonstrativ weg, als fürchtete er, erkannt zu werden. Was verständlich ist, schließlich ist sein Bild in allen Nachrichten zu sehen.

Aus dem Augenwinkel bemerke ich, wie Heaton von der anderen Seite näher kommt.

Erneut macht der Drache Anstalten, sich umzuschauen. »Warten Sie auf eine Verabredung oder sind Sie auf der Suche nach einer Bekanntschaft?«, brülle ich deshalb über den Lärm der Musik. Emberthorn wendet sich erneut mir zu. Jetzt sichtlich genervt.

»Ich warte auf jemanden.«

»Kennen Sie sie schon lange?«, frage ich, während Heaton sich an den Gästen vorbeischiebt. Doch Emberthorn ignoriert mich.

Verdammt.

Er will sich gerade umdrehen, als ich mich kurzerhand nach vorn lehne, überschwänglich nach der Barkeeperin winke und dabei *versehentlich* gegen Emberthorns Glas stoße.

Scheppernd fällt es um und eine gelbe Flüssigkeit ergießt sich über Emberthorns dunkle Jacke.

Keuchend springt er auf, während sich mehrere Blicke auf ihn richten. »Können Sie nicht aufpassen?«

»Es tut mir so leid.« Ich greife nach einer Serviette und tupfe ihn ab.

»Hören Sie auf damit!« Mit einem Arm schiebt mich der Drache von sich.

»Lassen Sie mich nur kurz …«, setze ich an, um seine Aufmerksamkeit zu halten. Doch da wirft er einen gehetzten Blick über die Schulter und erstarrt für einen Sekundenbruchteil, als er Heaton entdeckt.

Ich will nach ihm greifen. Ihn festhalten, doch der Drache schwingt sich mit übermenschlicher Geschwindigkeit auf die Theke.

Gläser klirren und Flaschen fallen laut scheppernd zu Boden. Zerschellen in tausend Einzelteile.

Die Barkeeperin stößt einen spitzen Schrei aus und Gäste sehen herüber.

Mit einem Ausfallschritt entgeht der Drache einem Schatten, der vor ihm aus dem Boden schießt. Dann springt er auf der anderen Seite von der Theke, drängt grob einen Kellner beiseite und verschwindet schnellen Schrittes in der Küche.

Verdammt. So hätte das nicht laufen sollen. Ich hatte nicht einmal Zeit, das Medaillon aufzuklappen.

Mein Blick fliegt zu Heaton.

»Treiben Sie ihn zum Hinterausgang. Ich nehme ihn draußen in Empfang«, ruft der Dämon mir zu und eilt zur Tür hinaus.

Ich unterdrücke einen Fluch. War ja klar, dass ich wieder rennen darf.

Da ich deutlich unsportlicher als der Drache bin, haste ich durch den schmalen Durchgang, den die Mitarbeitenden nutzen, anstatt mich über den Tresen zu schwingen. Dabei sehe ich gerade noch Emberthorns schwarze Jacke an einem Regal vorbeihuschen.

So schnell mich meine Beine tragen, setze ich ihm nach.

Jage an Edelstahltischen vorbei, die als Arbeitsflächen genutzt werden.

»MBI, lassen Sie mich durch«, rufe ich den Mitarbeitenden zu, während ich an dampfenden Töpfen und einem Gasgrill vorbeikomme. Dabei stoße ich beinahe mit einem Vampir in weißer Kochschürze zusammen, der mit einer Pfanne in der Hand vor Emberthorn zurückgewichen ist.

Um Haaresbreite gelingt es mir, dem glühend heißen Küchengerät zu entgehen. Emberthorn drängt sich an weiterem Personal vorbei und wirft einen Blick über die Schulter, bevor er blitzschnell mehrere Kisten umstößt, die vor mir auf den Boden fallen.

Bemüht, nicht auf einem der Äpfel, Birnen und Avocados auszurutschen, stoße ich die Schachteln mit dem Fuß beiseite und setze meine Verfolgung fort. Froh, dass Heaton ihn gleich am Hintereingang in Empfang nehmen wird, denn mein Atem rasselt schon wieder vor Anstrengung.

Der Drache scheint jedoch andere Pläne zu haben, denn statt nach rechts abzubiegen, wo ein Schild den Notausgang anzeigt, reißt er die Toilettentür auf. Natürlich die des Herrenklos.

Himmel. Womit habe ich das schon wieder verdient? In der letzten Woche habe ich so viel Zeit auf Toiletten verbracht, als hätte jemand einen nervigen Fluch über mich verhängt.

Zähneknirschend stoße ich die Tür auf.

»Tschuldigung«, rufe ich in den Raum hinein. Den Blick stur nach vorn gerichtet, renne ich an den Pissoirs vorbei, direkt auf das Fenster zu, aus dem Emberthorn gerade geklettert ist.

Wenig elegant schwinge ich mich auf den Fenstersims und schaue nach unten. Draußen ist inzwischen die Nacht hereingebrochen und Tausende Lichter, die durch Fenster scheinen, erhellen die Skyline Manhattans. Doch ich habe keine Zeit, den Ausblick zu genießen, denn Emberthorn biegt bereits um eine Straßenecke. Und Heaton ist nirgends zu sehen. Wie auch? Er befindet sich auf der anderen Seite des Gebäudes.

Verfluchter Mist.

Im Schein der Straßenlaternen verfolge ich den Drachen und beschleunige meine Schritte.

Trotzdem muss ich Heaton Bescheid geben, denn ich kann Emberthorn unmöglich allein stellen. Zum einen, weil ich mit meinen Irrlichtkräften machtlos gegen einen Drachen bin, zum anderen, weil meine gefakten Hexenkräfte in diesem Fall nur ein Tropfen auf dem heißen Stein sind.

Während ich die Straße entlangpresche, ziehe ich mein Handy aus der Gesäßtasche und schicke Heaton halb stolpernd, halb rennend meinen Standort, damit er uns hoffentlich so schnell wie möglich folgt.

Zum Glück hat Emberthorn bisher darauf verzichtet, sich in einen Drachen zu verwandeln und wegzufliegen. Vermutlich um den Hubschraubern zu entgehen.

Der Drache rennt an einem Nachtclub vorbei, vor dem eine lange Schlange aus Menschen und Magics steht, die darauf warten, eingelassen zu werden.

»Bleiben Sie stehen«, brülle ich ihm japsend hinterher, doch er ignoriert meine Anweisung natürlich. Obwohl meine Lungenflügel brennen und meine Seite schmerzt, als würde jemand ein Messer hineinrammen, renne ich weiter.

Kurz muss ich an die Verfolgungsjagd über den Times Square denken. Als ich in der gleichen Situation wie Emberthorn war. Panisch versucht habe zu entkommen. Und wenn ich ehrlich bin, gefällt mir meine neue Position wesentlich besser. Ich bin lieber die Jägerin als die Gejagte.

Einen Wimpernschlag lang überlege ich, ob ich Emberthorn entkommen lassen soll, doch dann verwerfe ich den Gedanken. Er ist eine Gefahr. Für Menschen und Magics. Für alle, die ihm begegnen.

Vor mir hat der Drache beinahe das Ende einer schmalen Gasse erreicht und sieht hektisch nach rechts und links. Wahrscheinlich um zu entscheiden, wo eine Flucht erfolgversprechender ist.

Noch ehe er sich in eine Richtung aufmachen kann, quietschen Reifen und Licht flutet die Gasse.

Ich blinzle gegen die Helligkeit und sehe die Umrisse einer großen Gestalt, die aus dem Wagen springt.

Vor mir bremst der Drache abrupt und mit donnerndem Herzen verlangsame ich meine Schritte, unschlüssig, wie ich reagieren soll.

»Nehme Sie langsam die Hände hinter den Kopf und halten Sie sie so, dass ich sie sehen kann«, schallt Heatons Befehl durch die Straße.

Doch Emberthorn schnellt mit einem Satz auf die nächste Hauswand zu und schwingt sich auf die Feuerleiter. In rasender Geschwindigkeit erklimmt er die Stufen, während ledrige Flügel aus seinem Rücken brechen und seine Jacke zerreißen.

Der Dämon flucht und ich sehe im Mondlicht, wie Schatten über den Boden zucken und auf den Flüchtigen zuschießen. Doch genau wie in der Bar reagiert der Drache blitzschnell.

»Warten Sie hier auf mich«, ruft mir Heaton zu, bevor er ebenfalls die Feuerleiter hinaufsprintet.

Auf ihn warten? Das geht nicht. Ich brauche schließlich seine Magie. Und zwar schnellstmöglich.

Ich ziehe die Kette aus der Jackentasche, öffne das Medaillon, um vorbereitet zu sein, und haste den beiden mit rasendem Herzen hinterher. Treppenstufen um Treppenstufen, die von Plateaus unterbrochen nach oben führen.

Meine Beine schmerzen höllisch und mein Atem rasselt, aber ich halte durch. Angetrieben von dem Gedanken an Heatons Magie, die beinahe zum Greifen nahe ist.

Doch egal wie sehr ich mich anstrenge, der Abstand zu den beiden wird immer größer.

Mein Blick fliegt nach oben. Zu Heaton, der dem Drachen über die Dachkante hinterherklettert und damit aus meinem Sichtfeld verschwindet.

Im nächsten Moment zerreißt ein Brüllen die Nacht. Hallt in meinem Körper wider und treibt meinen Adrenalinspiegel in die Höhe, während ich weitereile, bis ich ebenfalls das Flachdach erreiche und über die Kante spähe.

Mühsam Luft in meine Lunge pressend, lasse ich den Blick über die Betonfläche schweifen.

Obwohl es Nacht ist, kann ich durch New Yorks Lichtermeer deutlich Stofffetzen auf dem Boden sehen, die noch vor Kurzem Emberthorns Kleider gewesen sein müssen. Wie Brotkrumen führen sie auf eine riesige, rote Drachengestalt zu, die mit den mächtigen Schwingen schlägt, um abzuheben.

Allerdings erfolglos, denn Schattenschnüre haben sich um sein linkes Hinterbein gewunden und halten ihn am Boden fest.

Direkt gegenüber, auf der anderen Dachseite, steht Heaton. Bewegt die Arme mit eleganten, fließenden Bewegungen, während immer mehr Schatten aus dem Boden wachsen.

Ich stöhne. Wie um alles in der Welt ist er denn bitte dorthin gekommen? Hätte er nicht einfach in der Nähe der Treppe bleiben können, damit ich es einmal etwas leichter habe?

Der Drache wirft sich herum und zerrt mit brachialer Gewalt an den Fesseln. Dabei peitscht sein Schwanz durch die Luft.

Alles in mir schreit danach, auf Heatons Anweisung zu hören und zurück nach unten zu gehen. Aber wenn ich meine Freunde retten will, muss ich an Emberthorn vorbei.

Mit rasendem Puls trete ich von der Feuerleiter auf das Dach.

»Bleiben Sie, wo Sie sind«, ruft Heaton mir zu, aber ich hetze im Zickzack über das Dach. Springe über Schattenschnüre und tauche unter einem Flügel weg, um nicht von den Beinen gefegt zu werden.

Ich bin nicht mehr weit von Heaton entfernt, als der Drache mit brachialer Gewalt einen Schatten zerstört, der sich um seine Schnauze gewunden hat.

Emberthorn reißt das Maul auf. Zähne blitzen und ein Feuerball bildet sich in seinem Schlund. Rast auf mehrere Schattenschnüre zu und lässt sie zerfallen. Ich weiche den Flammen aus, übersehe dabei den schlingernden Schwanz und krache schmerzhaft mit der Hüfte auf den Boden. Das Medaillon fest umklammernd, denn ich darf es auf keinen Fall verlieren.

Ächzend wälze ich mich herum und versuche mich gerade aufzurappeln, als ich einen weiteren Feuerball sehe, der direkt auf mich zurast.

Ein Schrei bildet sich in meiner Kehle, während ich mit weit aufgerissenen Augen in die Flammen starre. Doch kurz bevor sich mich erreichen, schießt eine Schattenwand vor mir empor, stülpt sich über mich und fängt den Feuerball ab.

Beinahe gleichzeitig gelingt es dem Drachen, sich aus den

Schnüren zu winden. Er schlägt mit den Flügeln, hebt mehrere Meter vom Boden ab, als Heaton die Arme nach oben stößt und seine Schatten wie ein Lasso nach dem Drachen wirft. Sie um seinen Hals schlingt und ihn wieder nach unten zerrt.

Ich sehe die Anstrengung im Gesicht des Dämons. Wie er die Fersen in den Boden stemmt, um den Drachen zu zügeln, während um mich herum noch immer eine Halbkugel aus Schatten wabert.

Endlose Sekunden vergehen, in denen Heaton den Drachen am Boden festpinnt. Ihn mit seinen Seilen wie ein Paket verschnürt.

Erst, als sich der Drache nicht mehr rühren kann, verschwindet die Mauer um mich herum.

Dafür kommt Heaton auf mich zu. Das Gesicht vor Ärger verzerrt.

»Können Sie nicht einmal auf mich hören?«, herrscht er mich an. »Ich habe Ihnen gesagt, dass Sie unten warten sollen, aber nein, Sie mussten ja wieder Ihren Willen durchsetzen.«

Ich rapple mich auf. »Ich wollte Ihnen helfen. Schließlich bin ich Ihre Partnerin und …«

»… noch komplett unerfahren.« Heaton läuft immer weiter auf mich zu. So lange, bis er direkt vor mir steht.

»Es ist niemandem geholfen, wenn Sie gegrillt werden«, sagt er und die Sorge in seinen Augen befeuert mein schlechtes Gewissen, weil ich weiß, dass er recht hat und der Drache hätte entkommen können, nur weil er mich retten musste.

Noch ehe ich den Mund öffnen kann, spüre ich, wie sich das Medaillon in meiner Hand erwärmt. Gleichzeitig geht ein Ruck durch den Dämon, der sich sofort nach dem Drachen umsieht, der wild zappelt. Doch das hilft ihm nicht, denn Heaton zieht die Fesseln enger.

Das Medaillon kühlt ab. Und dann höre ich sie. Die Sirenen der Verstärkung.

21. KAPITEL

»Du hast es geschafft.« Jubelnd nimmt Bo mir das Medaillon aus der Hand.

Libby lässt die Bücher auf dem Wohnzimmertisch tanzen und schiebt einen der Ohrensessel auf mich zu. Dankbar lasse ich mich darauf fallen, denn ich fühle mich von der Verfolgungsjagd wie erschlagen. Trotzdem bin ich so erleichtert wie schon lange nicht mehr.

»Jetzt musst du nur noch in die Asservatenkammer schleichen und die Lichtchroniken herausholen«, sagt Bo, der es in den letzten Tagen gelungen ist, sich zumindest teilweise ins MBI-System zu hacken. »Am besten machst du das gleich morgen früh, wenn der Troll seine Runde dreht.«

Ich nicke. Beim Beobachten der Überwachungskameras ist ihr aufgefallen, dass er immer zur selben Zeit nach dem Rechten sieht. Das ist die perfekte Gelegenheit, um unbemerkt hineinzukommen.

»Dann fehlt nur noch der Magiereduktor.« Rose kommt zu uns herüber und zieht einen länglichen Gegenstand aus der Hosentasche. Aufmerksam begutachte ich die lippenstiftgroße Apparatur, in die verschnörkelte Runen geritzt sind. Sie winden sich um einen silbernen Knopf und treffen sich an der zugespitzten Seite, die mich an die Feder eines Füllers erinnert.

»Wie funktioniert er?«

»Ganz einfach.« Rose zeigt mit ihrem zittrigen Finger auf eine Öffnung. »Du musst hier das Medaillon mit der eingefangenen Magie hineinstecken. Wenn du den Reduktor verwenden willst, drückst du auf den silbernen Knopf. Danach gibt der Reduktor die Magie aus der Kette automatisch ab.«

»Das ist alles?«

»Theoretisch schon.«

Ich runzle die Stirn. »Und praktisch?«

Rose seufzt. »Habe ich keine Ahnung, ob er funktioniert, denn aus offensichtlichen Gründen konnte ich ihn leider nicht testen.« Sie nimmt ihre Brille ab und poliert die Gläser mit dem Saum ihrer Bluse.

Ich mache eine wegwerfende Handbewegung. Bin nicht bereit, mir heute von Sorgen den Abend vermiesen zu lassen. »Du bist ein Genie, wenn es ums Knacken von Safes geht. Er ist bestimmt tadellos.«

Rose lächelt verhalten. »Das hoffe ich. Ich habe mich exakt an die Anweisungen gehalten und alle Materialien besorgt, die dafür notwendig waren …« Sie stockt. »Leider schulde ich jetzt rund einem Dutzend Personen diverse Gefallen, aber das ist es wert.«

»Wenn das alles vorbei ist, arbeiten wir sie gemeinsam ab«, sage ich entschlossen.

Bo nickt. »Und bis es so weit ist, zerbrechen wir uns nicht den Kopf darüber.« Sie legt die Kette auf den Wohnzimmertisch, öffnet die Schublade einer Kommode und zieht einen schwarzen Gegenstand heraus.

»Was ist das?« Ich schäle mich aus meiner Jacke.

»Eine Attrappe, damit Mr Übereifrig das Verschwinden des Tagebuchs nicht so schnell bemerkt.« Sie reicht mir ein Buch.

Ich betrachte den schwarzen Ledereinband, der mit den verbeulten Ecken und Kratzern genauso aussieht wie die Lichtchronik.

Meine Augen weiten sich, als ich es aufschlage. »Sogar die Seiten sind beschrieben. Woher wusstet ihr, was drinsteht?«

»Wissen wir nicht. Wir haben einfach irgendeinen Text zusammengeschustert und ein paar Zeichnungen hineingeklatscht, die passen könnten.«

»Das ist genial.« Ich nicke anerkennend.

»Um ehrlich zu sein, war das auch unser Notfallplan, falls du es nicht geschafft hättest, die Magie zu stehlen«, sagt Bo kleinlaut. »Allerdings war es uns wegen Libby zu riskant. So gut, wie der Feuerteufel informiert ist, hätte er eine Fälschung womöglich direkt erkannt. Und nach der Sache mit dem Vampir war es uns erst recht zu gefährlich.« Sie erschauert und auch mir kriecht bei dem Gedanken an die Friedhofsnacht eine Gänsehaut über die Arme.

»Jetzt brauchen wir sie zum Glück nicht mehr dafür«, sage ich. »Wenn alles gut geht, können wir dem Unbekannten schon in wenigen Stunden das Original schicken.«

+ + +

Mit dem gefälschten Tagebuch unter der Bluse stehe ich am nächsten Morgen unsichtbar vor der Asservatenkammer. Froh, dass ich meine Kräfte geschont habe, denn natürlich verspätet sich der Troll ausgerechnet heute.

»Die letzten Tage war er immer pünktlich«, schimpft Bo über den neuen Kopfhörer in meinem Ohr.

»Das hilft uns jetzt leider nicht«, flüstere ich und trete von einem Fuß auf den anderen. Dabei sehe ich mich wachsam nach den Schnüffelkatzen um, deren Räumlichkeiten im selben Stockwerk liegen.

Zum Glück sind noch keine unterwegs, die mich durch das halbe Gebäude jagen könnten.

Es vergehen mehrere Minuten, die mir wie eine Ewigkeit vorkommen, bis der Troll endlich um die Ecke schlurft. Gähnend legt er seine Tasche hinter dem Tresen ab und zieht umständlich seine Jacke aus.

Als er sich endlich mit seiner Zugangskarte dem Scanner nähert, folge ich ihm lautlos wie ein Schatten und husche hinter ihm durch die Sicherheitstür. Hinein in die Schatzkammer des MBI.

Bin drin, tippe ich über Morsezeichen und folge Bos Anweisung, bis ich den grauen Safe erreiche.

»Ich habe eine Zeitschleife für die zuständige Überwachungskamera eingestellt«, sagt Bo.

Ich tippe schnell ein Okay, dann ziehe ich den Reduktor und das Medaillon aus meinem Stiefelschaft.

Vorsichtig schiebe ich das Medaillon in die Öffnung des Geräts. Genau, wie Rose es mir gezeigt hat. Dann stülpe ich ihn mir über den Zeigefinger, als wäre er ein besonders großer Fingerhut.

Mit einem Ziehen in der Magengegend warte ich, bis der Troll durch meine Regalreihe gegangen ist.

Anschließend hole ich ein letztes Mal tief Luft, um meine rotierenden Nerven zu beruhigen. Die Augen fest auf das Kreuz in der Mitte der schmalen Vertiefung gerichtet, die der Safe anstelle eines Schlüssellochs besitzt, drücke ich mit dem Daumen auf den Knopf des Reduktors.

Angenehme Wärme breitet sich um meinen Finger herum aus und ein dünner Schatten, der an einen Rauchschwaden erinnert, dringt aus dem Gerät. Fließt direkt in das Kreuz.

Mehrere Sekunden vergehen, in denen nichts passiert.

Los! Los! Los!, feuere ich den Safe an und drücke mit beschleunigendem Herzschlag ein weiteres Mal auf den Reduktor, aber es dringt kein weiterer Schatten heraus.

Ich denke an den Feuerteufel. Seine Worte. Die Frist, die er mir gesetzt hat, und mir wird so schlecht, dass ich glaube mich übergeben zu müssen. Mitten in der Asservatenkammer.

»Hat es geklappt?«, fragt Bo mit zittriger Stimme.

Doch obwohl ich den Mund öffne, dringt kein Laut über meine Lippen.

Ich schlucke gegen den Brechreiz an, schlage mit der Faust gegen den Safe, der die wertvolle Magie, für die ich so viel investiert habe, einfach verschluckt hat.

Schmerz durchzuckt meine Hand, aber ich ignoriere ihn, denn plötzlich rattert der Safe, als würden sich in seinem Inneren Zahnräder drehen.

Na also. Geht doch.

Hastig blicke ich mich nach dem Troll um, aber er ist inzwischen mehrere Regalreihen entfernt.

»Glaube schon«, wispere ich und neue Hoffnung flammt in mir auf.

Die Zähne fest zusammengepresst, vergehen weitere Sekunden, bis es schlagartig still wird.

Das Herz klopft schwer in meiner Brust, während ich nach dem Safe greife.

Geräuschlos schwingt die Tür auf und mir fällt ein zentnerschwerer Stein vom Herzen, als mein Blick auf das Tagebuch fällt, das in seinem Inneren liegt.

»Hab es«, flüstere ich.

Bo stößt einen Freudenschrei aus, der in meinen Ohren klingelt und mich mit einem Hochgefühl erfüllt.

Schnell verstaue ich den Reduktor an meinem Bein. Dann nehme ich die Lichtchronik aus ihrem Schutzpanzer und lasse meine Magie hineinfließen, bis sie an Farbe verliert und für andere unsichtbar wird.

Dabei blättere ich durch die Seiten, die anders als die Variante von Bo und Rose mit einer schwer leserlichen Handschrift beschrieben sind.

Obwohl der Sammlerwert groß ist und eine bedeutende Persönlichkeit dieses Buch geschrieben hat, frage ich mich, was so besonders daran ist, dass mindestens ein Magic dafür sterben musste.

Aber vielleicht brauche ich darauf keine Antwort. Wichtig ist nur, dass die Gefahr gebannt ist und wir den Feuerteufel endlich zufriedenstellen können. Zwar ändert das nichts an dem schlechten Gewissen, das an mir nagt, denn alles an meiner Tat fühlt sich falsch an. Aber ich habe keine Wahl. Ich muss es stehlen, um meine Freunde zu retten.

Deshalb ziehe ich das gefälschte Tagebuch hervor, das von außen täuschend echt aussieht, und lege es in den Safe.

Mit etwas Glück wird sich Jacks Fall noch Wochen oder gar Monate hinziehen und niemand wird das Tagebuch in der Zwischenzeit genauer ansehen. Und wenn es so weit ist, kommt hoffentlich niemand auf die Idee, dass ich etwas mit dem Austausch zu tun habe.

Sorgfältig verschließe ich den Safe wieder und mache mich mit dem originalen Tagebuch in der Hand auf den Rückweg.

Während Bo noch immer jubelt, erreiche ich gemeinsam mit dem Troll die Tür, der seine Runde beendet hat. Lautlos verlasse ich die Asservatenkammer auf demselben Weg, wie ich hereingekommen bin.

Ich husche über den leeren Flur in die Toilette, wo ich mich wieder sichtbar mache.

Jetzt muss ich meine Beute nur noch aus dem Gebäude schmuggeln. Was nicht allzu schwer sein sollte, denn Bo, Rose und ich haben einen todsicheren Plan ausgeheckt.

»Bin so weit«, sage ich zu Bo und packe das Buch in eine braune, blickdichte Papiertasche, die ich zusammengefaltet hinter dem Spülkasten der Toilette versteckt habe.

»Alles klar, ich sag Rose Bescheid.«

Wir verabschieden uns, ich lasse den Kopfhörer in meine Hosentasche gleiten und gehe mit meiner heißen Ware bepackt in Richtung Ausgang, um sie so schnell wie möglich loszuwerden.

Dabei kann ich es kaum glauben, dass ich es wirklich geschafft habe und das Tagebuch nach all dem Ärger tatsächlich in unserem Besitz ist.

Erleichtert winke ich dem Sicherheitsmann am Eingang zu und erreiche gerade die Drehtür, als zu meinem Entsetzen Heaton hereinkommt.

Sein Blick huscht zu einer Uhr, die über der Rezeption hängt. »Sie sind heute aber früh.«

Natürlich. Ich wollte mit allem fertig sein, bevor er das Gebäude betritt. Aber das kann ich ihm ja schlecht auf die Nase binden.

»Nach der Festnahme gestern konnte ich kaum schlafen«, sage ich stattdessen und umklammere die Henkel der Tasche fester. Versuche mich so unverdächtig wie möglich zu verhalten, während mir der Schweiß ausbricht.

»Ging mir ähnlich.« Heaton fährt sich mit der Hand über

den Nacken. »Ich frage mich die ganze Zeit, warum er es riskiert hat, in die Bar zu kommen. An einen öffentlichen Ort, wo er jederzeit auffliegen konnte.«

»Vielleicht wollte er wieder die ominöse Sarah treffen«, sage ich. Nach der Festnahme des Drachen haben wir noch auf sie gewartet, doch sie kam nicht.

»Aber warum?«

Ich hebe die Schultern. Dabei gleitet mein Blick über sein Gesicht. Über die Falte zwischen seinen Brauen, die immer dann auftaucht, wenn er angestrengt nachdenkt.

»Wieso fragen wir ihn nicht selbst?«

Er nickt. »Gehen wir gleich zu ihm?«

Jetzt?

»Ich möchte mir nur noch etwas zu essen kaufen«, hasple ich, denn ich will das Tagebuch nicht länger als unbedingt notwendig mit mir herumtragen. Geschweige denn es zu einer Befragung mitnehmen.

Lächelnd verdreht Heaton die Augen. »Natürlich, was auch sonst?«

»Man muss Prioritäten setzen.« Ich verlagere das Gewicht auf den anderen Fuß. »Soll ich Ihnen etwas mitbringen?«

»Nicht nötig. Ich komme mit«

Was? Mit offenem Mund starre ich ihn an, denn gerade kann ich seine Anwesenheit ganz und gar nicht gebrauchen.

Doch mir fällt keine plausible Erwiderung ein, mit der ich ihn abwimmeln könnte, ohne Verdacht zu erregen.

Deshalb gehe ich zähneknirschend mit ihm nach draußen.

Und weil Heaton nicht genug ist, kommt uns auch noch Agent Moore entgegen.

Das darf doch nicht wahr sein. Hat sich das Universum gegen mich verschworen?

»Gratulation zur erfolgreichen Festnahme«, sagt der Direktor und klopft Heaton auf die Schulter.

Sie wechseln mehrere Sätze, während ich nur Augen für Rose habe. Mit einer riesigen Brille und einer schwarzen Lockenperücke getarnt, lehnt sie an einem der Stehtische des Coffee Trucks. In der Hand eine Tasche wie die, in der ich die Lichtchronik verstaut habe.

»Ohne Agent Nordwell hätte ich es nicht geschafft«, sagt Heaton neben mir.

Ich lächle verhalten und wünschte, die beiden würden mich endlich allein lassen. Stattdessen reden sie in allen Einzelheiten darüber, wie die Festnahme verlaufen ist.

Himmel. Womit habe ich das verdient?

Ich werfe Rose einen resignierten Blick zu und überlege angestrengt, wie ich ihr in Heatons Anwesenheit die Tasche übergeben kann.

Doch mir fällt nichts ein.

Quälende Minuten vergehen, bis sich Agent Moore verabschiedet.

»Ich dachte schon, er geht nie«, sagt Heaton und steuert auf den Coffee Truck zu. Langsam folge ich ihm, in der Hoffnung, im Vorbeilaufen schnell die Taschen wechseln zu können.

Rose scheint genau zu wissen, was ich denke, denn sie geht unauffällig um ihren Stehtisch herum.

Doch gerade, als ich mich ihr nähere, dreht sich Heaton um.

Verflixt. Ich bemühe mich eine möglichst neutrale Miene zu bewahren.

»Überlegen Sie sich, was Sie haben möchten. Ich lade Sie ein«, sagt er.

»Warum?« Ich verziehe skeptisch den Mund, während ich an Rose vorbeigehen muss, als wäre sie mir fremd.

»Zur Feier des gestrigen Tages.« Er reiht sich in die Schlange der Wartenden ein und deutet ausgerechnet auf die Tasche in meiner Hand.

»Haben Sie vor den Laden auszurauben?« Er schmunzelt.

»Nein ... ich ... ich bin heute mit Freunden verabredet und soll Donuts mitbringen«, stammle ich.

»Und hier gibt es keine Taschen?«

Warum muss er denn immer so neugierig sein?

»Doch, aber ich ... ich bringe gern meine eigenen mit ... aus Umweltschutzgründen.«

»Verstehe.« Heaton versenkt die Hände in den Hosentaschen, während sich Rose hinter uns in die Schlange stellt.

Unauffällig drehe ich mich so, dass ich sie im Auge behalten kann.

»Ich wollte mich wegen gestern bei Ihnen entschuldigen«, sagt er plötzlich.

Ich ziehe eine Braue hoch.

»Es war falsch, Sie auf dem Dach so unwirsch anzufahren.« Er schiebt mit der Schuhspitze einen Kiesel über den Boden. »Aber ich hatte Angst, Sie zu verlieren. Genau wie Backer.«

Das Tagebuch in meiner Hand wiegt plötzlich eine Tonne.

»Schon gut. Sie müssen sich nicht entschuldigen«, sage ich. »Sie hatten ja recht. Ich bin noch nicht so weit, um es mit einem Drachen aufzunehmen, und hätte auf Sie hören sollen.«

Unsere Blicke begegnen sich und unwillkürlich erhöht mein Herz seinen Takt.

»Was möchten Sie?«, fragt die Verkäuferin und schnell sehe ich zur Seite.

Heaton beugt sich näher an die Auslage mit Donuts, die in allen Farben des Regenbogens verziert sind. »Können Sie mir etwas empfehlen, Miss Nordwell?«

»Natürlich«, sage ich. »Aber … Sie mögen doch keine Donuts.«

Er zuckt mit den Schultern. »Ich dachte, ich probiere mal etwas Neues.«

»Okay«, sage ich gedehnt, denn das könnte die Gelegenheit sein. Da Heaton rechts von mir steht, wechsle ich die Tasche schnell in die linke Hand, damit der Tausch einfacher ist. In der Hoffnung, dass Rose hinter mir alles im Blick behält, denn ich kann mich jetzt nicht umdrehen.

»Sehen Sie den dahinten?« Mit ausgestrecktem Zeigefinger deute ich auf den Teigkringel, der am weitesten von uns entfernt ist. Dabei strecke ich die linke Hand nach hinten.

»Meinen Sie den grünen?«

»Nein, den pinken«, sage ich und spüre, wie mir die Tasche aus der Hand genommen wird.

»Und was ist so besonders daran?«

»Er ist mit Schokolade gefüllt«, sage ich, während etwas meine Handfläche streift. Sofort umgreife ich es und spüre deutlich, dass diese Tasche leer ist. Am liebsten würde ich erleichtert aufatmen, doch ich kann es mir gerade so verkneifen.

»Wer isst denn so was?«, fragt Heaton wenig begeistert.

Ich hebe die Schultern. »Sie wollten eine Empfehlung. Das ist sie.«

Er verzieht die Lippen und während er bestellt, werfe ich einen schnellen Blick über die Schulter zu Rose. Die winkt mir zu, bevor sie sich mit dem Tagebuch aus dem Staub macht und mich mit einem Grummeln im Bauch zurücklässt, denn es fühlt sich alles andere als gut an, Heaton bestohlen zu haben.

\+ \+ \+

Nachdem ich selbst noch ein Dutzend Donuts gekauft habe und wir sie im Büro abgestellt haben, fahren wir mit dem Aufzug ins Untergeschoss des MBI-Gebäudes.

Es ist noch besser gesichert als die oberen Etagen, denn hier werden alle Verdächtigen festgehalten, die darauf warten, ins Untersuchungsgefängnis überstellt zu werden.

Verstohlen mustere ich die zahlreichen Überwachungskameras, die jeden Winkel im Blick behalten, während Heaton ein paar Worte mit zwei Trollen wechselt, die uns schließlich durch eine gepanzerte Sicherheitstür treten lassen.

»Sullivan ist da«, sagt der Dämon und verzieht gequält das Gesicht.

Ich stöhne genervt. »Was will der denn hier?«

»Wahrscheinlich ein Geständnis aus Emberthorn herausleiern.«

»Dann wird der Drache vermutlich froh sein, wenn wir dazukommen.« Ich will mir gar nicht vorstellen, was Sullivan ihm alles an den Kopf wirft.

»Wahrscheinlich.« Heaton geht auf eine weitere Tür zu und greift gerade nach der Klinke, als eine gedämpfte Stimme durch das Metall dringt.

»Du verdammter Sturkopf. Ist dir eigentlich klar, dass ich seit Tagen versuche deine Lage zu verbessern? Obwohl du uns weggeworfen hast wie ein altes Handtuch.«

»Hä … was …?«, murmle ich, unsicher, ob ich mich gerade verhört habe.

»Und das nur, weil du der nächste Drachenkönig werden wolltest!«

Mit offenem Mund sehe ich zu Heaton, dessen Hand über der Klinke schwebt.

Noch ehe ich einen klaren Gedanken fassen kann, wird die

Tür aufgerissen und Sullivan stürzt uns mit wutverzerrter Miene und knallrotem Kopf entgegen.

Als er uns sieht, erstarrt er einen Moment zur Salzsäule.

»Emberthorn schweigt beharrlich«, sagt er schließlich. Ohne uns anzusehen, zieht er die Tür fest hinter sich zu. Dann drängt er sich an uns vorbei und hastet davon.

Mit hochgezogenen Brauen sehe ich ihm nach und plötzlich kommt mir der Zettel in den Sinn, den ich in der Schublade des Drachen gefunden habe. Aber … kann das wirklich sein? Sind Emberthorn und Sullivan … Nein. Oder doch?

Zumindest würde das einiges erklären. Zum Beispiel, warum er ins Krankenhaus gekommen ist, nachdem Emberthorn erwacht ist, und …

»Wie heißt Sullivan mit Vornamen?«, frage ich.

»Danny.«

D.S. Die beiden Initialen. Das kann kein Zufall sein.

»Glauben Sie, die beiden …«

Heaton nickt. »Sieht stark danach aus. Und das würde auch erklären, warum er uns von diesem Fall fernhalten wollte. Er wusste, wir würden etwas finden, was Emberthorn stärker belastet, als es ein bloßer Kontrollverlust je könnte.«

Ungläubig schüttle ich den Kopf. Nach Sullivans Auftritten in den letzten Tagen, hätte ich eher angenommen, dass er dem Drachen eigenhändig den Garaus machen wollen würde, statt ihn zu beschützen.

Der Dämon öffnet die Tür und tritt ins Innere des Raums.

Er ist größer, als ich angenommen habe, und eine Glasscheibe trennt uns von einem weiteren Zimmer. Es kann nicht mehr als neun Quadratmeter umfassen und hat silberne Wände, in die Runen graviert sind. Wahrscheinlich, um jegliche Magienutzung im Keim zu ersticken.

Emberthorn, um dessen Handgelenke Schellen befestigt sind, die durch eine Kette verbunden sind, starrt uns mit glühendem Blick entgegen.

»Wenn Sie ein Geständnis wollen, können Sie gleich wieder gehen«, sagt er barsch.

Heaton schüttelt den Kopf. »Wir wollen Ihnen nur eine Geschichte erzählen.«

»Eine Geschichte?« Skeptisch legt der Gestaltwandler die Stirn in Falten.

Heaton nickt. »Wollen Sie sich dazu vielleicht setzen?« Er deutet auf den Stuhl, der hinter Emberthorn steht und neben einer Toilette und einem Bett das einzige Möbelstück in dessen silbernem Käfig ist.

»Ich stehe lieber.«

Der Dämon zuckt mit den Schultern und zieht uns zwei Stühle heran. Ich lasse mich darauf fallen und beobachte, wie der Drache in seinem Gefängnis von rechts nach links und wieder zurück läuft. Angespannt. Die Hände zu Fäusten geballt.

Heaton holt Luft. »Es war einmal ein junger Drache. Er war ehrgeizig, voller Ideen und wollte das neue Oberhaupt von Creature's Grove werden. Leider reichten seine magischen Kräfte nicht aus, um die amtierende Königin zu verdrängen. Deshalb suchte er nach einer Möglichkeit, seine Magie zu steigern. Die fand er auch, allerdings übertrieb er es und verlor knapp vor der Zielgeraden die Kontrolle über seine Kräfte.«

»Nein.« Ein verzweifelter Ausdruck tritt in Emberthorns Gesicht. »So war das nicht.«

»Sullivan sieht das anders.«

»Na und? Er hat keine Ahnung«, faucht der Drache und Schmerz blitzt in seinen Augen auf.

»Wenn Sullivan falschliegt, warum sind Sie dann aus dem Krankenhaus geflohen?«, fragt Heaton. »Unschuldige machen so etwas für gewöhnlich nicht.«

»Weil …« Emberthorn sucht nach Worten. »Weil mir klar war, dass mir niemand glauben wird. Ich wollte nicht riskieren, hierher gebracht zu werden, ohne die Chance, meinen Namen reinzuwaschen.«

Panik flackert in seinem Blick auf. »Hören Sie, ich weiß, wie das aussehen muss, aber ich habe nichts dergleichen getan.«

Ich schlage die Beine übereinander. »Vielleicht erzählen Sie uns Ihre Version der Geschichte.«

Emberthorn schaut zu Boden. »Sie werden mir nicht glauben.«

»Das finden wir nie heraus, wenn Sie schweigen.« Ich lächle aufmunternd. Das macht es zwar nicht besser, aber ich würde in seiner Situation sicher ein freundliches Gesicht bevorzugen.

»Von mir aus.« Emberthorn seufzt. »Wie Sie schon sagten, begann alles mit den Drachenkämpfen. Ich habe Tag und Nacht trainiert, mir Strategien angeeignet und jedes Buch gelesen, das ich in die Finger bekommen konnte. Irgendwann schienen meine Bemühungen Früchte zu tragen, denn ich wurde immer besser und stärker … Wie viel besser, wurde mir allerdings erst nach dem ersten Wettkampf klar, als ich meinen Gegner innerhalb kürzester Zeit besiegt habe. Und von da an ging es steil bergauf.«

»Wurden Sie nicht misstrauisch, weil Sie plötzlich so stark waren?«, hake ich nach.

»Anfangs habe ich meine Bedenken verdrängt und die Kraft dankend angenommen. Dann wurde die Macht allerdings immer stärker … hat sich schwerer kontrollieren lassen … Und nachdem ich eines Nachts beinahe mein Bett in Brand gesteckt hätte, gab ich Untersuchungen in Auftrag. Sie können sich nicht vorstellen, wie überrascht ich war, als eine unbekannte Substanz in meinem Blut gefunden wurde.«

Ich stutze. »Nur eine? Wir haben noch Cambonium, Asaleen und Brinorium entdeckt.«

»Ja.« Der Drache sieht zu Boden, als wäre er unschlüssig, wie viel er verraten kann.

Langsam beuge ich mich vor. »Erzählen Sie uns lieber die ganze Geschichte.«

Emberthorn schnaubt. »Ich habe einen verbotenen Trank konsumiert«, sagt er schließlich.

»Warum?« Mit gerunzelter Stirn lege ich den Kopf schief, denn das ergibt keinen Sinn. »Soweit ich weiß, sind Halluzinationen eine von vielen Nebenwirkungen.«

»Auf Drachen wirkt er wie ein starkes Beruhigungsmittel. Ich habe ihn in der Hoffnung genommen, die Produktion meiner Magie herunterschrauben zu können.«

»Sie geben also zu, verbotene Substanzen getrunken zu haben, aber Ihre Magie wollen Sie nicht gesteigert haben?«

»Ja.«

»Und woher wussten Sie von der speziellen Wirkung des Tranks?«

»Aus meiner Jugend.« Er zuckt mit den Achseln. »Ich habe früher einiges mit Freunden ausprobiert. Anders als bei ihnen erlebte ich allerdings keine bewusstseinsverändernden Zustände, sondern bin davon schläfrig geworden. Außerdem litten meine magischen Fähigkeiten schon nach einer einzigen Einnahme wochenlang darunter.«

Ich schürze die Lippen, frage mich, warum Aurelius nichts davon wusste.

»Und wie sind Sie vorgegangen, nachdem Sie von der unbekannten Substanz erfahren hatten?«, fragt Heaton, der den Drachen fokussiert im Blick behält.

Emberthorn seufzt. »Ich habe nachgeforscht, wie Magie gesteigert werden kann, und habe sehr viel Nutzloses gefunden. Dann entdeckte ich jedoch in einem Buch, dass es früher mithilfe eines Kometenstücks möglich war, diesen Effekt zu erzielen.« Er stockt und sieht einen Moment in die Ferne, ehe er fortfährt. »Deshalb habe ich mich bemüht herauszufinden, wo es diese Kometenstücke gibt, und bin dabei auf Sarah Osbourne, eine renommierte Magicologin, gestoßen, die ich um Rat gefragt habe. Ich sollte sie gestern Abend zum zweiten Mal in der *Bloody Mary* treffen.«

»Warum gerade an einem so belebten Ort?«

Der Drache schnaubt. »Mir wäre ein anderer auch lieber gewesen, das können Sie mir glauben. Aber Sarah wollte sich zu ihrem eigenen Schutz nur in der Öffentlichkeit treffen. Letztendlich bin ich darauf eingegangen, weil ich unbedingt wissen wollte, was sie recherchieren konnte.«

Heaton wippt mit dem Fuß. »Sie behaupten also, jemand hätte Ihnen etwas zugeführt, womit Ihre Magie sprunghaft angestiegen ist. Welche Motive könnte es dafür geben?«

Emberthorn hebt die Hände. »Das frage ich mich auch die ganze Zeit.«

»Vielleicht will jemand, dass die Drachenkönigin abgelöst wird«, sage ich.

Heaton wendet sich mir zu. »Aber würde dieser Jemand nicht zuerst seine eigene Macht stärken?«

»Vielleicht hat es nichts mit den Kämpfen zu tun und jemand möchte mich aus dem Weg räumen.«

»Jemand wie Sullivan?«, frage ich.

»Nein!«, sagt Emberthorn so vehement, dass seine Ketten rasseln. »Er hat viele Fehler, aber das würde er nie tun. Da bin ich mir absolut sicher.«

Ich atme aus. »Haben Sie eine Idee, wer es sonst sein könnte?«

Der Drache schüttelt resigniert den Kopf.

Heaton steht von seinem Stuhl auf. »Woher wissen wir, dass Sie uns die Wahrheit sagen? Vielleicht wollen Sie die Schuld auch nur auf jemand anderen abwälzen.«

»Nein. Bitte. Sie müssen mir glauben.« Emberthorn hebt verzweifelt die Hände, bevor sich sein Gesicht plötzlich aufhellt. »Sarah kann meine Geschichte bestätigen.«

»Das reicht nicht. Sie könnte auch Ihre Komplizin sein«, sagt Heaton.

»Und warum habe ich dann gestern riskiert aufzufliegen? Würde sie mit mir unter einer Decke stecken, hätten wir uns ganz sicher an einem abgelegenen Ort getroffen.«

Da ist etwas dran.

»Wir werden das überprüfen«, sagt Heaton.

»Ja, machen Sie das. Vielleicht finden Sie den Schuldigen, der mir das angetan hat.« Emberthorn lässt sich auf seinen Stuhl fallen, als hätte ihn das Gespräch unglaublich viel Energie gekostet.

»Wir werden unser Bestes geben«, sage ich.

Ein schwaches Lächeln zupft an Emberthorns Lippen. »Wenn Sie noch irgendetwas brauchen, dann wissen Sie ja, wo Sie mich finden.«

Heaton steht auf und wendet sich gerade ab, als er mitten in der Bewegung innehält. »Eine Frage habe ich tatsächlich noch. Was glauben Sie, wie Ihnen der Sternenstaub verabreicht wurde?«

»Keine Ahnung.« Emberthorn niest und kleine Rauchschwaden steigen aus seinen Nasenlöchern auf. »Anfangs dachte ich, jemand würde ihn mir unters Essen mischen. Deshalb habe ich wochenlang alle Nahrungsmittel selbst gekauft und akribisch darauf geachtet, dass niemand mit ihnen in Berührung kommt. Nachdem es noch schlimmer wurde, habe ich meine Umgebung auf Gase, Raumdüfte und Ähnliches untersucht, aber auch hier nichts Verdächtiges entdeckt.«

Seltsam. Ich denke angestrengt nach, welche Möglichkeiten es noch geben könnte, doch mir will nichts einfallen.

Erst, als Heaton und ich uns auf den Weg zu Sarah Osbourne machen, beschleicht mich das Gefühl, etwas übersehen zu haben. Etwas, das zum Greifen nahe und trotzdem meilenweit entfernt ist.

22. KAPITEL

Nachdem wir im Sekretariat der Goldleaf University herausgefunden haben, wo Sarah Osbourne unterrichtet, treten wir leise in den Hörsaal. Er umfasst mehrere Hundert Plätze, die bis auf den letzten Sitz mit Studierenden gefüllt sind, die Dr. Osbournes Ausführungen über die Geschichte der Magie folgen.

»Viele Götter der Vergangenheit waren Magics, die die Menschen mit ihren Kräften in Erstaunen versetzten. Thor hatte beispielsweise ein Talent dafür, das Wetter zu beherrschen«, sagt die Dozentin, deren algengrünes Haar in Wellen über die Schultern fließt.

An die Wand gelehnt, lauschen wir der melodischen Stimme der Sirene, während sie verschiedene Göttergestalten der Antike vorstellt.

»Auch wenn wir keine eindeutigen Überlieferungen haben, können wir davon ausgehen, dass sie bedeutende Gebäude wie die Pyramiden von Gizeh oder Stonehenge erbaut haben«, sagt sie und beendet die Vorlesung.

Erst als alle Studierenden den Raum verlassen haben, gehen wir zwischen den Sitzreihen nach vorn, wo Sarah gerade dabei ist, die elektronischen Hilfsmittel herunterzufahren.

»Dr. Osbourne, dürfen wir Ihnen ein paar Fragen stellen?«, sage ich, als wir die letzte Treppenstufe hinter uns lassen und vor der Dozentin stehen bleiben.

Sie mustert uns durch ihre dicken Brillengläser.

»Wenn es schnell geht.« Sie wirft einen Blick auf ihre Armbanduhr. »Ich muss gleich zu einem wichtigen Termin.«

»Wir beeilen uns«, sage ich.

Sie nickt. »Was kann ich für Sie tun?«

»Wir haben gehört, dass Sie sich gestern mit Red Emberthorn treffen wollten«, sagt Heaton neben mir.

Dr. Osbournes Augen weiten sich. »Wer hat das gesagt?«

Heaton zeigt ihr seine Marke. »Er selbst.«

Die Sirene erbleicht.

»Machen Sie sich keine Sorgen, wir wollen nur ein paar Auskünfte«, sagt der Dämon.

»Na gut …« Sie streicht sich über das hellblaue Kleid, das ihr bis zu den Knöcheln reicht und mit kleinen Perlen verziert ist. »Was möchten Sie wissen?«

»Am besten beginnen wir damit, woher Sie sich kennen.« Heaton lächelt aufmunternd.

»Wir sind uns vor ein paar Wochen in einem Forum über Geschichte begegnet«, sagt sie und klappt zittrig ein Buch auf dem Pult zu. »Red hatte einige Fragen, die er mir nur offline stellen wollte … um keine Daten über sein Problem zu hinterlassen. Normalerweise treffe ich mich nicht mit wildfremden Kerlen, die ich online kennengelernt habe, aber sein Fall klang spannend …« Die Muschelarmbänder um ihre Handgelenke klimpern, als sie das Buch in ihre Tasche stopft. »Trotzdem hätte er auch ein Serienkiller sein können, der das Blaue vom Himmel lügt. Deshalb habe ich darauf bestanden, mich nur in der Öffentlichkeit mit ihm zu treffen.«

Das ist absolut nachvollziehbar. Es gibt zu viele seltsame Gestalten, denen man besser nicht über den Weg trauen sollte.

Heaton verlagert das Gewicht. »Um welches Problem ging es konkret?«

»Er hatte mit rasantem Magieanstieg zu kämpfen und vermutete, mit den Überresten gefallener Sterne in Berührung gekommen zu sein. Er wollte von mir wissen, wie hoch die Wahrscheinlichkeit ist, dass irgendwo noch welche existieren.«

Ich werfe dem Dämon einen schnellen Blick zu, denn das bestätigt Emberthorns Aussage. Dann wende ich mich wieder an die Sirene. »Und was denken Sie darüber?«

»Am Anfang hielt ich es für unwahrscheinlich, weil die Sterne schon lange als aufgebraucht gelten … Aber dann zeigte er mir Auszüge aus seinen Gesundheitschecks. Die Schäden an seinen Organen und Gelenken sind verglichen mit denen, die bei Ausgrabungen an konservierten Überresten von Magics gefunden wurden, nahezu identisch.« Sie streicht sich eine ihrer Strähnen hinters Ohr.

»Das bedeutet, es müssen noch Kometenüberreste existieren.« Heaton lehnt sich an die Tafel.

»Wenn man den geschichtlichen Aufzeichnungen glaubt, dann nicht«, sagt die Sirene. »Allerdings habe ich intensiv Nachforschungen betrieben, seit ich mit Red geredet habe, und dabei ist mir etwas Interessantes aufgefallen.« Sie macht eine Pause, die wirkt, als wollte sie die Spannung erhöhen. »Es gibt noch Relikte aus der Vergangenheit, die winzige Sternensplitter beinhalten.«

»Welche?« Ich hänge an ihren Lippen, die sich zu einem Lächeln verziehen.

»Kunstgegenstände.«

Ich runzle die Stirn. »Warum sollte man Sternenstücke darin verbauen?«

»Um ihre Magie haltbarer zu machen«, erklärt die Sirene. »Mit der Zeit lässt sie häufig nach, aber Gegenstände mit Sternensplittern haben sozusagen ihre eigene winzige Batterie.«

»Das heißt, jemand müsste einige dieser Gegenstände erworben haben, um Emberthorn mit den Überresten zu versorgen.« Unwillkürlich kommen mir die vielen Bilder gestohlener Artefakte in den Sinn, die wir erst gestern von der Wand genommen haben.

Mein Blick fliegt zu Heaton und ich sehe in seinen Augen, dass er auf eine ähnliche Schlussfolgerung gekommen ist.

»Wahrscheinlich«, sagt die Sirene und bestätigt damit meine Vermutung.

»Und wie wird dieses Zeug verabreicht?«, erkundigt sich Heaton.

Dr. Osbourne zupft an ihren Armbändern. »Soviel ich weiß, wurden sie zu Staub zermahlen und mit Wein vermischt. In einigen Kulturen nannte man das den Trank der Götter.«

»Red hat ausgeschlossen, über Essen oder Getränke manipuliert worden zu sein«, sage ich. »Es muss also auf anderem Weg in seinen Blutkreislauf gelangt sein.«

Mir will nur beim besten Willen keine weitere Möglichkeit einfallen.

Nachdenklich kaue ich auf der Unterlippe und wieder beschleicht mich der Verdacht, etwas übersehen zu haben.

Dr. Osbourne schaut auf die Uhr. »Haben Sie sonst noch Fragen? Ich muss gleich lo…« Ihre Nase kräuselt sich und sie stößt ein lautes Niesen aus, das an das Tröten eines Elefanten erinnert.

»Gesundheit«, sage ich unwillkürlich und die Erkenntnis trifft mich wie ein Schlag.

»Das Niesen!«

Heaton dreht sich zu mir. »Was ist damit?«

Ich klatsche in die Hände. »Es ist die Antwort auf alles, denn Emberthorn hat sowohl auf den Aufzeichnungen der Überwachungskamera der Bank als auch in der *Bloody Mary* und vorhin in der Zelle geniest.«

»Und? Das ist ein natürlicher Vorgang.«

»Aber Emberthorn hat Tabletten dagegen«, sage ich mit rasendem Herzen. Bin mir absolut sicher auf der richtigen Spur zu sein, denn alle Puzzlestücke passen perfekt zusammen.

»In seiner Schreibtischschublade lag ein Pillendöschen und gestern hat er eine in der *Bloody Mary* genommen. Ich habe es genau gesehen, als ich neben ihm stand.«

Die skeptische Falte zwischen Heatons Brauen verschwindet. »Dann sollten wir das dringend überprüfen.«

+ + +

Als wir beim MBI ankommen, machen wir uns sofort auf den Weg ins Untergeschoss. Dort lassen wir uns Emberthorns Besitz aushändigen, den die Agents ihm bei der Festnahme abgenommen haben.

Mit fahrigen Fingern nehme ich die Schachtel entgegen und klappe den Deckel auf. Wie ich vorausgesagt habe, befindet sich darin auch ein kleines, weißes Döschen mit Allergietabletten.

»Kommen Sie mit.« Heaton dirigiert mich in einen schlichten Befragungsraum, in dem nur ein Tisch und zwei Stühle stehen.

Er schließt die Tür hinter uns und ich stelle die Kiste auf dem Tisch ab. Dann schraube ich die Dose auf und schütte eine längliche Kapsel auf meine Handfläche. Auf den ersten Blick sieht sie unauffällig aus. Klein und grün. Aber es kommt schließlich nicht auf die Verpackung, sondern auf den Inhalt an.

Vorsichtig pflückt mir Heaton die Pille aus der Hand und allein die zaghafte Berührung seiner Fingerkuppen reicht aus, um meinen Herzschlag zu beschleunigen.

Schnell lege ich die geschlossene Dose zurück in die Kiste.

»Sie hat keine Einstichstellen«, sagt er, nachdem er sie von allen Seiten betrachtet hat.

»Aber dafür kann man sie öffnen.« Ich deute auf die Bruchlinie, die um die Pille herum verläuft.

Heaton umgreift mit Daumen und Zeigefingern jeweils ein Ende der Kapsel. »Bereit für die Stunde der Wahrheit?«

»Natürlich.« Ich strecke ihm die rechte Handfläche entgegen.

Vorsichtig zieht er von beiden Seiten an der Kapsel, bis sie sich öffnet und weißes Pulver auf meine Haut rieselt.

»Sehen Sie das?« Ich betrachte die Krümel, die von winzigen, goldenen Partikeln durchsetzt sind.

Heaton beugt sich zu mir herunter und plötzlich schwebt sein Gesicht ganz nahe vor meinem, während er meine Handfläche mustert. So nahe, dass ich nicht anders kann, als auf seine Lippen zu starren. Mich plötzlich frage, wie es sich anfühlen würde, sie zu küssen.

»Ja«, sagt er rau. Jagt mir einen heißen Schauer vom Scheitel bis in die Zehenspitzen.

Mit aller Kraft reiße ich meinen Blick von seinem Mund los und begegne seinen Saphiraugen, die so hell funkeln, als wüsste er genau, was ich gerade gedacht habe. Hitze steigt mir in die Wangen und ich weiche einen Schritt zurück, spreche hastig weiter, um abzulenken.

»Das bedeutet, jemand muss die Tabletten manipuliert haben.«

»Vermutlich.« Heaton nimmt die Schachtel und gemeinsam verlassen wir den Raum.

»Dieser Jemand muss sich den Drachen bewusst als Opfer ausgesucht haben. Wenn man Sternenstaub nur aus alten, seltenen Kunstgegenständen gewinnen kann, ist es unmöglich, alle Tabletten im Umlauf damit zu präparieren«, sage ich.

»Und Verschwendung, denn es ist ein handelsübliches Medikament. Die Chance, dass ein Mensch es bekommt, der keinerlei Auswirkungen spürt, wäre viel zu groß.«

Ich sehe auf den Staub in meiner Hand. »Lassen Sie uns noch mal mit Emberthorn reden.«

Heaton nickt und zusammen machen wir uns auf den Weg. Dabei geben wir zuerst die Schachtel zurück und liefern die geschlossenen Tabletten im Labor ab, damit sie schnell überprüft werden können.

Als wir dieses Mal die Zelle erreichen, sitzt der Drache auf dem Boden und hat den Kopf an die Scheibe gelehnt.

Noch ehe wir ihn erreicht haben, springt er auf und sieht uns an.

»Haben Sie etwas herausgefunden?«, fragt er, einen hoffnungsvollen Glanz in den Augen.

Heaton winkt ab. »Ein wenig.«

»Und was?«

Ich übergehe die Frage. »Haben Sie schon lange Schnupfen?«

Der Drache hebt eine Augenbraue. »Seit meiner Kindheit.

Ich bin allergisch gegen Hausstaub und …« Schlagartig breitet sich Erkenntnis in seinem Gesicht aus. »Die Tabletten. Es muss in den Tabletten gewesen sein!«

Ich öffne meine Hand und halte sie vor die Scheibe, damit er den Inhalt sehen kann.

»Mr Emberthorn, woher haben Sie die Medikamente?«, fragt Heaton.

»Aus der Apotheke natürlich. Sie sind frei verkäuflich und meistens besorgt Jones sie für mich.« Er stockt. Starrt uns mit tellergroßen Augen an, während der Name schwer zwischen uns in der Luft zu hängen scheint.

Jones.

Der nette Jones, der von Anfang an betroffen wirkte. Der Monsterjäger unter dem Bett seiner Tochter sucht und vielleicht nebenbei seinem Boss Sternenstaub verabreicht …

»Aber … warum sollte er das tun?«, frage ich.

»Keine Ahnung.« Emberthorn lehnt sich so schwer an das Glas, als könnten ihn seine Beine nicht länger tragen. »Ich weiß nicht einmal, woher er etwas über die magiesteigernde Wirkung der gefallenen Sterne wissen könnte.«

So geht es mir auch. Zwar schien Jones ein Befürworter von Emberthorns Vorhaben zu sein, aber deshalb verabreicht man doch niemand heimlich Substanzen, oder?

»Am besten fragen wir ihn selbst«, sage ich und sehe zu Heaton. »Ich kenne jemanden, der sehr gut darin ist, Leute auszuquetschen.«

+ + +

Dank magischer Aufräumungsarbeiten sieht die Lobby der Bank fast wieder wie vor Emberthorns Magieausbruch aus.

Schutt und Trümmer sind verschwunden, eine neue Empfangstheke steht in der Mitte und die Risse in der Decke wurden beseitigt.

Allerdings fehlt der Kronleuchter und die Wände wirken kahl, denn es hängen nur noch vereinzelt Gemälde daran. Wahrscheinlich, weil der Großteil unwiederbringlich zerstört wurde.

Dafür wuseln emsig Putzkolonnen herum, die letzte Staubreste entfernen und den Feinschliff erledigen. Überwacht von der Security, die scheinbar verdoppelt wurde, denn überall stehen Männer und Frauen in Anzügen herum.

Unter ihren wachsamen Blicken gehen wir auf die neue Empfangstheke zu, hinter der eine Frau im schicken Kostüm gerade eine Kiste ausräumt und sich häuslich einrichtet.

Heaton bittet sie Jones in die Lobby zu beordern und wenige Minuten später eilt er keuchend in den Empfangsbereich.

»Was ist denn jetzt schon wie…« Er zieht überrascht die Brauen hoch, als er uns entdeckt. »Oh, Sie sind es. Haben Sie noch Fragen zu Emberthorn?«

»Vielleicht suchen wir uns einen Ort, an dem wir niemand stören«, sage ich mit einem Blick auf die Empfangsdame, die neugierig den Hals reckt, um kein Wort zu verpassen.

»Natürlich. Kommen Sie mit.« Jones führt uns schweigend mehrere Flure entlang.

Dabei starrt er stur geradeaus, als wüsste er nicht, ob er etwas sagen soll.

»Geht es Red gut?«, fragt er schließlich. »Ich habe gehört, er wurde gestern aufgegriffen.«

»Den Umständen entsprechend«, erwidert Heaton unverfänglich und zu dritt betreten wir einen leer stehenden Besprechungsraum, den ein Glastisch dominiert.

»Möchten Sie etwas trinken?« Verunsicherung schwingt in Jones' Stimme mit.

»Nein danke.« Heaton winkt ab und deutet auf einen Stuhl. »Setzen Sie sich.«

Jones' Adamsapfel hüpft, als er schluckt und der Aufforderung nachkommt.

Wir setzen uns ihm gegenüber. Dabei hole ich das Pillendöschen aus meiner Jackentasche und stelle es vor uns auf den Tisch.

»Haben Sie die Dose schon mal gesehen?«, frage ich und beobachte jede seiner Regungen. Aber Jones hat sich, bis auf das Zucken seiner Nasenflügel, erstaunlich gut im Griff.

»Sieht aus wie Reds Tabletten.«

»Wissen Sie, woher er sie hat?«

»Aus der Apotheke.«

»Und Sie holen sie immer für ihn ab, richtig?«

Der Werlöwe nickt zögerlich. »Sein Terminkalender ist immer voll. Deshalb erledige ich die meisten Botengänge für ihn und mache alles, was sonst noch anfällt.«

»Zum Beispiel den Inhalt seiner Tabletten mit Sternenstaub vermengen?«, fragt Heaton.

»Mit Sternenstaub?« Jones blinzelt mehrfach. »Ich verstehe nicht …«

»Dann lassen Sie es mich erklären.« Heaton nimmt eine Tablette aus der Dose. »Wir glauben, Sie öffnen die Kapseln nach der Abholung und präparieren sie anschließend mit Sternenstaub. Jedes Mal, wenn Emberthorn eine der Tabletten genommen hat, hat er sich selbst ein wenig damit vergiftet und die Magieproduktion in seinem Körper angekurbelt. So lange, bis er die gewaltige Menge nicht mehr kontrollieren konnte und sie aus ihm herausgebrochen ist.«

Der Dämon zieht die Kapselhälften auseinander und wieder rieselt weißes Pulver heraus, in dem winzige, goldene Partikel leuchten. »Sehen Sie?«

»Aber weshalb sollte ich das tun?«

»Weil Ihr Boss Sie schikaniert hat? Sie ständig Überstunden für ihn machen und sogar für ihn in die Apotheke gehen mussten? Deshalb beschlossen Sie ihn für immer loszuwerden.« Meine Begründung ist komplett ins Blaue hineingeraten und höchstwahrscheinlich vollkommen absurd, aber das macht nichts. Wir müssen Jones nur dazu bringen, die Wahrheit zu erzählen. So lautet zumindest der Plan, den Heaton und ich uns auf dem Weg hierher zurechtgelegt haben.

»Nein, hören Sie, ich hätte Red niemals etwas angetan. Außerdem schikaniert er mich nicht. Ich bin froh, für ihn arbeiten zu dürfen … Und ich habe seine Tabletten auch niemals geöffnet!«

»Aber Sie sind der Einzige, der außer Emberthorn Zugang hatte. Und der Drache kann es unseren Ermittlungen nach nicht gewesen sein. Deshalb bleiben nur Sie übrig, der eine Gelegenheit hatte.«

Jones' Blick huscht hektisch umher. Als wäre er, der Löwe, ein in die Enge getriebenes Reh, das einen Ausweg sucht.

»Sie … Sie können nichts davon beweisen.«

»Sind Sie sicher? Es gibt Rechnungen und Fingerabdrücke.« Demonstrativ zieht Heaton ein paar Handschellen aus seiner Tasche und legt sie auf den Tisch. »Sehen Sie, ich nehme einem Kind nur ungern seinen Vater weg, aber da alle Beweise gegen Sie sprechen, bleibt mir nichts anderes übrig.«

Jones schluckt.

»Was denken Sie, wie lange er nach der Aktion im Knast sitzen wird?«, frage ich Heaton, um den Druck zu erhöhen.

Er wiegt den Kopf nach rechts und links, als müsste er scharf nachdenken. »Wenn man die vielen Verletzten bedenkt, würde ich locker mit fünfzehn bis zwanzig Jahren rechnen.«

Der Werlöwe wird leichenblass. »Ich … ich wollte nie, dass jemand verletzt wird«, murmelt er so leise, dass ich ihn kaum verstehe.

»Und trotzdem ist es passiert«, erwidert Heaton. »Aber wenn Sie uns jetzt die Wahrheit sagen, können wir vielleicht einen Deal für Sie herausschlagen.«

Jones vergräbt das Gesicht in den Händen, als wäre er kurz davor, in Tränen auszubrechen.

»Am besten beginnen Sie von vorn«, sage ich sanft und lehne mich in seine Richtung. Ich kann spüren, dass wir der Lösung des Rätsels nahe sind.

Der Werlöwe sieht wieder auf. Einen gequälten Ausdruck in den Augen.

Dann atmet er tief durch, umklammert die Tischkante so fest, dass seine Knöchel weiß hervortreten. »Es begann alles mit meiner Tochter. Wie Sie wissen, leidet sie seit ihrer Geburt an Magiebrand. Als sie älter wurde, ging es ihr immer besser, bis sie vor einem Jahr plötzlich einen Rückfall erlitt. Kurz darauf passte mich nach der Arbeit ein Mann ab. Er sagte, er hätte die Lösung für meine Probleme und könnte Julie einen Platz in einer vielversprechenden Studie besorgen. Ich müsste ihm dafür nur hin und wieder einen Gefallen tun.«

Heaton verengt die Augen. »Und das kam Ihnen nicht seltsam vor?«

»Doch, natürlich. Deshalb lehnte ich auch ab. Aber es ging ihr von Tag zu Tag schlechter und die Ärzte konnten ihr nicht helfen.«

»Darum haben Sie Kontakt aufgenommen?«, fragt Heaton.

»Genau. Ich übergab den Postmäusen einen Brief und vereinbarte ein Treffen. Dort stellte sich heraus, dass ich lediglich Reds Tabletten austauschen sollte, um seine Chancen bei den Drachenkämpfen zu erhöhen.«

»Warum sollte das jemand wollen?«

Jones schnaubt. »Natürlich, um Lady Ashford endlich loszuwerden.«

»Also haben Sie eingewilligt, ihm etwas zu verabreichen?«, erkundigt sich Heaton.

»Ich wollte vorher wissen, was er bekommt und welche Auswirkungen es hat. Das haben sie mir bereitwillig erklärt.«

Ich wippe mit dem Fuß. »Und wer genau sind *sie*?«

»Spellproof Solutions.«

Ich brauche einen Moment, bis ich den Namen zuordnen kann, dann fällt der Groschen. »Das Unternehmen, das magische Abwehrprodukte herstellt und gerade überall in der Werbung ist?« Und von dem die Schutzschilde in meinem Stiefelschaft stammen.

»Genau die.«

Ich massiere mir die Schläfen. »Sind die Inhaber nicht Pixies? Welchen Grund haben sie, Lady Ashford vom Thron zu stoßen?«

»Ich weiß es nicht genau, aber scheinbar sind sie wegen irgendwelcher Bestandteile von Produkten öfter aneinandergeraten.« Jones knibbelt an seinen Nägeln und verzieht den Mund. »Anfangs lief alles bestens. Red gewann Runde um Runde. Aber dann bemerkte ich, wie er sich veränderte, fahriger und unkonzentrierter wurde. Ich wollte aussteigen, aber sie drohten Julie aus der Studie zu nehmen. Nachdem es ihr endlich besser ging.« Seine Stimme schraubt sich eine Oktave höher. »Ich wollte nichts von dem, was passiert ist.«

So verzweifelt, wie er klingt, glaube ich ihm das aufs Wort.

Heaton scheint es ähnlich zu gehen. Ich kenne diese nachdenkliche, mürrische Miene inzwischen gut genug, um sie richtig deuten zu können.

»Gibt es Schriftverkehr, der etwas davon beweisen kann?«, fragt der Dämon.

Jones schüttelt den Kopf. »Sie haben mir die Tabletten immer mit Postmäusen geschickt und Anweisungen in Briefen festgehalten, die sich nach dem Lesen selbst zerstört haben.«

Heaton flucht leise, dann wirft er dem Werlöwen einen finsteren Blick zu. »Ich möchte, dass Sie jetzt gut nachdenken, denn jedes Detail kann entscheidend sein, um die Leute von Spellproof Solutions zu überführen.«

23. KAPITEL

»Habt ihr das Tagebuch versendet?«, frage ich, als ich nach einem langen Tag wieder zu Hause bin und die Tüte voll Donuts auf den Küchentisch stelle.

»Natürlich. Ich habe es den Postmäusen heute Mittag als Expresslieferung übergeben.« Rose schaut auf die Uhr, die über der Kommode hängt. »Es müsste also inzwischen bei unserem Erpresser angekommen sein.«

»Das heißt, wir haben eine Sorge weniger«, trällert Bo und greift nach der Tüte.

»Zumindest, solange er nicht auf die Idee kommt, uns weitere Aufträge zu erteilen«, sagt Rose und setzt sich zu uns an den Tisch.

»Ja, aber darum kümmern wir uns, wenn es so weit ist.« Bo beißt in einen Teigkringel mit blauer Glasur.

»Jetzt müssen wir zuerst über deine Kündigung nachdenken.«

Ich schlucke schwer, denn ich wusste, dass das der nächste Schritt sein wird. Trotzdem bin ich noch nicht bereit aufzuhören. »Das geht nicht.« Die Worte haben viel zu schnell meinen Mund verlassen.

Bo funkelt mich misstrauisch an. »Warum?«

»Weil … weil der Fall noch nicht abgeschlossen ist und heute eine unerwartete Wendung genommen hat.«

Rose zieht eine Braue hoch, als würde sie mir kein Wort glauben.

Deshalb berichte ich kurz, was Heaton und ich heute herausgefunden haben.

»Das ist wirklich eine spannende Entwicklung.« Bo nimmt sich einen weiteren Donut. »Kann ich euch irgendwie helfen?«

»Du könntest ein wenig recherchieren. Es schadet bestimmt nicht, so viele Informationen wie möglich zu sammeln. Und wer weiß, vielleicht schließen wir den Fall damit ja schneller ab.«

»Ist so gut wie erledigt. Wenn du morgen früh losgehst, habe ich dir alles zusammengestellt, was zu finden ist.«

Ich schenke ihr ein dankbares Lächeln.

»Und bis dahin lassen wir uns eine überzeugende Begründung einfallen, die Heaton nicht misstrauisch werden lässt«, sagt Rose.

Obwohl sich alles in mir dagegen sträubt, meinen neuen Job als Ermittlerin schon bald an den Nagel zu hängen, weiß ich, dass ich nicht ewig so weitermachen kann. Es beinahe ein Wunder ist, dass ich die Fassade so lange aufrechterhalten konnte. Ich sehe Libby dabei zu, wie sie einen Bücherstapel durchs Wohnzimmer schweben lässt, und nicke schweren Herzens.

+ + +

Bo hat Wort gehalten und ihre Nachtaktivität genutzt, um einen Ordner über Spellproof Solutions zusammenzustellen, mit dem ich am nächsten Morgen im Büro ankomme.

Doch anders als erwartet ist Heaton noch nicht da.

Seltsam. Sonst ist er überpünktlich.

Ich will mich gerade setzen, als die Tür aufgeht und der Dämon hereinkommt. Mit zwei Kaffeebechern und einem Donut in der Hand.

»Sagen Sie bloß, Sie sind auf den Geschmack gekommen.« Ich grinse.

»Natürlich nicht. Der ist für Sie.« Er stellt einen duftenden Kaffee auf meinem Tisch ab und reicht mir das Gebäck, das mit pinker Glasur und Streuseln bedeckt ist.

»Danke.« Blinzelnd nehme ich es entgegen. »Aber … womit habe ich das verdient?«

»Selbstschutz. Wenn Sie gefrühstückt haben, haben Sie bessere Laune.«

»Gar nicht wahr«, sage ich und ernte ein Lächeln. Kopfschüttelnd vergrabe ich die Zähne in der zuckrigen Süße, denn ich habe heute tatsächlich noch nichts gegessen.

»Ich habe Ihnen auch etwas mitgebracht«, sage ich mit vollem Mund. »Einen Ordner voll Informationen über Spellproof Solutions.«

Nun wirkt Heaton überrascht. »Haben Sie sich damit etwa die Nacht um die Ohren geschlagen?«

Ich bin kurz versucht Ja zu sagen, um Eindruck zu hinterlassen, entscheide mich aber dagegen. »Nein. Aber ich kenne jemanden, der sehr gut darin ist, Informationen zu beschaffen.«

»Ach ja? Wen denn?«

»Partnerinnengeheimnis.« Ich zwinkere.

»Pff, ich verrate Ihnen auch nichts mehr.«

»Nachdem Sie mir am Anfang so viel vorenthalten haben, sind wir sowieso noch längst nicht quitt.«

»Müssen Sie denn alles auf die Goldwaage legen?«

»Müssen nicht … aber es macht nun mal Spaß.«

Er verdreht die Augen. »In den letzten Tagen habe ich mich doch sicherlich gebessert.«

»Das stimmt. Und Sie sind weniger kratzbürstig.«

»Kratzbürstig?«

»Ja.« Ich schürze die Lippen. »Sie wissen schon, unfreundlich, schroff, besserwisserisch …«

Er schaut mich einen Moment mit unergründlichem Blick an, dann lacht er. So warm und melodisch, dass mir ein wohliger Schauer über den Rücken rinnt und ich mir wünsche, ich könnte ihm das Geräusch öfter entlocken.

»Sie sind meistens auch nicht so übel«, sagt er, als er sich wieder beruhigt hat. »Obwohl ich Ihre Liebe für alles Zuckrige absolut nicht nachvollziehen kann, sind wir auf dem besten Weg, ein unschlagbares Team zu werden.«

Ich schlucke. Denke an das Gespräch mit Rose und Bo. Daran, dass es nie so weit kommen wird. »Habe ich etwas Falsches gesagt?«, fragt Heaton.

»Nein … Es ist nur …«, beginne ich, unschlüssig, wie ich es ihm sagen soll, denn alles in mir sträubt sich dagegen. Trotzdem habe ich keine andere Wahl, denn ich kann die Scharade nicht ewig aufrechterhalten.

»Ich habe Ihnen doch von meiner Mutter erzählt.« Ein Knoten bildet sich in meiner Brust.

Er nickt. Sieht ernst auf mich herunter.

»Nach ihrem Tod wuchs ich in einem Waisenhaus auf. Ich dachte jahrelang, ich hätte keine Familie mehr … aber kurz nachdem ich den Job erhielt, habe ich herausgefunden, dass ich eine Tante habe. Sie lebt in Europa … sie ist krank, leidet an einer schweren Form von Hexenfrost … und deshalb …«

»Werden Sie gehen«, sagt er.

»Ja.« Die Lüge liegt bleischwer in meinem Bauch und ich wage es nicht, ihm in die Augen zu sehen. »Ich muss die Chance nutzen, den letzten Rest meiner Familie kennenzulernen, bevor es zu spät ist.«

»Wissen Sie schon, wann?«

»Sobald wir den Fall abgeschlossen haben.«

Bedrückendes Schweigen erfüllt den Raum, das mir wie ein Stein im Magen liegt.

»Aber davor ...« Ich greife nach Bos Ordner. »... werden wir Spellproof Solutions so richtig in den Hintern treten.«

Heaton nickt, stellt seinen Kaffeebecher ab und nimmt ebenfalls einen Ordner von seinem Schreibtisch. »Ryo war auch schon fleißig.«

»Dann haben wir sicher genug beisammen, um einen Plan auszuhecken«, sage ich und trinke einen Schluck aus meinem Kaffeebecher. »Was haben Sie?«

»Eine Menge Hintergrundinformationen über die Gründung, die Produkte und die Inhaberin.«

»Also viel langweiliges Zeug.« Ich überfliege meine Aufzeichnungen, auf denen die Bilder von zwei Pixies abgebildet sind, bei denen es sich um Mutter und Sohn handelt, die Spellproof Solutions gemeinsam führen.

Ich tippe mit dem Finger auf eine Zeile. »Hier steht, der Umsatz an Gedankenleseabwehrspray hat sich in den letzten zehn Tagen um fünfzig Prozent gesteigert.«

»Und feuerfeste Kleidung um ganze dreihundertzwölf Prozent«, sagt Heaton. »Tendenz steigend.«

Meine Gedanken huschen zu den Demonstrierenden. »Das ist keine Überraschung. Die Leute sorgen sich, dass erneut jemand die Kontrolle verlieren könnte.«

Heaton nickt. »Finanziell lohnt es sich definitiv, einen Drachen zu dopen, bis er unberechenbar wird.«

»Womöglich ist das auch das wahre Motiv. Die Gründe, die sie Jones aufgetischt haben, erscheinen mir wenig sinnvoll.«

»Mir auch.« Er rollt den Ordner zu einem Trichter. »Gehen wir also davon aus, dass sie einen Weg gesucht haben, die Angst in der Bevölkerung signifikant zu steigern, um ihren Umsatz voranzutreiben. Sie haben Emberthorn als Opfer auserkoren, weil sein Kontrollverlust viel Rummel versprach. Dass es in der Bank passiert ist, war vermutlich das optimale Szenario.«

»Richtig. Allerdings müssen wir das erst mal beweisen.«

Heaton entrollt den Ordner. »Das wird knifflig. Da sich der Schriftverkehr selbst vernichtet hat und es keine Telefonate gibt, haben wir nur Jones' Aussage. Das ist zu wenig für einen Durchsuchungsbefehl.«

Ich setze mich auf die Tischkante. »Was ist, wenn wir Spellproof Solutions einen Besuch abstatten und ein paar unangenehme Fragen stellen?«

Heaton schüttelt den Kopf. »Damit machen wir sie nur nervös. Und wenn wir Pech haben, vernichten sie wichtige Beweise.«

»Wir müssen also mehr erfahren, ohne Wirbel zu erzeugen.«

»Richtig.«

Ich trinke einen weiteren Schluck. »Wir könnten uns wie im Krankenhaus verkleiden. Zum Beispiel als Labormitarbeiter.«

»Das wäre eine Möglichkeit«, sagt Heaton. »Oder wir gehen morgen Abend zur Produktvorstellung.« Er hält die Kopie eines Flyers hoch.

Aufregung prickelt auf meiner Haut. »Das könnte die perfekte Gelegenheit sein, um sich unauffällig umzusehen.«

Er nickt. »Wir brauchen nur eine schlüssige Tarnidentität, denn es sind ausschließlich geladene Gäste zugelassen, die sich als Investoren eignen. Also hochrangige Mitglieder der High Society.«

»Und wie bekommen wir die?«, frage ich. Natürlich könnte Bo uns eine zusammenbasteln, aber dann würde Heaton womöglich mehr über meine Kontaktperson erfahren wollen.

Sein Blick trifft meinen und einen Moment verhaken sie sich ineinander, bevor ein grimmiges Lächeln seinen Mund umspielt. »Lassen Sie das meine Sorge sein. Ich habe den perfekten Plan.«

+ + +

Da ich Heaton verschweigen muss, wo ich wohne, stehe ich am nächsten Tag im Bad eines kleinen Apartments, das Bo zu Tarnungszwecken auf meinen falschen Namen gemietet hat.

»Fertig«, sagt Rose, die mein rotes Haar zu einem eleganten Knoten auf meinem Kopf aufgetürmt hat. Dankbar drücke ich ihr die Schulter und betrachte einen Moment den Herzausschnitt meines langärmligen Cocktailkleides, in dem ich kleine Fächer vernäht habe, um Roses Kugeln zu verstecken. Von außen ist davon nichts zu sehen, denn der Rand des Ausschnittes ist mit kleinen Kristallen bestickt, die wie Sterne funkeln und die Aufmerksamkeit auf sich ziehen.

Ich verstaue gerade das Einbruchswerkzeug in meinem hochgesteckten Haar, als es an der Tür klingelt.

»Pass auf dich auf«, sagt Rose.

»Mach ich doch immer.« Ich schnappe meine Handtasche und eile auf hohen Schuhen die Treppe hinunter zur Straße.

Dort wartet Heaton in einem todschicken Anzug vor einer ebenso schicken Limousine.

Er mustert mich von Kopf bis Fuß und seine Augen weiten sich einen Moment. »Sie sehen aus wie …«

Ich streiche eine Haarsträhne zurück. »Wie eine echte Millionärin?«

»Ich meinte … ja, genau, genau das.« Anerkennung liegt in seinem Blick und ich mag es viel zu gern, dass ihm scheinbar gefällt, was er sieht.

Auch der Dämon sieht in seinem perfekt sitzenden Smoking mehr als gut aus. Und zur Feier des Tages trägt er sogar ein weißes Hemd. Mit Krawatte.

Agent Moore wäre sicher außer sich vor Freude, wenn er ihn jetzt sehen könnte. Oder er würde einen Tobsuchtsanfall bekommen, weil wir mit unserem Plan sicher gegen irgendeine Vorschrift verstoßen.

Ich grinse in mich hinein und Heaton hält mir die hintere Tür auf, bevor er selbst einsteigt.

»Wo haben Sie denn so schnell einen Chauffeur aufgetrieben?«

»Taylor ist ein enger Freund, der mir noch einen Gefallen schuldet.« Ich blicke nach vorn, ohne besagten Freund zu Gesicht zu bekommen, denn eine getönte Scheibe trennt den vorderen vom hinteren Bereich des Wagens.

»Wir können los«, sagt Heaton über die Sprechanlage.

Ich betrachte kurz das dunkle Holz und die Lederverkleidung des Wagens, dann wende ich mich dem Dämon zu.

»Also, wie ist der Plan?«

»Wir gehen rein, versuchen uns während der Programmvorstellung wegzuschleichen und einen Hinweis zu finden, der Jones' Aussage stützt oder widerlegt.«

»Und wie kommen wir rein?«

»Ich habe dafür gesorgt, dass wir auf der Gästeliste stehen.« Er reicht mir eine cremefarbene Einladung. »Natürlich unter Decknamen. Sie heißen heute Abend Rosalie Jackson und sind die Frau eines schwerreichen Mannes, die gern in Spellproof Solutions investieren will.«

»Wird niemand merken, dass es diese Person gar nicht gibt?«

»Nein. Denn die Jacksons existieren.«

»Und was ist, wenn jemand der Anwesenden sie kennt und den optischen Unterschied bemerkt?«

»Für den Fall habe ich vorgesorgt.« Heaton zieht einen schwarzen Flakon aus seiner Anzugtasche. »Ich habe die Jacksons heute am Flughafen wegen Verdachts auf Schmuggel festnehmen lassen und uns ein Illusionspulver besorgt. Wenn wir Spellproof betreten, werden wir für zwei Stunden genauso aussehen wie sie.«

»Illusionspulver?« Ich glaube meinen Ohren nicht zu trauen. »Wo haben Sie das denn her? Soviel ich weiß, ist es extrem selten.«

Ein schiefes Grinsen hebt seine Mundwinkel. »Dämonengeheimnis.«

Ich verdrehe die Augen. »Sie sind also heute Abend mein Fake-Ehemann?«

»Exakt.«

»Dann sollten wir vielleicht damit anfangen uns zu duzen. Ansonsten könnte es seltsam werden.«

»Genau das wollte ich gerade vorschlagen. Und du solltest mich auch in Zukunft Marlon nennen.« Er fixiert mich mit seinem Blick. So intensiv, als wollte er jeden Quadratmillimeter von mir in sich aufnehmen.

Ich schlucke. »Okay, Marlon«, sage ich, wobei ich jeden einzelnen Buchstaben betone.

Er lächelt. Sein wunderschönes Lächeln, das mein Herz höherschlagen lässt. Doch im nächsten Moment wird es schwer wie Blei, als mir klar wird, dass ich meinen Namen niemals aus seinem Mund hören werde.

24. KAPITEL

Nach einer halben Stunde Fahrt halten wir vor einem Gebäudekomplex mit hohen Fenstern und kunstvollen Fassadenverzierungen.

»Es ist Zeit für unsere Illusion.« Marlon holt sein Handy aus der Tasche und ruft ein Bild auf. Darauf ist ein Pärchen zu sehen, das unterschiedlicher nicht sein könnte. Der Mann ist vermutlich Mitte vierzig und hat eine Halbglatze, über die er notdürftig ein paar dünne Strähnen gekämmt hat. Die Frau hingegen wirkt keinen Tag älter als fünfundzwanzig und hat endlos lange Beine.

»So sehen wir gleich aus?«

Er nickt. »Sobald wir den Illusionsstaub versprüht haben, verwandeln wir uns in die Jacksons und werden sogar die gleichen Kleider tragen wie die beiden auf dem Foto.«

Skeptisch betrachte ich das knappe Outfit, das der Frau kaum über den Hintern reicht. »Orange war noch nie meine Farbe.«

»Keine Sorge. Das wird niemand erkennen.«

Missmutig verziehe ich das Gesicht, froh, dass es nur eine Illusion sein wird und ich in Wirklichkeit mein eigenes Kleid tragen kann. Ich bewundere es, wenn sich Personen in einem

Hauch von Nichts bewegen können. Mir fehlt dazu jegliches Talent.

Der Dämon legt das Handy neben sich auf die Rückbank und greift nach dem Flakon. »Du musst Rosalie Jackson so lange ansehen, bis ich dir ein Zeichen gebe.«

»Alles klar.« Ich richte den Blick auf Rosalie. Ein leises Zischen ertönt und bronzen schimmernder Nebel hüllt uns ein.

Die Magie prickelt warm auf meiner Haut. Fühlt sich an, als hätte ich zu lange in der Sonne gesessen.

Nach einer gefühlten Minute verflüchtigt sich der Dunst.

»Das sollte ausreichen«, sagt Marlon und ich sehe auf. Doch neben mir sitzt immer noch der Dämon in seiner eigenen Gestalt.

Enttäuscht lasse ich die Schultern hängen. »Es hat nicht funktioniert.«

»Doch«, sagt Marlon. »Du kannst meine neue Gestalt nur nicht sehen, weil du selbst unter einer Illusion stehst.«

Ich ziehe die Brauen zusammen. »Und woher wissen wir dann, wann der Zauber endet?«

»Das merkst du sofort, denn es fühlt sich an, als würde man in Eiswasser baden.«

Trotz der Beschreibung schleicht sich ein Lächeln auf mein Gesicht. Das Du klingt ungewohnt in meinen Ohren. Ungewohnt, aber so angenehm, dass ich mich daran gewöhnen könnte.

»Und wann wird das sein?«, frage ich.

»In schätzungsweise zwei Stunden.« Marlon sieht auf die Uhr. »Wir sollten uns also beeilen.«

Ich steige aus dem Wagen, der neben zahlreichen weiteren Limousinen parkt, aus denen Gäste steigen.

Marlon bietet mir seinen Arm an, den ich zögerlich ergreife. Immerhin müssen wir den Schein wahren.

Gemeinsam reihen wir uns in die Schlange hinter Elfen, Feen und Vampiren ein, die sich in der Lobby gebildet hat. Dabei huscht mein Blick über die Überwachungskameras, den Taschenscanner und einen Metalldetektor, den alle Neuankömmlinge passieren müssen.

»Hier gibt es ziemlich viele Sicherheitsvorkehrungen. Als hätten sie Angst, jemand könnte sich unerlaubt Zutritt verschaffen, sie ausspionieren und ihre Geheimnisse aufdecken«, flüstere ich Marlon zu.

»Das ist durchaus möglich. Die Formeln für einige Produkte sind sicher vertraulich«, raunt er und sein Atem kitzelt meinen Hals. Lässt meinen Puls verräterisch in die Höhe schnellen.

Ich versuche das Gefühl zu ignorieren und kräusle die Lippen, denn unter anderen Umständen würde ich hier ganz sicher nicht einbrechen. Die Konkurrenz sieht das aber vermutlich anders. Vor allem, nachdem sich das Unternehmen in den letzten Wochen zu einer wahren Goldgrube entwickelt hat.

»Herzlich willkommen bei Spellproof Solutions«, sagt eine junge Frau und nimmt Marlon die Einladungen ab.

Sie gleicht die Namen darauf mit einer Liste ab und deutet auf die Sicherheitsschleuse. »Direkt dahinter befindet sich der Festsaal. Sie müssen nur hindurchgehen und dem roten Teppich folgen.«

Ich schenke ihr ein Lächeln und hoffe gleichzeitig, dass nur der Eingang so gut geschützt ist. Ohne meine Unsichtbarkeit wird es ansonsten schwer, hier herumzuschnüffeln.

Ich lege meine Handtasche in das dafür vorgesehene Behältnis und trete durch den Detektor, der still bleibt. Vermutlich handelt es sich um ein modernes Gerät, das kleine Gegenstände wie mein Einbruchswerkzeug von größeren unterscheiden kann.

Marlon hat weniger Glück, denn bei ihm blinkt das Gerät rot.

Das fängt ja gut an.

Ich beobachte, wie jemand von der Security ihn auffordert alles Metallische abzulegen und es noch mal zu versuchen. Dieses Mal mit Erfolg.

»Das war bestimmt mein Gürtel.« Zerknirscht zieht er das Leder mit der Metallschnalle wieder durch die dafür vorgesehenen Schlaufen.

»Und ich dachte schon, S… ich meine, du hättest irgendwo eine Knarre versteckt und gehofft, sie würde nicht auffallen.«

»Ich bin doch kein Anfänger.« Theatralisch verzieht er das Gesicht. Dann schaut er sich unauffällig um. »Es sind viele Wachleute unterwegs, die die Zugänge zu den anderen Etagen im Blick behalten.«

Ich nicke. »Das Treppenhaus ist später vermutlich die beste Wahl, um in die anderen Stockwerke zu gelangen. Die Aufzüge können bestimmt nur mit einer Schlüsselkarte benutzt werden.«

»Zur Gala geht es hier entlang«, sagt eine Servicekraft, die wohl bemerkt hat, dass wir seit einer Weile vor dem Eingang stehen.

Ich setze ein Lächeln auf und schweigend betreten wir einen atemberaubenden Ballsaal, der in Gold und Weiß erstrahlt. Von der gewölbten Decke hängen Kronleuchter, die Wände sind stuckverziert und überall stehen elegant gekleidete Personen in kleinen Gruppen beisammen. Dazwischen huschen Kellner umher, die Champagner verteilen.

»Am besten schauen wir gleich, wie wir hier so unauffällig wie möglich hinauskommen«, sagt Marlon mit gedämpfter Stimme und bugsiert mich an kunstvoll gewundenen Säulen vorbei, bevor wir auf die Tische zusteuern. Sie stehen um eine ovale Freifläche herum, an deren Ende eine Bühne und ein riesiger Bildschirm aufgebaut sind.

»Rosalie, Edward, wie schön, dass Sie es geschafft haben zu kommen«, ruft plötzlich jemand von der Seite. Ich schaue mich um und eine grauhaarige Frau, die ich erst heute Morgen in Bos Mappe gesehen habe, erscheint in meinem Blickfeld.

Der Illusionszauber scheint also zu funktionieren.

»Natürlich, Miss Lewis, bei so einer wichtigen Veranstaltung müssen wir dabei sein«, sagt Marlon zu der Pixie, die auf mich zukommt und mir rechts und links einen Luftkuss gibt, als wären wir die besten Freundinnen. Unbeholfen tue ich es ihr nach, bevor ich mich einen Schritt zurückziehe und sie Marlon die Hand schüttelt.

»Exzellent. Wir haben einige Neuerungen, die Sie umhauen werden.« Die Pixie mit den spitzen Ohren hebt den Finger. »Aber Sie sollen mich doch nicht immer Miss Lewis nennen. Olivia reicht vollkommen. Wie oft muss ich Ihnen das noch sagen, Edward?«

Marlon murmelt eine Entschuldigung, während sie ihr rotes Kleid glatt streicht und sich verschwörerisch zu mir beugt.

»Und wie geht es unserem gemeinsamen Freund?«

»Ähm … ich schätze, gut«, sage ich überrumpelt.

»Und das, nachdem er sich den Schwanz gebrochen hat?«

Hilfe suchend sehe ich zu Marlon, denn ich habe keinen blassen Schimmer, wovon sie redet. Doch er hebt nur kaum merklich die Schultern.

»Er … er ist gut verheilt«, sage ich spontan.

»Wirklich erstaunlich.« Olivia schüttelt ungläubig den Kopf und verzieht das Gesicht.

»Aber Sie haben ja noch gar nichts zu trinken.« Energisch winkt sie einen der Kellner heran. Pflichtbewusst nehmen wir uns ein Glas Champagner und trinken einen Schluck mit ihr. Dabei wird es für mich auch bleiben, denn Alkohol löst meine Zunge erfahrungsgemäß schneller, als ich *mächtige Magics meistern magische Manöver mühelos* sagen kann.

»Da wir uns so selten sehen, habe ich mir erlaubt Sie bei mir unterzubringen«, sagt Olivia und führt uns zu einem Tisch nahe der Bühne, an dem bereits mehrere Personen sitzen, die sie uns in gigantischer Geschwindigkeit vorstellt.

»Leider muss ich mich nun auf den Weg zur Produktvorstellung machen. Ich hoffe, Sie bleiben danach noch ein wenig, denn Sie müssen mir unbedingt alles über Jonny erzählen.«

»Natürlich«, sage ich und sie lächelt zufrieden. Dann rauscht sie in Richtung Bühne davon und ihre Libellenflügel wehen wie Fahnen hinter ihr her.

»Das wars wohl mit dem Wegschleichen während der Programmvorstellung«, flüstere ich Marlon zu, denn die anderen beobachten uns interessiert.

»Das ist tatsächlich suboptimal gelaufen.« Er zieht die Stirn in Falten und betrachtet die Tische hinter uns. »Von diesem Platz aus können wir uns keinesfalls davonstehlen.«

Zu dem Schluss bin ich auch gekommen. Was bedeutet, dass wir auf eine Gelegenheit nach der Programmvorstellung warten müssen. Und das, obwohl das Illusionspulver nur eine begrenzte Zeit wirkt.

Ich kräusle die Lippen. »Auf den ersten Blick wirkt es absurd, dass Olivia einen Plan ausgeheckt haben soll, der Emberthorn dermaßen aus dem Leben gerissen hat.«

»Manchmal ist der Wolf im Schafspelz schwer zu erkennen. Man muss ihm erst das Fell abnehmen, um zu sehen, was sich darunter verbirgt«, sagt Marlon.

Ich denke an Rose, die sicher auch niemand als Diebin verdächtigen würde. Allerdings würde Rose auch nie einen Drachen manipulieren, um sich zu bereichern.

Inzwischen haben die restlichen Personen ebenfalls ihre Plätze eingenommen, das Licht wird gedimmt und Olivia betritt gemeinsam mit ihrem Sohn die Bühne.

»Verehrte Freunde und Freundinnen, es freut mich außerordentlich, dass Sie heute Abend so zahlreich erschienen sind«, sagt sie in das Mikrofon. »Magie ist etwas Wunderbares. Aber die Ereignisse der letzten Tage haben gezeigt, wie schnell Unfälle passieren können. Da nicht alle von uns mit starken Kräften gesegnet sind, müssen wir uns und unsere Liebsten auf andere Art schützen.«

Zustimmendes Gemurmel erfüllt den Raum.

»Deshalb hat es sich Spellproof Solutions zur Aufgabe gemacht, Hilfsmittel herzustellen, die unseren Alltag sicherer machen, uns vor Gefahren abschirmen.« Olivia sieht in die Menge. »Ladies and Gentlemen, es ist mir eine Ehre, Ihnen heute unsere neuen Kreationen präsentieren zu dürfen, die bald in Produktion gehen.«

Sie tritt ein paar Schritte zur Seite und auf dem Bildschirm erscheint ein Flakon, der mit einer giftgrünen Flüssigkeit gefüllt ist. »Kommen wir zu unserer ersten Neuerung. Es ist eine Weiterentwicklung unserer beliebten Schutzschilde. Sie werden in Zukunft noch leistungsstärker sein und sogar vor schweren Flüchen schützen.«

Verstohlen mustere ich die Umsitzenden, unter denen eindeutig Menschen, aber auch die verschiedensten Magics sitzen. Angefangen bei Vampiren bis hin zu Gestaltwandlern und Elfen. Alle lauschen gespannt Olivias Ausführungen, die als Nächstes verschiedene Kleidungsstücke vorstellt. Darin sind Zauber eingewoben, die gegen Elementarmagie schützen sollen.

Auch der Dämon neben mir hört ihr aufmerksam zu. Prinzipiell finde ich die meisten Erfindungen praktisch. Vor allem für Menschen, die sich dadurch besser schützen können. Allerdings ist absichtlich herbeigeführte Angst miserable Werbung. Vor allem, wenn dadurch Unschuldige verletzt werden.

Olivia stellt zahlreiche weitere Produkte vor, bis sie nach einer Stunde zum Ende kommt. »Wenn Sie Fragen haben, können Sie sich jederzeit an mich oder meinen Sohn James wenden. Als Leiter der Entwicklungsabteilung war er an jedem unserer Produkte beteiligt und kennt sie in- und auswendig. Scheuen Sie sich also nicht ihn anzusprechen.«

James lächelt ins Publikum, während Olivia ihren Gästen einen schönen Abend mit Musik und Tanz wünscht.

Kaum hat sie geendet, fangen schon die ersten Unterhaltungen an und einige Gäste stehen auf.

Ich lehne mich zu Marlon. »Wenn er an allen Forschungen beteiligt ist, weiß er sicher auch über *andere Dinge* Bescheid«, sage ich.

»Das habe ich mir auch gedacht.« Er wirft einen prüfenden Blick in die Runde und rückt näher heran. So nahe, dass sich unsere Knie streifen.

»Ich habe mir die Baupläne des Gebäudes angesehen. Im Gemeinschaftslabor werden wir bestimmt nicht fündig, da gibt es zu viele Mitarbeitende, die darauf stoßen und etwas ausplaudern könnten. Aber im siebten Stock ist James' privater Forschungsbereich. Dort könnten wir anfangen«, flüstert er. »Allerdings ist dieser Bereich sicher gut geschützt.«

Der Dämon fixiert eine Stelle in der Mitte des Raumes. »Wahrscheinlich kann er nur mit einer passenden Zugangskarte geöffnet werden.«

Ich folge seinem Blick durch die Halle, bis ich James entdecke, der neben Olivia steht und gestenreich spricht.

Dabei rutscht immer wieder sein Jackett nach oben und offenbart einen Clip an seinem Gürtel, an dem eine weiße Karte hängt.

Nachdenklich kaue ich auf meiner Wange herum.

»James wird sie uns sicher nicht freiwillig überlassen. Aber vielleicht verliert er sie versehentlich.« Es ist sicher nicht die klügste Idee, etwas vor Mr Übereifrigs Augen zu stehlen, aber mir fällt keine bessere Lösung ein.

Marlon zieht eine Braue hoch. »Wie willst du das anstellen?«

»Warte ab und staune«, sage ich und stehe auf. Dabei spüre ich überdeutlich Marlons Blick auf mir und unwillkürlich richten sich die feinen Härchen auf meinen Armen auf. Ich bin es nicht gewohnt, Zuschauer zu haben.

Aber Nervosität ist jetzt hinderlich. Darum atme ich tief ein, drücke die Schultern durch und stöckele auf James zu, der sich gerade von einem Mann abwendet.

Perfekt.

»Mr Lewis, würden Sie mir eine Frage beantworten?«, säusle ich. Als ich ihn fast erreicht habe, gebe ich vor über meine eigenen Füße zu stolpern. Einen leisen Schreckenslaut ausstoßend, rudere ich mit den Armen.

Feste Hände greifen nach mir, um mich davor zu bewahren, Bekanntschaft mit dem Boden zu machen.

»Danke«, hauche ich. Dabei klammere ich mich mit einer Hand an James' Jackett vor mir fest, löse mit der anderen die Schlüsselkarte und lasse sie in meine Handtasche gleiten.

»O Gott, ver… verzeihen Sie, Mr Lewis, das ist mir so peinlich. Ich muss über irgendetwas gestolpert sein«, stammle ich und löse mich aus seinen Armen.

»Das passiert den Besten«, sagt er gönnerhaft und mustert mich. Bleibt dabei zu lange an meinem Ausschnitt hängen.

»Danke für Ihr Verständnis.« Beschämt schlage ich die Augen nieder.

»Was wollten Sie denn wissen?«, fragt er und ich sehe wieder auf und sage das Erstbeste, das mir einfällt.

»Ich wollte nur fragen, in welchen Farben es die feuerfeste Kleidung geben wird.«

»In jeder, die Sie haben wollen.«

»Wunderbar. Dann muss ich mir auf jeden Fall die neue Kollektion beschaffen, sobald sie verkäuflich ist.«

»Sie können sich gern auch schon vorher bei mir melden. Zum Beispiel für eine private Anprobe«, sagt er und betrachtet meine Illusion so ungeniert, dass ich das Gefühl habe, duschen zu müssen.

»Ich fürchte, mein Mann hätte etwas dagegen.« Eilig bedanke ich mich und suche das Weite.

»Das war eine filmreife Vorstellung.« Der Dämon begrüßt mich mit einem schiefen Grinsen, als ich wieder an unserem Tisch ankomme. »Wo lernt man diese Fertigkeiten?«

»Natürlich auf der Academy.« Gespielt bestürzt sehe ich ihn an. »Sag bloß, du hast den Kurs Fingerfertigkeiten für Anfänger nicht belegt.«

»Der muss wohl erst nach meiner Zeit angeboten worden sein.«

»Zu schade. Du hast viel verpasst.« Ich klopfe mit der Hand auf meine Tasche, um das Thema zu wechseln. »Von mir aus können wir jetzt loslegen.«

25. KAPITEL

Aus der Halle und in die Lobby zu gelangen, ist ein Kinderspiel. Dafür beginnt jetzt der komplizierte Teil.

»Wir müssen einen Weg finden, um an den Überwachungskameras vorbeizukommen«, sage ich. »An einem Tag wie heute sitzt bestimmt jemand im Kontrollraum und behält sie ständig im Auge.«

Marlon lehnt lässig an der Wand, während wir vorgeben außerhalb des stickigen Saals Luft zu schnappen. »Das ist unser kleinstes Problem. Ich habe auch ein paar Tricks auf Lager.«

»Und möchtest du mich darüber aufklären, welche das sind?«

Vor mir zuckt kaum merklich ein Schatten über den Boden. »Ich kann die Kameras verdunkeln.«

»Ist es nicht auffällig, wenn eine nach der anderen plötzlich für ein paar Sekunden tot ist?«

»Selbstverständlich mache ich das großflächig. Damit es so aussieht, als gäbe es einen Fehler im System.«

»Dann habe ich keine Einwände«, sage ich, denn das klingt fast so gut wie meine Unsichtbarkeit. Zumindest solange uns niemand persönlich begegnet.

Möglichst unauffällig spähe ich um die Ecke und beobachte zwei Männer, die schwarze Anzüge, eine Waffe am Gürtel und Headsets tragen.

»Dann müssen wir hauptsächlich auf den Sicherheitsdienst achten«, sage ich, denn ärgerlicherweise patrouilliert davon eine ganze Menge vor den Aufzügen und Treppen.

Marlon nickt. »Obwohl wir jetzt eine Schlüsselkarte haben, würde ich die Fahrstühle meiden. Die Gefahr, beim Aussteigen einem der Wachleute zu begegnen, ist zu groß.«

Ich stöhne, denn das bedeutet, sieben Stockwerke nach oben zu laufen, aber er hat leider recht.

»Dann nehmen wir die östliche Treppe.« Ich sehe auf die Uhr an meinem Handgelenk. »Wenn die Patrouille die Richtung wechselt, haben wir circa fünfundvierzig Sekunden, um ungesehen das Treppenhaus zu erreichen.«

Ich mustere die Lobby, aber niemand steht herum, der uns beobachten könnte.

Marlon hebt unauffällig die Finger und Schatten kriechen über den Boden. Die Wände hinauf und über die Kameras.

»Bin bereit«, sagt er.

Ich warte, bis die Wachmänner kehrtmachen, dann gebe ich das Signal und wir setzen uns in Bewegung. Huschen in das Treppenhaus und die ersten Stufen hinauf.

Auf dem ersten Plateau bleibe ich stehen und streife mir die Schuhe von den Füßen, denn die Absätze verursachen zu viel Lärm auf dem harten Stein. Kurzerhand stopfe ich sie in meine Handtasche, die ich mir über die Schulter gehängt habe.

In Strümpfen folge ich Marlon auf dem Fuß, der immer wieder die Schatten ausschickt und wachsam unsere Umgebung im Auge behält.

Nervenkitzel sitzt mir im Nacken, denn es fühlt sich komisch an, sichtbar durch das Gebäude zu schleichen. Schutzlos, als hätten wir eine Zielscheibe auf dem Rücken.

Mit der Zugangskarte passieren wir eine Sicherheitstür im siebten Stock. Ich will gerade um eine Ecke biegen, als Marlon mich am Handgelenk greift und zurückhält, denn zwei Wachmänner steigen aus dem Fahrstuhl. Lautlos pressen wir uns an die Wand und warten, bis sie außer Reichweite sind.

»Das war knapp«, flüstere ich.

Gemeinsam setzen wir unseren Weg fort, spähen angestrengt in jeden Flur und halten nach dem richtigen Schild Ausschau.

»Da vorn ist es«, sagt Marlon und klingt … angespannt.

»Alles in Ordnung?«, frage ich.

Er zögert. »Meine Magie ist schwächer, als ich angenommen habe. Vermutlich habe ich mich bei Emberthorns Festnahme zu sehr verausgabt.«

Mit laut klopfendem Herzen sehe ich zu ihm auf. »Hält sie lange genug, um uns wieder zurückzubringen?«

»Ich denke schon. Nur einen Kampf würde ich vermutlich nicht überstehen.«

Ich winke ab. »Dazu wird es nicht kommen, denn niemand wird uns entdecken.«

Wir stoppen vor einer Tür, auf der in großen Buchstaben *Lewis* steht.

»Und wenn doch, kannst du endlich zeigen, was in dir steckt.« Er zwinkert und ich muss mich beherrschen, um mein Gesicht unter Kontrolle zu halten.

Wenn ich ihm zeige, was in mir steckt, sitze ich morgen wie Emberthorn in einer Zelle.

Meine Hände werden schwitzig und wachsam sehe ich

mich um. Unter diesen Umständen dürfen wir erst recht nicht auffliegen.

Ich ziehe die Zugangskarte aus meiner Handtasche und halte sie an das Lesegerät neben der Tür. Sofort ertönt ein Signalton. So laut, dass ich zusammenzucke.

Ich lausche ein paar Sekunden, um sicherzugehen, dass uns niemand gehört hat, dann schiebe ich die Tür auf.

»Hier«, raunt Marlon hinter mir und drückt mir eine winzige Taschenlampe in die Hand.

»Wo hast du die denn her?« Ich schalte sie ein und ein schwacher Schein erhellt den Raum.

»Reingeschmuggelt«, sagt er geheimnisvoll und schiebt sich an mir vorbei in James' Büro.

»Interessant.« Ich lasse meinen Blick ein letztes Mal durch den Flur schweifen. Dann schließe ich leise die Tür, bevor ich über einen Glasschreibtisch, Regale und eine transparente Tür leuchte, hinter der sich ein Labor befindet. Auf cleanen Arbeitsflächen stehen zylindrische Kolben und verschiedene Apparaturen.

Schweigend nehmen wir alles in Augenschein, doch das Einzige, was wir finden, sind Aufzeichnungen über die vorgestellten Produkte, Formeln und Anleitungen. Von Tabletten, golden schimmerndem Sternenstaub oder magischen Kunstgegenständen fehlt jede Spur.

Und obwohl ich selbst hinter den Ordnern und Büchern im Regal nachsehe, entdecke ich weder einen versteckten Safe noch ein Geheimfach.

Frustriert stößt Marlon die Luft durch die Zähne und tippt die Maus auf dem Schreibtisch an. Doch der Bildschirm bleibt dunkel.

»Vielleicht suchen wir am falschen Ort.« Ich lehne mich

mit dem Rücken an eines der Regale. Gleichzeitig fröstle ich, als wäre die Temperatur rasant gefallen.

Ich schlinge die Arme um meinen Rumpf. »Spürst du das auch?«

»Ja. Die Illusion hört auf zu wirken.«

»Zum Glück sind wir nicht im Schlafanzug losgezogen. Sonst hätten wir spätestens in der Lobby ein ernstes Problem.« Ich grinse schief. Verwundert, wie schnell die Zeit verflogen ist.

»Immerhin sind wir reingekommen«, sagt Marlon und lässt die Taschenlampe erneut durch den Raum gleiten.

Erfolglos.

»Wenn wir schon da sind, könnten wir noch in Olivias Zimmer nachsehen. Bestimmt passt James' Zugangskarte auch dort«, sage ich.

Der Dämon nickt und ich vergewissere mich, dass alles so aussieht wie zu dem Zeitpunkt, als wir eingetreten sind. Dann gehe ich hinter Marlon her, bis wir ein weiteres Büro mit demselben Namen erreichen.

Zu den Sternen betend, dass wir auch hier Zutritt erhalten, zücke ich die Karte.

Wieder ertönt der Signalton und wir betreten das Büro.

Es ist fast doppelt so groß wie James' Räumlichkeiten und überall stehen rechteckige Vitrinen, die unter anderem Skulpturen, Keramiken und Teegeschirr beherbergen.

»Hoffentlich werden wir hier fündig.« Marlon leuchtet über einen Glaskasten, in dem sich Vasen befinden, die mit geometrischen Mustern und Blumen verziert sind.

Ich brumme zustimmend und gemeinsam nehmen wir das Zimmer unter die Lupe. Wortlos und systematisch, wie ein eingespieltes Team, das seit Jahren durch Büros schleicht.

Doch nicht einmal in den Schubladen des wuchtigen Schreibtischs ist etwas Brauchbares zu finden.

Resigniert drehe ich mich einmal um die eigene Achse und lasse den Schein der Taschenlampe ein letztes Mal durch den Raum schweifen. Über zwei Stühle, mehrere Landschaftsgemälde, die Wand und … Moment. Was ist das?

Abrupt halte ich in der Bewegung inne und verenge die Augen. Fahre mit dem Blick eine kaum wahrnehmbare Linie vom Boden an aufwärts entlang und …

Mit wild klopfendem Herzen lasse ich den Schreibtisch hinter mir und eile auf die holzvertäfelte Wand zu, in die eine Tür verbaut ist. Eine, die nur bei genauem Hinsehen auffällt.

»Gute Arbeit«, sagt Marlon, der mir gefolgt ist.

»Danke.« Ich rüttle an der Klinke, doch wie zu erwarten war, bleibt die Tür verschlossen.

»Es würde mich nicht wundern, wenn wir dahinter mehr finden«, sagt Marlon, während ich das Schloss in Augenschein nehme. Es ist kein herkömmliches, sondern ein C-Dreiundsechzig. Eine Spezialanfertigung, die sich nur mit viel Fingerspitzengefühl öffnen lässt.

»Du hast nicht zufällig irgendwo einen Schlüssel entdeckt?«, frage ich.

Er schüttelt den Kopf.

Mist. Ich klemme meine Unterlippe zwischen die Zähne. Unschlüssig, ob ich es vor Marlon riskieren kann, das Einbruchswerkzeug zu verwenden und dem Schloss zu Leibe zu rücken. Allerdings sind wir vielleicht knapp davor, den entscheidenden Hinweis zu finden.

Ich denke an Emberthorn. Die zerstörte Bank. Die Verletzten. Und alles nur, weil Olivia und James höchstwahrscheinlich Dreck am Stecken haben.

Meine Handflächen werden feucht, während ich innerlich mit mir ringe. Abwäge, wie groß die Gefahr ist, dass er misstrauisch wird.

»Ich … ich könnte versuchen das Schloss zu knacken«, sage ich schließlich.

Marlons Augen werden schmal. »Kannst du das denn?«

»Vielleicht. Wir haben im Kurs einige Übungen dazu gemacht und …«

»Lass mich raten. Du warst natürlich eine der Besten.« Seine Mundwinkel verziehen sich zu einem Grinsen, das mein verräterisches Herz automatisch höherschlagen lässt.

»Würdest du denn etwas anderes von mir erwarten?«

»Nein.«

»Gut.« Ich schenke ihm ein freches Grinsen. Dann ziehe ich das Einbruchswerkzeug aus meiner Hochsteckfrisur.

»Was ist das?«

»Vorbereitung«, sage ich und knie mich vor dem Schloss auf den Boden und sehe zu dem Dämon auf. »Du musst leuchten.«

Er tut wie geheißen. Richtet den Strahl der Taschenlampe direkt auf das Schloss, während ich darin herumstochere.

Leider ist es verdammt widerstandsfähig. Aber ich bin zum Glück keine Anfängerin und habe schon einige Schlösser geknackt.

Trotzdem vergehen mehrere Minuten, in denen ich zunehmend ungeduldiger werde. Was vielleicht auch daran liegt, dass der Dämon sich zu mir heruntergebeugt hat, um jeden meiner Handgriffe genauestens zu beobachten. Sein warmer Atem streift über meinen Hals und hinterlässt brennende Hitze in meinem Bauch, die ich kaum noch ignorieren kann.

Es vergehen mehrere Minuten, in denen sich Marlon immer wieder umsieht und lauscht, bis das Schloss endlich nachgibt.

Vorsichtig, um keinen versteckten Mechanismus zu übersehen, der Alarm schlägt, drücke ich die Klinke herunter.

»Du würdest eine gute Einbrecherin abgeben«, sagt Marlon hinter mir, als ich die Tür langsam öffne.

Ich lächle verhalten.

»Damit du mich dann durch die halbe Stadt jagst und verfolgst? Nein danke. Da bin ich lieber auf dieser Seite des Gesetzes«, sage ich und zu meiner eigenen Überraschung ist mehr Wahres daran, als ich jemals zugeben würde.

Die Taschenlampe vor sich haltend, leuchtet Marlon in den Raum. Er ist etwas kleiner als das Büro, aber dafür umso vollgestellter. Instrumente, Uhren und andere Gegenstände wurden in die deckenhohen Regale gestopft. Dazu stehen Dutzende Holzkisten auf dem Boden, auf denen weitere Gegenstände liegen.

»Kommt dir die Harfe bekannt vor?«, frage ich und gehe auf das golden schimmernde Instrument zu, das ich erst vor Kurzem gesehen habe. Mehrere Seiten sind gerissen und ganz oben, auf meiner Augenhöhe, klafft ein Loch in der Mitte, als hätte jemand mit Hammer und Meißel etwas herausgebrochen.

»Davon hing bis vor wenigen Tagen ein Foto in unserem Büro. Bei den gestohlenen Gegenständen.«

»Richtig. Und da sind noch viel mehr«, sage ich und überlege, wie viele Gegenstände ich wohl schon in der Hand hatte, ohne zu wissen, dass sie Sternensplitter enthielten.

Marlon leuchtet über eine Standuhr, einen zusammengerollten Teppich, einen kleinen Handspiegel und viele weitere

Dinge, die eines gemeinsam haben: Es wurde ein Stück herausgebrochen. Mit brachialer Gewalt.

»Hier wurden wahrscheinlich Emberthorns Tabletten manipuliert.« Marlon tritt zu einem Tisch, auf dem neben einem Mörser mehrere Pillendosen und ein kleines Reagenzglas stehen, in dem winzige Goldkörnchen funkeln. Ich greife nach einem Ordner, der daneben liegt, blättere mehrere Versuchsprotokolle durch und schnappe nach Luft.

»Schau mal hier«, sage ich mit rasendem Puls. Sofort taucht der Dämon neben mir auf und schaut mir über die Schulter.

Während ich deutlich seine Präsenz spüre, tippe ich auf ein Übersichtsblatt, auf dem untereinander rund zwei Dutzend Namen aufgelistet sind.

Ganz am Ende steht in krakeligen Buchstaben: Red Emberthorn. Und dahinter eine Mengenangabe. Genau wie bei den anderen.

Marlon atmet hörbar ein. »Das bedeutet …«

»Dass noch mehr vergiftet wurden.« Ich drehe mich zu ihm. »Reicht das als Beweis?«

Der Dämon öffnet den Mund, doch noch ehe ein Wort seine Lippen verlässt, fällt draußen eine Tür ins Schloss. Und Schritte kommen näher.

Mit aufgerissenen Augen sehen wir uns einen Wimpernschlag lang an.

»Wir brauchen ein Versteck«, zische ich und schaue mich hektisch nach einem geeigneten Ort um, kann jedoch nichts außer einem schmalen Holzschrank entdecken.

Den Ordner auf den Tisch ablegend, eile ich auf den Schrank zu und reiße die Tür auf.

Dahinter befindet sich eine Kleiderstange, an der drei Jacken hängen.

»Rein da«, flüstert Marlon und noch ehe ich weiß, wie mir geschieht, finde ich mich in dem Möbelstück wieder. Er zieht den Kopf ein, quetscht sich trotz seiner Größe neben mich in den Schrank und zieht von innen die Tür zu. Hastig schaltet er die Lampe aus, kurz bevor ein Schlüssel im Schloss kratzt.

»Hat Mum etwa schon wieder vergessen abzuschließen?«, murmelt eine Stimme, die ich James zuordnen kann. Eine Sekunde später wird leise quietschend die Klinke heruntergedrückt.

Ein heller Schein fällt durch den Spalt der Schranktür und jemand betritt eilig den Raum.

Gemeinsam halten Marlon und ich den Atem an und verharren in der Dunkelheit.

»Wo ist nur die Schlüsselkarte hin?«, brummt James.

Papier raschelt und Schritte kommen direkt auf uns zu.

Mein Herz trommelt in der Brust und ich spüre, wie die Magie unter meiner Haut pulsiert. Nur darauf wartet, freigelassen zu werden. Um uns beide einzuhüllen und verschwinden zu lassen.

Ich presse die Lippen fest aufeinander. Bemüht, zu schweigen und mich zurückzuhalten.

Dann entfernen sich die Schritte wieder.

Der Lichtschein verschwindet und die Tür fällt ins Schloss. Sekunden vergehen und erst jetzt bemerke ich, dass Marlon und ich uns aneinanderpressen. So nahe, dass kaum ein Blatt zwischen uns passt und ich seinen wummernden Herzschlag an meiner Brust spüren kann.

»Zum Glück hast du den Schrank entdeckt.« Seine Stimme klingt rau. Kratzig, wie eine ungeschliffene Klinge. Jagt ein Kribbeln durch meinen Körper und lässt brennende Hitze zurück, die sich wie ein Lauffeuer in mir ausbreitet.

Ich sollte etwas sagen. Etwas erwidern, doch alles, woran ich denken kann, ist sein fester Körper an meinem.

»Das … das war knapp«, stoße ich aus, wie benebelt von seinem Geruch nach Zitrone und Gefahr.

»Ja … Wir sollten gehen«, raunt er, ohne sich zu rühren. Stattdessen streift sein Atem meine Stirn. Meine Nase. Meinen Mund.

»Sollten wir«, antworte ich, obwohl sich jede Faser meines Körpers dagegen wehrt. Mich anfleht noch ein bisschen länger zu bleiben. Schließlich werden wir schon bald getrennte Wege gehen und uns nie wiedersehen.

Allein bei dem Gedanken zieht sich mein Bauch schmerzhaft zusammen, während sich alles in mir danach sehnt, ihn zu küssen. Nur ein Mal. Nur ein einziges Mal, bevor ich in mein altes Leben zurückkehre.

Ich schlucke. Und noch bevor ich es mir anders überlegen kann, gehe ich auf die Zehenspitzen, überbrücke die Distanz und dann … prallen unsere Lippen aufeinander.

Weich und doch fest. Wild und drängend. Als hätten wir beide diesem Augenblick seit Tagen entgegengefiebert. Uns mühsam zurückgehalten. An die Vernunft geklammert und schlussendlich verloren.

Mit seiner Hand streicht er sanft mein Rückgrat entlang, zieht mich näher.

Ich fahre mit den Fingern über sein Hemd. Seine Brust. Die harten Muskeln darunter, und dränge mich noch näher an ihn. Küsse ihn, als gäbe es kein Morgen. Ertrinke in der Nacht. Der bitteren Dunkelheit. Den süßen Schatten, die so verlockend und so verdammt gefährlich sind.

Es ist mir egal.

Ich höre seinen Atem. Meinen Atem. Unseren Atem, der

immer schneller und abgehackter wird. Marlons Hüfte presst sich an meinen Bauch. Meine Finger gleiten abwärts, um an seinem Hemd zu zerren und …

»Aline, nicht hier«, keucht er an meinem Mund. Obwohl alles in mir nach mehr verlangt, mich dazu drängt weiterzumachen, löse ich mich schwer atmend von ihm. Trete einen winzigen Schritt zurück, bis ich mit dem Rücken gegen die Schrankwand stoße.

Ich sollte vermutlich sagen, dass es mir leidtut. Aber das wäre gelogen, denn ich vermisse schon jetzt den Druck seiner Lippen.

»Komm mit«, sagt er heiser und öffnet die Tür des Schrankes, bevor er die Taschenlampe einschaltet, hinausklettert und hörbar durchatmet.

Zögernd folge ich ihm nach draußen. Überlege fieberhaft, was ich sagen soll. Doch ehe auch nur ein Laut meinen Mund verlässt, fliegt die Tür krachend auf und gleißendes Licht erhellt den Raum.

26. KAPITEL

»Hände hoch und auf die Knie«, brüllt jemand und wie benommen von der Helligkeit starre ich blinzelnd in die Mündungen mehrerer Pistolen.

Marlon reagiert als Erster. Schatten schießen hinter den Bewaffneten aus dem Boden. Greifen nach ihren Beinen, um sie zu Fall zu bringen.

Unsere Angreifer springen auseinander.

»Aline, setz deine Magie ein«, herrscht Marlon mich an.

Hastig greife ich in meinen Ausschnitt, ziehe drei Kugeln heraus und werfe die erste nach einem hochgewachsenen Pixie. Sie trifft ihn an der Hand und eine kleine Flamme schießt heraus. Kaum größer als bei einem Teelicht.

Schreiend zuckt er zurück und sogleich werfe ich die nächste auf den Boden, die rauchend verpufft.

Mist. Das sollte besser funktionieren.

Mein Blick fliegt zu Marlon, der neue Schatten heraufbeschwört und sie auf die Bewaffneten hetzt. Doch dieses Mal drängen sie unsere Angreifer nicht zurück, sondern zerfallen im Licht.

Doppelmist. Seine Kräfte müssen inzwischen so schwach sein, dass …

Einer der Angreifer hebt seine Waffe, zielt auf Marlon und schießt.

»Pass auf«, brülle ich und werfe einen Schutzschild. Eine helle Wand baut sich vor ihm auf, die die Kugel zwar bremst, aber nicht wie erhofft abfängt. In allerletzter Sekunde wirft sich der Dämon herum und entgeht dem tödlichen Geschoss.

Ärgerlicherweise bin ich trotzdem zu abgelenkt, um die anderen im Auge zu behalten. Ein dumpfer Schlag trifft mich am Hinterkopf und dann wird alles schwarz.

+ + +

Zum zweiten Mal innerhalb weniger Tage erwache ich mit schmerzendem Schädel.

Wieder sind meine Hände hinter dem Rücken gefesselt, doch heute sitze ich zusammengesackt auf einem Stuhl, anstatt zu liegen.

Ich stöhne leise. Blinzle in blendendes Licht, das direkt auf mich gerichtet zu sein scheint.

»Aline, geht es dir gut?«, fragt Marlon besorgt, der sich hinter mir befinden muss.

»Glaube schon«, wispere ich. »Was ist passiert?«

»Sie haben uns geschnappt«, sagt er, während ich mich auf dem Stuhl aufrichte. »Warum zur Hölle hast du deine Magie nicht eingesetzt? Ich dachte, du bist eine hervorragende Hexe?«

»Weil …« Was soll ich darauf sagen? Dass ich in Wahrheit ein Irrlicht bin? Keinen einzigen wirkungsvollen Zauber aussprechen kann und mich mit Kräutern so gut auskenne wie Schnecken mit Stabhochsprung?

Ich atme tief durch und nenne ihm die erstbeste Erklärung, die mir in den Sinn kommt. »Weil ich einen Blackout hatte.«

»Einen Blackout? Du bist beim MBI. Da darf so etwas nicht passieren.«

»Und wie konnten sie dich überwältigen? Ich dachte, du schaffst immer alles allein?«, fauche ich.

»Nicht, wenn sie meiner Partnerin eine Waffe an den Kopf halten und drohen ihr das Hirn wegzupusten.«

Oh. Damit nimmt er mir allen Wind aus den Segeln.

»Es tut mir leid«, sage ich mit gesenktem Kopf und rüttle an den Handschellen, die leider so fest sitzen, dass ich mich unmöglich herauswinden kann.

»Kannst du dich bewegen?« Ich schaue über die Schulter zu Marlon, der ebenfalls auf einem Stuhl sitzt, mit dem Rücken zu mir.

»Keine Chance«, sagt er. »Selbst wenn ich noch Magie übrig hätte, könnte ich sie mit gefesselten Händen nicht nutzen.«

Verdammt.

Noch ehe ich darüber nachdenken kann, welche Fluchtmöglichkeiten ich habe, geht die Tür auf und James kommt gefolgt von Olivia und zwei Männern herein.

»Ich habe sie beim Herumschnüffeln erwischt«, sagt James zu seiner Mutter.

Sie mustert uns mit zusammengekniffenen Augen und etwas blitzt in ihrem Blick auf. Etwas, das ich nicht deuten kann.

»Was machen wir jetzt mit ihnen, Mum?«

»Beseitigen natürlich.«

»Das würde ich lieber lassen«, sagt Marlon.

»Wir sind MBI-Agents, die Sie schon lange im Visier haben. Natürlich wissen unsere Kollegen, wo wir sind, und Verstärkung ist bereits unterwegs.«

Gut geblufft. Leider weiß außer Bo und Rose niemand, wo wir sind, und die beiden haben keine Ahnung, in welchem Schlamassel wir gerade stecken.

»Wenn Sie uns umbringen, wird die Lage, in der Sie sich befinden, um ein Vielfaches schlimmer.«

James wird leichenblass. »Das ist eine Katastrophe. Mum, was machen wir denn jetzt?«

Olivia wiegt den Kopf hin und her, als würde sie die Konsequenzen abwägen.

»Das werden wir gleich sehen«, schnarrt sie schließlich und verlässt den Raum. »Pass auf die beiden auf.«

James fährt sich durch die dichten Haare. Wandert vor uns auf und ab, während sich die beiden Handlanger am Eingang positionieren.

»Sie sollten uns freilassen, dann können wir ein gutes Wort für Sie einlegen und einen Deal aushandeln«, sagt Marlon und erntet auf James' Signal einen Tritt von einem der Männer.

»Halt den Mund, bis du etwas gefragt wirst«, blafft James.

Währenddessen taste ich mit den Fingerkuppen unauffällig die Sitzfläche des Stuhls ab. Fahre über glatten Stoff, der über raues Holz gespannt wurde, und ertaste eine längliche Erhebung.

Kribbelnde Aufregung schießt durch meine Glieder. Schnell schaue ich zu James, doch er wendet uns den Rücken zu. Deshalb gehe ich weiter auf Wanderschaft. Fahre über die Metallklammer, mit der das Polster an der Unterseite des Stuhls festgetackert wurde. Wenn es mir gelingt, sie zu lösen, könnte ich uns vielleicht irgendwie befreien. Ich rutsche ein wenig nach hinten, verlagere mein Gewicht und versuche die Nägel unter die Klammer zu drücken, um sie herauszuheben. Doch meine Euphorie schwindet so schnell, wie sie gekommen ist, denn das dünne Metall sitzt bombenfest und Olivia kommt bereits zurück.

»Und?«, fragt James, der am Saum seines Hemdes herumnestelt.

»Unser Kontakt weiß von nichts. Scheinbar sind sie auf eigene Faust unterwegs. Also wird auch niemand kommen.«

Kontakt? Welcher Kontakt?, schießt es mir durch den Kopf, doch ich komme nicht dazu, weiter darüber nachzudenken, denn ein grimmiges Lächeln huscht über Olivias Gesicht, das mir die Haare zu Berge stehen lässt. »Du musst es nur wie einen Unfall aussehen lassen, damit niemand Fragen stellt.«

»Und wie soll ich das machen?«

Die Spellproof-Solutions-Chefin schnalzt mit der Zunge. »So schwer ist das nun wirklich nicht. Betäub sie, setz sie ins Auto und versenk es im East River.«

Ein eisiger Schauer rinnt mir über den Rücken. Sie redet über unseren Tod, als würde sie nur schnell einen Einkaufszettel zusammenstellen.

»Wenn du Spellproof Solutions eines Tages übernehmen willst, musst du endlich anfangen Eigeninitiative zu zeigen.« Sie sieht auf die Uhr. »Am besten erledigst du es gleich und schaffst sie über den Lieferanteneingang raus. Je schneller sie weg sind, desto besser.«

Verdammt. Das ist gar nicht gut.

Verzweifelt grabe ich die Nägel fester unter die Klammer. Rüttle so unauffällig wie möglich daran, doch sie bewegt sich kaum.

»Ich habe Gäste, um die ich mich kümmern muss. Sieh zu, dass du es nicht vermasselst«, sagt sie und wendet sich uns zu. »Verehrte Agents, ich wünsche Ihnen eine geruhsame Zeit bei den Fischen.«

»Das ist ein großer Fehler«, ruft Marlon ihr nach, der überraschend lange geschwiegen hat, doch sie kümmert sich nicht darum, lässt uns mit James und seinem kleinen Schlägertrupp allein.

»So schwer ist das nicht. Bring sie durch den Lieferanteneingang raus«, murmelt James wütend. »Als ob ich nur mit den Fingern schnipsen müsste und alles erledigt sich von allein.«

»Sie haben auch noch andere Optionen«, sagt Marlon vorsichtig. »Wir können Ihnen einen Deal anbieten und …«

James nickt, woraufhin sich nun der andere Handlanger von seinem Platz löst und auf uns zukommt. Ich höre ein Klatschen, gefolgt von einem unterdrückten Keuchen, als hätte er Marlon einen Faustschlag verpasst. »Habe ich nicht gesagt, du sollst die Klappe halten?«, zischt James.

Verdammt. Ich muss endlich die Klammer lösen.

»Und jetzt entspannt euch, ich bin gleich wieder da«, sagt er und verlässt ebenfalls das Büro, während der Schläger zurück zur Tür geht. In dem Moment, in dem ich unbeobachtet bin, verändere ich meine Position, so gut es geht, und schlage die Nägel tiefer in den Stuhl. Bohre sie unter die Klammer und rüttle mit aller Kraft daran. Das Metall schneidet in meine Kuppen, doch ich verdränge den Schmerz.

»Was machst du?«, wispert Marlon, der meine Bewegungen bemerkt haben muss.

Hastig sehe ich zu den Wächtern, die sich leise unterhalten. »Ich plane unsere Flucht«, flüstere ich und stemme mich ein weiteres Mal gegen die Klammer, die endlich nachgibt. Sich ein Stück nach oben schieben lässt.

Motiviert von meinem Erfolg rüttle ich weiter daran, bis ich sie vollständig herausziehen kann. Dann biege ich sie auseinander und schiebe ein Ende in das Schloss der Handschellen.

Dabei behalte ich die Wächter im Auge, denn der rechte sieht sich immer wieder skeptisch um und kommt näher. Beäugt mich misstrauisch, als würde er ahnen, dass ich etwas im Schilde führe.

Ich unterdrücke einen Fluch. Versuche so teilnahmslos wie möglich auszusehen. Das Metall in meiner Hand zu verstecken, denn wenn er es sieht, sind wir endgültig verloren.

»Ich würde die Hand schnell behandeln«, sagt Marlon unerwartet.

Der Wächter zuckt zu ihm herum.

»Ich meine ja nur. Verbrennungen durch Hexen sind äußerst gefährlich. Schon der kleinste Kratzer kann Personen von innen heraus verbrennen lassen.

»Ignorier ihn«, sagt der andere. »Er will dich nur verunsichern.«

Das ist Marlon scheinbar gelungen, denn der Mann, den ich mit einer meiner Kugeln verletzt habe, betrachtet beunruhigt die Wunde, die so winzig ist, dass es beinahe schon lächerlich ist.

»Macht, was ihr wollt. Mir kanns ja egal sein«, sagt Marlon und hat erreicht, was er wollte, denn der Mann nimmt Abstand zu mir und geht zu dem anderen.

Sofort schiebe ich die Klammer ein letztes Mal ins Schloss und endlich öffnet es sich. Aber noch gibt es keinen Grund zur Freude, denn ich kann die beiden unmöglich allein überwältigen und es ist nur eine Frage der Zeit, bis James zurückkommt.

Während die Männer über den Kratzer sprechen, schiebe ich vorsichtig meinen Stuhl zurück, um Marlons zu erreichen. Vorsichtig taste ich nach ihm, spüre seine warme Haut und muss einen Moment an seine Lippen auf meinen denken.

Schnell verbanne ich die Gedanken aus meinem Kopf. Jetzt gibt es Wichtigeres zu tun.

Ich taste nach seinen Handschellen und schiebe die Klammer in die Öffnung.

»Ich mache den Kerl mit der Brandwunde unschädlich, du den anderen«, flüstere ich schnell, als ein weiteres Klicken ertönt.

»Auf dein Signal«, antwortet Marlon ebenso leise.

Ich warte, bis die Blicke der Wächter abermals über uns geglitten sind. Dann, als sie sich abwenden, atme ich ein letztes Mal tief durch, winde mein Handgelenk aus der rechten Schelle und springe auf die Beine. Während die Fessel an meiner linken Hand baumelt, greife ich nach einer Uhr, die direkt neben mir auf einem Tisch steht, und stürze vorwärts. Der Mann dreht sich um. Überraschung blitzt in seinen Augen auf, doch noch während er die Arme nach oben reißt, haue ich ihm die Uhr mit voller Wucht gegen den Kopf und er sackt zusammen.

Beinahe gleichzeitig ist Marlon auf den Füßen. Stürzt sich wie eine Naturgewalt auf den anderen und knockt ihn aus, noch ehe er die Pistole heben kann.

Für einen Augenblick zieht er mich in die Arme und ich atme seinen vertrauten Duft ein. Dann lässt er mich wieder los, sammelt die Waffen ein und positioniert sich neben der Tür, um auf James zu warten, während ich mich nach meiner Tasche umsehe, das Handy herausziehe und Verstärkung rufe.

27. KAPITEL

Es ist den Einsatzkräften gestern Abend gelungen, James und das Wachpersonal ohne nennenswerte Vorkommnisse festzunehmen. Lediglich Olivia hat versucht zu fliehen, doch sie kam nicht weit.

Und obwohl Marlon und ich noch nicht aufklären konnten, wer der geheime Informant ist, halte ich mein Wort, das ich Rose und Bo gegeben habe. Laufe schweren Herzens und mit der Kündigung in der Hand ein letztes Mal durch das MBI-Gebäude. Unsichtbar, damit ich Marlon entgehe.

Ich weiß, dass es feige ist, aber ich kann mich nicht von ihm verabschieden. Ihm nicht in die Augen blicken und ihn ein weiteres Mal belügen. Nicht nach gestern.

Ich schlucke schwer. Kann noch immer nicht begreifen, wie es so weit kommen konnte, dass ich gerne ermittle. Gemeinsam mit ihm. Marlon. Meinem Erzfeind, der sich mit seiner mürrischen, nervigen und doch liebenswerten Art in mein Herz geschlichen hat.

Ich presse die Zähne aufeinander, betrete den Flur, in dem sich Agent Moores Büro befindet. Dieses Mal ist mir das Universum wohlgesonnen, denn er verlässt gerade die Räumlichkeiten und geht in die andere Richtung davon.

Perfekt.

Ich warte, bis er um die Ecke gebogen ist, sehe mir kurz über die Schulter und drücke die Klinke herunter.

Im Büro sieht es aus wie immer. Riesige Aktenberge stapeln sich auf dem Tisch und allerlei Krimskrams steht herum.

Widerwillig gehe ich um den sperrigen Schreibtisch herum und lege meine Kündigung, die MBI-Marke und die Waffe auf die Kommode dahinter, weil sie das einzige Möbelstück ist, auf dem Platz ist. Es fühlt sich seltsam an, beinahe, als würde ich ein Stück von mir weggeben. Und doch weiß ich, dass es das Richtige ist, denn ich habe nie hierhergehört.

Ich will mich gerade umdrehen, als mein Blick auf eine Mappe mit meinem Namen fällt. Obwohl ich lieber gehen sollte, hebe ich den Deckel und finde die Bewerbungsangaben und Zeugnisse, die Bo für mich zusammengestellt hat.

Lächelnd überfliege ich die Seiten. Ich kann mich noch gut an Marlons griesgrämiges Gesicht erinnern, als ich ihn zum ersten Mal auf dem Flur angesprochen habe. An seine schlechte Laune nach unserem Kaffeemassaker. Die Fahrt im Toilettenaufzug. Unser Gespräch nach der Explosion im Lagerhaus und den gestohlenen Kuss …

Ich blättere gerade um, als draußen plötzlich ein Handy klingelt und schwere Schritte näher kommen.

Hastig schließe ich die Akte und lege sie an ihren Platz zurück. Keine Sekunde später wird die Klinke heruntergedrückt und die Tür geht auf.

»Ich habe Ihnen doch gesagt, dass Sie mich nicht während der Arbeit anrufen sollen«, zischt Agent Moore in sein Telefon. Dabei schließt er so schnell die Tür, dass ich keine Gelegenheit habe hinauszuhuschen.

Mist. Ich weiche ihm aus, damit er nicht in mich hineinläuft, während er durch den Raum wandert.

»Ich weiß, die Sache mit Spellproof Solutions ist miserabel gelaufen«, sagt er und bleibt direkt neben mir stehen.

»Aber es ist auch kein Beinbruch. Der Testlauf wurde beendet.«

Verwirrt runzle ich die Stirn. Welcher Testlauf?

»Außerdem brauchen wir die Splitter nicht länger. Immerhin haben wir jetzt endlich die Lichtchronik.«

Wie vom Blitz getroffen starre ich ihn an, während seine Worte zähflüssig wie Teer in mein Gehirn vordringen. Sich die Puzzleteile langsam zusammensetzen. Der Feuerteufel. Das Tagebuch. Emberthorn. Agent Moore, der mich eingestellt hat, damit … Bittere Säure steigt meine Speiseröhre herauf. Verätzt meine Zunge, als ich begreife, dass die Sache viel größer ist, als wir alle angenommen haben, und … Moore der ominöse Informant sein muss, der uns zum Abschuss freigegeben hat.

Er lässt sich auf seinem Schreibtischstuhl nieder. »Um das Irrlicht und seine kleinen Freunde müssen wir uns keine Sorgen machen. Sie tappen weiterhin im Dunkeln. Aber Heaton …« Er stockt. »Heaton ist ein echtes Problem, denn er wird erst lockerlassen, wenn er alles aufgeklärt hat, was es aufzuklären gibt. … Am besten beseitigen wir ihn, bevor er noch mehr Schaden anrichtet.«

Beseitigen.

Das Wort hallt wie ein Echo in meinem Kopf wider. Ein Echo, das immer lauter wird und sich in meine Gedanken einbrennt.

Ich balle die Fäuste, muss Marlon erzählen, was ich eben gehört habe, und ihn vor seinem Chef warnen. Aber dafür muss ich zuerst aus diesem verfluchten Büro herauskommen.

Ich kneife mir in die Nasenwurzel. Zermartere mir das Gehirn, auf der Suche nach einem Ausweg, denn ich kann nicht einfach rausgehen, ohne Verdacht zu erregen.

Minutenlang sehe ich Moore dabei zu, wie er eine Akte liest, ohne meine Kündigung zu bemerken, die hinter ihm liegt. Moore, den ich bis eben noch für einen netten, älteren Mann gehalten habe.

Ich beiße mir in die Wange, überlege, wen ich dazu bringen könnte, die Tür zu öffnen.

Vielleicht könnte ich Ryo schreiben. Ihn bitten sofort hierherzukommen und Moore eine Nachricht zu überbringen, oder …

Plötzlich klopft es an der Tür und ich danke den Sternen, während mir ein Felsbrocken vom Herzen fällt.

»Herein«, ruft Moore und die Pixie, die am Tag meines Bewerbungsgesprächs mit dem Klemmbrett unterwegs war, streckt den Kopf herein.

»Ich habe hier ein paar Dokumente, die Sie unterschreiben müssten«, sagt sie und betritt den Raum.

Ich nutze den Moment. Schleiche lautlos an ihr vorbei und eile den Flur entlang, bis ich eine geeignete Stelle finde, an der ich mich wieder sichtbar mache.

Noch immer hallen Agent Moores Worte in meinem Kopf wider. Hämmern gegen meine Schädeldecke, während ich durch die Flure eile. Dieses Mal, ohne mich zu verirren.

Ich ignoriere Ryo, der grüßend eine Hand hebt, renne zu unserem Büro und stoße die Tür auf.

Marlon steht an der Bilderwand, anstatt an seinem Schreibtisch zu sitzen.

»Wir müssen reden. Sofort«, sage ich und schließe die Tür fest hinter mir. »Ich war gerade bei Agent Moore …«

Er unterbricht mich mit einer Handbewegung. Einen unergründlichen Ausdruck in den blauen Augen, die direkt auf mich gerichtet sind.

»Ich habe versucht mehr über den Fall deiner Mutter herauszufinden.«

»Was?« Mit geöffnetem Mund starre ich ihn an. »Warum?«

»Weil ich dachte, ich könnte vielleicht etwas finden, das meine Vorgänger übersehen haben. Einen winzigen Hinweis, eine Spur, die dir helfen könnte. Aber … ich konnten keine Frau namens Nordwell finden, die bei einem Autounfall starb. Kein Kind namens Aline Nordwell, das in einem Waisenhaus aufgewachsen ist.«

O Shit.

Mir wird abwechselnd heiß und kalt. »Vielleicht … vielleicht hast du sie übersehen«, stammle ich.

Marlon schüttelt den Kopf. Den Kiefer angespannt. Die Lippen schmal. »Unwahrscheinlich. Ryo konnte auch nichts entdecken. Und als ich bei der MBI-Academy angerufen habe, erfuhr ich, dass es keine Absolventin mit deinem Namen gibt.«

Ich schlucke. Spüre Panik in mir aufwallen.

Er tritt einen weiteren Schritt auf mich zu. »Also, wer bist du? Und warum wolltest du unbedingt hier arbeiten?«

»Ich … weil …« Ich suche nach Worten. Denke an Moore und das Telefonat zurück.

»Das ist jetzt egal! Ich war gerade bei Agent Moore und habe zufällig ein Gespräch belauscht. Er steckt in der Spellproof-Solutions-Sache mit drin. Und du … du bist in großer Gefahr.«

Seine Miene verfinstert sich noch mehr. »Du hast mir die ganze Zeit etwas vorgespielt.«

»Nein, ich … habe nur ein paar Details … weggelassen und … Lass uns das später besprechen. Agent Moore ist das viel größere Problem. Er ist der Informant. Er …«

»Hör auf damit«, fährt Marlon mich an. »Ich will keine Lügen mehr hören!«

»Das ist die Wahrheit«, fauche ich zurück. Dann hebe ich beschwörend die Hände, doch schneller, als ich reagieren kann, greift er nach meiner Linken.

Mit rasendem Puls versuche ich sie zurückzuziehen, doch er hält sie wie ein Schraubstock.

Streift den Ärmel meiner Jacke nach oben.

»Das Phantom. Ich wusste es.« Enttäuschung blitzt in seinen Augen auf. Wie dunkle Schatten, die das Blau verschlucken.

Ich greife mit der freien Hand nach seinem Arm, doch er wehrt sie blitzschnell ab.

»Bitte, Marlon, du musst mir glauben. Ich wollte dich nie …«, sage ich verzweifelt. Spüre, wie mir Tränen in die Augen steigen.

Er schüttelt den Kopf, während sein Blick auf meine Narbe gerichtet ist. Den unumstößlichen Beweis. »Ich werde dir nie wieder etwas glauben«, sagt er und lässt die Handschellen zuschnappen.

DANKSAGUNG

Ich dachte, es würde einfacher werden, das zweite Buch zu schreiben. Das hat sich allerdings schnell als gewaltiger Irrtum herausgestellt und wahrscheinlich habe ich inzwischen mehr graue Haare als Rose und Bo zusammen.

Das liegt vor allem an den Herausforderungen, vor die mich die Welt und die Charaktere gestellt haben. Sie waren störrisch, nervenaufreibend und haben mich oft an meine Grenzen gebracht. Dass ihr das Buch jetzt in Händen halten könnt, ist sehr vielen lieben Menschen zu verdanken, ohne deren wunderbare Unterstützung es die Magics nicht geben würde.

Deshalb geht mein Dank an:

… meinen wunderbaren Agenten Niclas. Du glaubst nicht, wie sehr mich jedes Gespräch mit dir motiviert.

… Zeitpolizei Pia, weil du viel Geduld mit mir hast und immer dann an mich glaubst, wenn ich es nicht kann.

… meine Lektorin Diana, weil du es mit mir ausgehalten hast. Ich deine Kommentare liebe und du immer das Richtige sagst.

… Bibi, für den zuckersüßen Blurb und die vielen Gespräche. Fürs Trösten, Schimpfen und Probleme wälzen. Ich habe dich sehr lieb und ich schwöre feierlich, dass du nie wieder über die Szene in der Bank reden musst.

… meine liebe Olga, ohne die ich nicht nur den Laptop, sondern auch das Handtuch geworfen hätte. Danke, danke, danke für die zahlreichen Stunden, die wir telefoniert haben. Für deinen Rat, deine Freundschaft und die Dinos.

… meine Testlesenden Jenny, Vanessa, Gina, Nik und Lexy. Ich liebe die Gespräche mit euch, die Fragen, auf die ich oft keine Antwort weiß, eure Begeisterung und die unschätzbare Motivation.

Sherin, danke für das tolle und spontane Sensitivity Reading. Du ahnst nicht, wie sehr du mir geholfen hast.

… an meine Familie, die immer für mich da ist, ganz egal, was passiert. Nico, weil du immer das sagst, was ich nicht hören will. Meine Mama, weil du immer Rat weißt. Maja, weil du mir immer ein Lächeln ins Gesicht zauberst und ich ohne dich wahrscheinlich den Schreibtisch wochenlang nicht verlassen würde. Meinen Papa, der seit Jahren steif und fest behauptet, dass er stirbt, wenn er eine Rosine isst. Ich hoffe, das wird nie passieren. <3

… meinen wunderbaren Mann. Danke, dass du mich ans Essen erinnerst und mich bekochst. Ohne dich wäre all das hier nicht möglich.

… Gina. Für deine lieben Worte, Lösungsansätze und die witzigen Telefonate. Ich werde Dingsbums-Man nie vergessen.

… Meine Freund*innen, die mich lieb haben, obwohl ich manchmal wochenlang in meiner Schreibhöhle verschwinde und nicht auf Nachrichten antworte.

… Sabine, für deine wunderschönen Illustrationen. Ich bin immer wieder baff, was du aufs Papier zauberst.

… meine wunderbare Community. Für die tollen Gespräche und Nachrichten. Für die wunderschönen Bilder und Videos. Danke für euren unschätzbaren Support und eure Begeisterung.

Und danke an dich. Dafür, dass du dich für die Magics entschieden hast, ihnen eine Chance und ein neues Zuhause gibst. Ich hoffe, du hattest schöne Stunden mit ihnen.

CONTENT NOTE

In dem Buch kommen Themen vor, die Leser*innen belastend finden könnten:

körperliche Gewalt, Tod, Erbrechen, Krankheit, Blut

LEGACY OF STARS

Dana Müller-Braun
LEGACY OF STARS 1: GEZEICHNETES SCHICKSAL
ISBN 978-3-551-58568-4
400 Seiten
Klappenbroschur
Auch als E-Book erhältlich

SHEDIR IST EIN GEFALLENER STERN. Sie besitzt die Gabe, Schicksale zu lesen und zu lenken. Doch weil ihresgleichen gejagt und verachtet wird, versucht sie, nicht aufzufallen. Bis sie dem Kronprinzen begegnet und sein Schicksal sieht. Shedir erkennt, dass sie ihn vor einem grausamen Tod retten kann. Dafür benötigt sie ausgerechnet die Hilfe von Lior. Lior, der Bruder des Kronprinzen, der Blutprinz. Der Mann, der im ganzen Reich dafür bekannt ist, Sterne zu jagen und zu töten …

Dana Müller-Braun
LEGACY OF STARS 2: GEFALLENE FINSTERNIS
ISBN 978-3-551-58569-1
416 Seiten
Klappenbroschur
Auch als E-Book erhältlich

SHEDIR HAT EINE ERSCHRECKENDE VISION: Der Blutprinz wird seinen eigenen Bruder töten. Dabei hat er ihr nur Stunden zuvor seine Liebe gestanden – und sie gerade erst angefangen, ihm zu vertrauen. Doch die Sterne haben ihr gezeigt, dass das Schicksal eines Königreichs nicht leicht zu verändern ist. Um es dennoch abzuwenden, lässt Shedir Lior gefangen nehmen. Der Verrat sitzt tief, aber im Schatten lauert ein noch größerer Feind und die Zeit drängt …

WWW.CARLSEN.DE

CARLSEN

TRITT EIN IN PRAGS VERBORGENE WELT DER MAGIE

Laura Cardea
THE LESSON OF CURSES (CHRONICA ARCANA 1)
ISBN 978-3-551-58489-2
Klappenbroschur
Auch als E-Book erhältlich

MATHEA LIEBT SARKASMUS, Geld – und ihre Ruhe. Doch als Helle Magie in ihr erwacht, muss sie ihre geordnete Existenz als Jurastudentin aufgeben und die nervtötend harmonische *Univerzita Mystika e Magie* in Prag besuchen. Und als wären feministische Magier und Hippie-Nixen nicht genug, entbrennt zum so begabten wie hochmütigen Warlock Atlas eine unwiderstehliche Rivalität …

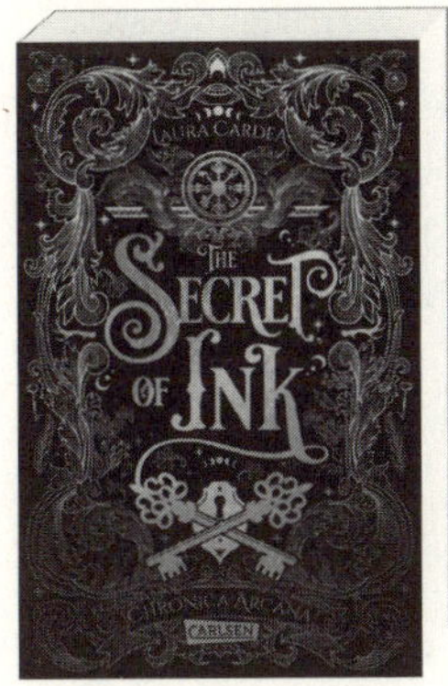

Laura Cardea
THE SECRET OF INK (CHRONICA ARCANA 2)
ISBN 978-3-551-58490-8
Klappenbroschur
Auch als E-Book erhältlich

MIT DEM START des neuen Semesters tauchen Mathea und Ellie noch tiefer in die verborgene Welt der Hellen und Dunklen Magie ein. Unterstützung erfahren sie dabei durch Atlas und Astra. Allerdings lässt die Nähe sie nicht nur mit verbotenen Gefühlen ringen – sondern auch mit gefährlichen Kräften. All das rückt in den Hintergrund, als die geheimnisvollen Wächter Jagd auf Mathea machen.

Laura Cardea
THE BOOK OF SEALS (CHRONICA ARCANA 3)
ISBN 978-3-551-58491-5
Klappenbroschur
Auch als E-Book erhältlich

DIE TORE zur Anderswelt stehen offen und die verbannten Dämonen drohen nicht nur Prag zu überrennen, sondern die gesamte arkane Welt zusammenbrechen zu lassen. Nur Ellie kann sie kontrollieren, aber dafür muss sie ihre Vergangenheit, vor der sie so lange geflohen ist, akzeptieren – und zu dem werden, was sie nie sein wollte. Dieses Vermächtnis stellt die Beziehung mit Astra auf die bisher härteste Probe.

CARLSEN

WWW.CARLSEN.DE

Wir produzieren nachhaltig
- Klimaneutrales Produkt
- Papiere aus nachhaltigen und kontrollierten Quellen
- Hergestellt in Deutschland

Lektorat: Diana Steigerwald
Sensitivity Reading: DisCheck
Umschlaggestaltung: Alexander Kopainski, Fellbach
Umschlagbilder: shutterstock.com / @Romolo Tavani; @New Africa; @vi73; @Cawis; @Evgeniya Litovchenko; @KDdesign_photo_video
Illustration Stadtplan: Steffen Meier
Innenklappen-Illustration: Sabine Denninger
Satz: Pinkuin Satz und Datentechnik, Berlin
Produktionsmanagement: Gunta Lauck
Litho: Margit Dittes Media, Hamburg
ISBN 978-3-551-58512-7

FSC www.fsc.org
MIX
Papier | Fördert gute Waldnutzung
FSC® C014496